um amor
desastroso

Obras da autora publicadas pela Editora Record

ABC do amor
As cartas que escrevemos
No ritmo do amor
Sr. Daniels
Vergonha
Eleanor & Grey
Um amor desastroso

Série Elementos
O ar que ele respira
A chama dentro de nós
O silêncio das águas
A força que nos atrai

BRITTAINY C. CHERRY

um amor desastroso

Tradução de
Carolina Simmer

1ª edição

EDITORA RECORD
RIO DE JANEIRO • SÃO PAULO
2021

EDITORA-EXECUTIVA
Renata Pettengill

SUBGERENTE EDITORIAL
Mariana Ferreira

ASSISTENTE EDITORIAL
Pedro de Lima

AUXILIAR EDITORIAL
Juliana Brandt

REVISÃO
Renato Carvalho
Ana Lucia Gusmão

CAPA
Letícia Quintilhano

DIAGRAMAÇÃO
Abreu' System

TÍTULO ORIGINAL
The Wreckage of Us

CIP-BRASIL. CATALOGAÇÃO NA PUBLICAÇÃO
SINDICATO NACIONAL DOS EDITORES DE LIVROS, RJ

C449a

Cherry, Brittainy C.
  Um amor desastroso / Brittainy C. Cherry; tradução de Carolina Simmer. – 1ª ed. – Rio de Janeiro: Record, 2021.
  23 cm.

  Tradução de: The Wreckage of Us
  ISBN 978-65-55-87134-0

  1. Ficção americana. I. Simmer, Carolina. II. Título.

21-68539

CDD: 813
CDU: 82-3(73)

Camila Donis Hartmann – Bibliotecária – CRB-7/6472

TÍTULO EM INGLÊS:
The Wreckage of Us

Copyright © 2020 by Brittainy C. Cherry

Esta edição foi publicada mediante acordo com Amazon Publishing, www.apub.com, em colaboração com Sandra Bruna Agencia Literaria.

Texto revisado segundo o novo Acordo Ortográfico da Língua Portuguesa.

Todos os direitos reservados. Proibida a reprodução, no todo ou em parte, através de quaisquer meios. Os direitos morais da autora foram assegurados.

Direitos exclusivos de publicação em língua portuguesa somente para o Brasil adquiridos pela
EDITORA RECORD LTDA.
Rua Argentina, 171 – Rio de Janeiro, RJ – 20921-380 – Tel.: (21) 2585-2000, que se reserva a propriedade literária desta tradução.

Impresso no Brasil

ISBN 978-65-55-87134-0

Seja um leitor preferencial Record.
Cadastre-se no site www.record.com.br e receba informações sobre nossos lançamentos e nossas promoções.

Atendimento e venda direta ao leitor:
sac@record.com.br

Para aqueles que sofrem, mas nunca desistem do amor

Capítulo 1

Hazel

— Acho que você veio ao lugar errado — disse o Mãozão enquanto eu me sentava diante dele em seu escritório. — A vaga de garçonete é lá no restaurante Casa da Fazenda, se você quiser deixar seu currículo.

Sentar-se diante de um homem como o Mãozão fazia uma pessoa se sentir a menor criatura do mundo. É claro que o nome dele não era Mãozão, mas todo mundo na cidade o chamava assim. Ele era um senhor de idade já, com seus 80 anos, e tinha uma presença marcante. Era impossível morar em Eres e nunca ter ouvido falar do Mãozão. E ele fazia jus ao apelido. Ele era um homem grande, tanto na largura como na altura. Tinha mais de 1,95 metro e pesava uns 115 quilos, fácil. Nem naquela idade ele andava muito curvado, apesar de se mover mais devagar. E sempre vestia o mesmo tipo de roupa todo santo dia. Uma blusa xadrez com macacão, botas de caubói e boné. O armário dele devia ter um milhão de camisas xadrez e macacões. Ou a esposa dele, Holly, lavava roupa o tempo todo.

Eres, Nebraska, era um lugar desconhecido para a maior parte do mundo. Nossas estradas eram de terra, e a maioria de nós vivia sem um tostão. Se você tinha emprego em Eres, era um sortudo, apesar de provavelmente ganhar uma miséria. Na melhor das hipóteses, seu salário seria a conta para pagar as despesas do mês. Na pior, você pegaria um empréstimo com o Mãozão, que jamais esperaria receber o dinheiro de volta, apesar de fazer você se lembrar constantemente de que tinha uma dívida com ele. O velho Kenny da oficina ainda devia cinquenta mil ao Mãozão. A dívida existia desde 1987, e eu duvidava de que seria quitada um dia. Mesmo assim, o Mãozão fazia questão de trazer o assunto à tona, todo emburrado, em todas as reuniões da cidade.

Mãozão era basicamente o patrocinador de Eres. A cidade inteira girava em torno do Rancho Eres, que era administrado por ele. Das plantações aos rebanhos de gado, o Mãozão tinha feito algo que ninguém mais ali parecia capaz de fazer — criado algo duradouro.

O Rancho Eres estava em pleno funcionamento havia mais de sessenta anos, e a maioria das pessoas que tinha emprego na cidade trabalhava para o Mãozão. Se não fossem funcionárias do rancho, eram do restaurante Casa da Fazenda.

Eu com certeza não tinha ido ao escritório dele atrás de um emprego como garçonete, mesmo que eu não parecesse levar jeito para trabalhar no rancho.

— Com todo o respeito, seu Mãozão...

— Mãozão — corrigiu ele. — Não me venha com essa lenga-lenga de "seu". Só Mãozão. Não faça com que eu me sinta mais velho do que já sou.

Engoli em seco.

— Tá. Desculpa. Mãozão, com todo o respeito, não estou interessada numa vaga no restaurante. Quero trabalhar no rancho.

Os olhos dele me analisaram de cima a baixo, observando minha aparência. É claro, eu tinha certeza de que a maioria das garotas da minha idade não teria o menor interesse em chafurdar nos chiqueiros ou nos estábulos, mas eu precisava daquele emprego e não iria embora até ser contratada.

— Você é meio diferente do pessoal que trabalha pra mim.

Ele bufou e fez uma careta. Não levei para o lado pessoal, porque o Mãozão vivia bufando e fazendo cara feia. Se ele um dia sorrisse para mim, eu acharia que queria me matar.

— Não sei se você levaria jeito pra trabalhar nos celeiros — explicou ele, revirando sua papelada. — Com certeza a Holly pode arrumar uma vaga decente no restau...

— Não quero uma vaga no restaurante — insisti mais uma vez. Então fiz uma pausa e engoli em seco, me dando conta de que havia interrompido o Mãozão. Ninguém interrompia o Mãozão. Ou pelo menos ninguém sobrevivia para contar a história. — Desculpa, mas preciso de um emprego no rancho.

— Mas por quê?

Os olhos dele eram tão escuros que, quando encaravam a gente, davam a impressão de serem o maior buraco negro do universo.

— Todo mundo sabe que o rancho paga o dobro do salário da Casa da Fazenda. Preciso do dinheiro.

Ele tirou um charuto da gaveta de sua mesa, o colocou na boca e se recostou na cadeira. Não acendeu, apenas mastigou a ponta. Ele vivia com um charuto na boca, mas nunca vi nenhum aceso. Talvez se tratasse de um velho hábito que ele não conseguia largar. Ou talvez Holly tivesse dado uma bronca nele e o mandado parar de fumar. Ela estava determinada a fazer o Mãozão cuidar da saúde. E mesmo que não quisesse, o homem fazia de tudo para agradar à esposa. Parecia que ele não sorria para nenhum outro ser vivo além de Holly.

— Você mora lá nos trailers, né? — perguntou ele, esfregando um dedão no lábio superior.

— Sim, senhor.

Mãozão levantou as sobrancelhas ao ouvir a palavra *senhor*. Pigarreei e tentei de novo:

— Sim, Mãozão. Eu moro lá.

— Quem são seus parentes?

— Só tenho minha mãe, Jean Stone.

— Jean Stone... — As sobrancelhas dele se aproximaram enquanto Mãozão tamborilava sobre a mesa. — Ela vive se engraçando com o Charlie Riley, né?

Meu estômago se revirou quando ouvi o nome de Charlie.

— Sim, sen... *Mãozão.*

Por uma fração de segundo, o Mãozão não pareceu emburrado. Ele quase parecia triste. Então mastigou seu charuto e balançou a cabeça.

— Aquele menino não presta. Só arrumou problema pra nossa cidade quando trouxe pra cá aquela bosta que estraga a cabeça e o corpo das pessoas. Não tenho vaga pra ninguém metido com drogas. Não tenho tempo pra essa complicação.

— Eu não uso nada. Juro. Pra falar a verdade, odeio drogas com todas as minhas forças. — Quase tanto quanto eu odiava Charlie.

Charlie era o marido da mamãe — meu querido padrasto — e fazia parte da nossa vida desde que eu me entendo por gente. Eu nunca tinha me dado conta de que pessoas podiam ser cobras até crescer e descobrir o tipo de homem que Charlie era. Ele era a personificação do lado sombrio de Eres, uma praga que se espalhava pela cidade. Ele era o maior traficante local e o principal responsável pelo vício em metanfetamina que se alastrava pelas redondezas.

Charlie Riley era sinônimo de problemas — e fazia tão bem seu trabalho que ninguém o pegava.

Havia muitos motivos para odiar aquele homem, e eu o detestava sobretudo por ter transformado minha mãe em outra pessoa.

Mamãe sempre dizia que amava Charlie, mas não gostava tanto assim dele. Pelo menos não quando ele estava bêbado. E se Charlie tinha talento para alguma coisa, era para beber. Às vezes ele enchia tanto a cara e ficava tão louco que jogava objetos na minha mãe e batia nela até ela começar a chorar e a pedir desculpas por coisas que nunca tinha feito.

Uma vez, perguntei a ela por que a gente não ia embora, e ela respondeu: "Tudo o que temos é por causa desse homem. Essa casa, as roupas que você usa, a comida que você come. Você não entende, Hazel? Sem ele, não somos nada."

Não, eu não entendia. Eu não entendia por que uma pessoa se sentia no direito de machucar outra só porque lhe dava coisas. Talvez mamãe estivesse certa sobre Charlie nos dar tudo, mas, se a gente não tivesse nada, ela também não teria um olho roxo.

Ela havia insistido para que eu mudasse de assunto e não falasse mais daquilo, porque amava Charlie e nunca o largaria.

Fazia três anos que havíamos tido aquela conversa. Agora tenho 18 anos, e, a cada dia que passava, mamãe parecia concordar mais com Charlie do que comigo. Mas eu sabia que ela não pensava realmente daquela forma. Charlie tinha envenenado seu corpo e sua mente até chegar ao ponto que mamãe acabou perdendo a noção da realidade. Mamãe era escrava do poder que Charlie exercia sobre ela e das drogas que ele lhe dava. Hoje, quando olho nos olhos dela, quase não vejo mais minha verdadeira mãe me encarando.

Se não fosse pelo fato de mamãe estar grávida de quatro meses, eu teria largado tudo. Eu me sentia um pouco responsável pelo meu futuro irmão. Deus sabia que Charlie não estava nem aí para o bem--estar da minha mãe.

Eu precisava do emprego no Rancho Eres para juntar dinheiro para o bebê. Eu precisava de dinheiro para comprar vitaminas pré-natais para mamãe. Dinheiro para garantir que a geladeira estivesse cheia. Dinheiro para garantir que, de alguma forma, aquela criança tivesse um pouco mais do que eu tive ao chegar ao mundo.

Então, com o restante do dinheiro, eu compraria uma passagem só de ida para qualquer lugar, iria embora de Eres, e nunca mais olharia para trás. Então eu arrumaria um jeito de convencer mamãe a ir comigo e levar o bebê. A última coisa de que ela precisa é criar uma criança ao lado de Charlie.

Mamãe tinha razão — nós tínhamos um teto por causa dele. Mas só porque alguém lhe dava um lugar onde viver não significava que aquilo fosse uma prisão. Eu mal podia esperar pelo dia em que juntaria dinheiro suficiente para ter meu próprio espaço, que seria cheio de amor, não de ameaças. Cheio de felicidade, não de medo.

E o nome Charlie Riley seria uma lembrança distante.

Mãozão esfregou a nuca.

— Nós estamos precisando de peões, não de uma garota com medo de pegar no pesado.

— Não tenho medo nenhum disso. Vou pegar no pesado igual a todo mundo.

— É bem provável que você tenha que carregar mais de 25 quilos.

— Carrego 30.

Ele ergueu as sobrancelhas e se inclinou para a frente.

— Você tem que chegar antes do sol nascer, e, se não terminar as tarefas do dia, vai ficar até escurecer, e não pago hora extra. Você recebe pela tarefa que fizer durante o dia, não pelo tempo que passar aqui. Se acabar cedo, pode ir embora cedo. Se acabar tarde, vai ficar até tarde. E eu também não acredito em segundas chances. Não acredito em ninguém. Se você fizer besteira, é rua. Entendeu, menina?

Se qualquer outra pessoa me chamasse de "menina", levaria um soco na cara para aprender, mas, vindo do Mãozão, eu não considerava aquilo uma ofensa. Ele era direto e dizia o que pensava. E chamaria qualquer homem mais novo que ele de "menino" também, simplesmente porque podia fazer isso. Eu tinha certeza de que algumas pessoas se sentiriam ofendidas com a escolha de palavras do Mãozão, mas ele já estava velho demais para se dar ao trabalho de se corrigir.

Papagaio velho não aprende a falar.

— Entendi. — Concordei com a cabeça. — Vou trabalhar mais pesado do que todo mundo, prometo.

Ele resmungou mais um pouco e coçou a barba.

— Tá bom, mas não venha reclamar quando estragar seu par de sapatos favorito no chiqueiro. Amanhã, esteja nos estábulos ao meio-

-dia em ponto pra começar seu treinamento com meu neto, Ian. Ele vai ficar encarregado de te ensinar o serviço.

Eu me empertiguei mais na cadeira ao sentir meu estômago dar um nó.

— Espera, o Ian vai me treinar? — Franzi a testa. — Tem certeza de que o Marcus, o James ou outra pessoa não pode fazer isso?

— Tenho. Os meninos já estão treinando outras pessoas. — Ele ergueu as sobrancelhas de novo. — Você não vai começar a criar caso logo de cara, né?

Balancei a cabeça.

— Não, senhor... hum... Mãozão. Desculpa. Tudo bem. Amanhã, meio-dia. Estarei lá.

A ideia de ser treinada por Ian Parker me dava vontade de vomitar. Ele era conhecido como o playboy roqueiro de Eres. Ian tinha se formado três anos antes de mim, e, no meu nono ano, fui a garota sortuda que ficou com o armário ao lado do dele. O que significava uma visão privilegiada dele trocando cuspe com qualquer tiete interiorana que estivesse de quatro por ele na época.

Era uma surpresa não ter havido um surto maior de mononucleose por causa de Ian Parker e sua galinhagem. Nada traduzia melhor *eu te odeio* do que ter que me espremer entre ele e a loura-da-semana para alcançar meu armário. Agora, ele seria responsável por me treinar no rancho.

Eu duvidava de que ele me conhecesse, já que gastei boa parte do meu tempo na escola tentando passar despercebida. Meu guarda-roupa consistia em preto com mais preto e um toque de preto. Combinava com meu cabelo cor de carvão, minhas unhas pintadas de preto e meus olhos verde-escuros. A escuridão de tudo se adequava à minha personalidade. Eu preferia ficar sozinha, achava a vida mais fácil assim. A maioria das pessoas me chamava de a única gótica de Eres e achava que não valia a pena perder tempo me dando atenção. Mesmo assim, um bom punhado de garotas havia se esforçado para fazer bullying comigo durante os anos de escola, como se me atazanar fosse uma caridade. *Ah! Olha só, a Hazel Stone está cuidando da própria vida. Vamos chamar mais atenção pra ela jogando comida na cara dela durante o almoço. É isso que ela quer.*

Se eu desaparecesse, era bem capaz de que ninguém no mundo me procurasse. Sem querer ser muito melodramática, mas era verdade. Uma vez, fugi de casa e fiquei fora por duas semanas, e, quando voltei, mamãe me perguntou por que eu não tinha lavado a louça. Ela nem percebeu minha ausência, e, se minha própria mãe não me notava, eu duvidava que qualquer pessoa em Eres notasse. Principalmente alguém como Ian. Ele estava ocupado demais com mulheres ou tocando sua guitarra.

~

No dia seguinte, cheguei ao rancho duas horas antes do horário marcado para o encontro com Ian. Passei um tempo nos estábulos, enrolando até dar a hora de ir para o trabalho. Eu não tinha carro para ir até lá, então demorei quase meia hora indo a pé da casa do Charlie. O sol queimava minha pele, forçando o suor a escorrer pela minha testa. Minhas axilas eram um paraíso para o Shrek, tomadas por uma umidade digna de um pântano. Afastei os braços do corpo, tentando amenizar as manchas de suor, mas o sol de verão em Eres não dava trégua aos reles mortais a quem atacava.

Depois de duas horas, fui para o escritório do rancho, onde me encontraria com Ian. Fiquei sentada lá por meia hora. E então, quarenta e cinco minutos. Uma hora se passou.

Eu não tinha a menor ideia do que fazer. Olhei para meu relógio umas cinco vezes, só para garantir que eu não tinha desmaiado e perdido o horário.

Depois de esperar por mais de uma hora, comecei a andar pelo rancho, torcendo para meu caminho cruzar com o de Ian ou com o de alguém que pudesse me levar até ele. Quanto mais tempo passava, mais nervosa eu ficava, pensando que, se Mãozão descobrisse que eu não estava em treinamento, iria me mandar embora antes mesmo que eu tivesse chance de tentar fazer o trabalho.

— Com licença, você pode me ajudar? — perguntei a um cara que carregava um saco de feno nas costas.

Ele se virou para mim com um olhar exausto. Aquilo devia pesar mais de vinte quilos, e me senti mal por interrompê-lo, mas eu não podia perder o emprego.

— Sim? — arfou ele, completamente acabado.

Eu o conhecia da escola também. Aquele era James, o melhor amigo de Ian. James era bem menos pegador do que Ian. E também sorria mais, mesmo com um saco enorme de feno prestes a arrebentar suas costas. Os dois tinham uma banda chamada Desastre, e, apesar de Ian ser o vocalista, James era o coração da música. As pessoas desejavam Ian, mas queriam ser melhores amigas de James. Ele era legal nesse nível. James estava usando uma blusa branca com as mangas cortadas e um boné virado para trás. Sua camisa parecia já ter visto dias melhores, toda suja e rasgada, mas, mesmo assim, ele encontrou forças para sorrir para mim.

— Meu nome é Hazel e eu fiquei de encontrar o Ian pra ele me treinar. É meu primeiro dia.

James arqueou as sobrancelhas e jogou o saco de feno no chão. Então limpou o suor da testa com o dorso da mão e pigarreou.

— Você vai trabalhar aqui? — perguntou ele, parecendo mais confuso do que eu gostaria.

— Vou, sim. É meu primeiro dia — repeti.

Seus olhos percorreram meu corpo, e ele balançou a cabeça, trazendo à tona todas as inseguranças que eu poderia ter. Era engraçado como um simples olhar conseguia colocar em foco a falta de confiança de uma pessoa com tanta facilidade.

James deve ter notado meu desconforto, porque abriu outro de seus sorrisos fáceis e se recostou na pilha de feno.

— Você vai morrer aqui, vestida toda de preto. Calça jeans preta e blusa de manga comprida? E de coturno? — Ele riu. — Tem certeza de que você não devia ir pro Casa da Fazenda?

Ele não estava rindo porque zombava de mim. James ria porque estava perplexo, porém, mesmo assim, não gostei.

— Não estou preocupada com as minhas roupas. Só quero trabalhar.

— Você devia se preocupar com as suas roupas, sim, porque o sol não dá trégua aqui no rancho. Insolação é um problema sério.

— Você sabe onde o Ian está? — perguntei com os dentes cerrados. Eu não tinha ido ao rancho para receber críticas de moda. Estava ali para trabalhar.

— Do jeito que o Ian é, deve estar no escritório dos estábulos. Mas já vou avisando que... — começou James, mas eu o interrompi.

Eu não tinha tempo para avisos.

Já estava quase uma hora e meia atrasada.

— Valeu — falei, e saí correndo na direção do pequeno escritório anexo aos estábulos.

Será que o Mãozão tinha dito para eu encontrar Ian no escritório dos estábulos? Será que entendi errado, indo para o escritório principal? Ah, merda. Eu só tinha uma chance, e já havia feito besteira.

Assim que cheguei ao escritório, escancarei a porta, com meu pedido de desculpas na ponta da língua.

— Oi, Ian, eu sou a Hazel, e *meu Deus!* — soltei, ao ver uma garota ajoelhada diante de um Ian quase pelado.

Ele estava de camisa, mas a calça jeans azul e a cueca boxer dele tinham ido parar em seus tornozelos, e os lábios da mulher envolviam seu...

Caramba, era normal ser tão grande assim? Como a garota não estava morrendo engasgada com aquela dinamite na boca? Pelo jeito que as veias do pênis dele estavam inchadas, ele parecia prestes a explodir a qualquer segundo, e a garota de joelhos não parecia nada incomodada com a possibilidade disso acontecer entre seus lábios pintados de batom.

Eu me virei para afastar o olhar, chocada por ter interrompido aquela cena.

— Desculpa, desculpa! — gritei, balançando as mãos no ar, atordoada.

— Sai daqui, porra! — bradou Ian, sua voz sensual, rouca, cheia de irritação e prazer ao mesmo tempo.

Quem diria que alguém era capaz de soar irritado e satisfeito ao mesmo tempo? Bom, qualquer homem que fosse interrompido no meio de um boquete, imagino.

— Desculpa, desculpa! — repeti, e saí correndo do escritório.

Fechei a porta rápido às minhas costas e respirei fundo. Minhas mãos tremiam, meu coração martelava minhas costelas. Aquela era a última coisa que eu esperava que acontecesse dentro do escritório dos estábulos à uma da tarde de uma quarta-feira. Só mesmo Ian para me dar uma visão dessas no meio do dia. Uma visão que eu queria esfregar com água sanitária para tirar da minha cabeça.

Fiquei parada ali feito uma completa idiota por alguns minutos antes de dar uma olhada no relógio.

Como eles ainda não tinham terminado?

Tipo, eu não era uma especialista em boquetes, mas, com base no tamanho, nas veias e na determinação da moça ajoelhada, Ian devia estar nos finalmentes.

Mesmo assim, não ouvi nenhum gemido feliz vindo lá de dentro, e o dia estava passando.

Bati à porta.

— Some daqui — chiou a voz de Ian.

Ele ainda era o mesmo cara charmoso que eu lembrava da escola.

— Se eu pudesse, sumiria daqui, mas não posso. Você tem que me treinar hoje.

— Volta amanhã — ordenou ele.

— Não posso. O Mãozão me disse que preciso ser treinada hoje por você, sem desculpas, e me recuso a perder esse emprego. Preciso do trabalho.

— Estou pouco me lixando pro seu draminha — grunhiu ele, fazendo minha raiva aumentar.

Quem esse cara pensa que é?

Só porque ele tinha conseguido uma migalha de sucesso musical na internet e todas as mulheres — e alguns homens — de Eres queriam sua atenção, não significava que ele tinha o direito de falar assim com as pessoas. Quer dizer, ele era um roqueiro famosinho no meio do nada de Nebraska, cacete. Não estávamos falando de um Kurt Cobain ou um Jimi Hendrix da vida.

Escancarei a porta de novo, dando de cara com os dois na mesma posição, e coloquei as mãos na cintura.

— Sinto muito, você precisa me treinar hoje, então acho que essa situação aí pode ser resolvida mais tarde.

Ian me encarou e ergueu as sobrancelhas mais alto do que qualquer outra pessoa na face da Terra, e, só para ficar registrado, eu estava me esforçando muito para não prestar atenção na outra parte exposta de seu corpo que estava erguida.

— Se toca, garota, não viu que ele está ocupado comigo? — disse a mulher com desdém, finalmente liberando a boca.

Boa menina. Resolveu tomar fôlego.

— Que tal você não falar comigo? — rebati. — É meu primeiro dia — repeti entre os dentes enquanto encarava Ian. — E é você que vai me ensinar as coisas, então quero ser treinada.

Os olhos dele me atravessaram.

— Você sabe quem eu sou?

Sério? Ele usou mesmo aquele clichê?

Você sabe quem eu sou?

De novo, não é o Kurt Cobain, meu camarada.

— Sim, eu sei quem você é. Meu treinador. Então, se a gente pudesse...

— Eu não vou treinar você — disse ele. — Então é melhor cair fora daqui.

— É, cai fora daqui — falou a mulher.

— Desculpa, existe um eco desesperado aqui dentro? — perguntei, olhando com raiva para a garota, depois encarando Ian de novo. — Não vou embora até ter meu treinamento.

— Bom, pode ficar apreciando a cena então — falou ele, colocando as mãos atrás da cabeça da mulher para aproximá-la de seu membro.

— Tá bom. Acho que o Mãozão vai adorar saber com o que você estava ocupado e por que não pôde me treinar — ameacei.

A mulher soltou uma risada maliciosa.

— Até parece que o Ian se importa com a opinião do Mãozão.

Ela já estava se inclinando quando as mãos de Ian a afastaram de leve.

— O clima já era. A gente tenta de novo depois — falou ele.

Ela o encarou, chocada.

— Você está brincando, né?

Ele deu de ombros.

— Perdi a vontade.

Aquelas palavras que também significavam *eu me cago de medo do meu avô e não quero que ele fique irritado comigo*. Até o roqueiro famosinho local tinha seus temores.

— Posso deixar você com vontade de novo — disse ela, se inclinando, mas ele a interrompeu de novo.

— Se toca, garota, não viu que ele está ocupado comigo? — perguntei, zombando das palavras que ela mesma tinha me dirigido, sentindo meu nível de insolência chegar ao auge.

Eu não costumava ser desaforada — a menos que alguém fosse desaforado comigo primeiro. Olho por olho, dente por dente.

Ela se levantou e alisou o vestido. Ao passar por mim, ela abriu um sorriso sedutor para Ian.

— Depois me liga, tá?

— Claro, Rachel.

Os olhos dela se arregalaram.

— Meu nome é Laura.

— Foi o que eu falei.

Ian acenou, dispensando-a. Ele só não era mais um clichê ambulante babaca de cidade pequena do que o Jess, de *Gilmore Girls*. Metido e arrogante, porém bem sexy.

Eu não me sentia nem um pouco atraída por ele por causa de sua personalidade nojenta, mas negar que Ian era sexy seria uma perda de tempo. O homem exalava atração sexual como se fosse magia. Era como se ele tivesse vendido a alma ao diabo para ser tão gato. Cabelo pretíssimo, corpo tatuado, braços que pareciam fazer levantamento de gado no tempo livre. E aquele sorriso cretino de astro de rock. Você conhece o sorriso. Aquele que diz: *Se eu quisesse, conseguiria convencer você a me chupar aqui e agora*. O mesmo sorriso que certamente tinha exibido para Laura mais cedo. A gente vivia no interior, onde a maioria das pessoas usava camisa xadrez e calça jeans, vestido de alcinha e botas de caubói, mas, num lugar onde a aparência das pessoas não chamava muita atenção, Ian parecia um semideus que tinha aterrissado na galáxia errada.

Enquanto ele puxava a cueca e a calça jeans e se arrumava, eu me virei de costas, lhe dando mais privacidade do que há alguns minutos antes.

Quando ele terminou de se vestir, pigarreou. Eu me virei de novo, e ele esfregou o nariz com o dedão. Seus lábios estavam cerrados, incomodados. Ele com certeza não abriria seu sorriso do boquete para mim.

— Quem é você, afinal de contas?

Obviamente, sua nova arqui-inimiga.

— Hazel.

— Hazel de quê?

— Stone. Hazel Stone.

Assim que falei meu nome completo, Ian franziu as sobrancelhas enquanto um sorriso cínico se abria em seus lábios.

— Sua mãe é a Jean Stone?

Engoli em seco. As pessoas que conheciam minha mãe não costumavam gostar dela, porque sabiam de sua ligação com Charlie — o lobo mau de Eres.

— A própria.

As mãos de Ian se abriram e fecharam em punhos enquanto ele registrava a informação.

— O Mãozão sabe disso?

— Sim, ele está ciente disso. Não sei o que isso tem a ver com...

— Ele sabe disso — interrompe-me Ian — e disse que eu treinaria você?

— Foi o que ele falou.

Seguiu-se um momento de silêncio enquanto Ian apertava os punhos.

— Uma hora — rosnou Ian, parecendo bem mais irritado agora do que quando interrompi o boquete.

Será que minha conexão com Charlie realmente incomodava tanto assim as pessoas?

Quem eu queria enganar? É claro que incomodava.

— Como assim, uma hora? — perguntei, sem querer irritar ainda mais um Ian obviamente já fulo da vida.

— Dou uma hora pra você sair correndo daqui, chorando feito um bebê. Você não tem capacidade de fazer esse serviço, ainda mais eu sendo seu chefe.

— Sem querer ofender, mas você não sabe do que eu sou capaz. Eu consigo trabalhar no rancho.

Será que aquilo era verdade? Sei lá. Eu não entendia nada sobre trabalhar em um rancho, mas entendia sobre determinação, e isso eu tinha de sobra. Fracassar não era uma opção.

— Ah, querida — disse ele. — Você não sabe onde se meteu. Bem-vinda ao inferno.

Ian saiu pela porta, esbarrando em mim ao passar, me causando calafrios. Eu queria dar um soco na cara dele por ter me chamado de "querida". Se havia uma coisa que eu detestava mais do que apelidos femininos, eram apelidos que faziam a pessoa parecer idiota. *Anjo. Fofa. Boneca. Querida. Que tal uma bela dose de vai se foder?* Eu queria tirar satisfação com ele por ter falado comigo daquele jeito arrogante, desdenhoso, mas não tive oportunidade. Ele já estava falando sem parar sobre as tarefas que faríamos na próxima hora, aparentemente antes do meu prazo para sair correndo e pedir demissão como uma criança chorona.

Chiqueiros. Estábulos. Galinheiros.

Ian continuou explicando os trabalhos de merda que eu teria que fazer, o que combinava muito bem com a personalidade de merda dele. Eu sabia que seu comentário sobre aquilo ser o inferno não tinha sido brincadeira, e, com ele cuspindo veneno na minha direção, não me restava nenhuma sombra de dúvida de que Ian Parker era o diabo em pessoa.

Capítulo 2

Ian

Hazel Stone era filha de Jean Stone, enteada de Charlie Riley e uma pessoa que eu não tinha vontade nenhuma de conhecer — que dirá treinar. Não havia espaço na minha vida para nada nem ninguém ligado a gente do tipo de Charlie Riley. E isso incluía Hazel.

A gola da blusa preta de manga comprida de Hazel estava esticada sobre suas narinas enquanto cuidávamos dos chiqueiros. Sua primeira tarefa foi limpar um dos cercados, e ela estava tendo dificuldade, como eu sabia que aconteceria. Ela ainda não tinha tido o prazer de perder o olfato para o fedor de merda de porco, e a camisa cobrindo o nariz era prova disso. Ela devia se considerar sortuda. O velho Eddie trabalhava nos chiqueiros havia tantos anos que não entendia por que as pessoas olhavam para ele de forma esquisita quando ia à cidade fedendo a esterco. O pobre coitado não conseguia mais sentir o cheiro nem dele mesmo.

De vez em quando, Hazel fazia barulhos de ânsia de vômito, como se estivesse prestes a botar os bofes para fora.

Em que raios o Mãozão estava pensando quando resolveu contratar Hazel para trabalhar no rancho? Ele devia estar caducando mesmo, porque absolutamente nada na contratação daquela garota fazia sentido.

Ela parecia ter escapado de um caixão de vampiro, cheia de delineador preto na cara. O modelito preto não melhorava sua aparência de vampira. Se as trevas fossem uma pessoa, seriam Hazel Stone. Usava roupas largas, que pareciam ser de um tamanho maior que o dela, e a garota não sabia sorrir. A parte do sorriso não era problema para mim. Eu também não era muito de sorrir, porém o que mais me incomodava era a forma como ela havia interrompido meu momento com Erica — hum — Rachel? Dane-se, seja lá qual fosse o nome da garota que estava com meu pau na boca. Agora, meu saco doía mais do que nunca. Não era como se eu estivesse pretendendo gozar com um boquete. Isso nunca acontecia comigo, mas fazia parte das preliminares antes de eu jogar a mulher na minha mesa e comê-la até cansar — o que geralmente acontecia às seis da tarde.

Agora, em vez disso, eu era seguido pela porra da Wandinha Addams enquanto explicava a ela tudo o que um peão do Rancho Eres precisava fazer. Surpresa: ela não era capaz de fazer nada daquilo. Ela estava tão longe de ser um peão de rancho que eu me sentia um completo idiota por estar perdendo uma tarde mostrando tudo àquela garota.

— Nem pense que vamos te dar uma folga por você ser menina — avisei enquanto ela colocava o feno sujo em um carrinho de mão.

— Não sou uma menina — rebateu ela, fazendo um esforço para levantar seu forcado, mas sem desistir.

Eu a encarei e a analisei de cima a baixo.

Claro, ela usava roupas largas, mas, por baixo, dava para ver um par de esferas levemente destacadas sob a blusa.

Antes que eu pudesse comentar, ela me encarou.

— Sou uma mulher.

Bufei.

— Não é para tanto. Quantos anos você tem, 18?

— Sim. Que é a idade exata pra se tornar uma mulher. Não sou uma menina.

Revirei os olhos com tanta vontade que achei que fosse ficar cego.

— Mulher, menina, garota, o que seja. Só preciso que faça o seu trabalho. E você vai ter que ser mais rápida se quiser trabalhar aqui. Você está perdendo tempo demorando tanto em um cercado. Tem mais sete esperando.

Hazel arfou.

— Sete? Não é...

— Não é o quê? — eu a interrompi. — Não consegue limpar sete cercados?

Ergui as sobrancelhas, e ela percebeu. Um sorriso sinistro se abriu em meus lábios. Ela estava ali fazia só 45 minutos, e parecia que a pequena Hazel estava prestes a levantar a bandeira branca.

Ela girou os ombros para trás e se empertigou.

— Eu consigo limpar sete cercados. Eu *vou* limpar sete cercados. Mesmo que leve a noite toda.

Pelo andar da carruagem, levaria a noite toda mesmo. Por mim, tudo bem — eu tinha ensaio no celeiro depois do expediente, então já ficaria lá até mais tarde, de qualquer forma. Se Hazel preferia não jogar a toalha por enquanto, então podia passar o resto da noite limpando chiqueiros se quisesse.

Ela demorou três horas para terminar dois cercados.

Três horas.

Era muito mais do que o normal, mas eu precisava dar um crédito à garota — ela não tinha arregado. Ela não parava nem para beber água, exceto quando eu a obrigava.

— Está uns 35 graus. Faz um intervalo, porra. Senão vou ter que te arrastar pelos tornozelos até o hospital — ordenei.

Com relutância, ela fazia seus intervalos, mas depois voltava, se matando de trabalhar.

Por volta das sete, juntei minhas coisas no escritório e fui dar uma olhada em Hazel de novo.

— Quantos faltam? — perguntei.

— Três. — Ela parecia aborrecida. — Só mais três.

Assenti.

— Vou ensaiar com a banda no celeiro. Quando você terminar, passa lá pra me chamar pra eu ver o seu trabalho.

Ela não respondeu, mas eu sabia que tinha me escutado. Pelo menos era melhor ela ter escutado mesmo, porque eu não gostava de ficar repetindo as coisas, e, se ela não tivesse completado o trabalho até o fim da noite, estaria ferrada.

Eu nem sabia por que ela estava trabalhando no rancho. Não entendia por que ela se colocava naquela situação. Ela podia simplesmente ter pedido ajuda àquele padrasto de merda e entrado para o esquema de tráfico da família.

Depois da resposta silenciosa dela, fui encontrar os caras no celeiro. Há cinco anos eu tinha uma banda chamada Desastre, formada por mim e pelos meus três melhores amigos. A gente havia se aproximado fazia um tempo, quando tínhamos 16 anos — menos Eric, que estava só com 13 na época — e fomos obrigados a trabalhar no rancho. Eu fui obrigado pelo Mãozão, que não queria me ver aprontando durante as férias, e o restante dos caras, pelos pais, para ajudar nas contas de casa.

Se você morava em Eres e tinha 16 anos, era bem provável que arrumasse um emprego qualquer para ajudar a aumentar a renda da família. Na maioria das vezes, o salário dos pais não era o suficiente para colocar comida na mesa.

Eu e os caras passamos aquele verão inteiro zanzando por aí e acabamos formando uma banda para nos distrair. Em uma cidade pequena, a gente faz de tudo para que o tempo passe mais rápido. Os dias se arrastavam, e as noites eram um tédio. A música mudou isso. Não demorou muito para começarmos a de fato nos importar com o que estávamos criando, e, com o passar dos anos, de alguma forma, conseguimos fazer certo sucesso. Não o suficiente para largar nossos empregos, mas o bastante para sonhar com uma vida fora de Eres.

Além do mais, todos nós tínhamos talento de sobra para fazer nossa banda se destacar.

Primeiro, tinha James, o sociável. Se havia alguém precisando de amor, James estava lá para oferecer. Ele tocava baixo e tinha uma personalidade tão amigável que era capaz de fazer seu arqui-inimigo se derreter. O cara não só arrebentava no baixo, como também era o rosto sorridente que atraía os fãs para nossas redes sociais.

Marcus era o baterista genial e o palhaço da banda. Ele era o alívio cômico quando a gente começava a se estressar um com o outro — o que acontecia bastante quando se tratava de um grupo de artistas que, às vezes, tinha opiniões criativas diferentes.

Eric, que tocava teclado, era o mago que cuidava das nossas redes sociais. Juro que o cérebro dele funciona em códigos de programação. Ele era o gênio por trás da fama da Desastre em todas as plataformas digitais. Apesar de ser o mais novo de nós — ele era irmão de Marcus —, exercia um papel fundamental na banda. Ele era responsável pela conquista de grande parte dos nossos fãs. Mais de 500 mil seguidores no Instagram, 65 mil no YouTube, e uma quantidade no TikTok que eu nem sabia. Eric estava sempre buscando maneiras de aumentar nosso alcance, o que significava um monte de lives dos nossos ensaios e da nossa vida em uma cidade pequena, trabalhando no rancho.

Parece que as pessoas gostam de assistir à rotina simples de roqueiros do interior. Eu não entendia aquele interesse todo, mas Eric era especialista em dar aos fãs o que eles queriam ver. Se ele não estivesse com uma câmera na mão ou se não houvesse um tripé por perto, eu teria certeza de que ele estava morrendo. Mesmo quando você achava que não estava sendo filmado, era bem provável que estivesse, sim.

E então vinha eu. O vocalista que escrevia as letras e assumia os vocais. Eu tinha a personalidade mais fraca de todos, e sabia que, se não fosse pela banda, eu não teria nem uma gota do sucesso que havia conquistado. No geral, eu me considerava meio babaca. Não levava jeito para lidar com as pessoas, e era pior ainda nas redes sociais. Mas amava música. A música compreendia partes de mim que seres humanos nunca chegaram perto de descobrir. A música havia me salvado de alguns dos piores dias da minha vida. Eu não sabia o que seria de mim sem a Desastre. Nossos ensaios diários me mantinham com os pés no chão.

Quando entrei no celeiro, os caras já debatiam os próximos passos para o nosso som.

— A gente precisa fazer uma live no Instagram com um show local — clamava Eric enquanto passava as mãos pelo cabelo ruivo. — Se não dermos aos nossos fãs um gostinho das músicas novas, seremos massacrados pelos haters nas redes sociais. Se quisermos ser o próximo Shawn Mendes descoberto pela internet, temos que fazer por onde — argumentou ele.

— Nossa, E, relaxa. Não quero que você tenha um ataque cardíaco por causa dessas porras do Instagram — resmungou Marcus, pegando uma cerveja do seu engradado. — E se a gente tirasse uma folga das redes sociais e só criasse umas paradas fodas?

Marcus era sempre assim — mais interessado na música, menos na fama.

— Tirar uma folga... — Eric começou a bufar enquanto andava de um lado para o outro no celeiro. — Como assim, tirar uma folga das redes sociais? A única chance que a gente tem de fazer esse negócio decolar é com a internet, e você quer voltar a ficar de bobeira no celeiro? As visualizações dos nossos vídeos caíram cinco por cento nas últimas semanas, e vocês todos estão se comportando como se não existisse uma guerra aí fora.

Sorri para meu companheiro de banda, o cara mais nerd, porém muito entusiasmado.

Se tinha uma coisa capaz de fazer Eric perder as estribeiras era quando Marcus lhe dizia que as redes sociais não tinham importância. Os dois brigavam como dois irmãos. O que de fato eram.

— Talvez porque não seja uma guerra — disse Marcus, dando de ombros.

Eric tirou os óculos, inclinou o quadril como minha avó fazia depois de um dia difícil limpando a casa, e apertou o nariz.

— Trinta e sete por cento — disse ele.

— Ah, que ótimo. Lá vem ele com as estatísticas de novo — bufou Marcus.

— Sim, lá venho eu com as estatísticas de novo, porque elas são importantes, porra. Trinta e sete por cento dos americanos estão no Instagram. A maioria dos nossos fãs mora nos Estados Unidos, e vocês sabem qual é a faixa etária deles?

Eu me juntei ao grupo e me sentei na beirada do palco de madeira construído pelo Mãozão anos antes, prestando atenção, sabendo que Eric estava prestes a passar um sermão em Marcus.

— Conta pra gente, por favor — pediu James, obviamente interessado.

— Noventa por cento tem menos de 35 anos. O que significa que estamos lidando com um mundo de millennials e da geração Z, com a capacidade de concentração de um cachorro perseguindo o próprio rabo. Se a gente não chamar atenção deles e não der um motivo pra quererem mais do nosso som e da nossa marca, vamos ser trocados por outra banda mais rápido do que uma Kardashian passa o rodo num time de basquete. A gente precisa se concentrar. Precisa pensar grande. Senão vamos perder a base que ganhamos ao longo desses anos todos.

Todo mundo calou a boca depois do discurso de Eric, porque estava mais do que claro que ele sabia do que estava falando. Além do mais, eu concordava completamente com ele. Nos últimos tempos, eu me sentia empacado. Como se nosso som não estivesse atendendo a todas as minhas expectativas. Meus sonhos e objetivos eram grandes, assim como os dos outros caras, mas parecia que a gente não saía do lugar. Eu não conseguia pensar em uma forma de estourarmos. Eu sabia que Eric tinha razão sobre a questão das redes sociais, mas, se não tivéssemos um som legal, não ganharíamos fama apenas insistindo.

A gente precisava de hits, e não de músicas medíocres.

— E as letras novas que você começou a escrever, Ian? Talvez a gente pudesse tocar algumas dessas na live — sugeriu James.

Eu me retraí. Nenhuma daquelas músicas estava pronta para ser tocada. Meu cérebro parecia empacado, e, quando a mente empaca...

— Ainda não estão prontas.

— Mas, enquanto isso, temos que aparecer. Vamos tocar nossas músicas mais famosas nas próximas semanas. Podemos convidar a cidade inteira e fazer a live. Isso vai dar uma movimentada — sugeriu Eric.

— Boa ideia. Então que tal a gente montar um set list e ensaiar? — sugeriu Marcus. — Pra deixar a porra toda fresca na memória.

Nós finalmente chegamos a um consenso e começamos a fazer aquilo que amávamos — criar um som.

Passamos horas ensaiando, fazendo apenas um intervalo para o jantar, quando Eric nos contou que pizza era a comida mais postada no Instagram — sushi e frango vinham em segundo e terceiro lugares.

A quantidade de informações que havia na cabeça daquele cara tinha que ser usada em um programa de perguntas e respostas na televisão algum dia. Não dava para saber tanto e não participar de um negócio desses.

Quando as portas do celeiro se abriram, fiquei chocado ao ver Hazel entrar. Ela estava um bagulho. O cabelo estava preso no coque mais malfeito que já tinha visto na vida, os olhos dela gritavam de exaustão, e as roupas estavam esfarrapadas, rasgadas e cobertas de merda — literalmente. Os coturnos estavam acabados, e seu desânimo era nítido, mas, mesmo assim, ela estava ali. Abatida, mas não arrasada.

— Desculpa interromper, mas acabei de limpar os chiqueiros — disse ela para mim, assentindo. — Se você quiser dar uma olhada no meu trabalho...

Enfiei um pedaço de pão de alho na boca e esfreguei as mãos engorduradas na calça jeans.

— Demorou, hein. Já vou lá ver.

Hazel não disse nada, só deu as costas e saiu.

James franziu as sobrancelhas.

— Você não mandou essa garota limpar todos os chiqueiros sozinha, né? O Mãozão costuma mandar três caras fazerem isso.

— Ah, mandei. Achei que, se jogasse pesado com ela agora, não teria que desperdiçar meu tempo pelo resto do verão.

— Eu teria desistido — comentou Marcus. — Parece que ela é mais forte do que você imaginava.

Depois de enfrentar algumas adversidades, as pessoas perdiam a força. Talvez Hazel tivesse aguentado aquele dia, mas, com o tempo, eu a faria desistir.

Dei boa-noite aos caras, e, quando saí para os chiqueiros, James veio correndo atrás de mim.

— Ian, espera.

Eu me virei para ele e cruzei os braços.

— O que foi?

— Essa Hazel... Ela é enteada do Charlie, né?

Concordei com a cabeça.

— Aham.

James bufou, soltando uma nuvem de ar quente, e balançou a cabeça.

— Escuta, não seja escroto com ela por causa disso. Ela não é o Charlie. Você não pode descontar nela a raiva que tem daquele babaca.

— Qualquer parente daquele homem é meu inimigo.

— Mas a Hazel não obrigou os seus pais a se drogarem. Ela não tem nada a ver com o que aconteceu com eles.

Trinquei a mandíbula e indiquei o celeiro com a cabeça.

— Que tal você fechar o celeiro? Vou lidar com a Hazel da forma que eu achar melhor.

Ele não discutiu comigo, porque sabia que eu era um babaca teimoso e que seria difícil me fazer mudar de ideia. Como eu disse, James gostava de manter a paz.

Eu, por outro lado? Nem tanto.

Segui para os chiqueiros, onde encontrei Hazel apoiada em um dos portões. Ainda parecia que ela havia passado a noite carregando a porra da lua inteira.

Dei uma volta pelos cercados, e, para minha surpresa, estavam impecáveis. Ela havia dado conta de todas as tarefas que passei e, de algum jeito, feito tudo melhor do que os caras que geralmente cuidavam dos estábulos.

Fiquei chocado.

Mas eu não ia deixar que ela soubesse que tinha feito um bom trabalho. Ainda estava convencido de que ela faria merda em algum momento.

— Ficou mais ou menos — comentei.

Ela ficou boquiaberta.

— Mais ou menos? Eu me matei de trabalhar aqui, e ficou ótimo.

— Como você sabe? Duvido que já tenha passado tempo suficiente num chiqueiro antes.

— Isso não significa que não sei quando alguma coisa está bem-feita. Seria impossível ficar melhor.

Dei de ombros.

— Que seja. Volte no nascer do sol amanhã pra eu te passar mais trabalho.

— Só isso? — rebateu ela, com raiva. — Só um "volte no nascer do sol"? Nada de "bom trabalho" ou "muito bem, Hazel"?

— Desculpa. Eu não sabia que tinha a obrigação de elogiar funcionários só por fazerem seu trabalho. Se você precisa receber aplausos sempre que terminar uma tarefa, está no lugar errado. Agora, cai fora pra eu poder trancar tudo e ir embora.

Ela ajeitou a alça da bolsa no ombro e seguiu em direção à porta.

— Oito horas.

— Como é?

Ela olhou para mim por cima do ombro.

— Oito horas. Eu durei oito horas a mais do que você pensou.

Ela me deu um sorriso que dizia "quero mais é que você se foda", e juro que quase fez uma reverência irônica antes de ir embora.

Por que eu tinha a sensação de que aquela garota seria um pé no meu saco?

Capítulo 3

Hazel

Cada centímetro do meu corpo doía, e, quando eu dizia cada centímetro, queria dizer literalmente cada centímetro mesmo. Do alto da cabeça aos dedos dos pés. Antes de passar um dia trabalhando no rancho, eu não tinha ideia de que os dedos dos pés podiam ficar doloridos. Quando a semana chegou ao fim, eu tinha certeza de que meu corpo iria se rebelar contra qualquer forma de movimento. Mas segui firme, caindo no sono por volta de meia-noite e acordando antes do nascer do sol para ir andando até o rancho.

Ian também não estava pegando mais leve. Estava mais do que claro que ele queria me fazer desistir, e, para falar a verdade, eu não entendia o motivo. Não podia ser só por causa do flagra que eu dei, porque, se fosse, ele seria o homem mais mesquinho da face da Terra.

Eu tinha certeza de que toda aquela raiva e irritação tinham um motivo mais sério. Só não fazia ideia de qual seria. Mas a verdade era que eu não me importava o suficiente para tentar descobrir. Minha única preocupação era fazer meu trabalho bem-feito.

Ele não poderia se livrar de mim se eu não desse motivos para isso.

Depois de voltar andando ao fim de outro dia de trabalho exaustivo, encontrei a casa imunda. Mamãe ignorava as tarefas que costumavam ser minhas, e, desde que comecei a trabalhar, muitas delas acabavam ficando por fazer. A pia estava cheia de louça, havia uma pilha de roupas para lavar e guimbas de cigarro espalhadas por tudo quanto era canto, jogadas como se as pessoas que moravam ali nunca tivessem ouvido falar de cinzeiros. Também tinha latas vazias de cerveja pela casa inteira.

Mamãe estava sentada no sofá, assistindo à TV. Na noite passada, ela havia caído no sono ali, e fiquei me perguntando se ela não estava naquela posição desde então.

— Já estava na hora de você aparecer — comentou ela. — O Charlie disse que você precisa limpar a casa antes que ele chegue.

Ela estava com um cigarro na boca, e a visão fez meu estômago se revirar.

— Mamãe, a gente combinou que você ia parar de fumar por causa do bebê.

— Eu vou parar. Estou diminuindo. Não começa a me julgar.

— Não estou julgando. Só quero que você se cuide. — Coisa que ela não estava fazendo, é claro. Mamãe fumava um maço por dia. Era bem improvável que estivesse diminuindo.

— Eu estou me cuidando. Além do mais, eu fumei que nem uma chaminé quando estava grávida de você. E deu tudo certo.

— Poxa... valeu, mamãe — falei, revirando os olhos.

Arregacei as mangas e fui para a cozinha lavar a louça. Era irritante eu ter que limpar a casa quando não era nem eu que fazia a bagunça, mas eu não estava a fim de ver Charlie irritado. Era melhor limpar tudo e ficar quieta. Cinderela tinha duas irmãs postiças más e uma madrasta má; eu só tinha um padrasto mau e uma mãe desinteressada. Podia ser bem pior.

Depois que terminei de lavar a louça, joguei parte da roupa na máquina de lavar e voltei para a cozinha. Abri a geladeira e vi que não tinha comida. Parecia que, se eu não fosse ao mercado fazer compras, ninguém iria. Charlie com certeza comia na rua, mas mamãe quase não saía de casa. Se não houvesse comida na geladeira, ela não se alimentava, o que era um problema. Especialmente quando ela devia estar comendo por dois.

— Mamãe, você jantou?

— O Charlie disse que ia trazer comida chinesa.

Olhei para o relógio do micro-ondas. Já passava das dez. Do jeito que Charlie era, podia levar horas para voltar. Não dava para prever quando ele traria comida para mamãe.

— Posso fazer um queijo quente pra você — ofereci.

Ela aceitou, e, quando o sanduíche ficou pronto, fui para a sala e me sentei ao lado dela no sofá. Mamãe parecia magra demais para uma grávida. Estava com quase cinco meses, mas a barriga mal aparecia. Ela sempre foi magra, mas eu me preocupava por ela não comer o suficiente durante o dia. Quando eu recebesse meu primeiro salário, a primeira coisa da minha lista de prioridades que eu faria seria encher a geladeira.

— Já acabou de limpar a casa? — perguntou ela, dando uma mordida no sanduíche.

— Já. Só preciso tirar a roupa da máquina; depois, está tudo arrumado.

— Ótimo. Então podemos conversar antes do Charlie voltar. — Ela colocou o prato na mesa de centro e segurou minhas mãos. — Eu e o Charlie achamos melhor você ir embora.

Meu coração foi parar na garganta.

— O quê?

— Ele disse que quer que você tire suas coisas daqui hoje. Ele não gosta de ver você julgando nosso estilo de vida e diz que você não limpa a casa. Você fica andando para cima e para baixo por aí...

— Eu trabalho, mamãe.

— Pra mim isso parece uma desculpa. Enfim, não dá mais pra você morar aqui. Não tem espaço, com o bebê chegando e tal. Pega suas coisas e vai embora.

— Mas eu não tenho pra onde ir, mamãe.

Ela me fez mesmo limpar a casa antes de me expulsar? Essa era a mulher que eu chamava de mãe?

Ela acendeu outro cigarro.

— Você já tem 18 anos, Hazel. Está na hora de sair do ninho. Não vamos sustentar você pra sempre. Então, arruma suas coisas.

Eu queria brigar, dizer que fiz mais por ela nos últimos anos do que ela jamais tinha feito por mim. Eu queria gritar e berrar que, se alguém ali era um fardo, eram ela e Charlie. Eu queria chorar.

Nossa, como eu queria desmoronar. Minha mãe era tudo o que eu tinha no mundo, e ela estava me colocando para fora de casa sem um pingo de culpa ou remorso. Ela já havia voltado a atenção para a TV, soprando fumaça.

Quando Charlie entrou pela porta, meu estômago se revirou. Que bom que eu tinha feito o queijo quente para mamãe, porque não havia nenhum sinal de comida chinesa.

Os olhos dele foram da minha mãe para mim, depois de volta para ela.

— Não falei que queria que você mandasse essa garota embora antes de eu chegar?

— Eu mandei. A garota é cabeça-dura que nem o pai — respondeu mamãe, soprando uma nuvem de fumaça.

Ela quase nunca falava do meu pai. Eu não sabia nem o nome dele, e ela só o mencionava quando reclamava de alguma coisa. Era um pouco difícil para mim defendê-lo, já que ele não fazia diferença nenhuma na minha vida.

— Não tenho pra onde ir hoje — falei, me levantando do sofá.

— Só lamento. Quando eu fiz 18 anos, meus pais também me botaram na rua. Se eu me virei, você também consegue — decretou

Charlie. — Estou de saco cheio de ter uma encostada pelos cantos, sem ajudar na casa. Você tem uma hora pra pegar as merdas das suas coisas e ir embora. Temos que reformar o quarto pro bebê.

— Já passou de meia-noite.

— Estou pouco me lixando — rebateu Charlie enquanto acendia um cigarro. — Só cai fora.

Mamãe ficou quieta. Ela havia voltado a assistir à TV como se não tivesse ajudado a acabar comigo.

Engoli em seco e fui para o meu quarto. Eu não sabia para onde ir nem o que iria fazer. A única coisa que sabia era que eu tinha sessenta minutos para arrumar as malas e ir embora.

Não há nada tão deprimente quanto se dar conta de que sua vida inteira cabe em dois sacos plásticos. Saí de casa sem me despedir e engoli as lágrimas que tentavam escapar.

Meu primeiro pensamento foi ir para o trailer de Garrett — meu namorado com quem eu vivia terminando. Ele era sobrinho de Charlie e o braço direito dele nos negócios da família. O grande sonho de Garrett era assumir o lugar de Charlie em algum momento. Ele idolatrava o tio, o que, para mim, era um enorme defeito. Eu não conseguia entender por que alguém almejaria ser igual a Charlie. Ele não era nada admirável.

No momento, Garrett e eu tínhamos terminado, já que ele gostava de ir para a cama com mulheres que não eram eu. Ele colocava a culpa em mim, porque eu não queria transar, mas eu considerava isso uma idiotice. Nunca entendi como pessoas tinham coragem de culpar os outros por suas traições, mas, por outro lado, eu era a imbecil que vivia voltando para ele.

É incrível a capacidade que uma autoestima baixa tem de jogar a gente nos braços da pessoa errada.

Quando cheguei ao trailer de Garrett, fui lembrada de uma característica que herdei da minha mãe: o dedo podre.

— Se você quiser ficar aqui, vai ter que dar pra mim — disse Garrett, bufando uma nuvem de fumaça com o cigarro. Ele usava uma blusa xadrez e um short jeans largo demais para seu corpo magro. Um cinto velho e esfarrapado o prendia ao quadril.

— Deixa de ser ridículo, Garrett. Escuta, o Charlie me expulsou de casa. Preciso de um lugar pra dormir hoje, pelo menos.

— Já disse, ou você dá pra mim, ou procura outro canto pra ficar.

— Você está brincando, né?

— Eu estou rindo, por acaso?

Nesse momento, uma garota se aproximou por trás dele, e eu a reconheci de cara. Megan Kilt — que Garrett tinha jurado ser só uma amiga. Na época, eu já sabia que não devia acreditar nele.

Assim que Megan me viu, um sorriso maldoso se abriu em seus lábios.

— Olha só, é a Barbie gótica — cantarolou ela. — Sério, por que você usa tanto delineador? É um exagero.

Mostrei o dedo do meio para ela e voltei a encarar Garrett.

— Só me deixa dormir no seu sofá hoje... Você pode fazer o que quiser com a Barbie piranha. Coloco até fones de ouvido.

— Foi mal, Hazel. O Charlie falou pra eu não te dar abrigo. Ele falou que você precisava de uma lição.

Não havia lição nenhuma no que Charlie estava fazendo comigo. Só crueldade.

— O Charlie não precisa saber.

— O Charlie sabe de tudo. Até de merdas que você nem imagina.

Eu odiava admitir, mas era verdade. Charlie parecia ter olhos atrás da cabeça e vivia um passo à frente de tudo e todos.

Garrett soprou outra nuvem de fumaça, e Megan abraçou seus ombros, como se tentasse deixar claro que ele agora era seu brinquedinho. Dane-se. Eu sempre soube que Garrett não era o cara certo para mim. Ele era só o cara que sempre estava ali.

Menos quando eu mais precisava dele.

Garrett era o bad boy que os romances fazem você pensar que deseja, só que, ao contrário dos livros, ele não passa por nenhum momento de redenção. Não havia uma ocasião em que ele dissesse a coisa certa ou falasse comigo de um jeito poético, me deixando mais apaixonada a cada dia. Ele não fazia sacrifícios pelo nosso namoro nem se rendia ao nosso amor.

Ele era só o Garrett, o garoto que estava lá quando nenhum cara olhava para mim. Eu gostaria de poder dizer que me sentia forte o suficiente para ignorá-lo, mas, às vezes, a solidão faz as pessoas desejarem qualquer tipo de conexão — mesmo aquelas que sugam a sua alma.

A única diferença entre ele e Charlie era o fato de que Garrett jamais bateria em mim. Ele era um babaca, mas não do tipo que abusava fisicamente dos outros, como o tio.

Mesmo assim, isso não o tornava digno de ser admirado.

Às vezes, eu até queria que Garrett fosse um personagem fictício. Seria bom ver sua evolução.

— Hazel, antes de você ir, como está a sua mãe com o negócio da gravidez? — perguntou ele, pisando no cigarro ao jogá-lo no chão. — O Charlie está cuidando bem dela? Vendo se ela come direito e essas porras todas?

Fiz que não com a cabeça.

— Você sabe que o Charlie só pensa em uma coisa. E não é na minha mãe. Era eu quem cuidava dela, não ele. Mesmo assim, ele ainda conseguiu fazer minha caveira pra ela.

Garrett pegou outro cigarro e o acendeu. Aquele cara fumava feito uma chaminé.

— Vou ficar de olho pra ver se ela está tomando as vitaminas direito e essas porras.

Bom, que legal da sua parte e algo completamente inesperado.
— Valeu.

— Tranquilo. Minha mãe também deve querer dar uma olhada nela.

A mãe de Garrett, Sadie, era a melhor amiga de mamãe nos bons e nos maus momentos. Ela não era uma pessoa ruim, só tinha se metido em situações complicadas.

Como acontece com muita gente, na verdade.

Garrett acendeu e apagou o isqueiro com a mão livre.

— Mas é melhor você cair fora antes que Charlie te pegue aqui e venha me encher o saco.

Fui embora, passando por um grupo de adolescentes que arrumavam confusão na rua e adultos que arrumavam ainda mais confusão dentro do Carl's Bar, aproveitando a liberdade da sexta à noite.

Segui em frente, apesar dos meus pés arderem de tanto andar. Não pude calçar meus coturnos, porque eu tinha acabado com eles nos chiqueiros, então minha única opção eram os chinelos que peguei da minha mãe sem ela ver.

Acabei voltando para o rancho sem me dar conta do que estava fazendo. Era como se eu não conseguisse pensar em outro lugar aonde ir. O celeiro estava iluminado, com música saindo aos berros, provavelmente da banda de Ian, e, no geral, o som era ótimo — com exceção das letras ridículas.

Não me entenda mal; Ian cantava bem. Mas as letras eram uma bosta.

Atrás do celeiro, perto de umas árvores, havia um barracão abandonado que eu tinha encontrado uns dias antes, enquanto tentava aliviar uma câimbra na perna. Fui até lá e abri a porta.

Não havia muita coisa lá dentro, mas achei um tapete velho e gasto, que abri. Ele seria uma bela cama naquela noite.

— É tipo acampar, Hazel. Tipo acampar — falei para mim mesma.

Havia um buraco enorme no telhado do barracão que se abria para o céu estrelado. Sempre que eu olhava para o céu, me sentia em paz. A galáxia fazia com que eu me sentisse pequena e melhor a respeito de tudo, por mais estranho que isso parecesse. Era quase como se houvesse tanta coisa acontecendo no mundo que minha situação atual deixava de parecer tão ruim. Tudo daria certo. Teria que dar em algum momento. A vida não podia ser triste daquele jeito, e eu tinha certeza de que, mais cedo ou mais tarde, daria um jeito de sair daquela droga de cidade. Eu torcia para que mamãe viesse comigo, mas agora estava claro que ela havia escolhido um lado e estava pouco se lixando para mim.

Coloquei um dos meus sacos de roupa sobre o tapete para usar como travesseiro. Encarei o céu pelo buraco e ouvi a Desastre tocar músicas dignas de serem apreciadas. Eu podia odiar o vocalista, mas não dava para negar que o som deles era fenomenal.

Agora, se as letras fossem melhores...

Naquela noite, fechei os olhos ao som da voz de Ian Parker e me esforcei ao máximo para não pensar em mais nada.

Amanhã seria um dia melhor, e o sol brilharia de novo.

O mundo parecia estar a meu favor, porque o sol brilhou mesmo na manhã seguinte. Eu não conseguia me livrar da sensação de ter sido traída por minha mãe, mas pelo menos havia o trabalho para me manter ocupada. Apesar de ser meu dia de folga, apareci para o serviço no rancho. Se eu estivesse trabalhando, não pensaria na minha atual falta de teto. Quando você está limpando esterco, é difícil se concentrar em outra coisa que não seja na vontade de vomitar.

Além do mais, agora que eu tinha invadido o barracão abandonado, não precisava andar durante meia hora para chegar ao trabalho e depois voltar para casa a pé, o que era um ponto positivo.

— Mas o que você acha que está fazendo? — rugiu uma voz rouca quando eu me sentei nos estábulos e comecei a escovar Dottie, a égua mais bonita que já vi na vida. Eu e Dottie tínhamos dividido uma maçã havia pouco tempo, e, depois disso, passamos a bater um papo, porque minha vida tinha chegado ao ponto em que eu conversava com animais para me sentir menos sozinha.

Que barato.

Na verdade, animais eram muito mais legais que seres humanos, então minha nova amizade com Dottie me parecia uma grande vitória.

— Dei um pulo aqui pra ajudar hoje — respondi para um Ian emburradíssimo, parado na porta.

Eu me perguntei se ele sabia o que era um sorriso... De nós dois, ele com certeza era o que mais tinha motivos para sorrir, e, mesmo assim, eu ainda conseguia encontrar motivos suficientes para fazer isso.

— Você não está na escala — reclamou ele.

— Eu sei. Mas estava passando por aqui.

— Bem, então vai passar em outro lugar.

— Que diferença faz? Os caras não escovam a Dottie nem os outros cavalos direito. Você devia ficar no mínimo feliz pela minha ajuda.

Ian ergueu as sobrancelhas.

— Ninguém vai pagar você por isso.

— Eu não bati cartão. Sei como empregos funcionam.

— Parece que não, já que veio trabalhar no dia de folga.

Parei de escovar Dottie e deixei as mãos caírem no colo enquanto eu encarava Ian.

— Por que você está sempre irritado comigo?

— Por que você faz idiotices que me deixam irritado? — rebateu ele.

Seu cabelo estava despenteado e completamente descontrolado enquanto ele me encarava com os braços cruzados sobre o corpo musculoso. Se os bíceps dele pudessem acenar, provavelmente me dariam um safanão.

— É só me ignorar — sugeri. — Não estou atrapalhando ninguém, e a Dottie gosta da minha companhia.

— A Dottie é uma égua. Ela não tem capacidade de gostar da companhia de ninguém.

— É meio besta achar que ela não tem sentimentos só porque é uma égua. Quando foi a última vez que você perguntou como ela estava se sentindo?

— Pelo amor de... — murmurou ele, antes de passar uma das mãos pelo cabelo. — Você não pode ficar aqui no rancho se não estiver trabalhando. Isso se chama invasão de propriedade. É contra a lei.

— Ah, é? Você vai chamar o delegado Cole para me prender por escovar a Dottie?

— Não testa minha paciência, Hazel — disse ele com os dentes trincados. — Você está tentando me azucrinar ou isso é um talento natural?

— Tão natural quanto respirar.

Ele resmungou mais um pouco e esfregou o dedão sob o olho esquerdo.

— Se eu ficar sabendo que você atrapalhou alguém, é rua. E não estou falando só por hoje. É rua *mesmo*. Está demitida. Entendeu?

— Positivo e operante, capitão.

— Para com o sarcasmo.

— Ele também é tão natural pra mim quanto respirar.

Antes que Ian pudesse soltar os cachorros em cima de mim, uma mulher entrou nos estábulos e o encarou.

— Vamos, Ian? Tenho pouco tempo de almoço pra gente... Você sabe.

Ela me viu e afastou o olhar, ficando ligeiramente corada.

Ah, pode ter certeza, meu bem, todo mundo sabe.

Se eu ganhasse um dólar por cada mulher que vi dar mole para Ian nos últimos dias, não precisaria nem trabalhar no rancho. Eu seria rica nível Kylie Jenner. Provavelmente conseguiria montar uma paleta inteira de sombras só com a cor dos olhos das garotas que cruzaram o caminho dele e acabaram em seu escritório.

Verde-esmeralda. Azul-madrugada. Preto-sombra.

Ian me fitou como se quisesse continuar reclamando, mas sua vontade de levar a garota para seu covil era maior do que a de ficar me enchendo o saco. Fiquei feliz sozinha quando ele foi embora. Eu e Dottie tínhamos muito o que conversar.

Capítulo 4

Ian

— Ela é um pé no saco — reclamei para o Mãozão depois de passar algumas semanas treinando Hazel.

Todo dia, sem falta, a garota aparecia com seu visual preto e com aqueles coturnos acabados, pronta para o trabalho. Ela terminava todas as tarefas que eu passava, não importava quais fossem. Às vezes, ela ficava até mais tarde para terminar um serviço e só saía do rancho quando acabava tudo, me deixando sem motivo nenhum para demiti-la. Apesar de eu estar louco para fazer isso.

Até nos dias de folga ela aparecia. Era como se ela não tivesse porra nenhuma para fazer fora do rancho. Seu passatempo favorito era conversar com os animais, como se um dia eles fossem responder. Eu conhecia Dottie bem o suficiente para saber que ela estava pouco se lixando para tudo o que Hazel dizia — ela só queria as porcarias das maçãs.

Todos os outros caras do rancho pareciam estar felizes da vida com Hazel zanzando por ali feito um cachorrinho perdido. James dizia que ela não atrapalhava e que até ajudava quando ele precisava. Marcus e Eric também a achavam prestativa, e tenho certeza de que o velho Eddie deu um beijo na bochecha de Hazel quando ela se ofereceu para ajudá-lo no galinheiro.

Parecia que eu era o único babaca que não a queria no rancho, e eu sabia muito bem que sua presença me incomodava por causa dos meus problemas pessoais com Charlie.

Ver Hazel todos os dias fazia com que eu me lembrasse dele, e pensar em Charlie fazia com que eu me lembrasse dos meus pais. Eu tentava a todo custo não pensar nos dois. Eu me esforçava para mantê-los enterrados no fundo da minha mente, mas a convivência com Hazel tornava isso praticamente impossível.

Eu não conhecia a garota, mas a impressão que ela me passava era de dar nojo. A ligação que ela tinha com uma cobra feito Charlie não podia trazer nada de bom para o rancho. Ela vinha de um mundo tóxico.

— E você é outro pé no saco — respondeu o Mãozão, sentado à sua mesa, em casa. Ele coçou a barba comprida que minha avó ultimamente tentava convencê-lo a raspar e bocejou sem cobrir a boca. — Ela tem trabalhado muito mais do que metade dos peões por aí. Sempre que dou uma passada no rancho, vejo a menina com a mão na massa, às vezes se enrola, claro, mas sempre trabalhando. Ao contrário de metade da sua equipe, que vive de preguiça e enrolando o serviço.

— É, mas... — resmunguei, sabendo que não tinha argumentos, mas querendo encontrar qualquer problema assim mesmo. — Você sabia que ela é enteada do Charlie?

— Você acha que não faço uma pesquisa antes de contratar as pessoas? É claro que eu sei disso.

— E você contratou essa garota mesmo assim? — perguntei, embasbacado. — Você sabe que foi por causa do Charlie que minha mãe e meu pai...

— Não começa, menino — rebateu o Mãozão com desdém, a voz cheia de irritação. Ele deu um peteleco na lateral do nariz com um dedo. — Não tenho tempo pra ficar discutindo essas coisas. Hazel Stone vai continuar trabalhando no rancho, e você vai continuar supervisionando o trabalho dela. Fim de papo.

— Mas...

— Eu disse fim de papo!

Como ele podia não ligar para aquilo? Se não fosse por Charlie, minha mãe e meu pai não teriam se viciado em metanfetamina anos antes. Não teriam metido o pé, completamente doidos, em busca da próxima dose. Eles teriam sido os pais de que eu precisava.

Então Charlie tinha mais era que se foder, e todo mundo que possuía qualquer ligação com ele, também. Aquele homem arruinava vidas — arruinou a minha.

Eu preferia não ter conhecido meus pais antes do vício. Preferia não ter visto o lado bom deles, mas fiz isso por 13 anos. Eu tinha inúmeras memórias da minha mãe antes da metanfetamina. Lembrava que ela adorava cuidar da horta da minha avó. E me lembrava da sua risada, do seu perfume com cheiro de rosas, do seu sorriso. No verão, meu pai sempre me levava ao lixão e me deixava ajudá-lo com a empilhadeira para arrumar os carros arrebentados.

A pior parte de ter pais que foram se viciando em drogas aos poucos era a lembrança de que eles nem sempre foram drogados. Se os dois fossem ferrados desde sempre, teria sido mais fácil para mim quando eles foram embora.

— Você devia cogitar a ideia de mandar a Hazel embora. Ou pelo menos de mudar o supervisor dela — falei. Se eu não tivesse que ficar tomando conta dela, ficaria menos irritado.

— Não posso mandá-la embora. Estou honrando uma dívida, dando uma chance pra Hazel.

— Dívida? Com quem você teria uma dívida?

As sobrancelhas do Mãozão se uniram, e ele fugiu da minha pergunta.

— Quanto você paga de aluguel pela casa no rancho? — quis saber ele. A pergunta estava cheia de segundas intenções, e eu sabia exatamente o que ele estava armando para mim.

— Mãozão...

— Eu fiz uma pergunta simples, menino. Responde.

Eu desmoronei na cadeira.

— Nada.

— Eu estava conversando com o Tyler no mercado dia desses, e ele me disse que aquela casa deve valer uns 200 mil, fácil. Ele me perguntou se eu queria vender. Estou pensando em aceitar a oferta.

— Tá, entendi.

— Acho que você não entendeu, não. — Ele entrelaçou os dedos das mãos. — Eu podia estar ganhando dinheiro com aquela casa, mas não faço isso porque você é meu neto, e eu sei que você não conseguiria arrumar um lugar tão bom sem a minha ajuda. Eu empresto o celeiro pra sua banda ensaiar, apesar de saber que ganharia uma grana se alugasse o espaço pra outras pessoas. Você vive como um rei em uma cidade onde tanta gente passa dificuldade e ainda tem a coragem de entrar no meu escritório, choramingando feito um bebê, para reclamar que não gosta de uma menina que trabalha mais do que todo mundo? Ora, faça-me o favor. Se você quiser que ela seja treinada por outra pessoa, pode pedir demissão. Mas Deus é testemunha de que você também vai perder tudo o que torna sua vida confortável.

Fiquei quieto, porque o Mãozão tinha razão. Eu estava sendo um escroto e dando chilique porque as coisas não estavam saindo do jeito que eu queria.

— Você teve sorte na vida, Ian. Passou por alguns percalços, sim, quando seus pais foram embora, mas, no geral, você teve oportunidades que a maioria das pessoas nessa cidade mataria para ter. Não deixe seu ego inflar a ponto de você achar que os outros não merecem ter as mesmas oportunidades. A Hazel não fez porra nenhuma pra ser comparada ao Charlie. Ela só deu azar. Deixa ela tentar dar um rumo na vida e para de ser um babaquinha chato.

Só mesmo o Mãozão para deixar claro que você e suas opiniões idiotas são completamente ridículos.

— Pensando bem, tenho uma ideia melhor ainda — disse ele, se recostando na cadeira. — O quarto de hóspedes da sua casa. Oferece pra Hazel.

Engasguei na hora.

— O quê?

— Tenho a impressão de que ela está precisando de um lugar pra ficar.

— O que te deu essa impressão?

— O fato de que peguei a garota dormindo naquele barracão abandonado algumas noites atrás. Estou dormindo na minha picape ali perto, só pra garantir que ninguém mexa com ela. Sei que uns vagabundos de vez em quando entram no rancho, pra fazer bagunça, e não queria que ninguém se metesse com a Hazel. Meu plano era oferecer a ela um lugar pra ficar, mas tenho a sensação de que ela ficaria envergonhada demais pra admitir que está passando necessidade, então quero que você faça isso.

— Hum... Ah, tá. Ela nunca vai aceitar caridade de mim.

— Ela aceitaria se você embrulhasse a oferta pra presente, com um laçarote bonito.

— E como é que eu vou fazer uma coisa dessas?

— Sei lá, Ian. Seja criativo.

Estreitei os olhos, sabendo que meu avô estava me encurralando para eu oferecer o quarto para Hazel.

— E se eu não quiser?

— Bom — disse ele, mastigando a ponta do seu charuto como se fosse um chiclete —, acho que posso perguntar ao Tyler quanto ele me daria pela casa.

Claro.

Cocei a barba curta por fazer no meu queixo e fiz uma careta.

— Por que ela está dormindo no barracão?

— Sei lá. Não é da minha conta, mas tenho a impressão de que deve ser por causa do mesmo babaca que te faz odiá-la. Faça amizade com ela.

— *Amizade?* — berrei. — Pra mim fazer uma coisa dessas, a gente precisaria ter alguma coisa em comum.

— Não diga "pra mim fazer", como se você não tivesse estudado. Essa é a segunda parte do acordo. Pra mim ficar satisfeito, você vai ter que oferecer um lugar pra ela ficar, fazer com que ela se sinta à vontade lá. Seja amigável com ela. A garota não tem ninguém, então você pode muito bem oferecer um ombro amigo pra ela.

Eu teria zombado dele por dizer "pra mim ficar", mas sabia que isso não melhoraria minha situação. A última coisa de que eu precisava era levar uma esfrega de um velho de 80 anos.

Fazer amizade com Hazel Stone?

Eu não tinha a menor ideia de como ser amigável com uma garota como aquela. Nós não tínhamos nada em comum além do fato de trabalharmos no rancho. Como criar uma conexão com alguém que era o completo oposto de mim?

Além do mais, eu não estava atrás de ninguém para dividir a casa, que dirá fazer amizade. Os únicos amigos dos quais precisava eram meus companheiros de banda, e tinha dias em que até isso parecia demais.

Passei as mãos pelo cabelo, sabendo que não havia como fazer o Mãozão mudar de ideia. Quando ele botava uma coisa na cabeça, não tinha jeito, a menos que minha avó tentasse convencê-lo do contrário.

Fiz uma careta.

— Vou me esforçar o máximo para isso.

— É melhor você fazer mais do que isso — ordenou ele. — Deve chover daqui a alguns dias, e não quero que aquela garota morra de pneumonia na minha fazenda.

Antes que eu conseguisse responder qualquer coisa, minha avó apareceu no escritório da casa deles. Suas mãos estavam cobertas por luvas térmicas, e ela exibia o mesmo sorriso carinhoso de sempre.

— Vocês dois já pararam de ficar de teimosia? Porque o jantar está pronto, e não me importo de comer sozinha.

— Mulher, não está vendo que estamos conversando? — chiou o Mãozão, dispensando minha avó com um aceno de mão. Isso só fez com que ela se aproximasse ainda mais.

— Harry Aaron Parker, se você falar comigo assim de novo, vou enfiar essa luva tão fundo na sua bunda que você vai ficar se perguntando por que sua boca tem gosto de cocô. Agora, pede desculpas — ordenou ela.

Minha avó era uma mulher pequena, mas era brava como ninguém. Ela não ouvia desaforo de ninguém, muito menos do Mãozão.

E, como sempre, ele baixou a cabeça e colocou o rabo entre as pernas.

— Desculpa.

— Só isso? — brigou minha avó.

— Desculpa, amor-perfeito.

Tentei engolir a risada quando ouvi o apelido. Só mesmo minha avó para amolecer o coração do velho. Os dois eram desaforados, intensos e se amavam muito. Se algum dia eu tivesse tempo de me apaixonar, gostaria de viver um romance igual ao deles.

— Foi o que eu pensei — disse ela, se aproximando do Mãozão para dar um tapinha na nuca dele com a luva. — Agora, vão pra sala de jantar antes que eu mude de ideia e leve a comida pro grupo de estudos da Bíblia na igreja.

Isso nos fez levantar de um pulo. Minha definição de cozinhar era fazer sanduíches de carne moída. Às vezes, eu inventava de ser sofisticado e torrava o pão, mas esse era o auge da minha capacidade culinária. Isso e miojo. Meu miojo era bom pra cacete. Sabor galinha — óbvio.

Fora isso, eu contava com as quentinhas que minha avó me dava. Ela possuía talento para me alimentar.

Quando estávamos indo para a cozinha, ela reclamou dos pisos de madeira que rangiam.

— A gente precisa chamar alguém pra resolver isso — resmungou ela.

— Chega, mulher. Eu resolvo quando tiver tempo — rebateu o Mãozão.

— Você fala isso desde 1995. Já perdi a paciência.

— Se você ainda tivesse paciência, talvez não enchesse tanto a minha — falou ele.

Minha avó o encarou com um olhar fulminante, e o Mãozão deu um sorrisinho. Era difícil fazer aquele homem abrir sorrisos, e ela tinha o monopólio sobre eles.

— Desculpa, amor-perfeito.

— Você vai ficar ainda mais arrependido quando estiver dormindo no sofá hoje — rebateu ela.

Eu tinha que rir da conversa dramática dos meus avós. O amor verdadeiro era uma coisa engraçada, e eu adorava o fato de os dois não levarem a sério os insultos que trocavam.

Depois de encher a pança na casa dos meus avós, fui embora com quentinhas suficientes para me alimentar pelos próximos dias.

Graças a Deus.

Nada de sanduíches de carne moída esta semana.

Quando cheguei à minha casa no terreno do rancho, senti um nó no estômago. O barracão onde Hazel aparentemente estava morando era um lixo. E perigoso também. Só ela mesmo para fazer algo tão idiota.

Deixe de ser babaca. Você nem conhece a garota.

Eu não conseguia esquecer a conexão dela com Charlie, mesmo sabendo que o Mãozão estava certo. Então engoli meu orgulho, estacionei o carro em frente ao barracão e bati à porta.

Ouvi um barulho lá dentro por alguns segundos antes de o silêncio ser total. Franzi o cenho.

— Oi? — gritei.

Ouvi um barulho baixo. Bati de novo à porta.

— Abre logo, Stone. Sei que você está aí.

Mais silêncio. Menos movimento.

Soltei um suspiro pesado quando abri a porta e encontrei Hazel sentada no lado mais distante da entrada do barracão, me olhando com aqueles seus olhos verdes enormes. Pela cara dela, parecia que estava imaginando que eu fosse atacá-la, o que era mais um motivo para ela não estar dormindo no barracão. Hazel tinha sorte de ser eu ali, e não um bêbado qualquer.

— Po-por que vo-você está aqui? — perguntou Hazel com a voz trêmula.

— Por que *eu* estou aqui? — Eu a iluminei com a luz do meu telefone. — Não. Por que raios *você* está aqui?

Hazel se levantou e piscou algumas vezes. Eu não fazia ideia do que ela estava aprontando, mas seu cabelo pingava de tão molhado, como se ela tivesse acabado de sair do banho. Algumas peças de roupa estavam penduradas nas prateleiras, inclusive uma calcinha de algodão com estampa de unicórnios. Ela correu até lá, arrancou a calcinha da prateleira e a escondeu atrás das costas.

— Você está morando aqui?

— Não! — respondeu ela, rápido.

Levantei as sobrancelhas.

— Você está morando aqui — repeti, dessa vez afirmando.

Ela suspirou.

— É temporário.

— Você não pode morar nesse barracão.

— Por que não? — perguntou ela. — Ninguém usa isso aqui.

Eu gemi.

— A questão não é essa. A questão é que você não pode morar numa merda de barracão como se fosse um animal. Metade do telhado desabou, Hazel!

— Eu gosto de ficar olhando pras estrelas.

— Faz frio à noite.

— Eu gosto do vento.

— Você é sempre teimosa assim?

— Você é sempre mandão assim? — rebateu ela, e, puta merda, era impossível me imaginar morando com alguém tão irritante quanto aquela garota.

— Só sou mandão com gente que se comporta como criança.

— Não estou me comportando como criança. Estou me comportando como alguém que precisa de um lugar pra ficar por um tempo.

— É, bom, você não pode morar aqui — falei, sendo bem direto. — Isso aqui não é uma casa. É um barracão abandonado, que fica dentro de uma propriedade privada, caso eu precise te lembrar. Você não pode invadir o lugar assim.

Por um milésimo de segundo, a pose de durona de Hazel vacilou, e vi um lampejo de preocupação passar pelo seu rosto. Ela usava uma máscara todos os dias para se proteger e não ser magoada, e, naquele milésimo de segundo, vi a verdade estampada em seus olhos.

Merda. Talvez a gente tivesse mais em comum do que eu imaginava. Minha máscara era igual.

— Você vai ficar na minha casa — falei com uma voz séria. Cruzei os braços e concordei uma vez com a cabeça. — Você pode ficar no quarto de hóspedes.

— Não vou morar com você de jeito nenhum! — arfou ela, surpresa por logo eu ter oferecido uma alternativa ao barracão.

— Vai, sim. Porra, Hazel, você não pode ficar aqui. É uma idiotice, e perigoso. Tenho um quarto vazio. Aceita.

— Não preciso da sua caridade.

— Diz a garota que está literalmente morando em um barracão.

— Odeio quando alguém diz *literalmente*. É uma palavra idiota que as pessoas usam quando não conseguem pensar em nada melhor.

— Literalmente, literalmente, literalmente — falei, no automático. Então gesticulei para os sacos de lixos com as coisas dela. — Pega sua calcinha de unicórnio e vamos.

— Sei que você deve estar acostumado com mulheres que largam tudo pra fazer as suas vontades, mas não sou uma delas. Se eu falei que não, é não. Não vou aceitar sua caridade. Não quero nem preciso da sua ajuda.

Porra, qual era o problema daquela garota? Ela conseguiu um lugar para ficar de graça e está recusando a oferta por orgulho? Como eu ia fazer o que o Mãozão queria se ela não estava disposta a ceder em nada? Nunca conheci uma mulher tão teimosa na vida.

— Quer saber? Dane-se. Tudo bem. Fica aí então com seus insetos e ratos. Não vou perder meu tempo com alguém que prefere sofrer. Divirta-se.

Capítulo 5

Hazel

Ian saiu com raiva, xingando baixinho ao bater a porta do barracão com força. O lugar todo estremeceu, e engoli o nó que havia se formado em minha garganta.

Caramba. Aquele homem com certeza sabia me deixar nervosa. Fiquei muito confusa com aquela conversa toda. Era como se ele continuasse sendo grosseiro e mal-humorado, mas também... legal? Era legal oferecer um lugar para alguém ficar, mas eu não conseguia tirar da cabeça que o convite vinha com certas condições. Eu tinha jurado que jamais aceitaria nada de homem nenhum. Assim, ele jamais poderia jogar isso na minha cara. Passei anos vendo Charlie ficar se vangloriando por eu e mamãe morarmos na casa dele. Por comermos a comida que ele colocava na mesa, por dormirmos em uma cama que ele nos dava. Nada que tínhamos nos pertencia, e eu odiava o fato de que ele usava aquilo contra nós, dando a entender que não éramos nada sem a ajuda dele.

De agora em diante, tudo que eu tivesse seria conquistado por mérito próprio.

Bom, tirando o barracão que invadi. Eu teria que dar um jeito de pagar ao Mãozão pelo tempo que estava ficando na Betsy.

Pois é. Isso mesmo. Resolvi chamar o barracão de Betsy. E, puxa vida, se as paredes pudessem falar, elas teriam muitas histórias para contar.

Meu Deus. Eu estava me sentindo tão sozinha que não só fiz amizade com os cavalos como também passei a conversar com objetos.

Eu precisava parar de me isolar tanto... O mais rápido possível.

Eu nem sempre tinha sido assim — sozinha. Quando era pequena, eu tinha uma melhor amiga chamada Riley — que não era uma égua nem um barracão, e sim uma pessoa de verdade, de carne e osso. Riley era filha de um dos clientes de Charlie. Às vezes, eles vinham fazer negócios na nossa casa, então os adultos nos mandavam para o quintal, para não atrapalharmos. De vez em quando, eu e Riley brincávamos fingindo que éramos bruxas e criávamos poções mágicas que nos levavam para mundos mágicos. Em outros dias, a gente fingia que tinha uma banda só de meninas. Nós escrevíamos as letras das músicas e cantávamos para os esquilos.

Riley me fazia tão bem. Ela era minha melhor amiga e a primeira pessoa que me acolheu em Eres. Quando o pai dela finalmente largou o vício e se mudou, nós duas passamos um tempo nos correspondendo, mas as cartas foram ficando cada vez mais curtas, até pararem por completo. Imagino que Riley tenha encontrado um mundo fora de Eres, e eu não a culpava por isso. Quando eu conseguisse sair dali, também não pretendia olhar para trás.

Uma exceção à regra.

Era isso o que a amizade com Riley significava para mim. Eu nunca criei a mesma proximidade com outra pessoa, e ficava de coração partido quando pensava que nossa amizade era algo raro.

Eu tinha certeza de que nunca mais seria tão próxima de ninguém — além de Garrett. Mas, para ser sincera, o que eu e ele tínhamos não era uma amizade. Claro, nós saímos por um tempo, mas não conversávamos sobre nada. No geral, a gente só se pegava, e eu ficava assistindo enquanto ele se drogava e passava horas jogando videogame Não se tratava exatamente de um grande romance.

Então eu acabava conversando com as paredes e torcendo para que a madeira ao redor fosse grossa o suficiente para guardar todos os meus segredos.

Quando acordei na manhã seguinte, saí do barracão e encontrei uma cesta cheia de coisas. Garrafas de água, escova e pasta de dente, uma caixa de cereal e um jarrinho de leite com uma tigela e uma colher. Além disso, havia um colchão de ar de casal com um conjunto de roupa de cama e um edredom.

Também havia um bilhete, que dizia:

Se você quer ser teimosa, que seja.

Mas não durma nessa porra de chão sem uma cama.

— Ian

PS: Para de ser teimosa e aceita a merda do quarto de hóspedes.

Nunca, jamais, eu cogitaria a hipótese de Ian Parker ser meu salvador durante alguns dos dias mais difíceis da minha vida.

Naquela manhã, eu tinha um tempo livre antes da minha tarefa nos estábulos. Eu me sentei com as pernas cruzadas no colchão inflável e comi uma tigela de cereal frio, enquanto escrevia no meu diário. Eu escrevia nele todos os dias desde meus 8 anos. No começo, anotava feitiços e outras bobagens de criança com Riley, mas, com o tempo, o diário acabou se tornando uma coleção dos meus pensamentos. Poesia e prosa. Minhas esperanças, meus desejos e meus sonhos estavam todos no mesmo lugar.

Um dos meus maiores sonhos era ir para a faculdade. Tinha muita vontade de conquistar uma vida completamente diferente da que me havia sido destinada desde a infância, e a faculdade parecia o primeiro passo para conquistar isso. E eu faria tudo o que estivesse ao meu alcance para tornar esse sonho realidade.

Não posso acabar igual à minha mãe. Não posso acabar igual à minha mãe.

Eu tinha medo de virar a pessoa que ela havia se tornado. Eu queria mais. Eu queria tanto sair daquela cidade que, só de pensar em passar a vida inteira em Eres, meus ossos doíam. Se eu ficasse ali, havia a possibilidade de me tornar tão triste e deprimida quanto minha mãe, acabar em um relacionamento com um cara que não me respeitava nem me amava, perdendo toda e qualquer chance de aproveitar as oportunidades que aparecessem no meu caminho.

Enquanto eu escrevia no diário, pensei em Ian. O cara mal-humorado que me deu uma cama. Era impossível não imaginar por que ele estava me ajudando. Na verdade, fiquei um pouco surpresa por ele não ter me expulsado do barracão e me demitido assim que descobriu que eu estava morando ali. Eu sabia que ele estava atrás de uma desculpa para se livrar de mim, e invadir uma propriedade particular parecia um motivo excelente para me botar na rua.

Durante o expediente, Ian não implicou comigo como costumava fazer. Ele não me fez pegar mais pesado do que os outros e não me deu broncas por ter feito um trabalho medíocre. O que estava acontecendo? Por que ele tinha parado de me tratar do jeito que me tratava havia semanas? Ian Parker fazia questão de me deixar mal, mas, agora, se eu não estava enganada, parecia que ele estava sendo... legal. Não, não legal. Isso seria ridículo. Só mais tranquilo do que o normal. O que me deixava feliz e incomodada ao mesmo tempo. Era estranho quando alguém mudava da água para o vinho desse jeito.

Eu me esforcei ao máximo para não ficar pensando demais na mudança de atitude dele, apesar de estar nítido que alguma coisa estava diferente.

Naquela noite, no colchão inflável, caí no sono depois de passar horas olhando para as estrelas, e minhas costas não acordaram me odiando pela manhã.

∿

No dia seguinte, acordei com o som de algo martelando do lado de fora do barracão.

Saí correndo e dei de cara com Ian no alto de uma escada, tapando o buraco gigante no telhado com vigas de madeira.

— O que você está fazendo? — perguntei, confusa ao ver aquilo e um pouco desorientada com o fato de ele estar sem blusa.

O corpo de Ian tinha sido esculpido por deuses, e vê-lo sem camisa me deixava arrepiada, apesar de eu não me sentir nem um pouco atraída por ele.

Não, de jeito nenhum.

Tão feio, esse Ian Parker.

As mentiras que contamos para nós mesmas para não ficarmos a fim dos caras que deveríamos odiar.

— O que você acha? Estou consertando o telhado.

— Você não precisa fazer isso por mim.

— Quem disse que é por você? Sou responsável pelo rancho, e é meu trabalho resolver os problemas que aparecem — argumentou ele com o suor escorrendo pelo peito, e, ah, nossa, como era possível ficar instantaneamente excitada só por ver um homem suado?

Passei quase a vida toda solteira, com exceção do meu namoro bobo e sem sal com Garrett, e era óbvio que eu tinha chegado àquele limite em que você começa a subir pelas paredes por coisas extremamente esquisitas, tipo homens suados. Qual seria a próxima? Será que eu veria Ian lambendo um sorvete e soltaria um gemido?

Relaxem, hormônios. Daqui a pouco a gente assiste a um filme do Chris Hemsworth para se acalmar.

Ian continuou agindo de forma prestativa. Consertando o barracão. Mudando as coisas de lugar. Deixando comida e utensílios na minha porta. Eu não conseguia assimilar o fato de que ele estava me ajudando e, toda vez que eu comentava sobre seu comportamento, ele deixava bem claro, me dando várias patadas, que não estava fazendo nada daquilo por mim. Sempre que eu tentava agradecer,

Ian dizia algo maldoso e grosseiro, transformando meu *obrigada* em um *vai se foder.*

Era estranho conviver com ele. Eu nunca tinha conhecido uma pessoa tão instável, que mudava de humor a cada dois minutos. Ele deixava meu cérebro confuso, e, se eu ficasse tentando entender seu comportamento, provavelmente surtaria.

Quando recebi meu salário, sabia exatamente para onde iria uma parte do dinheiro.

— O que é isso? — perguntou Ian quando lhe entreguei 100 dólares.

— Dinheiro.

Ele resmungou e revirou os olhos.

— Eu sei que é dinheiro, mas por que você está dando dinheiro pra mim?

— Pelas coisas que você anda deixando no barracão pra mim. Não aceito caridade e quero pagar por tudo. Não sei quanto custou o colchão inflável, então, se tiver sido mais caro, é só me avisar.

— Eu não te dei nada esperando receber o dinheiro de volta. Imaginei que você não podia comprar aquelas coisas, já que estava dormindo num tapete imundo.

— Bom, agora que recebi meu salário, posso pagar por tudo.

— Não quero o seu dinheiro.

— E eu não queria a sua ajuda, mas paciência.

Ele apertou a ponte do nariz.

— Por que você não deixa as pessoas te ajudarem?

— Porque sei que elas podem jogar isso na minha cara depois.

— Você é mesmo tão traumatizada assim?

Engoli em seco, e meu silêncio foi a resposta.

Ele estreitou os olhos e me encarou — me encarou de verdade. Ele me olhava como se tentasse descobrir meus segredos, e sustentei o olhar dele, como se eu pudesse acessar as palavras que Ian sempre queria dizer e nunca expressava. Ele podia ser ranzinza, mas toda aquela raiva tinha uma origem, e eu não conseguia evitar me perguntar qual seria. Qual era a fonte das dificuldades que alimentava seu mau humor? Quem ou o que o tornara assim?

E por que raios as mulheres se sentiam atraídas por ele?

Eu não conseguia nem imaginar ter qualquer intimidade com alguém tão frio quanto Ian. Não devia haver carinho nenhum nessas interações — ele não parecia ser o tipo de cara que se abria com os outros.

Por outro lado, momentos íntimos com Ian significavam que ele estaria sem camisa, e essa ideia não me parecia tão ruim assim.

— Escuta, vai chover nos próximos dias. Você não pode ficar naquela merda daquele barracão. Mesmo com o telhado consertado, a estrutura não é firme. Você vai perder todas as suas coisas, e é bem capaz de ficar doente de verdade. Aceita logo o quarto na minha casa. Posso até dormir em outro canto se você não se sentir à vontade comigo lá.

— Por que essa insistência pra eu ficar na sua casa? Está na cara que você não me suporta.

— Também está na cara que a sua vida anda complicada. Se você precisar de um lugar pra ficar, a porta está aberta.

— Não, obrigada.

Ian soltou um suspiro carregado e balançou a cabeça.

— Porra, você é teimosa, hein. Aqui não é um lugar seguro à noite, entendeu? Só porque moramos numa cidade pequena não significa que não tenha gente babaca por aí. Já peguei um monte de gente invadindo o terreno.

— Não tem problema. Sei me proteger.

Ele bufou como se não acreditasse em mim.

— Então tá, querida.

Querida.

A maneira mais fácil de me irritar.

Ian começou a se afastar e disse:

— Mas aposto que tomar banho de mangueira atrás dos estábulos não é a melhor sensação do mundo.

Eu tomava banho com aquela mangueira de manhã muito cedo, e a ideia de Ian ter me visto fez meu estômago se revirar.

— Como você sabe que estou tomando banho de mangueira?

— Porque eu faria a mesma coisa.

Ele me deixou parada ali com um milhão de pensamentos que eu queria decifrar. Em vez de desperdiçar mais tempo tentando entender a cabeça de Ian, fui trabalhar. Ainda bem que o serviço no rancho era pesado. Eu não tinha tempo nenhum para perder pensando naquelas coisas.

É só um cachorro vagando; é só um cachorro vagando.

Eu ficava repetindo aquelas palavras para mim mesma enquanto escutava barulhos do lado de fora do barracão.

Ou talvez seja uma galinha que fugiu do galinheiro. Ou uma vaca pastando. Talvez a Dottie tenha vindo bater papo.

Ou quem sabe é um assassino psicopata que veio arrancar minha pele e fazer um ensopado com pedaços do meu corpo.

Era engraçado como alguns lugares podem parecer tão seguros durante o dia, mas, quando o sol se põe e as sombras da noite tomam conta, tudo se torna apavorante.

Puxei o cobertor para cobrir meu peito enquanto a chuva martelava o barracão e a água entrava pingando por uma série de furos que Ian não tinha conseguido tampar. No geral, eu estava conseguindo me manter seca, graças ao fato de ele ter me ignorado quando falei que não precisava consertar o telhado.

Lembrete: agradecer ao Ian por não prestar atenção no que eu digo.

Escutei mais um movimento lá fora, e meu coração foi parar na garganta quando o som de vozes se tornou audível mesmo com toda aquela chuva. Havia pessoas ali. Pessoas conversando perto do barracão, perto de onde eu estava.

— Me falaram que tem uma garota morando aí — disse uma voz, fazendo com que eu me levantasse. Então um punho bateu no barracão.

Olhei ao redor em busca de algo que eu pudesse usar para me proteger. Qualquer coisa que servisse para bater em quem quer que estivesse na minha porta. Peguei a lanterna que Ian me deu alguns dias antes e a segurei com firmeza. Eu não sabia se a usaria para matar as pessoas de cegueira ou para acertar a cabeça delas. Minha única certeza era que nada mais me protegeria além daquela lanterna de metal.

Lembrete: agradecer ao Ian pela lanterna.

— Vamos chamar os outros pra dar uma olhada — disse um deles.

Esperei alguns segundos e escutei os homens indo embora. Assim que pareceu que tinham se afastado, escancarei a porta e saí correndo feito Dottie pelo campo, direto para a casa de Ian. Toquei a campainha várias vezes, tremendo por causa da chuva e da porcaria do meu nervosismo, olhando para trás o tempo todo, em pânico, apavorada com a possibilidade de alguém ter me seguido.

Comecei a esmurrar a porta sentindo meu coração na garganta. Tentei engolir o medo, mas minha cabeça girava rápido demais.

Pá, pá, pá.

Abra a porcaria da porta, Ian!

No momento em que ela abriu, soltei um suspiro de alívio e corri para dentro sem esperar ser convidada.

— Tá bom, você venceu. Vou ficar no quarto de hóspedes — falei com a voz trêmula enquanto começava a andar de um lado para o outro da sala... Da sala com móveis muito bonitos. Da sala com móveis muito bonitos e tão quente e confortável.

Tão confortável.

Ah, caramba, que sensação boa.

— Hum, posso ajudar em alguma coisa? — perguntou uma voz.

Finalmente me virei para ver a pessoa que tinha aberto a porta, e com certeza não era Ian. Era uma mulher usando as roupas dele. Pelo menos imaginei que fossem as roupas dele. A menos que ela estivesse usando peças cinco vezes o tamanho dela. Mas seria um erro tirar conclusões precipitadas. Afinal de contas, eu me vestia da mesma forma.

— Ah, desculpa. Achei... — Franzi o nariz e esfreguei a testa. — O Ian está aqui?

— O que está acontecendo? — perguntou uma voz grave, sensualmente rouca, fazendo com que eu virasse a cabeça para o corredor.

E lá estava ele, em toda sua glória. Com uma toalha enrolada na cintura e o cabelo pingando de tão molhado. Seu corpo brilhava com a água como se ele tivesse acabado de sair de uma sessão de fotos em uma cachoeira, e, caramba, eu encarava o volume sob a toalha como se o membro dele cantasse para mim, me chamando com o canto da sereia.

Eu me perguntei se a metade inferior dele alcançaria as mesmas notas altas que sua voz.

Espere.

Não.

Eu não me perguntei nada disso.

Eu me virei de costas para ele e cobri os olhos com as mãos.

— Ah, nossa, desculpa. Eu não sabia que você estava ocupado. Eita. Que nojo. Tá bom, já estou indo embora — falei, tentando sair da sala, mas esbarrando em uma mesa, derrubando uma luminária no chão. Espiei por entre os dedos e fiz uma careta. — Opa. Foi mal.

Olhei para Ian, e ele continuava enrolado naquela maldita toalha, me olhando com cara de irritado.

— O que você veio fazer aqui? — perguntou ele, passando a mão pelo cabelo encharcado.

— Eu achei que... — comecei.

Ele ergueu a mão para mim.

— Você, não. — Seu olhar foi para a outra mulher. — Você. O que você veio fazer aqui?

Os olhos dele a encararam com algo que ia além de irritação. Ele a encarava com mais raiva do que direcionava a mim — o que era bastante coisa.

Ela passou as mãos pela própria roupa e abriu um sorriso malicioso para Ian.

— Bom. Achei que nós podíamos ter aquela noite juntos que não tivemos no outro dia.

— Está falando da noite em que fiquei sabendo que você era casada? — murmurou ele.

— Escuta, é complicado. Eu e meu marido nem temos mais nada.

— Dane-se. Não me interessa. No momento que descubro que tem um marido no meio, caio fora. Não tenho tempo pra esse tipo de drama. Pode tratar de arrumar outro que te ature. Não sei como você entrou aqui...

— A porta estava aberta — revelou ela. — E ouvi falar que, se a porta está aberta, as mulheres podem entrar.

— Porra nenhuma. Cai fora. E pode tirar minhas roupas e deixar tudo aí.

Que climão!

Fiquei ali parada durante a situação mais desconfortável da vida para qualquer ser humano. A mulher parecia derrotada enquanto pegava suas roupas e se trocava rápido antes de sair para a chuva.

Eu estava morrendo de vergonha, parada ali.

Ian esfregou o rosto com as mãos e soltou um suspiro carregado enquanto eu contava as gotas de água que escorriam pelo seu peito musculoso.

Uma, duas, um intervalo...

Cada gota de água atravessava a barriga dele e caía na toalha, e lá estava eu, encarando sua virilha mais uma vez.

Balancei a cabeça para afastar meus pensamentos inconvenientes e pigarreei.

— É normal ter mulheres aparecendo na sua casa sem avisar?

— Você ficaria surpresa se eu contasse que isso acontece com mais frequência do que deveria. Agora, o que você veio fazer aqui?

Mordi meu dedão e tentei controlar o nervosismo que borbulhava dentro de mim.

— Eu queria saber se ainda posso ficar no quarto de hóspedes.

Ele arqueou as sobrancelhas.

— O quê? Você agora está com medo de ficar lá ou algo assim?

— Não — menti, cruzando os braços. — Sua habilidade para tapar buracos não foi tão impressionante quanto parecia.

Ah, Haze. Para de ser tão desaforada e sarcástica. Ele te ofereceu ajuda. Não vai jogar isso fora e acabar de novo no barracão com aqueles psicopatas.

— Desculpa. Minha primeira reação sempre é ser debochada.

— Tudo bem. Minha primeira reação sempre é ser babaca.

— Bom, contanto que a gente se entenda, vai ser tranquilo dividir a casa. Mas tenho algumas regras pra morarmos juntos.

— Não me diga.

Abri um sorrisinho e continuei com os braços cruzados.

— Vou pagar aluguel. Metade do que você paga fica por minha conta.

— Combinado. O que mais?

— Gosto de cozinhar, e você pode comer o que sobrar. Odeio sobras do dia anterior.

— Tá bom. Mais alguma coisa, querida?

— Ah, sim. Não me chama de "querida".

— Meninas adoram ser chamadas de "querida" — rebateu ele.

— Mulheres não gostam de ser chamadas nem de "menina" nem de "querida". Sério, pra um roqueiro, você não tem a menor ideia do que as mulheres desejam.

Ele se aproximou de mim e baixou as sobrancelhas. Seus olhos cor de chocolate se focaram em mim e fizeram meu estômago dar cambalhotas. A barba em seu queixo estava perfeitamente aparada, e seus lábios pareciam macios e convidativos. Devagar, ele passou os dentes pelo lábio inferior antes de roçar o dedão nele e erguer uma sobrancelha.

— E o que exatamente as mulheres desejam, Hazel Stone?

A forma como ele disse meu nome completo me deixou atordoada e confusa. Caramba, como eu o detestava. Como eu odiava o fato de ele ser arrogante, confiante, mal-humorado e sexy ao mesmo tempo.

— E-elas que-querem ser chamadas de qualquer outra coisa que não seja "menina" ou "querida".

Ele me analisou de cima a baixo e levou as mãos ao topo da toalha, prendendo-a no lugar.

— Registrado. Mais alguma coisa?

— Sim, e essa é importante.

— Sou todo ouvidos.

— Vamos trancar a porta à noite. A última coisa de que eu preciso é que alguma Amber, Reese ou Sue entre escondida na casa para tentar ter uma noite de sexo com você, e acabe escolhendo a porta errada e vá parar na minha cama.

Um sorriso malicioso se abriu nos lábios dele.

— Até que isso não parece tão ruim. Eu podia ir até lá para participar da festa.

Senti meu rosto corar e me esforcei ao máximo para afastar o nervosismo.

— Estou falando sério, Ian. Não quero gente aleatória entrando aqui. Fico nervosa com essas coisas.

Ele esfregou a nuca, ainda me encarando como se tentasse dissecar minha mente. Então se afastou de mim, foi até a porta e a trancou.

Um suspiro sussurrado escapou de mim.

— Obrigada. Pode mostrar meu quarto? — perguntei, dando um passo na direção do corredor, mas a mão dele segurou meu ombro.

— Espera um pouco. Você não é a única que tem regras aqui. Também tenho as minhas.

— Ah? E quais seriam?

— Você não pode me julgar pela quantidade de mulheres que entram na minha casa e saem daqui. Todo mundo tem seus hobbies...

e o meu por acaso envolve muitos momentos íntimos com mulheres diferentes.

— Ignorar sua galinhagem. Entendi. O que mais?

— Sou mais músico do que qualquer outra coisa. Quando estou inspirado, começo a tocar ou a cantar, não importa a hora. Se eu não tirar a música de dentro de mim, fico louco. Não quero ouvir reclamações sobre o barulho.

— Faz sentido. O que mais?

— Agora, o mais importante de tudo. Eu não me meto na sua vida, e você não se mete na minha, mas, se o Mãozão perguntar... nós dois? Nós somos amigos. Unha e carne.

— Por que o Mãozão tem que achar que nós somos... — Minhas palavras sumiram no ar, e franzi a testa. — Ele pediu pra você fazer amizade comigo e me deixar morar aqui?

O silêncio dele o entregou.

— Inacreditável.

Suspirei. Mas, por outro lado, será que aquilo era mesmo inacreditável? Era óbvio que havia um motivo para Ian me oferecer um lugar para ficar. Eu sabia muito bem que ele não tinha ido com a minha cara desde o começo. Estava claro que a reviravolta do convite para morar em sua casa não fazia sentido nenhum.

— Por que o Mãozão faria uma coisa dessas?

— Ele descobriu que você estava dormindo no barracão e não queria que continuasse lá, porque era perigoso. Além de ser uma ideia idiota.

E aí estava o Ian que eu conhecia e amava. Tão fofo.

— Então ele mandou você oferecer um quarto pra mim?

— Aham.

— E se você recusasse?

— Ele venderia a casa, e eu também acabaria tendo que morar num barracão. Escuta, sei que essa situação não é a ideal pra nenhum de nós, mas pelo menos temos um teto. Então vamos tentar lidar com tudo da melhor maneira possível e, se o Mãozão perguntar, somos amiguinhos. Tá bem?

— Tá bem. Consigo fazer isso. Quanto é a minha parte no aluguel?

— Nadica de nada. Eu não pago aluguel, então metade disso é zero. Já vou pra cama, mas o seu quarto fica no final do corredor, à esquerda. Deixei umas roupas lá, pro caso de você precisar.

— Ah, não vai me dizer que são roupas suas que outras mulheres já usaram...

— Não se preocupa... lavei tudo. Se você precisar de mais alguma coisa... Não precise de mais nada, tá?!

Ian me deu as costas, exibindo sua bunda mal-humorada e um tanto gostosa, e foi para o quarto.

— Boa noite, melhor amigo — gritei, irônica.

— Não força a barra, Hazel Stone.

Eu não conseguia me controlar. Irritar Ian Parker estava se tornando um dos meus passatempos favoritos.

Segui para meu quarto e descobri que ele tinha um banheiro. Nunca tive um banheiro só meu, que eu não precisasse dividir com ninguém. Nunca na vida pensei que teria um luxo desses. Peguei as roupas em cima da cama, fui direto para o chuveiro e liguei a água fervendo.

O calor se alastrou por mim enquanto eu lavava meu corpo com um sabonete que tinha um cheiro muito masculino — provavelmente o mesmo que Ian usava em sua pele.

Eu tinha me esquecido como era gostoso entrar embaixo de um chuveiro e deixar a água quente escorrer sobre mim. A água da mangueira dos estábulos estava sempre congelante. Depois do banho, vesti as roupas de Ian e me senti muito parecida com a mulher que tinha saído dali havia pouco. Eu teria reclamado, mas elas estavam tão confortáveis e sequinhas.

Quando chegou a hora de dormir, agradeci aos céus por ter um colchão de verdade para passar a noite e um travesseiro para descansar a cabeça. Lágrimas escorreram dos meus olhos quando pensei na bondade do Mãozão. O fato de ele ter me visto em uma situação complicada e obrigado o próprio neto a me ajudar era a forma mais verdadeira de bondade. Eu não tinha nada para oferecer em troca. Eu não tinha absolutamente nada e, mesmo assim, ele escolheu me ajudar.

Eu devia tudo e mais um pouco a ele.

Fazia duas semanas e meia que eu não tinha casa, e nunca havia passado por momentos tão difíceis na vida. Eu nem conseguia imaginar como as pessoas que levavam aquela vida podiam aguentar.

Apesar de nem todas as peças do meu quebra-cabeça desconjuntado terem se encaixado, eu me sentia grata, porque sabia que havia homens e mulheres dormindo em qualquer canto por aí, sem um Mãozão para abrigá-los.

Naquela noite, jurei para mim mesma que, se algum dia eu tivesse a oportunidade de ajudar alguém, faria isso sem nem pestanejar.

Capítulo 6

Ian

Que porra de cheiro é esse?

Acordei sentindo um fedor horrível e, assim que me sentei na cama, me dei conta do que era — merda de porco.

Eu me levantei e fui até o quarto de Hazel. Bati freneticamente à porta, e ela abriu, ainda com uma expressão cansada, mas recém-saída do banho, usando short, top e sem nenhum pingo de maquiagem.

Ela estava... diferente.

Completamente diferente do que eu sempre tinha visto dela. Hazel era muito menor do que suas roupas largas indicavam, e sua pele parecia toda macia, com sardas espalhadas pelo nariz.

Os olhos verdes também ficavam bem mais brilhantes sem os quilos de maquiagem no rosto.

Ela era linda.

Puta que pariu — Hazel Stone era de tirar o fôlego.

Ela ergueu as sobrancelhas enquanto outra parte do meu corpo se levantou.

— Você quer alguma coisa? — perguntou ela.

Eu me esforcei ao máximo para voltar à realidade e pigarreei. Comecei a farejar o ar e olhar o quarto dela enquanto coçava meu cabelo despenteado.

— Está fedendo a porco aqui dentro.

— Se você acha que a melhor maneira de elogiar uma menina é dizer que o quarto dela fede a porco, então está muito enganado.

— Achei que você fosse uma mulher, não uma menina.

— Mulher, menina, garota, querida, não importa. A gente não gosta de ouvir que fede a porco.

Quase abri um sorriso.

— Eu não disse que você fedia a porco. Mas seu quarto, sim.

Entrei sem ser convidado e continuei procurando a fonte, farejando o ar, e então meus olhos bateram no par de coturnos gastos em um canto.

— Haze! Você não pode deixar isso aqui dentro. Vai empestear a casa toda. E aí você vai acabar se acostumando com o fedor de porco, e a sua vida com certeza vai tomar um rumo horrível.

Fui pegar os coturnos, e ela pulou na minha frente, esticando os braços para me impedir.

— Não, para!

— Escuta, se os sapatos forem o problema, você pode comprar novos.

— Não quero sapatos novos. Eles são meus.

Franzi o cenho e a analisei. Ela parecia prestes a chorar por causa de uma droga de um par de coturnos.

— O que eles significam pra você?

— Tudo.

— Por quê?

— Porque eles foram a última coisa que a minha mãe me deu — confessou ela, e, por algum motivo, pareceu bem inusitado Hazel compartilhar algo assim comigo. — Adoro esses coturnos. Sim, eles são vagabundos, estão furados e machucam meus pés, mas são meus. E me trazem uma lembrança especial.

Eu não podia argumentar. Eu ainda guardava algumas peças de roupas dos meus pais em uma caixa no meu armário. Mas, porra, aquelas botas estavam fedendo demais.

Ela pigarreou e cruzou os braços.

— Em uma das vezes que minha mãe tentou parar de se drogar e largar o Charlie, ela pegou um dinheiro dele, e nós passamos duas semanas em um hotel. Foram as melhores duas semanas da minha vida. A gente comprava comida nas máquinas automáticas todo dia, assistia a *Uma linda mulher* várias vezes seguidas e ria o tempo todo de qualquer coisa. Foi o máximo de tempo que tive minha mãe só para mim. Numa tarde, ela me levou pra fazer compras, aí achamos esses coturnos num brechó, e me apaixonei por eles. Ela disse que, se servissem em mim, seriam meus. Eu me lembro de calçar as botas torcendo pra que elas entrassem. Quando elas subiram pelas minhas pernas, abri um sorriso enorme pra minha mãe e dei uma voltinha. Meus dedos estavam esmagados, mas eu não queria falar nada pra ela. Eu queria muito os coturnos. Já faz mais de três anos que isso aconteceu, e ela nunca mais me deu nada. Pra mim, essas botas significam felicidade. Mas agora elas estão cobertas de esterco de porco, o que parece uma metáfora digna da minha vida. *A felicidade é uma merda* — brincou ela.

Abri um sorriso torto para Hazel, mas ela nem deve ter notado, porque seus olhos estavam focados nos coturnos.

Droga.

Aquele era de fato um bom motivo para não jogar fora as botas cheias de bosta.

Não falei nada. Saí do quarto e voltei carregando umas coisas.

— O que é isso? — perguntou Hazel.

— Aromatizadores de ambiente pra ligar na tomada e em spray. Se você vai deixar essas botas no quarto, precisa de toda a ajuda possível.

Comecei a enfiar os aromatizadores nas tomadas do quarto e depois dei uma bela borrifada com o spray de lavanda. Saí de novo e voltei com dois pares de calçado.

— Você pode escolher os tênis brancos ou os pretos. Eles com certeza ficarão grandes demais nos seus pés, mas é melhor do que calçar essas botas cobertas de bosta.

Sorri, e acho que dessa vez ela notou, porque seus lábios se curvaram também, e, porra, quem diria? Hazel Stone tinha um sorriso lindo.

Ela esticou a mão para pegar o par de tênis pretos.

Dei uma risada.

— Eu tinha a impressão de que você escolheria os pretos mesmo.

— Tenho uma imagem a zelar — brincou ela. — Não posso ser vista por aí de tênis brancos quando minha alma é pura escuridão.

Por que eu tinha a impressão de que não havia escuridão nenhuma na alma dela? Parecia mais que sua alma estava apenas magoada e machucada — outra coisa que tínhamos em comum.

Dei as costas para deixá-la em paz, mas parei quando ela falou:

— Valeu, melhor amigo — disse ela com um toque de sarcasmo e uma pitada de gratidão.

Sempre que a Desastre fazia um show no celeiro, todo mundo da cidade aparecia. Não havia muitas oportunidades para as pessoas se juntarem, comerem e beberem de graça, e aquela era uma delas — graças ao Mãozão, que oferecia os comes e bebes. Antes de qualquer show, eu sempre ficava uma pilha de nervos, e só me acalmava quando pisava no palco e encarnava o personagem Ian Parker, o roqueiro. Havia muitos dias em que eu me sentia um impostor, e vivia esperando alguém descobrir minha farsa.

Eric terminou de montar o equipamento da live, e, antes que a banda subisse ao palco, minha avó foi apresentar a gente. Juro que não havia no mundo pessoa mais fofa que minha avó. O sorriso dela era capaz de deixar feliz até os homens mais emburrados do mundo — eu e o Mãozão éramos prova disso.

— Agora, eu só quero dizer que estou muito orgulhosa desses meninos. Nos últimos anos, eles não perderam um ensaio, e aparecem todo santo dia pra se dedicar à sua música. Bom, talvez eu não entenda esses ritmos de hoje. Meu negócio é mais o Frank Sinatra. Ah, e a Billie Holiday. E, ah, uma vez fui assistir ao Elvis no Mississippi, e...

— Vó — chamei da lateral do palco, sabendo que, se não fizesse nada, ela ia começar um de seus longos monólogos que poderia durar a noite toda.

Ela sorriu e alisou o vestido com estampa de flores com as mãos.

— Ok. Como eu estava dizendo... Com vocês, Desastre!

A multidão ficou louca, e todos os meus medos evaporaram quando eu e meus companheiros de banda subimos ao palco. Tocar em público era meu maior barato. Eu não curtia drogas. Sabia o que elas haviam feito com meus pais, e tinha decidido que nunca seguiria aquele caminho. Mas, para mim, não parecia haver onda natural maior do que cantar diante de uma multidão.

Eu ficava com vontade de chorar feito um bebê quando via as pessoas indo à loucura com nossa música. Elas se balançavam de um lado para o outro, cantando as letras que eu tinha escrito, e isso me deixava atordoado. Eu me lembrava da época em que as únicas pessoas que vinham nos ver tocar eram minha avó e o Mãozão. Agora, Eres inteira estava na nossa frente, cantando, dançando, se divertindo e enchendo a cara. Além disso, o fato de milhares de fãs entrarem na live do Instagram era uma loucura do caralho.

Todas as músicas que tocamos animaram a plateia. Eu tinha tudo para ser o homem mais feliz do mundo vendo as pessoas curtindo nosso show, mas tinha alguma coisa me impedindo de me sentir eufórico de verdade.

Havia algum detalhe faltando na apresentação, e eu não sabia explicar o que era. Mas, para entender quais seriam os próximos passos na carreira da Desastre, eu precisava descobrir o problema. Faltava alguma coisa, e eu faria de tudo para encontrar essa peça perdida.

— O show foi do caralho! — exclamou Marcus, batendo com as baquetas nas coxas quando terminamos nossa última música.

Eric verificava mil vezes todos os nossos perfis nas várias redes sociais com um sorriso enorme na cara, mostrando que também estava satisfeito.

James já estava no meio da multidão para agradecer a todos por terem vindo, e, mesmo assim, havia algo errado.

O show tinha sido bom, mas não ótimo.

Por que não tinha sido ótimo?

— Ian, nossa... Você foi tuuudo — disse uma garota, se aproximando de braços dados com a melhor amiga.

— É, tipo, tudo meeesmo, e você estava uma delícia no palco. — A outra garota riu.

Abri um meio-sorriso para elas, metade aproveitando o momento, metade analisando cada detalhe da nossa apresentação.

— Valeu, meninas. Que bom que vocês vieram ver a gente.

— Bem que a gente queria te ver de um jeito mais íntimo — disse a primeira.

— Nós duas — acrescentou a outra, rindo.

Em uma noite normal, eu aceitaria a proposta, porém minha cabeça estava mais focada no show do que nas mulheres. Eu não conseguiria pensar em mais nada até descobrir o que tinha dado errado. Infelizmente, isso significava uma noite sem sexo para mim.

As meninas ficaram insistindo, mas acabaram indo buscar bebidas. A festa no celeiro continuaria por mais algumas horas, até o Mãozão expulsar todo mundo. As pessoas ficariam bêbadas, se pegariam e tomariam decisões péssimas, mas que no final acabariam sendo divertidas.

Uma noite de sábado comum em Eres.

Fiquei zanzando pelo rancho com um caderno e uma caneta. Eu escrevia versos e riscava tudo antes de fazer outra tentativa de criar algo melhor, mais forte — mais verdadeiro. Eu estava agoniado para encontrar o que faltava. Enquanto eu andava de um lado para o outro, uma voz interrompeu meus pensamentos.

— São as letras.

Olhei para cima e vi Hazel sentada na cadeira de balanço que o Mãozão tinha feito para minha mãe anos antes. Naquela época, eu costumava me sentar no colo da minha mãe enquanto ela lia histórias para mim à noite.

Havia dias em que eu cogitava jogar a cadeira fora para esquecer a lembrança, mas ainda não tinha encontrado forças para fazer isso.

— Como assim as letras? — perguntei, subindo os degraus da varanda. Eu me apoiei na balaustrada diante dela.

Hazel piscou e inclinou a cabeça.

— Suas letras são um lixo.

— O quê?

— As letras das suas músicas. Elas são uma porcaria, cheias de clichês e um monte de bobagens. Assim, o estilo e as batidas são brilhantes. E, apesar de ser difícil pra mim admitir isso, sua voz é tão boa e emotiva que você poderia ficar famoso num piscar de olhos. Mas as letras? São uma bosta de porco.

— Acho que só *uma bosta* bastaria.

— Depois de passar semanas num chiqueiro, *bosta de porco* resume bem minha opinião sobre suas músicas. Mas, nossa, sua voz. É uma bela voz.

Tentei ignorar o insulto e fingir também que não tinha escutado o elogio. Mas era difícil. Meu ego se ofendia com facilidade, e Hazel me dava porrada ao mesmo tempo que dizia coisas legais. Era como se ela me desse um soco e passasse um creme cicatrizante logo depois.

Insulto, elogio, insulto, elogio. Morde e assopra, morde e assopra.

— Todo mundo pareceu gostar do show — rebati, incomodado.

— É, bom, "todo mundo" é um bando de idiotas caindo de bêbados.

— Ah! E você acha que conseguiria fazer melhor?

Ela riu.

— Sem dúvida.

— Tá bom, Hazel Stone, especialista em letras, me mostra alguma coisa que eu possa usar.

Ela apontou para a cadeira de balanço ao seu lado — na qual meu pai costumava se sentar.

Eu me sentei.

Ela cerrou os lábios.

— Tá bom. Me dá uma das suas músicas. Uma que você sabe que é uma bosta, mas finge que não é.

— Elas não são...

— Mentir não vai levar a gente a lugar nenhum, Ian.

Estreitei os olhos e murmurei um palavrão, mas comecei a folhear meu caderno em busca de uma música para que Hazel a deixasse melhor, como em um passe de mágica.

— Tá. Podemos usar "Possibilidades".

— Hum... Do que se trata?

— Do começo de um relacionamento. Quero falar daquelas sensações do início, sabe? Dos medos e da empolgação. Do nervosismo. Do desconhecido. Os...

— Os primeiros capítulos do amor — completou ela, concluindo meus pensamentos.

— Isso mesmo.

Ela tirou o lápis de trás da minha orelha e pegou o caderno que eu estava segurando.

— Posso?

— Por favor. Fica à vontade.

Ela começou a escrever, riscando umas coisas, acrescentando outras, fazendo tudo o que lhe vinha à mente. Parecia desvairada de tão concentrada, entrando em um mundo criativo que eu nem imaginava existir em seu interior. A única coisa que eu sabia sobre Hazel Stone era de onde ela vinha e seu estilo de se vestir. Tudo mais não passava de um mistério. Porém, agora, ela se colocava inteira na página, e eu mal podia esperar para ver o que raios encontraria ali.

Ela respirou fundo e me devolveu o caderno.

— Se você odiar, não vou me ofender — disse ela.

Meus olhos foram direto para as palavras. *É possível que a gente seja eterno. É possível que a gente alcance as estrelas. Vamos lutar por nós; vamos nos transformar em realidade. Será que eu consigo, será que eu consigo, te mostrar tudo o que sinto?*

— Caralho. — Soltei o ar. — Hazel... isso... porra. Parece que você entrou na minha cabeça e leu os pensamentos que não consigo colocar em palavras. Esse é o refrão. É isso.

— Você gostou mesmo?

— É meio que perfeito. Me ajuda com a próxima estrofe? "Tarde demais pra ir embora, ainda é cedo pra ficar, só quero descobrir o que te faz sorrir. Será que não vamos dar em nada ou nós vamos decolar? Meu coração bate..." — Parei. — "Meu coração bate..."

— "Meu coração bate, eu me arrepio. Só quero saber se eu também te causo um calafrio" — disse Hazel no mesmo instante, como se aquilo fosse fácil.

Ela continuou fazendo isso com as outras letras. Acrescentando as peças que faltavam, que eu procurava fazia anos.

Que raios estava acontecendo? Como Hazel conseguia acessar aquela fonte que eu nunca tinha encontrado?

— Como você faz isso? — perguntei. — Como você simplesmente... entende?

— É fácil. — Ela deu de ombros. — Não sou cheia de barreiras que nem você.

— De que porra você está falando?

— É isso mesmo. Você é cheio de barreiras. Você não se conecta com as suas emoções, e, por isso, suas letras são sem graça, soam falsas. Falta sentimento nelas, porque falta sentimento em você.

As palavras dela pareciam um ataque pessoal.

Fiquei tenso.

— Porra nenhuma. Eu tenho sentimentos.

— Não tem, não.

— Para de falar como se você me conhecesse.

— Não estou falando como se eu te conhecesse, porque sei que não é o caso. Duvido que muita gente te conheça de verdade, porque, de novo, você é cheio de barreiras. Você não dá abertura pra ninguém, porque tem medo.

Aquela garota era inacreditável. Ela ficava falando que eu era frio e fechado, mas não sabia de porra nenhuma. E só de pensar que dei meus tênis pretos para ela! Meu peito se apertou, e me levantei da cadeira de balanço e arranquei o caderno das mãos dela.

— Não preciso que você me diga quem eu sou ou do que tenho medo — rebati, irritado, me sentindo ligeiramente nervoso pela maneira como ela parecia me enxergar... de um jeito completamente diferente das outras pessoas.

— Você pode até ficar irritadinho, mas eu sei que é só porque eu tenho razão.

— Não tem.

— Tenho, sim.

— Nem sei por que estou desperdiçando saliva com você — resmunguei, soltando um suspiro carregado. — Tenho mais o que fazer.

— Tipo escrever letras piores?

— Qual é a porra do seu problema? — perguntei, sentindo um fogo arder no peito. Já fazia um bom tempo desde a última vez que alguém havia me incomodado tanto, e lá estava Hazel fazendo questão de me irritar.

— O problema é que você tem talento suficiente pra sair dessa cidade, mas é teimoso demais pra buscar as coisas dentro de você. Eu mataria pra ter seu dom pra música. Sua voz é maravilhosa, e você tem tudo pra estourar, mas tem medo de se entregar.

Eu não queria mais escutar o que Hazel dizia, porque ela era irritante, crítica, e estava mais do que certa.

Dei as costas e segui para a porta. Quando a abri, Hazel me chamou. Não me virei para encará-la, mas parei para ouvir o que ela disse.

— Você não pode escrever a verdade se estiver mentindo pra si mesmo.

Ela estava certa, e eu sabia disso, mas passei a vida inteira mentindo para mim mesmo. Com o tempo, as mentiras quase se confundiam com a realidade.

Capítulo 7

Hazel

Eu e Ian passamos alguns dias nos evitando. Desde que eu tinha revelado minha opinião sobre as letras dele, Ian fazia questão de fugir de mim como se eu tivesse uma doença contagiosa. E com razão — eu não fui a pessoa mais delicada do mundo. Mas, após escutar tanta gente puxando o saco dele depois dos shows, cheguei à conclusão de que uma crítica negativa não faria mal. E, pela forma como ele andava de um lado para o outro, estava claro que ele também não tinha ficado completamente satisfeito com seu desempenho.

Na terça à noite, ele apareceu no meu quarto, mal-humorado como sempre, e parou na porta.

— Então você acha que consegue escrever letras que nem aquelas porque está em contato com a porcaria dos seus sentimentos?

Assenti.

— É, isso mesmo.

— E você acha que eu não consigo por ser uma pessoa fechada?

— É, isso mesmo.

Os olhos dele se estreitaram, e Ian franziu o cenho ainda parado ali, refletindo. Ele coçou a nuca e murmurou algo baixinho antes de me encarar de novo.

— Nunca ouvi nada tão idiota.

— Pois é... Bem, isso também é verdade.

Ele não gostou da resposta, então continuou me ignorando.

Somente na sexta à noite que Ian foi ao meu quarto de novo.

— Ei, você está acordada?

Ele parecia bem mais calmo naquele dia. Seus olhos não estavam tão irritados e distantes.

— Ah, claro, Ian. Sou tão patética que vou dormir às nove da noite numa sexta — respondi, sarcástica. Apesar de eu ter mesmo planejado ir para a cama às nove da noite naquela sexta.

Em resposta, ele me mostrou o dedo do meio. Mostrei o meu para ele também. Era nítido que estávamos nos tornando melhores amigos.

— O que foi? — perguntei.

— Nada. Eu ia ensaiar com a banda, mas o Eric ficou gripado, ou resfriado, ou precisava viajar, sei lá.

— Você precisa melhorar suas habilidades de comunicação.

— É. Pode ser. Enfim, eu ia convidar uma amiga pra vir pra cá, se estiver tudo bem...? — Ele parecia tímido, talvez até envergonhado.

— Você está me perguntando se pode convidar alguém pra vir pra cá? — Eu ri. — Você sabe que a casa é sua, né? E uma das suas regras não era que eu não podia falar nada sobre a sua galinhagem?

Ele passou as mãos pelo cabelo e mordeu o canto da boca.

— É, eu sei, mas... Bom, a casa também é sua agora, e não quero, sabe... Só quero que você se sinta à vontade.

— Ian... — Olhei para minha roupa, um pijama de corpo inteiro. — Eu estou usando um macacão. Nunca estive tão à vontade na vida, e, se você quer mesmo saber se pode trazer uma mulher pra cá e transar com ela, então sim. Vai com tudo, melhor amigo.

Ele se retraiu.

— Você tem noção do quanto é esquisita?

— Estou completamente ciente disso.

— Nós precisamos melhorar nossa capacidade de comunicação — zombou ele. — Então tá... Bom, boa noite. Se você precisar de alguma coisa... — Ele fez uma pausa. — Não precise de nada, tá?

Eu ri e concordei com a cabeça.

— Tá. Só não vai cantar suas músicas pra ela quando estiverem na cama. Seria um banho de água fria — brinquei.

Desta vez, ele me mostrou o dedo do meio das duas mãos.

Retribuí o gesto. *Óbvio.*

Algumas horas depois, fui acordada por um Ian em pânico, parado do lado da cama, sacudindo meus ombros.

— Hazel, acorda!

Eu me sentei na cama e esfreguei meus olhos sonolentos.

— O que aconteceu?

— Shh — sussurrou ele, colocando um dedo sobre meus lábios.

Meus olhos foram para o dedo, os olhos dele foram para o dedo também. Ficamos encarando nosso ponto de contato por alguns instantes, que pareceram uma eternidade, antes de ele lentamente afastar a mão da minha boca.

— Desculpa. Preciso da sua ajuda.

— Ainda está escuro, Ian — murmurei, tentando voltar para o meu travesseiro, mas ele não deixou.

— Eu sei, eu sei, mas preciso da sua ajuda. Por favor. — Ele parecia desesperado de verdade.

Suspirei e me sentei mais empertigada.

— O que foi?

— Lembra que eu disse que ia convidar uma amiga pra vir pra cá? — perguntou ele.

— Lembro.

— Então... Preciso que ela vá embora.

Olhei para o meu relógio. Quatro da manhã. Levantei as sobrancelhas.

— Você quer que eu expulse a garota? Às quatro da manhã? — Ele concordou com a cabeça. — Você sabe que é muito babaca da sua parte expulsar uma garota de casa às quatro da manhã, né?

Ele concordou com a cabeça de novo. Mas parou de fazer contato visual. Aproveitei para me forçar a acordar de verdade e o encarei. Suas mãos estavam fechadas em punhos, seu rosto estava corado. Ele batia com um pé no chão sem parar, nervoso.

Ele parecia incomodado de verdade, inquieto, mas não ia me dizer qual era o problema. Eu não tinha intimidade suficiente para perguntar, então me levantei.

— Você quer que eu seja legal ou má? — perguntei.

Ele não respondeu. Em vez disso, agarrou os cantos do colchão e continuou batendo os pés. Agora, as batidas não pareciam de nervosismo.

Eu seria má então.

~

Quando acordei na manhã seguinte, a casa estava vazia. Escovei os dentes, me perguntando se minha conversa com Ian durante a madrugada tinha sido real ou apenas um sonho esquisito. Ao seguir para a cozinha, olhei pela janela que dava para o quintal dos fundos e vi que Ian estava cortando lenha. Sua camisa branca não cobria seu corpo, estava enfiada na lateral da calça jeans, e ele golpeava o toco de madeira com o machado.

Seus braços eram musculosos e bronzeados, como se ele trabalhasse sob o sol na maioria dos dias. Peguei um copo de água para mim e fui até a pequena varanda dos fundos. Havia um balanço ali, onde me acomodei feliz, ainda de pijama. Balancei para a frente e para trás, e observei o corpo dele reagir ao som do chiado das correntes se movimentando e sustentando meu peso. Ele sabia que eu estava ali, mas não olhou na minha direção.

Depois de abrir e fechar a boca algumas vezes, finalmente criei coragem para perguntar:

— Você quer conversar sobre ontem?

Ele ergueu o machado e então golpeou outra tora de madeira, partindo-a ao meio.

— Não.

Ele ainda não tinha se virado para mim.

Desejei poder entrar naquela cabeça e ver o que se passava lá dentro. Apesar de nós dois brincarmos por ele ser galinha, eu sabia que Ian tinha problemas muito mais complexos do que deixava transparecer. Eu devia tê-lo deixado em paz para aproveitar seu tempo sozinho, mas algo no meu coração me dizia que não fosse embora. Algo no meu coração me pedia que ficasse.

— Você não precisa ser tão fechado o tempo todo.

— Eu sei, mas eu quero ser.

— Ninguém quer ser fechado.

— Eu quero.

— Por quê?

— Para de me pressionar — mandou ele, cortando outro pedaço de madeira, mas eu não conseguia evitar.

Eu tinha a sensação de que ninguém pressionava Ian de nenhuma forma, a não ser os avós dele.

— Vou parar de te pressionar quando você se abrir.

— Então você vai ficar aí pra sempre.

— Não trabalho hoje, então não tem problema.

Ele suspirou enquanto levantava o machado e acertava a tora diante de si.

— Cacete, Hazel. Qual é o seu problema, porra? Por que você não me deixa em paz?

— Porque você quer ser melhor. — Dei de ombros. — E, ontem à noite, alguma coisa aconteceu com você quando me pediu que mandasse aquela garota embora. Alguma coisa te incomodou de verdade. Só quero dizer que você não precisa deixar tudo preso aí dentro. Eu cresci fazendo isso. Sei como isso pode acabar ficando pesado dentro do peito.

— É, bom, nós não somos iguais.

Ninguém jamais disse uma frase tão verdadeira.

Levantei do balanço e assenti.

— Tá. Tudo bem. Você que sabe. Só não diga que não avisei quando você se der conta de que não aguenta mais.

— Por que você acha que não vou aguentar?

— Isso sempre acontece; nossas emoções nos sobrecarregarem, e a gente desaba.

Ele bufou.

— Você fala por experiência própria?

— Mais ou menos.

Eu me virei para entrar e parei quando escutei Ian soltar o suspiro mais dramático da história dos suspiros.

— Ela falou dos meus pais, porra. Disse que eles eram dois drogados, falou sem parar deles, como se conhecesse os dois. É difícil me deixar nervoso. Você tem razão, eu sou muito fechado. Mas meus pais são meu ponto fraco.

Olhei para trás e vi o peso em seu olhár quando Ian apoiou as mãos no cabo do machado.

— Por quê?

— Porque tudo o que dizem sobre eles sempre é verdade. Meus pais eram drogados mesmo. Eles me abandonaram mesmo. Preferiram mesmo o vício escroto ao próprio filho. Eles foram embora e me deixaram sozinho com minha coleção de traumas de merda. Entendeu? É por isso que os comentários me incomodam tanto.

Meu peito ficou apertado enquanto eu ouvia Ian falar sobre os pais. Eu sabia que Eres tinha um problema com drogas, e sabia que boa parte desse problema era causado por um homem específico.

— Era o Charlie que vendia pra eles? — perguntei, as palavras ardendo em minha língua enquanto saíam da minha boca.

Ele esfregou o dedão no alto do nariz e concordou com a cabeça.

— Era.

— E é por isso que você me odeia?

— Não. — Ele balançou a cabeça. — Não te conheço o suficiente pra te odiar. Só não gosto do que você representa... a memória do que aconteceu com meus pais.

Eu entendia. Talvez mais do que ele imaginava.

— Também não gosto do que eu represento.

— Como assim?

— Eu também perdi minha mãe por causa do Charlie. Foi por causa dele que fui morar no barracão. Minha mãe me expulsou de casa porque ele não me queria mais lá, e duvido que ela teria feito uma coisa dessas se não fosse pelo vício. Ela era minha melhor amiga, mas as drogas mudaram tudo. Eu preferia não saber como minha mãe era antes, porque só... — Suspirei enquanto minhas palavras iam perdendo a força. Eu não tinha a menor ideia de como explicar aquilo, mas Ian pareceu entender.

— Só torna tudo mais difícil, se lembrar da época em que as drogas não eram um problema — concluiu ele por mim.

— Isso. Exatamente.

Ele começou a golpear a madeira com o machado de novo, bufando e arfando enquanto falava.

— Fico puto da vida — confessou ele. — Como pais são capazes de se separar dos filhos simplesmente porque preferem as drogas.

Olhei para Ian — olhei de verdade para ele — e vi a criança perdida que vivia dentro daquela raiva. Havia algo tão brutal e verdadeiro na maneira como ele cortava a lenha, golpeando o machado com toda a agressividade acumulada dentro de si.

Entrei na casa e voltei com caneta e papel. Eu me sentei de novo no balanço da varanda e abri um sorriso para aquele homem suado e exausto.

— Tá, vamos lá.

— Vamos lá aonde?

— Usar sua raiva pra fazer música.

Ian resmungou um pouco enquanto apertava a ponte do nariz.

— Não quero.

Antes que eu conseguisse falar qualquer coisa, ele saiu andando, me fazendo parecer uma menina boba que queria quebrar as barreiras feitas de pedra que Ian havia criado em torno de si.

Capítulo 8

Hazel

Fazia quatro semanas que mamãe e Charlie haviam me expulsado de casa, e a ficha ainda não tinha caído. Eu continuava preocupada com a saúde e com o bem-estar dela todos os dias. Continuava pensando nela e rezando para que ela estivesse bem todos os dias. Quando meu coração ficou pesado demais com todas essas preocupações, depois do meu expediente, fui até a casa deles para ver como estavam as coisas.

Eu sabia que teria problemas se Charlie me pegasse lá, mas não me importava.

Levei compras para abastecer a geladeira da minha mãe e, quando bati à porta, ouvi os passos arrastados dela.

— Quem é? — gritou ela.

— Sou eu, mamãe. Hazel.

Os movimentos soaram mais acelerados, e, quando ela abriu a porta, arfei diante da visão. As sacolas caíram da minha mão assim que tentei dar um passo para a frente.

— Mamãe! O que aconteceu com você? — sussurrei, observando seu rosto surrado e machucado. O olho esquerdo estava quase fechado, e seus pulsos, roxos.

— Não começa — alertou ela, me dispensando com um aceno de mão. — Eu e o Charlie brigamos. Fiz besteira com o trabalho dele, e o erro foi meu.

— O quê? Não — falei, entrando na casa. — Não importa o problema, ele não tem o direito de encostar a mão em você, mamãe. Não é certo, e você precisa ser examinada por um médico. Vou te levar pro hospital.

Ela fez que não com a cabeça.

— Não. Não vou pro hospital. Estou bem.

— Mas a gente precisa saber se o bebê está bem, mamãe. Por favor.

Ela abaixou a cabeça, e eu vi a dor em seu coração. Seus pensamentos estavam em conflito. Mas eu não conseguia imaginar o que se passava por sua mente. De vez em quando, lampejos de arrependimento surgiam em seus olhos, parecidos com os meus. Minha mãe teve uma vida difícil, e eu via sua batalha contra a tristeza toda vez que ela piscava.

— Não tenho grana pra ir ao médico — começou ela. — Nem tenho plano de saúde, e o Charlie vai ficar nervoso se receber uma conta.

— Eu pago. Sério, mamãe. Me deixa ajudar.

Ela estava quase concordando, prestes a fazer a coisa certa para si e para o bebê, mas, antes que conseguisse falar, Charlie surgiu atrás de mim. Eu me virei a tempo de ver seus olhos se arregalando ao me encontrar ali, e então ele se virou para mamãe.

— Que porra é essa? — esbravejou ele.

— Vou levar minha mãe pra passear um pouco — respondi, me esforçando ao máximo para não deixar transparecer o pânico que estava entalado em minha garganta.

Charlie não tinha uma aparência ameaçadora, mas eu conhecia a crueldade que habitava naquele homem. Não era a primeira vez que eu tinha visto o corpo da minha mãe ser machucado pelas mãos dele, mas eu achava que a gravidez evitaria novas surras.

Eu tinha sido ingênua demais ao acreditar que Charlie não era o pior dos monstros.

— Aonde? — quis saber ele. — Você nem devia ter aparecido aqui.

— Eu tenho o direito de ver a minha mãe — rebati. — Anda, mamãe. Pega suas coisas e vamos.

— Ela não vai a lugar nenhum com você. Vá esquentar uma pizza pra mim, Jean — ordenou ele, fazendo minha irritação chegar ao limite.

— Ela está machucada. — Não me aguentei. — A gente vai ao médico.

Ele franziu o cenho e olhou para mamãe.

— Você vai ao hospital? — perguntou ele com uma voz baixa e controladora. — Que porra você vai fazer lá, Jean? Prestar queixa? Dizer que eu te machuquei?

Ela hesitou enquanto retorcia os dedos, olhando para o chão.

— É claro que não, Charlie.

— Porque eu não te machuquei, né?

A forma como as palavras saíram da boca de Charlie me deixaram arrepiada. Nossa, eu o odiava tanto, e detestava a forma como ele usava sua autoridade para controlar os pensamentos da minha mãe.

— Não machucou, não — mentiu ela. Então fechou os olhos e balançou a cabeça de um lado para o outro. — Eu tropecei. Você sabe que eu sou atrapalhada, Hazel.

Não, mamãe.

Não deixa esse cara te controlar desse jeito.

— Mesmo assim, você tem que ir ao médico por causa do bebê — argumentei, tentando domar a raiva que corria em minhas veias.

Eu precisava tirá-la dali. Daquela casa, do controle de Charlie. Porque eu sabia que, se ela continuasse ali, acabaria a sete palmos do chão no dia em que ele exagerasse na dose.

Se nós fugíssemos juntas, talvez ela conseguisse clarear os pensamentos de novo. Talvez percebesse que nós não precisávamos de Charlie. Que estaríamos melhor sem ele, que...

— Ela não vai a lugar nenhum — decretou Charlie. — O bebê está bem e sua mãe também. E não quero mais você nessa casa. Então cai fora.

Parei na frente da minha mãe, protegendo-a do marido.

— Não vou sair daqui sem ela.

Ele levantou as mangas da camisa e se aproximou de mim.

— Cai fora, Hazel.

— Não — rebati, decidida. — Não vou sair daqui.

Ele me agarrou pelo braço e me arrastou até a porta. Para um cara pequeno, ele era forte.

— Me solta! — gritei.

Tropecei nos meus próprios pés enquanto ele me puxava, e, assim que me reequilibrei, eu o empurrei com força, fazendo-o cambalear.

Antes que eu me desse conta do que estava acontecendo, senti o punho dele acertando meu rosto. Caí direto no chão.

Puta merda.

A ardência tomou conta de mim, me fazendo querer vomitar. Ele não tinha me dado um tapa; ele me deu foi um soco. Ele me lançou pelo ar, me jogando no chão, sem se preocupar com seus atos. Era isso que acontecia com minha mãe? Ele a surrava como se ela fosse uma boneca de pano, e não uma pessoa?

Minha cabeça começou a latejar, e lágrimas escorriam pelos meus olhos enquanto a dor tomava conta de mim. Tentei me levantar, mas Charlie se aproximou a passos duros e me empurrou para o chão de novo.

— Eu disse pra você ir embora daqui, porra — chiou ele, a voz cheia de ódio.

— Vá se foder — gemi.

Ele levantou o punho para me bater de novo, mas minha mãe correu e segurou a mão dele.

— Para, Charlie. Por favor. Ela entendeu. Ela vai embora e nunca mais vai voltar — prometeu mamãe.

Eu me levantei cambaleando, mas meu olho direito permanecia fechado. Passei a mão no rosto e senti algo molhado. *Será que é sangue? O anel de Charlie deve ter cortado minha pele.*

— Né, Hazel? — perguntou mamãe, me encarando com os olhos arregalados de medo. Ela vivia com aquele pavor todos os dias.

— Vem comigo, mãe — implorei, meu peito subindo e descendo em velocidade irregular.

— Eu já disse, ela não vai a lugar nenhum. Agora, sai daqui antes que eu dê uma surra nas duas — falou Charlie.

Estava claro que ele era um psicopata. Ele não sentia um pingo de remorso por seus atos — era o oposto, na verdade. Ele parecia prestes a me dar outro soco a qualquer instante.

— Vai, Hazel — implorou mamãe com os olhos cheios de lágrimas. — Por favor.

Eu queria discutir, mas sabia que, se insistisse com Charlie, ele descontaria em mim e na minha mãe. E eu não suportava a ideia de vê-la sofrer nas mãos dele, então fui embora.

A dor no meu peito não dava espaço para nada além do sentimento de culpa por eu ter deixado mamãe em uma situação tão ruim. Por um instante, quando ela agarrou a mão de Charlie, vi minha mãe. Minha verdadeira mãe, não a mulher drogada na qual ela tinha se transformado com o passar dos anos. Ela se meteu na briga para me proteger, e eu ficava arrasada só de pensar que não havia ninguém para protegê-la.

Segui para a casa de Ian e, conforme andava, tentei manter a cabeça abaixada e coberta. Uma buzina soou atrás de mim, fazendo o nervosismo subir com um calafrio pelas minhas costas. Continuei olhando para baixo, continuei andando.

— Hazel! — gritou uma voz do carro. Não levantei a cabeça. — Ei, Hazel, é a Leah. Irmã do James Scout. Ele trabalha no rancho, e estou indo dar uma olhada nos cavalos. Você está indo pra lá também? Posso te dar uma carona.

Ela guiou o carro para o acostamento, parou e veio correndo até mim. Fazia algum tempo que eu conhecia Leah. Nós terminamos o ensino médio no mesmo ano, e ela era a definição de realeza na cidade. Leah Scout era linda. Do cabelo louro maravilhoso aos olhos azuis feito cristais. Seu sorriso poderia estrelar comerciais de pasta de dente, e ela o exibia para qualquer um que cruzasse seu caminho. Ela era igual ao irmão mais velho — legal demais com tudo e todos.

Quando ela me alcançou, arfou e levou as mãos à boca.

— Caramba, o que aconteceu com você?

— Eu... hum... não quero falar sobre isso.

Comecei a andar, e Leah seguiu ao meu lado.

— Espera, Hazel. Quem fez isso com você?

— Não quero falar desse assunto — respondi, brusca. — Só quero ir para casa e me limpar.

— Tá bom. — Ela assentiu e entrelaçou o braço ao meu.

— O que você está fazendo?

— Vou te acompanhar até o meu carro pra te dar uma carona. Você não devia estar andando na estrada nesse estado, muito menos sozinha. O James me falou que você está passando um tempo na casa do Ian, né?

Concordei com a cabeça.

— Estou. Mas você não...

— Deixa de bobagem, Hazel. Nós meninas precisamos nos ajudar numa cidade cheia de babacas. Não é nada de mais. Anda. Vamos pra casa limpar esse machucado.

Quando chegamos à casa do rancho, tentei convencer Leah a seguir com seus planos, mas ela não saía de perto de mim.

— Você precisa limpar esse olho. Sou voluntária no consultório do Dr. Smith. Posso ajudar — ofereceu ela.

Eu não tinha forças para insistir que ela fosse embora. Além do mais, uma parte estranha de mim não queria ficar sozinha.

Eu me sentei na beirada da minha cama e Leah foi até a cozinha para buscar gelo e um pano molhado para limpar meu olho. Quando ela voltou, se sentou ao meu lado e se esforçou ao máximo para cuidar de mim.

— Quem fez isso, Hazel? — sussurrou ela.

Balancei a cabeça.

— Não faz diferença.

— Claro que faz. As pessoas não podem te machucar assim. Elas precisam pagar pelo que fazem.

Abri um sorriso torto e continuei quieta. Falar demais sobre minha vida para uma desconhecida não me ajudaria em nada. Apesar de Leah ser legal, eu não precisava desabafar com ela sobre as minhas dificuldades.

— Estou bem, sério — menti.

Ela abriu um sorriso compreensivo para mim. Então franziu a testa e balançou a cabeça.

— O Ian vai ter um troço quando descobrir.

Franzi o cenho.

— Duvido muito.

— Sério? É claro que vai. Vocês moram juntos, e alguém te machucou. Ele vai se importar.

Eu ri.

— Nós moramos juntos, mas não somos próximos. A gente não se fala muito, a menos que ele precise que eu expulse alguma garota daqui no meio da madrugada.

Leah tirou o cabelo do rosto.

— Sei lá, Hazel. Esse tipo de coisa mexe com o Ian. Antes de ir embora, há alguns anos, o pai dele batia na mãe, e o Ian ficava louco com isso. Ele não gosta de ver mulheres sofrendo abuso.

Abuso.

Eu não sabia por que essa palavra me fazia querer vomitar. A palavra fazia com que as ações de Charlie parecessem ainda mais intensas, porém era verdade. Ele tinha abusado de mim. Ele abusava da minha mãe. E eu sabia que ele nunca ira parar, porque, quando se tratava de Charlie, abusar dos outros era quase instintivo.

— Escuta, eu sei que o Ian é meio grosso, mas ele é um cara muito legal. A gente se conhece desde que me entendo por gente, por ele ser o melhor amigo do meu irmão. Ele ficou meio perdido quando os pais foram embora, mas aquele garoto de bom coração ainda está lá.

— Ele é um cara frio, não tem sentimentos.

Leah soltou uma gargalhada.

— Que bobagem. Ian Parker na verdade sente coisas demais. Aquele homem tem mais sentimentos do que a maioria das pessoas. Ele fica tão desnorteado com as emoções dele que cria uma barreira. Mas pode ter certeza de que ele se importa com as coisas. Acho que ele se importa tanto que acaba não dando conta.

Fiquei com a cabeça baixa por um minuto e segurei a toalha com gelo no meu rosto. Eu não sabia bem o que dizer para Leah, então dei de ombros e abri um sorrisinho.

— Estou ficando com dor de cabeça. Acho que vou descansar um pouco.

— Boa ideia. Toma o ibuprofeno pra não sentir dor e coloca gelo de vez em quando para melhorar o inchaço, tá?

— Tá, obrigada, Leah. Obrigada de verdade.

Ela não precisava ter feito nada daquilo, mas resolveu me ajudar mesmo assim. Aquilo era mais importante para mim do que ela podia imaginar.

— De nada. — Ela se levantou da minha cama e sorriu. — E se você precisar de uma amiga, é só avisar. Eu ficaria maluca se passasse tanto tempo com esses garotos no rancho. De qualquer forma, eu sempre venho dar uma olhada nos cavalos, então a gente pode almoçar qualquer dia desses, ou fazer alguma coisa.

Abri um sorriso verdadeiro, sincero.

— Eu ia adorar.

— Descansa, Hazel. Espero que você melhore logo. E, o mais importante, não deixa o babaca que fez isso sair impune.

Depois que Leah foi embora, me tranquei no banheiro e senti as lágrimas escorrerem pelas minhas bochechas por causa da dor que se alastrava. Quanto mais tempo passava, mais meu rosto latejava. O lado direito estava inchado e ficava cada vez mais roxo. Eu parecia a minha mãe, e isso me deixou com o coração despedaçado.

Charlie nunca havia encostado em mim antes... ele jamais ultrapassara esse limite, porque mamãe sempre levava os socos por mim. Agora, eu sabia como ela se sentia, pelo que estava passando, as dificuldades que enfrentava.

A dor no meu peito não era apenas por mim — era pela minha mãe. Eu queria tirá-la daquela casa. Precisava dar um jeito de afastá-la daquele psicopata. Quem poderia saber com quais mentiras ele a envenenava? Quais drogas ele enfiava no corpo de mamãe sem o consentimento dela? Charlie era maníaco por controlar os outros, e mamãe era a vítima mais fácil de todas, porque era fraca e ficava apavorada demais para tentar lutar com ele.

Naquela noite, eu não estava conseguindo pensar direito, porque morria de medo do que poderia acontecer com mamãe. Fiquei no meu quarto porque não queria que Ian me visse naquele estado. Eu não conseguia comer, não conseguia dormir e não conseguia parar de chorar. Só pensava que precisava tirar minha mãe daquela situação terrível, afastá-la de Charlie — ou, pelo menos, afastar Charlie dela. Por intermédio de Garrett e da minha mãe, eu sabia o suficiente sobre Charlie para tentar armar alguma coisa. Eu podia ferrar com ele a ponto de tirar suas garras da minha mãe. Era difícil saber se meu plano funcionaria — mas eu precisava tentar. Caso contrário, não só mamãe perderia o filho que carregava na barriga, como também acabaria perdendo a própria vida.

Então, de madrugada, peguei o telefone da casa de Ian e liguei para a delegacia.

— Polícia de Eres. Com quem deseja falar? — atendeu uma voz cansada.

— Oi, ah, quero fazer uma denúncia anônima sobre uma grande venda de drogas que vai acontecer nos próximos dias.

A voz do outro lado da linha ficou mais baixa.

— Connor, é você? Está me passando trote de novo?

— O quê? Não. É uma denúncia de verdade.

— *Tuuudo bem* — respondeu a pessoa, incrédula. — Desembucha. Qual é a denúncia?

— Uma vez por mês, Charlie Riley distribui seu estoque pros seus comparsas levarem pra outras cidades. Acontece bem na fronteira de Eres, na antiga lavanderia da esquina da Wood Street com a Timber Avenue. Eles se encontram às duas da manhã. Provavelmente o próximo encontro será daqui a dois dias.

Ainda bem que, há um tempo, Garrett tinha ficado doidão o suficiente para me contar por onde os suprimentos de Charlie entravam e saíam. Ele estava tão animado por ter recebido mais responsabilidade na "empresa" da família que tinha enchido a cara, se drogado, e dado com a língua nos dentes durante uma de suas sessões intermináveis de videogame.

— E como você sabe disso?

— Confie em mim, eu sei.

— É, valeu, Connor. Vamos investigar.

— Não sou o Connor! — insisti, passando uma das mãos no rosto. Minha voz era mesmo parecida com a de um garoto? Como assim? — Olha, só confia em mim. Charlie faz os negócios dele na lavanderia. Vocês vão encontrar tudo de que precisam lá. E levem reforços.

— Tá bom. É só isso?

— Sim. — Mordi o lábio inferior enquanto meu estômago se revirava. — Só isso.

— Sei. Lavanderia. Esquina da Wood com a Timber. Charlie Riley. Drogas. Entendi. Boa noite, Connor.

A ligação foi desligada, e respirei fundo enquanto o pânico começava a arrefecer. Pensei em como as coisas seriam diferentes para minha mãe dali a dois dias. Dali a dois dias, ela não precisaria fugir das mãos de Charlie. Dali a dois dias, ele seria levado embora.

Ela nunca mais precisaria fugir dele.

Desta vez, a gente venceria.

~

Dez anos antes

— *Anda, Hazel, rápido. Pega só umas coisas* — *ordenou mamãe enquanto me tirava da cama. Havia uma mala em cima da minha cama, e ela jogava algumas peças de roupas lá dentro.*

O céu ainda estava escuro, e eu bocejei.

— *O que está acontecendo, mamãe?*

Se o sol ainda não tinha se levantado, por que eu precisava?

— *Estamos indo embora, meu amor. Vamos cair fora daqui, tá bom?* — *Ela falava baixo e andava na ponta dos pés, como se não quisesse que ninguém escutasse.*

Eu sabia que era por causa de Charlie.

Mamãe sempre sussurrava quando não queria que Charlie a ouvisse.

— *Agora, vamos. E fica o mais quietinha possível, tá?* — *pediu ela.*

— *A gente vai mesmo embora?* — *perguntei com a voz tímida.*

Mamãe já havia falado sobre abandonar Charlie antes, mas a gente nunca tinha feito as malas para ir embora. Eu comecei a acreditar que nós viveríamos para sempre sob o controle dele, não importava o quanto quiséssemos sair dali. Ele tratava mamãe mal, e eu não gostava do fato de que ele a fazia chorar.

— *Sim, meu docinho, nós vamos mesmo. Agora, pega tudo de que você precisar, porque não vamos voltar.*

— *Nunca mais?*

Ela se inclinou na minha direção e afastou o cabelo da minha testa. Havia lágrimas em seus olhos, e isso me deixou triste. Eu detestava quando mamãe chorava, e ela andava chorando demais ultimamente.

— Nunca mais, meu bebê. Chegou a hora. Nós vamos embora e nunca mais pisaremos nessa cidade de novo. Tá bom? Só você e eu. Só nós duas.

Agarrei meu bichinho de pelúcia na cama e o abracei apertado enquanto, com minha mão livre, segurava a dela.

— Tá bom.

— Pronta? — perguntou ela.

— Pronta — respondi.

Eu estava pronta fazia tanto tempo que sorria só de pensar em fugir com mamãe.

— Só nós duas — murmurei para mim mesma enquanto saía de mãos dadas com mamãe.

Isso era tudo o que eu queria.

— Você está chorando porque está triste?

— Não, meu docinho. São lágrimas de alegria.

Lágrimas de alegria.

Eu não sabia que as pessoas choravam quando estavam alegres.

Quando descobri isso, comecei a chorar também.

Capítulo 9

Ian

— Vocês já terminaram de ensaiar, seus chatos? Se tiverem acabado, posso te dar uma carona pra casa, James — disse Leah, entrando no celeiro com o mesmo sorriso de sempre estampado no rosto.

— Como assim, você pode me dar carona? Você não veio com o meu carro hoje? — perguntou James. — Então não seria eu quem te daria carona?

— Dá na mesma. Vamos. Quero fazer uma maratona de *Você* na Netflix e me encher de pipoca. — Ela acenou para mim e para os outros. — O som de vocês está bem maneiro.

Eric assentiu.

— Ainda podemos melhorar. Você segue a gente em todas as redes sociais, Leah? Quanto mais apoio tivermos, melhor. — Eric parecia o cafetão das redes sociais, sempre atrás da próxima curtida e do próximo seguidor.

— Claro que eu sigo. — Leah abriu um sorriso radiante e veio na minha direção. Ela enfiou as mãos nos bolsos do short e se balançou para a frente e para trás nos chinelos. — E aí, Ian? O que está achando de morar com a Hazel?

Dei de ombros.

— A gente não se vê muito.

— Nós éramos da mesma turma na escola. Ela é muito legal. Quieta, mas bacana. Sabe, acho que, depois que você a conhece melhor, ela é bem interessante. E sempre foi uma ótima aluna. Imagino que ela deva se sentir sozinha às vezes.

Minhas sobrancelhas se ergueram para aquela Leah excessivamente simpática. Eu sabia que ela estava armando alguma coisa e preferia que fosse direto ao ponto.

— Aonde você quer chegar, Leah?

Ela abriu seu sorriso radiante de sempre e deu de ombros.

— Só estou querendo dizer que fazer amizade com ela não arrancaria pedaço. A Hazel passou por coisas bem difíceis. Seria bom pra ela ter alguém legal com quem conversar de vez em quando.

— Eu não sou legal — rebati.

Ela revirou os olhos do jeito mais dramático possível e me deu um tapinha nas costas.

— É, tá bom, Ian. E eu não sou viciada nas Kardashians. Nem pense que esqueci que você passou duas semanas seguidas indo jogar jogo da velha com minha avó quando ela fraturou o quadril e teve que ficar internada.

— E daí? Eu adoro jogo da velha.

— Só seja legal com a Hazel, seu bobo. Tenho a impressão de que ela precisa de um amigo.

— Então seja amiga dela.

— Estou trabalhando nisso, mas, por enquanto, ela precisa de um amigo na própria casa. Alguém que esteja por perto por tempo suficiente pra ganhar a confiança dela.

Fiz uma careta, ainda hesitante, e Leah deu outra revirada de olhos dramática.

— Tá bom! Continua sendo um babaca então, mas vê se maneira um pouco, tá? E pega mais leve com ela no rancho.

— Eu pego pesado com todo mundo no rancho — murmurei, um pouco irritado com a insinuação de Leah.

Eu tratava todos os funcionários da mesma forma, e não gostei de ouvir Leah falando como se eu fosse mais exigente com Hazel do que com os outros peões.

Leah suspirou, tão cansada das minhas respostas quanto eu estava cansado das dela.

— Tá certo, Ian. Você trata a Hazel pior do que os outros. Eu já vi como você enche o saco dela, apesar de ela ser uma das pessoas que mais trabalha por aqui. Quer dizer, ela faz mais do que o otário do meu irmão.

— Ei, não me bota no meio disso, não! — gritou James enquanto juntava suas coisas. — Mas é verdade. Hazel trabalha bem pra caramba, e você às vezes pega pesado com ela.

Bem, não havia nada melhor do que os irmãos Scouts se unindo contra você. A merda era que os dois eram as pessoas mais legais que eu conhecia. Então, se eles estavam incomodados com a maneira como eu tratava Hazel, deviam ter razão. Era verdade que a minha opinião sobre Charlie podia ter influenciado a forma como eu tratava Hazel no rancho, e o fato de Leah e James estarem jogando isso na minha cara fazia com que eu me sentisse um escroto. Eu ia me esforçar para pegar um pouco mais leve com Hazel.

O que significava que eu teria que me lembrar toda hora do fato de que ela ter sido criada pelo diabo em pessoa não a tornava igual a ele.

~

— Você devia maneirar hoje. Está quente demais pra trabalhar tanto — alertei Hazel no dia seguinte, enquanto ela jogava feno na caçamba de uma picape.

Fazia quase 40 graus, e ela usava seu modelito preto de sempre, com mangas compridas. Estava quente demais para aquele tipo de roupa, ainda mais quando Hazel trabalhava no sol. Ela estava até de moletom, com o capuz cobrindo a cabeça, parecendo uma doida.

— Não tem problema. Estou bem — murmurou ela, a voz baixa enquanto pegava o feno com o forcado.

Ela não tinha falado quase nada nas últimas horas, o que era estranho. Normalmente, ela vivia me dirigindo um comentário desaforado e sarcástico.

Hazel não tinha nem rido da minha cara quando queimei o jantar ontem. Parando para pensar, não a vi em casa ontem. A porta do quarto dela estava fechada, e, apesar de eu ter escutado seus passos lá dentro, ela não saiu de lá. Quando acordei hoje cedo, ela já havia vindo trabalhar.

— Não vai me dizer que você continua irritadinha por eu não querer falar dos meus sentimentos e aquela porra toda daquele dia?

— Ao contrário do que você imagina, o mundo não gira em torno de você, Ian Parker — rebateu ela, irritada.

Eu teria deixado o assunto — e o mau humor dela — por isso mesmo. Mas já estava ficando tonto só de olhar o sol sobre nela. Merda, eu estava quase desmaiando em solidariedade.

— Anda, querida. Não seja teimosa. Insolação é um problema sério.

Usei o "querida" para tentar irritá-la, mas ela nem piscou. Droga. O que deu nessa garota?

Ela puxou o gorro para a frente e tossiu antes de voltar ao trabalho.

— Não tem problema. Estou bem.

— Pelo menos vá pros chiqueiros. Posso até te ajudar lá. Acho que você precisa de um intervalo pra beber água. Está muito...

— Já disse que estou bem! — estourou ela, finalmente.

No instante que ela se virou para mim, meu peito se apertou. Os olhos de Hazel estavam injetados, como se ela tivesse passado uma eternidade chorando, e tinha o rosto carregado de maquiagem. Claro, ela vivia maquiada, mas, naquele dia, parecia que ia fazer um teste para participar de *RuPaul's Drag Race*.

Eu nem sabia por que, mas ver aquele nível de tristeza em seus olhos quebrou a porra do meu coração gelado.

— O que foi? — insisti.

Ela balançou a cabeça enquanto lágrimas começavam a escorrer por suas bochechas.

— Nada. Estou bem.

— Mentirosa.

— Esquece isso, Ian.

— Não dá, querida.

Ela abriu a boca, talvez para me dar uma resposta atravessada, o que faria com que eu me sentisse um pouquinho melhor ao ver sua situação. Se ela tivesse ânimo para brigar comigo, então não estava tão desconectada de sua personalidade irritante de sempre.

Porém, em vez de ela falar qualquer coisa, seus olhos ficaram vesgos, e o forcado caiu de suas mãos. Quando ele caiu no chão, observei o corpo dela balançar para a frente e para trás.

Merda.

Ela ia desmaiar.

Os olhos de Hazel começaram a se revirar, e corri até ela, segurando-a antes que desabasse no chão. Ela desmaiou em meus braços, ficando completamente mole. Eu a levantei e saí correndo na direção da casa, repetindo as mesmas palavras sem parar.

— Estou com você, querida — murmurei. — Estou com você.

Assim que entramos em casa, Hazel começou a acordar e a coloquei rápido de baixo do chuveiro, abrindo a água gelada em cima dela. O frio a despertou na mesma hora, e ela começou a berrava de pavor.

— Ah, meu Deus, que gelado! — gritou ela, tremendo por causa das gotas geladas que caíam nela. Hazel esfregou as mãos nos braços, sentando-se na banheira.

— Que bom — resmunguei. — Eu avisei que estava quente demais pra ficar na porra do sol.

Ela esticou o braço para fechar a água e estremeceu.

— Estou bem.

— Não está, não. Você precisa de um energético pra se recuperar do calor. Tenho uns isotônicos na geladeira. Toma uma toalha pra você se secar.

Peguei a que estava no gancho mais próximo e a ofereci. Ela imediatamente começou a secar a água do rosto, e, junto com a água, lá se foi sua maquiagem.

— Mas que porra foi essa que aconteceu com a sua cara? — esbravejei, horrorizado com os hematomas que eram revelados enquanto a maquiagem saía.

Os olhos dela se arregalaram, e Hazel se virou para o outro lado.

— Não é nada.

Segurei seus ombros e virei seu rosto na minha direção.

— Porra nenhuma. Isso está longe de ser nada. Parece que alguém te deu um soco na cara, caralho.

A forma como os olhos dela se encheram de lágrimas deixou claro que tinha sido exatamente isso o que acontecera.

Puta merda.

Alguém tinha dado um soco na cara dela.

— Quem foi? — perguntei, minha voz tensa de raiva. A identidade do desgraçado que me deixava furioso podia ser um mistério, mas eu estava puto da vida. — Foi um homem?

Ela assentiu, balançando a cabeça devagar.

— Me diz quem foi — ordenei.

As lágrimas começaram a escorrer mais rápido pelas bochechas de Hazel enquanto sua cabeça balançava, fazendo que não.

— Tá tudo bem. Eu vou resolver as coisas. — Hazel tentou se levantar e cambaleou um pouco, ainda sem equilíbrio, e a segurei. Ela abriu um sorriso triste. — Você é bom nisso.

— Em quê?

— Em me segurar.

— Bom, seria melhor se você parasse de cair.

— Pode acreditar — ela soltou um suspiro carregado —, estou tentando.

Eu não sabia o que dizer, porque aquilo era de partir o coração. Eu queria a Hazel Stone sarcástica e desaforada de volta. Aquela versão triste me fazia querer chorar junto com ela.

— O que eu posso fazer por você? — perguntei, minha voz falhando enquanto eu encarava seu olho inchado.

Que tipo de babaca bateria numa mulher? Que tipo de desgraçado covarde faria uma coisa tão escrota? Eu sabia quem — meu pai. Eu me lembrava de ter visto meu pai batendo na minha mãe em seus surtos de bebedeira na minha infância. E me lembrava dos hematomas dela... da minha mãe tentando escondê-los com maquiagem — assim como Hazel havia feito.

Eu queria matar aquele cara.

Eu nem sabia quem ele era, mas queria o sangue dele.

Hazel se esforçou para continuar sorrindo apesar da dor.

— Bom, primeiro, o isotônico — disse ela. — E depois, à noite, vodca.

Olhei para ela com o cenho franzido.

— Você não é nova demais pra beber?

— Sou. — Ela concordou com a cabeça. — Mas tive um dia bem ruim.

Bom, então tá certo.

Já que era assim, a gente abriria a vodca. *Depois* do isotônico.

Se existisse um prêmio para a pessoa mais fraca com bebidas do mundo, Hazel ganharia. Ela tomou três doses enquanto eu ficava olhando, junto com um drinque, e agora dançava no meio da sala, girando. Ela cantarolava uma música que eu não reconhecia, mas que, de alguma forma, era perfeita.

— Por que você não está bebendo? — perguntou ela, jogando-se no sofá.

— Não estou com clima pra beber hoje.

— O quê? É claro que você está com clima pra beber hoje. Todo mundo devia estar com clima pra beber toda noite. Beber é divertido! — exclamou ela.

Eu me sentei do lado oposto dela no sofá.

— E quantas vezes você já bebeu na vida?

— Ah, puff. — Ela fez biquinho e bufou. — Contando com hoje?

— Aham.

Ela levantou dois dedos, e os analisou com uma expressão confusa. Então baixou um. Eu tive que dar uma risada, porque ela havia deixado o dedo do meio levantado sem nem se dar conta.

Hazel Stone estava oficialmente tendo sua primeira noite de bebedeira, e estava oficialmente mamada.

— Sabe do que eu sinto saudade? — perguntou ela, esfregando a boca com as costas da mão.

— Do quê?

— Do barracão.

Eu ri.

— É tão ruim assim dividir a casa comigo, que você preferia morar num barracão?

— Não. — Ela soltou uma risadinha, e o som era meio que encantador. — Eu só quis dizer que sinto falta de olhar pro céu e pras estrelas pelo buraco no telhado. Adoro as estrelas e a lua. Elas conseguem me mostrar que existe muita coisa por aí além dos meus problemas.

— Você é o tipo de pessoa que faz pedido pra estrelas?

— Sou o tipo de pessoa que faz pedido pra tudo. — Hazel inclinou a cabeça na minha direção. — É sempre bom assim? Ficar bêbado?

— Depende. Se eu beber uísque, fico triste.

— Por que raios você ficaria triste? Você canta que nem um deus, não paga aluguel, e seus avós são legais pra cacete! E você ainda é G-A-T-O. Gato. Tipo, se eu não soubesse em quantas mulheres você já enfiou seu pênis, eu também cogitaria deixar você enfiar seu pênis em mim, sabe? Isso se eu deixasse caras enfiarem pênis em mim.

As palavras saíram de sua boca com tanta facilidade, que eu sabia que, se estivesse sóbria, Hazel ficaria com raiva de si mesma por dizer aquilo em voz alta.

Mas isso não significava que eu não podia me divertir.

— Ah. Você me acha G-A-T-O? — perguntei.

— Acho, sim. Se uma mulher pudesse ter ereção, eu passaria o tempo todo dura perto de você. Mesmo quando você me trata mal.

Franzi a testa.

— Desculpa por eu ter te tratado mal, Haze. — Quanto mais eu a observava em seu estado embriagado, mais culpado me sentia por não ter dado abertura nenhuma a ela.

— Não tem problema. Estou acostumada a ser maltratada pelos outros.

Isso fez com que eu me sentisse um merda completo. Esfreguei meu nariz com o dedão e cheguei mais perto dela.

— O que você está fazendo? — perguntou Hazel, nervosa.

— Dando uma olhada no seu olho. Posso? — perguntei, minha mão pairando no ar.

Ela concordou devagar com a cabeça.

Meus dedos aterrissaram em sua bochecha, e ela não se retraiu ao meu toque. Só continuou cantarolando para si mesma.

— Está doendo?

Ela fez que não com a cabeça.

— Só sinto coisas boas.

— Outro efeito colateral do álcool.

— Por que você me tratava mal? — perguntou ela, seus olhos verdes me perfurando.

— Porque sou um idiota — confessei. — Tenho alguns problemas com o seu padrasto.

Os dedos dela cobriram os meus, que continuavam sobre sua bochecha, e ela fechou os olhos.

— Ele não é meu pai.

— Foi ele quem fez isso? — sussurrei, quase com medo de falar aquilo mais alto.

Eu não sabia por que, mas a ideia de Charlie ter machucado Hazel me dava vontade de vomitar.

Ela concordou devagar com a cabeça.

— Ele é um monstro.

— Eu sei.

E eu ia matá-lo.

— Minha mãe está pior do que eu — revelou Hazel, baixinho, enquanto passava a mão pelo cabelo cor de carvão. — Ela não tem como fugir, e ele a machuca muito mais do que já me machucou.

— Por que ela não vai embora?

— Ela já tentou, um monte de vezes. Ele sempre descobre onde ela está e a traz de volta. — Lágrimas escorreram pelas suas bochechas, e ela balançou a cabeça enquanto eu as secava. — A vodca deixa a gente feliz e triste ao mesmo tempo?

— É possível que sim.

— Não quero mais ficar triste. Quero ficar feliz.

— E vai ficar feliz — prometi. — Às vezes, demora um pouco pra gente chegar nas músicas felizes.

— Quando você vai escrever músicas felizes?

Soltei uma risada.

— Na verdade, eu estava pensando em contratar uma garota pra me ajudar com as letras.

Ela empurrou a língua contra a bochecha e estreitou os olhos.

— Aposto que ela é uma gracinha.

— Ela não faz ideia de como é linda — respondi em um tom gentil.

— Com ou sem maquiagem.

Ela se empertigou um pouco, parecendo surpresa com minhas palavras.

— Obrigada.

— Posso perguntar por que você usa tanta maquiagem?

Hazel passou as mãos pelo cabelo de novo e deu de ombros.

— Também é por causa do Charlie. Quando eu era mais nova, quando tinha uns 14 anos, vivia de blusa de alcinha e short em casa. Numa noite, quando o Charlie estava bêbado, ele entrou no meu quarto trocando as pernas e falou que queria tocar meu corpo. Que eu ficava me exibindo pra ele com minha pele bronzeada. Então comecei a usar camadas mais grossas de roupa e maquiagem pra fugir dele.

Meu estômago foi embrulhando enquanto ela falava. Que tipo de psicopata de merda o Charlie era? Se eu já havia feito planos para matá-lo antes, agora estava fervilhando com a necessidade de estrangular aquele desgraçado.

Uma ternura tomou conta do olhar dela.

— Ian?

— Sim?

— A Hazel bêbada gosta muito de você.

Dei uma risada.

— Vamos tentar fazer a Hazel sóbria gostar de mim também.

— Isso é moleza. — Ela bocejou na minha cara, sem se dar ao trabalho de cobrir a boca. — É só você me dar oi de vez em quando. E também ajudaria se você tirasse a camisa.

Mas que bosta. Como eu tinha tratado alguém como Hazel de um jeito tão escroto por tanto tempo? Se eu tivesse usado a cabeça, teria percebido que ela não parecia nada com Charlie. Na verdade, ela era o completo oposto dele. Além de carinhosa, engraçada, linda, boa.

Nossa. Eu era um idiota.

— Ei, Ian?

— Sim?

— Vou vomitar agora.

~

Eu tinha passado os últimos dez minutos segurando o cabelo de Hazel enquanto ela botava tudo para fora na privada. Ela ficou resmungando que nunca mais beberia na vida. Sorri para mim mesmo, pensando em todas as noites horríveis de bebedeira em que falei a mesma coisa.

Quando terminou o ataque violento contra a privada, ela se deitou no chão e se encolheu em posição fetal.

— Vou dormir aqui — murmurou Hazel.

Eu ri enquanto me abaixava para pegá-la no colo.

— Não, você vai dormir na sua cama.

— Vou dormir na sua cama — repetiu ela, aninhando-se nos meus braços.

Não era bem assim.

Depois de colocá-la na cama — na cama *dela* —, deixei um balde no chão, para o caso de ela querer vomitar de novo. Então eu a cobri.

Ela esticou os braços e os enroscou no meu pescoço, me puxando para um abraço.

— Obrigada, melhor amigo — sussurrou ela antes de desabar no travesseiro de novo. Quando me virei para ir embora, Hazel murmurou mais uma coisa. — Preciso ajudar ela.

— Ajudar quem?

— Mamãe. Preciso tirar ela e o bebê de lá. Preciso ajudar a minha mãe — disse ela com os olhos fechados, começando a cair em um sono profundo.

Eu não sabia se Hazel tinha noção do que estava falando, mas falei:

— Pode contar comigo pra ajudar a sua mãe, Haze.

— Promete? — sussurrou ela.

— Prometo — respondi.

Capítulo 10

Hazel

Que barulho horroroso era aquele?

Era um galo? Sério mesmo que um galo estava se esgoelando na frente da minha janela enquanto minha cabeça latejava tanto que parecia prestes a explodir?

Por que minha boca estava tão seca?

Por que eu me sentia morta?

— *Có-có-ri-có!* — cacarejou o Sr. Galo, fazendo com que eu apertasse um travesseiro contra o rosto.

Como eu odiava o fato de que ele parecia acordado e feliz, como se não tivesse bebido o estoque de vodca do mundo na noite anterior.

Vodca.

Argh. Maldita vodca.

Meus olhos se abriram com hesitação enquanto eu me sentava apoiada nos cotovelos. Gemi quando meu estômago se remexeu, embolando e se revirando. Exatamente nesse momento, o som doloroso da campainha soou. Quando percebi que a pessoa não iria desistir, saí me arrastando do quarto para atender, já que Ian não parecia disposto a fazer isso.

Escancarei a porta, e o sol me atingiu. Nunca me senti tanto como uma vampira, e, quando percebi a mulher parada na minha frente com uma cesta cheia de coisas, na mesma hora me senti mal por chiar na cara dela.

Mas a mulher não pareceu se importar com minha reação insana à luz do sol. Ela abriu um sorriso radiante e inclinou a cabeça de lado.

— Já faz um tempo que eu queria dar um pulo aqui pra conhecer você — disse ela, entrando na casa. Então colocou a cesta em cima da mesa e se virou para mim, esticando a mão. — Você deve ser a Hazel. Sou a Holly, a avó do Ian.

A mulher para quem eu tinha chiado era a avó do Ian.

Que primeira impressão maravilhosa.

Passei a mão pelo meu rosto e me retraí levemente quando toquei o hematoma. Eu tinha me esquecido daquilo e, agora, Holly encarava a mim e ao meu rosto todo machucado. Estiquei a mão e apertei a dela.

— Desculpa, acabei de acordar. Normalmente sou boa em causar primeiras impressões.

Alisei meu pijama — um pijama que eu não me lembrava de ter vestido — e abri um sorriso tenso.

— Ah, querida, não precisa se preocupar. Você está linda. — Ela abriu um sorriso tão radiante que tive que sorrir também.

Eu nunca tinha conhecido alguém com uma expressão tão sincera na vida.

Holly era linda de um jeito natural. O cabelo grisalho comprido estava preso em um rabo de cavalo, e seus olhos eram iguais aos de Ian. Apesar de ela ser muito mais baixa que o Mãozão, tinha um ar confiante. Era mais magra e andava bem mais empertigada do que a maioria das pessoas da minha idade.

Se eu não soubesse de quem se tratava, acharia que ela tinha 60 e tantos anos — não 80.

— Se a senhora veio falar com o Ian, acho que ele saiu, ou talvez ainda não tenha acordado — avisei.

Holly fez que não com a cabeça.

— Ah, não. Eu sei disso. Foi ele quem me ligou. Ele já está trabalhando e...

Meus olhos se arregalaram, tomados pelo pânico.

— Ah, nossa, que horas são? Eu já devia estar trabalhando. — Eu sabia que, se o Mãozão descobrisse que eu tinha me atrasado, meu emprego iria por água abaixo. — Desculpa, Holly, mas preciso ir pro...

Ela segurou meu braço e balançou a cabeça.

— Não, está tudo bem. O Ian disse que você não estava se sentindo bem hoje e que ia cuidar das suas tarefas.

Uma onda de alívio e surpresa percorreu meu corpo.

— Ele ficou irritado? Por ter que fazer o meu trabalho?

— Meu Deus, não. Na verdade, ele me pediu que viesse até aqui dar uma olhada em você e trazer comida e café. — Ela ergueu uma sobrancelha. — Você toma café, né?

Eu sorri, sentindo o alívio tomar conta de mim enquanto minha ansiedade era substituída por aconchego.

— Todo o café do mundo.

— Ótimo. — Holly se aproximou com a cesta, pegou alguns comprimidos de ibuprofeno e uma garrafa de água, e me entregou. — Agora, tome o remédio e vá direto para o banho. Assim que você sair, o café da manhã estará pronto.

Agradeci a Holly pela bondade e fui para o chuveiro.

Eu entendia por que as pessoas bebiam para esquecer as coisas. Ontem à noite, por um breve momento, fiquei livre do fardo das dificuldades da minha mãe. Eu precisava daquela folga. Mas, para meu azar, eu não era uma dessas pessoas que esquece tudo que faz quando está bêbada.

Não. Eu me lembrava de tudo.

Principalmente das partes em que chamei Ian de "G-A-T-O" e falei da minha ereção feminina por ele. Nossa. Da próxima vez que eu der de cara com ele, com certeza ficarei vermelha feito um tomate de tanta vergonha.

Quando saí do banho, cogitei passar maquiagem para esconder o olho roxo, mas, como Holly já havia visto, achei que seria besteira.

A casa estava com um cheiro maravilhoso, como se um jurado do Top Chef tivesse vindo preparar uma refeição para mim. Quando entrei na sala de jantar, encontrei Holly arrumando dois pratos com bacon, ovos e batatas douradas. Minha xícara de café estava cheia até a boca, e meu estômago começou a dar pulinhos de empolgação.

— O cheiro e a cara estão ótimos — comentei enquanto me sentava. Ela sorriu ao se sentar também.

— A melhor cura pra ressaca é comida caseira — decretou ela. — Já fiz muitos cafés da manhã desses pro Ian e pros amigos dele ao longo dos anos.

— Ele tem sorte de ter a senhora.

— Eu tenho sorte de ter o Ian. Ele e o Harry são minhas maiores preocupações. Só Deus sabe como aguento o mau humor deles... mas, no fundo, são dois fofos. Eles criam barreiras pra não se machucar, claro. Sou uma das poucas sortudas a conhecer o lado mais gentil deles.

— Então eu não devia levar o mau humor deles pro lado pessoal?

— Meu Deus, não. É só o jeito que eles têm de se proteger. Depois que a minha filha e o meu genro foram embora, tanto o Harry quanto o Ian passaram por momentos complicados. O coração deles ficou estraçalhado pelo fato de uma pessoa tão importante partir sem nem se despedir. Meus garotos são sensíveis. Mais do que a maioria das pessoas. Eles morrem de medo de se machucar, então fingem que não se abalam com nada.

— Isso deve ser solitário.

— Pois é. — Holly concordou com a cabeça. — Eu me preocupo mais com o Ian. Ele é muito fechado e acaba não deixando ninguém se aproximar o suficiente pra oferecer algum tipo de apoio. A não ser seus companheiros de banda. Mas, quando ele tocou a sua música, vi um brilho nos olhos do meu neto que não via fazia muito tempo.

— Como assim? Como assim ele tocou a minha música?

— A que você ajudou a escrever. Ele foi visitar a gente e tocou a música pra mim e pro Harry. Nós ficamos de queixo caído. Fazia tanto tempo que eu não via o Ian tão empolgado com a música. E aquela letra... — Ela pressionou as mãos no peito e balançou a cabeça, maravilhada. — Nunca tinha ouvido meu neto cantando palavras tão bonitas. Então, obrigada por isso.

— Pelo quê?

— Por ajudá-lo a encontrar sua voz. Ele vem tentando há anos, e, agora, parece estar no caminho certo pela primeira vez. Acho que, em grande parte, é por sua causa. Você tem muito talento pra escrita.

Senti meu rosto corar, e me remexi na cadeira.

— Ele canta muito bem naturalmente — falei.

— Sim. — Holly esticou a mão e cobriu a minha. — Mas o que seria de um cantor sem palavras bonitas pra cantar? Só estou dizendo que você faz bem pra ele, mesmo que ele finja que não. Além do mais, acho que ele também gosta de você, pelo que disse quando me pediu que viesse até aqui.

— O que ele disse?

— Pra eu ver se você estava bem. Que ele precisava que você estivesse bem.

E, naquele momento, meu coração perdeu o compasso quando ouvi as palavras que Ian Parker tinha falado sobre mim.

Holly se inclinou para a frente e tocou meu rosto machucado.

— Quem te machucou, meu doce?

Fechei os olhos e respirei fundo.

— O Charlie, o namorado da minha mãe.

— Está doendo?

— O olho? Um pouco menos do que antes.

— Não. Sua alma. Ela dói? Ela está machucada?

Engoli em seco.

— Está.

Holly enxugou uma lágrima que escorria pelo meu rosto antes de abrir aquele sorriso bondoso para mim.

— O rapaz que eu namorei antes do Harry costumava me bater. Por muito tempo, ele me machucou em lugares onde ninguém podia ver. Por fora, a gente parecia feliz. Por dentro, eu estava morrendo. Foi só quando ele deixou um roxo enorme no meu rosto que entendi que eu precisava acabar com aquele ciclo abusivo. Eu me sentia humilhada. Usava muita maquiagem pra tentar esconder os hematomas; então, dei um jeito de ir embora. Com o tempo, os machucados na minha pele melhoraram, mas os da minha alma demoraram muito mais para sarar. Quando descobri que o marido da minha filha fazia a mesma coisa com ela, fiquei com o coração partido. Homens de verdade só deveriam encostar numa mulher pra demonstrar seu amor. Odeio saber que alguém fez isso com você. Odeio saber que alguém machucou você.

— Eu me preocupo tanto com a minha mãe — sussurrei, minha voz estava trêmula. — Ela está tão machucada, por fora e por dentro, e não imagino que isso vá melhorar enquanto o Charlie continuar fazendo a coitada de gato e sapato. Ele é tão abusivo, e odeio isso. Odeio que ele a machuque, e odeio que ela continue lá. Odeio que ela se jogue nas drogas pra fugir do sofrimento. Por várias vezes, quase conseguimos escapar, mas ela acabava voltando pra vida tóxica dos dois. Odeio que ela seja tão fraca.

— Não, não, não. Ela não é fraca, só está perdida. Eu vi as drogas dominarem a minha Sarah; vi me filha se transformar em alguém que ela não era. Sua mãe perdeu a cabeça, e o Charlie usa isso pra controlá-la.

— E se ela nunca mais conseguir encontrar o caminho de volta?

— A gente não desiste das pessoas. Faz anos que minha filha e o Ray foram embora, mas sabe de uma coisa? Toda noite, deixo a luz da varanda acesa, só pro caso de os dois resolverem voltar pra casa. E eu os receberia de braços abertos. Sabe por quê?

— Por quê?

— Porque eu já estive perdida também. Só porque não me meti com drogas nem coisa parecida não quer dizer que eu seja melhor do que eles. Todo mundo merece uma casa pra poder voltar em algum momento da vida. Pode não acontecer tão cedo quanto a gente gostaria, mas, se o coração deles continua batendo, existe uma chance disso acontecer.

— E o que a gente faz enquanto espera? — perguntei.

— Bem, minha querida, a gente reza por quem está perdido. — Ela abriu um sorriso conciso para mim. — E deixamos a luz da varanda acesa.

Ela segurou meu rosto e continuou sorrindo. Nossa, eu não sabia que sorrisos tinham o poder de curar uma pessoa até Holly olhar para mim.

— Mas tenha certeza de uma coisa... Se o Charlie encostar a mão em você de novo, a vida dele acabou — disse ela.

Eu ri e sequei minhas últimas lágrimas.

— Por quê? A senhora vai atrás dele?

— Não. — Holly balançou a cabeça. — Foi o Ian quem disse isso, não eu. Ele falou que, se o Charlie chegar perto de você de novo, não vai viver por tempo suficiente pra ter chance de se arrepender.

Ian Parker estava me defendendo, e isso bastou para fazer minha dor de cabeça lentamente desaparecer.

— Você fez o meu trabalho hoje — falei quando Ian entrou pela porta depois de um dia inteiro de trabalho.

Eu tinha certeza de que ele tivera um longo dia, porque eu sabia exatamente quais eram minhas tarefas de hoje.

— Fiz — respondeu ele, passando as costas da mão sobre a testa. Ele parecia destruído e exausto.

Abri um sorriso.

— Vou ficar te devendo.

— Bom, na verdade, eu estava te devendo. Por ter me ajudado com a música naquele dia. Apesar de você ter sido irritante, me ajudou muito.

— Você fez a maior parte. Só ajeitei umas coisas.

— Você melhorou tudo, o que me leva ao próximo assunto. E, pode acreditar, é doloroso pra mim dizer isso, mas você tinha razão.

— Eu tinha razão sobre o quê?

— Sobre eu ter criado barreiras que precisam ser quebradas pra eu conseguir acessar minhas emoções e escrever melhor. Os caras concordaram depois de ouvir a música.

Um sorriso travesso surgiu em meus lábios.

— Você tocou a música nova pra banda?

— Toquei. Todo mundo adorou. Então preciso que você me ajude.

— Você precisa da minha ajuda?

Ele concordou com a cabeça.

— Preciso que você me ajude a escrever mais músicas. Olha, eu sei que sou um idiota, e que tenho sido um babaca com você desde o começo, mas, porra... Faço qualquer coisa pra você me ajudar com essas baboseiras emotivas, porque eu não entendo nada disso, mas você, sim.

Estreitei os olhos enquanto cruzava os braços.

— E o que eu ganho com isso?

— Sei lá. Você pode talvez passar a vida inteira jogando isso na minha cara e rindo de mim?

— Bom, até que é uma ideia divertida, mas quero mais uma coisa.

— Que seria?

— Você vai me ajudar com os chiqueiros. Metade pra cada um.

Ele gemeu.

— Eu estou mais pra supervisor dos chiqueiros. Faz anos que não limpo um.

Essa era uma das vantagens de ser gerente no Rancho Eres, imagino. Você distribuía as tarefas, mas não precisava sujar as mãos pegando no pesado. Mas, se Ian queria minha ajuda, teria que se rebaixar ao meu nível.

— Bom, o acordo é esse. Eu te ajudo com as letras se você me ajudar a limpar os chiqueiros. Você quer mesmo realizar seu sonho, Ian?

Pelo olhar dele, dava pra ver que queria, sim.

Que queria pra cacete.

Estiquei a mão para ele e sorri.

— Temos um acordo?

Houve um instante de silêncio antes de ele se aproximar de mim e apertar minha mão.

— Temos um acordo. Só me promete uma coisa.

— O quê?

— Nada de ereções femininas nos chiqueiros.

Se meu rosto pudesse ficar mais vermelho, eu me transformaria numa porcaria de tomate.

— Pode acreditar, não vamos ter esse problema. Mas, antes de qualquer coisa, você pode repetir aquela parte?

— Que parte?

Pressionei a língua contra a bochecha.

— Que eu tinha razão.

Ian revirou tanto os olhos que tive certeza de que ele desenvolveria problemas de visão.

— Não enche, querida.

Antes que eu tivesse a chance de responder, a campainha tocou, e Ian foi atender.

— Posso ajudar? — perguntou ele.

— É... Ouvi dizer que a Hazel Stone está morando aqui — respondeu uma voz grossa, me fazendo olhar para a porta.

Garrett estava parado ali, todo de preto, emburrado como sempre. Meu estômago se revirou quando fizemos contato visual. Uma chama ardeu nos olhos dele, e, em uma questão de segundos, ele entrou de supetão na casa de Ian e agarrou meu braço. Ele estava me apertando. Apertando muito.

— O que você está fazendo, Garrett? Me larga — reclamei, tentando soltar meu braço, mas ele não me largava.

— Fiquei sabendo de um negócio muito esquisito hoje — falou ele, a voz cheia de raiva. Aparentemente ele havia bebido. — Parece que alguém caguetou o Charlie. Você não sabe quem foi, não sabe?

Meu coração acelerou enquanto eu tentava desvencilhar meu braço, mas era impossível.

— Não — menti, sentindo minhas emoções ficando mais intensas a cada segundo.

Meu plano... tinha dado certo. Tinha dado certo mesmo.

— Por que estou desconfiado de que você está mentindo descaradamente? — perguntou ele.

— Me larga — ordenei de novo, me encolhendo pela forma como ele me apertava.

— Ele é meu tio, minha família. Nós todos éramos uma coisa só, e você estragou tudo.

— Ele bate nela! Ele bate na minha mãe o tempo todo, Garrett. Ela ia acabar morrendo! — gritei, em grande parte porque aquilo era verdade, mas também pela dor dos dedos dele se cravando cada vez mais fundo na minha pele.

O que estava acontecendo? Garrett não era como Charlie. Ele nunca tinha me machucado fisicamente, só no sentido psicológico; ele jamais havia encostado um dedo em mim. Até agora. Naquele momento, os olhos dele estavam tão vidrados que era difícil reconhecê-lo.

— É, bom, às vezes, a gente precisa dar um jeito nas vagabundas.

A bile subiu pelo meu estômago e parou na minha garganta enquanto eu reunia forças para empurrá-lo para longe de mim.

— Vá se foder, Garrett.

— Eu te fiz um favor, desperdicei a porra do meu tempo com você. Você acha que mais alguém teria coragem de pegar uma garota tão nojenta? E aí você vai e ferra com a única família que tem? Só três pessoas nessa cidade além do Charlie sabiam a hora da entrega. — Ele agarrou meus pulsos com uma das mãos e me puxou para perto dele, pressionando seu corpo contra mim. Seu hálito quente, embriagado, roçava minha bochecha enquanto lágrimas ardiam em meus olhos.

— Você sabe o que acontece com traidores, Hazel Stone?

Aquilo parecia uma ameaça, mas eu sabia que ia além disso. Garrett não vinha de uma família que fazia ameaças sem propósito. Elas sempre acabavam se transformando em promessas.

Antes que eu conseguisse responder, Ian veio correndo e empurrou Garrett, fazendo com que ele me soltasse.

— Mas o que...? Sai de cima dela, porra — ordenou Ian, seu peito subindo e descendo.

Garrett cambaleou ligeiramente para trás, desprevenido. Mesmo assim, quando recuperou o equilíbrio, ele arregaçou as mangas e estalou o pescoço.

— Sabe de uma coisa, estou cansado de vocês, riquinhos, achando que mandam nessa cidade. Eu e a Hazel estamos conversando sobre um assunto que não é da sua conta.

— É, bom, a Hazel não parecia estar com muita vontade de conversar, e como a conversa está acontecendo na minha casa, ela é da minha conta, sim.

As mãos de Garrett se cerraram em punhos, e ele se aproximou de Ian.

— Bom, se ela não quer conversar, talvez eu e você devêssemos bater um papo, seu babaca.

Ian levantou as mangas da camisa.

— Não vejo a hora de ouvir o que você tem pra dizer.

— Gente, para. Por favor — implorei, me enfiando no meio dos dois. — Vai embora, Garrett.

Ele bufou.

— Tá bom, mas não pense que esse assunto está encerrado, Hazel. A gente vai conversar de novo.

Fiquei apavorada só de pensar nisso.

Ele estava seguindo em direção à porta, mas então se virou, acendendo e apagando o isqueiro na mão.

— Seu plano de caguetar o Charlie deu errado. Ele não foi o único a ir em cana, sua idiota. Sua mãe também estava lá. Então, meus parabéns. Você fez a sua mãe ser presa também.

Capítulo 11

Ian

— Você quer conversar? — perguntei, batendo à porta do quarto de Hazel. Desde que aquele tal Garrett foi embora, ela estava trancada lá dentro.

Eu não tinha entendido direito o que havia acontecido, mas ouvir Hazel chorando trancada no quarto era triste pra cacete. Nos últimos dias, a vida dela parecia ter se transformado em uma enorme confusão, e eu não tinha a menor ideia de como ajudar.

Mas, se ela precisasse de um ombro amigo, podia contar comigo.

— Estou bem — fungou ela. As fungadas já bastavam para eu saber que aquilo era mentira. — Só preciso dormir um pouco.

Eu não a conhecia bem o suficiente para insistir, mas, nossa, como eu queria conhecê-la melhor. Eu queria garantir que ela estivesse bem e, de alguma forma, ajudá-la a se sentir melhor, nem que fosse apenas um pouco. Mas eu tinha a impressão de que ela não sairia tão cedo daquele quarto. Então disse as únicas palavras nas quais consegui pensar.

— Se fosse a minha mãe, eu teria feito a mesma coisa — falei. — Sei que o seu plano, seja lá qual foi, não saiu conforme o esperado, mas eu teria feito a mesma coisa. Pensa assim: pelo menos sua mãe não vai sofrer abuso por parte do Charlie enquanto estiver presa, nem vai se meter em mais confusão. É uma chance pra ela recomeçar.

Lembrei que, sempre que meus pais desapareciam, eu torcia para que a polícia prendesse os dois. Assim, eles teriam um lugar para dormir à noite e não arrumariam mais problemas.

— Haze — suspirei, pressionando as mãos contra a porta de madeira —, se você precisar de alguma coisa, estou aqui do lado.

Só escutei um obrigada baixinho antes de me afastar para dar espaço para ela refletir. Eu tinha a sensação de que ela passaria a noite toda acordada, remoendo tudo que tinha acontecido.

Eu teria feito a mesma coisa.

Mas então a porta abriu, e fiquei surpreso ao dar de cara com uma Hazel de olhos inchados me encarando. Eu tinha certeza de que ela só sairia do quarto pela manhã.

— Sabe o que poderia me ajudar a pensar em outra coisa?

— O quê?

— Se a gente escrevesse umas músicas. Preciso me distrair, e acho que isso me faria bem.

— Claro. A gente pode ir pra sala e dar uma olhada em umas letras que estou tentando ajeitar, mas não consigo sair do lugar. Vou pegar meu violão, caneta e papel e te encontro lá.

— Tá! Boa ideia.

Eu me virei e comecei a andar — mas fiquei paralisado quando senti dois braços me envolverem por trás. Olhei por cima do ombro, vi Hazel agarrada em mim e franzi o cenho.

— Desculpa — murmurou ela, ainda abraçada a mim. — Eu só precisava me apoiar em alguma coisa por um segundo.

— Sem problemas. — Eu me virei para encará-la e a puxei para um abraço apertado. — Pode se apoiar por até dois segundos, se quiser.

Ficamos acordados até depois das duas da manhã, escrevendo letras que às vezes ficavam boas, às vezes, não. Hazel fazia perguntas que, para mim, eram um suplício de responder — eu não era muito de analisar minhas emoções —, mas me esforcei para fazer isso por ela, porque, se havia uma pessoa que estava tendo um dia de merda, esse alguém era Hazel. Não seria nada legal da minha parte ser grosseiro enquanto ela só estava tentando me ajudar.

— Qual foi o dia mais difícil da sua vida? — perguntou ela, deitada no sofá. Eu estava sentado à sua frente, segurando meu caderno.

— Essa é fácil. Quando meus pais me abandonaram.

Ela inclinou a cabeça e me encarou com os olhos mais francos do mundo.

— Me conta.

Engoli em seco. Aquele tinha sido o pior dia da minha vida, e eu não gostava de tocar no assunto. Apesar de ter acontecido 14 anos antes, parecia que tinha sido ontem. Mas, de novo, por ela, eu tentaria.

— Eles disseram que iam sair pra comprar comida e que eu tinha idade suficiente pra ficar sozinho em casa por um tempo. Então passei o dia todo em casa, esperando os dois voltarem. Quando amanheceu, comecei a ficar nervoso, mas continuei esperando, porque, apesar de tudo, eles sempre voltavam. — Cocei meu queixo e pigarreei. — Só que, daquela vez, eles não voltaram. Fiquei 48 horas sozinho até o Mãozão e minha avó aparecerem. Eu me lembro que a minha avó desabou e caiu em prantos. Eles me levaram embora na mesma hora, e meus pais nunca voltaram.

— Você ficou esperando sozinho? Deve ter sido horrível.

— Foi. Talvez seja por isso que odeio ficar sozinho. Mas, por mais estranho que pareça, acabo afastando as pessoas de mim. E acabo ficando sozinho.

— Por que você afasta as pessoas?

— Porque aí elas não podem me abandonar.

Hazel franziu a testa, e, cacete, meu coração partiu ao meio.

— Sinto muito por isso ter acontecido com você, Ian. Mas você acabou se transformando numa pessoa boa.

Soltei uma risada irônica.

— Eu sou um babaca.

— Só por fora. Por dentro, você continua sendo aquele garotinho magoado que só está tentando sobreviver.

Agora era eu quem franzia a testa. Bati com a caneta no caderno.

— Garotinho magoado... garotinho magoado... como um garotinho perdido. Foi assim que me senti a vida toda. Perdido.

Hazel sorriu, percebendo que eu estava ficando inspirado.

— Quero muito ouvir essa música.

Então comecei a escrever. Foi difícil, foi doloroso, foi profundo, mas, o tempo todo, Hazel estava do meu lado, me incentivando e segurando minha mão enquanto as emoções me dominavam.

Pela primeira vez em muito tempo não me senti sozinho.

No dia seguinte, eu estava mais do que disposto a ajudar Hazel a limpar os chiqueiros. Claro, o ideal seria acabar logo o trabalho, já que meu plano era voltar para compor nossas músicas o mais rápido possível, mas meu principal objetivo do dia era garantir que Hazel ficasse bem.

Ela recusou minha ajuda no início, mas me mantive firme em nosso acordo.

— Tá, se você quiser começar com os cercados da esquerda, fico com os daqui — disse Hazel enquanto entrávamos nos chiqueiros. — Vou colocar o feno depois que a gente acabar, aí você pode ir embora mais cedo.

— Eu ajudo você com isso.

— Eu dou conta sozinha.

— A vantagem de ter um parceiro é que você não precisa fazer as coisas sozinha, Hazel.

Ela não respondeu. Eu tinha a impressão de que Hazel não estava acostumada a ter ajuda na vida. Ela parecia ser muito independente.

Começamos a limpar os cercados, e Hazel não disse nada além de grunhir e resmungar quando pisava em coisas não tão agradáveis. Por sorte, minha avó tinha arrumado para ela um par de galochas para serem usadas só no rancho; assim, não haveria mais sapatos sacrificados em nome dos porcos.

Meu celular tocava música, mas, mesmo assim, o silêncio entre nós era desconfortável.

Eu não conseguia parar de pensar naquela discussão com o tal Garrett na noite anterior. Não conseguia parar de pensar em Hazel, imaginando como estaria a cabeça dela.

— Você quer brincar de vou confessar? — perguntei, tentando quebrar o gelo.

Ela olhou para mim e inclinou a cabeça.

— O quê?

— É, brincar de confessar. Eu e James brincávamos disso quando tínhamos que limpar os cercados, pra fazer o tempo passar mais rápido. — Tá, isso era mentira. Eu tinha acabado de inventar aquela brincadeira porque queria descobrir mais sobre Hazel, mas sabia que ela não me daria nenhum detalhe assim tão fácil. — É assim: primeiro, eu confesso alguma coisa, aí depois é a sua vez.

Ela estreitou os olhos.

— Que tipo de coisa eu confessaria?

— Qualquer coisa, na verdade. Por exemplo, fiz xixi na cama até os 10 anos.

Ela resmungou.

— Acho que você devia guardar esse tipo de coisa só pra si.

— É verdade, mas, quanto mais vergonhosa ou séria for a confissão, melhor. Assim a brincadeira fica mais interessante.

Desconfiada, Hazel perguntou:

— E o que o James confessou?

— Ah, não — falei, balançando a cabeça. — O que é confessado no chiqueiro fica no chiqueiro. Então, vamos. — Apoiei a cabeça na ponta do cabo da minha pá. — Desembucha. Qual é a sua confissão?

Ela fez uma careta, como se aquela fosse a última brincadeira do mundo da qual quisesse participar.

— Eu, hum, coloco molho ranch no macarrão.

— Nossa... que sem graça — soltei. — Tenta de novo.

— Meu Deus, que plateia difícil. — Ela baixou o forcado e limpou as mãos nas coxas. — Tá. Quando eu tinha 13 anos, roubei um bolo do mercado pro meu aniversário.

Assobiei baixinho.

— Temos uma rebelde sem causa aqui.

— Eu tinha causa. Minha mãe se esqueceu do meu aniversário. *De novo.* Ela se esqueceu de comprar comida. *De novo.* Dividi o bolo com algumas crianças do bairro, e fizemos uma festa. Foi meio sem graça, e ganhei presentes tipo pedras, gravetos e outras porcarias, mas foi a melhor festa de aniversário que eu tive. Uma das minhas lembranças favoritas.

— Como você roubou um bolo inteiro?

Ela soltou uma risadinha e balançou a cabeça.

— Derrubei uma prateleira inteira de molho de tomate. Enquanto o pessoal estava distraído limpando a bagunça, peguei o bolo e saí correndo. Devo ter ganhado carma ruim por causa disso.

— Você dividiu o bolo com outras pessoas, então seu carma deve ter sido compensado.

— É assim que funciona?

— Espero que sim, porque já fiz um monte de coisas idiotas quando era um garoto idiota, e espero que algumas boas ações hoje em dia equilibrem a balança do carma.

— Tipo oferecer um quarto na sua casa pra uma garota morar.

— É, bom, acho que eu estava te devendo uma por ter sido um babaca.

— Nunca ouvi nada tão verdadeiro. Qual é a sua próxima confissão? Também tem que ser boa.

— Eu, ahn, acho que não gosto de sexo.

Os olhos dela se arregalaram.

— O quê? Todo mundo gosta de sexo, Ian. Ainda mais você, acho... Bom, levando em conta a quantidade de mulheres com quem eu já te vi.

— É, mas... sei lá. Quer dizer, é gostoso, mas não acho que seja grande coisa. Não isso tudo o que todo mundo dá a entender.

— Parece um exagero, né?

— Pois é.

— Então por que você vive ficando com várias mulheres?

Dei de ombros.

— Acho que espero ter a experiência fenomenal de que as pessoas tanto falam. Fico tentando sentir alguma coisa mais profunda.

— Com quantos anos você perdeu a virgindade?

— Com 14.

— Cacete. Quando eu tinha 14 anos, estava fazendo poções no meu quintal. Sexo era algo que nem sonhava em passar pela minha cabeça.

— Fazendo poções?

— Sabe... mágica. Eu nem sonhava em pensar em sexo. Ainda não penso, na verdade. — Hazel olhou para mim, e suas bochechas ficaram coradas. — Vou confessar: sou virgem.

— O quê? Mentira — digo, fingindo que ela não tinha revelado esse fato durante sua noite de bebedeira.

— É verdade. Não que eu não tenha tido oportunidades, porque tive com meu ex-namorado, o Garrett. Aquele cara que você teve o prazer de conhecer ontem. Pode até parecer bobagem, mas eu não queria acabar como a maioria das pessoas nessa cidade. Eu não queria acabar como a minha mãe. Não queria ser apenas mais uma adolescente grávida. Não queria sofrer o risco de engravidar antes de sair desse buraco.

— Faz sentido. Minha mãe engravidou de mim com 15 anos. Nem imagino como é ter um filho com essa idade.

— Com 15 anos? E quantos anos você tinha quando ela foi embora?

— Oito. Ela e meu pai foram atrás de outros baratos.

— Nem me imagino fazendo uma coisa dessas... abandonando uma criança depois de tanto tempo.

— É, bom, você é melhor do que a maioria das pessoas por aqui.

— Sinto muito por isso ter acontecido com você. Eu nunca soube... Faz sentido você ter sido tão frio quando me conheceu, já que tenho uma conexão com o Charlie.

— Mas não foi certo — rebati.

— Não, mas consigo entender por que você me tratou daquela forma.

Sorri e passei a mão na testa.

— Vou confessar, tenho medo de ser abandonado pelas pessoas. Acho que é por isso que não namoro. Se eu não estiver com ninguém, não poderei ser deixado pra trás.

Hazel largou o forcado e se aproximou de mim. Ela inclinou a cabeça para o lado e me analisou de cima a baixo.

— Vou confessar... Eu sabia que você era mais do que aquele cara emburrado que fingia ser.

— Ainda estou aprendendo a não ser babaca e não tratar os outros mal.

— Você está se saindo muito bem, se quer saber a minha opinião. Um passo de cada vez.

— Alguma dica do que posso melhorar?

— Só continue se esforçando.

Ela sorriu, e, caralho, meu peito se apertou de um jeito esquisito. Que porra era aquela?

— Tá, preciso perguntar uma coisa, e não me importo com a resposta. Porque, merda, não faz diferença, e não é da minha conta, mas a curiosidade matou o gato e essa porra toda...

— O quê?

— Você é mesmo bruxa? — soltei. — Você falou de poções e tal, então só quero saber.

Ela riu.

— Por quê? Você está com medo de eu te enfeitiçar ou algo do tipo?

— Não. Quer dizer. Talvez. Mas sério... Você curte essas coisas?

Ela balançou a cabeça.

— Não. Eu brincava dessas coisas quando era pequena, pra fugir do meu mundo de bosta. Eu escrevia feitiços pra mudar o meu futuro. Pra salvar a minha mãe da sua própria tragédia. Mas, no fim das contas, mágica não existe. Eu era só uma garota boba que escrevia cânticos bobos, que não mudavam nada. Mas sou apaixonada pela natureza. Pelas estrelas e pela lua. Acho que os elementos do mundo têm poderes de cura, se a gente diminuir nosso ritmo o suficiente pra prestar atenção ao que nos cerca.

Hazel era um ser humano muito mais complexo do que eu imaginava. Quanto mais eu descobria isso, mais queria saber sobre ela.

— Agora, chega. Se a gente não voltar pro trabalho, vai acabar ficando a droga da noite toda aqui — falou ela.

Eu não me importaria de passar mais algumas horas ali, ouvindo as confissões dela. E poderia pensar em um milhão de coisas que seriam piores do que passar uma noite nos chiqueiros com Hazel.

— Espera, tenho mais uma confissão — falei.

— O quê?

— Acho que o que você fez para proteger a sua mãe foi uma das coisas mais corajosas que alguém poderia fazer.

Os olhos de Hazel se encheram de ternura, e ela parou de se mexer.

— Você acha mesmo?

— Acho.

— Obrigada, Ian — sussurrou ela com uma voz tímida.

— Disponha, melhor amiga.

Ela sorriu de novo, e eu me senti privilegiado pra caralho por testemunhar seus lábios se curvando.

Capítulo 12

Ian

Hazel cumpriu sua parte do acordo. Toda noite depois do trabalho, ela se sentava comigo em casa, e nós escrevíamos músicas juntos. Em algumas noites, a gente passava tanto tempo trabalhando que o sol começava a surgir no céu.

Ela me incentivava a me abrir, a me aprofundar nos meus pensamentos, nas minhas emoções, e estava dando certo. As emoções jorravam de mim de um jeito que nunca tinha acontecido. Com a ajuda dela, a música parecia mais verdadeira. Mais autêntica. Era como se Hazel Stone fosse a peça que faltava para que meu sonho se tornasse realidade. Ela era a musa pela qual eu tanto rezava, e esperava que ela continuasse escrevendo comigo as canções que mudariam minha vida.

— O que você acha, Hazel? — perguntou James enquanto ela assistia a mais um dos nossos ensaios.

Ela estava conquistando meus companheiros de banda do mesmo jeito que havia me conquistado. Cacete, já tinha perdido a conta de quantas vezes tinha encontrado os caras zanzando pelo rancho, conversando sobre o nosso som em vez de trabalhar. Eric e Marcus estavam viciados em pedir conselhos a Hazel sobre música, e ela adorava ajudar.

— Achei ótimo. Talvez o solo do baixo pudesse ser mais longo. — Ela piscou para ele, falando diretamente com a alma dele.

— Por mim, tudo bem! — James abriu um sorriso radiante, pegou o baixo e dedilhou os acordes.

Hazel tinha esse efeito sobre todos nós — ela nos deixava empolgados com a música, e parecia que fazia muito tempo que não ficávamos tão animados com nossas criações.

Conforme os dias iam passando, eu e os caras nos esforçávamos ao máximo para bolar as próximas faixas. Eric logo tratava de postar amostras dos sons novos nas redes sociais, e a reação geral era absurdamente melhor do que tudo que tivemos no passado.

— Mais de 300 mil visualizações em 24 horas! — exclamou ele no fim da tarde de sexta. — Puta merda! E foi só um trecho de 25 segundos! Imagina como vai ser quando a gente lançar o clipe inteiro! — arfou ele, parecendo mais chocado do que nunca.

— É agora — disse James, sorrindo feito um idiota. — É assim que a gente vai estourar.

— Vou dar um beijo na boca da Hazel Stone quando a gente se encontrar da próxima vez — brincou Marcus, e isso foi sem graça pra caralho.

— Fica longe dela, porra — avisei, soando mais sério do que planejava. Meu sangue fervia só de pensar no Marcus beijando Hazel.

Mas por quê?

Por que pensar nisso me deixava tão incomodado?

Marcus jogou as mãos para cima, se rendendo.

— É brincadeira, cara. Você sabe que, se os meus melhores amigos estão a fim, eu não beijo.

— O quê? Não é nada disso. Eu não estou a fim da Hazel. Só não quero que você parta o coração dela e estrague uma parada legal. Preciso que ela continue me ajudando com as letras.

— Sei. — James abriu um sorriso malicioso. — E isso não tem nada a ver com o fato de você gostar da garota.

— Gostar da garota? — bufei. — Da Hazel? — Bufei de novo.

Claro que não. Essa história de ter sentimentos não era comigo — a não ser quando se tratava das minhas músicas mais recentes. Nelas, eu sentia tudo. Mas na vida real? Eu continuava frio como gelo. Isso aí. Meu coração continuava se recusando a sentir algo mais profundo por qualquer pessoa.

— Tá bom, Ian. — Marcus se aproximou e me deu um tapinha nas costas. — Continua acreditando nisso se for pra te deixar mais tranquilo, cara.

E eu continuaria mesmo, porque era verdade. Eu não estava a fim de Hazel Stone.

Ela era só uma garota que me ajudava a me conectar com a música dentro de mim.

∿

— Vou confessar, preciso da sua ajuda — disse Hazel cedo em uma manhã de sábado, enquanto limpávamos a casa.

Seu cabelo estava preso em um rabo de cavalo alto, e ela não usava maquiagem. Hazel nunca usava maquiagem nos fins de semana, só quando estava trabalhando no rancho e interagia com outras pessoas, como se a sombra e o delineado pesados fossem um escudo.

Mas ela não largava as roupas escuras e largas. Preto com preto e um toque de preto.

Levantei as sobrancelhas e parei de dobrar as roupas recém-lavadas diante de mim.

— Com o quê?

— Preciso que você me dê uma carona hoje. — Ela esfregou o braço com a mão esquerda.

— Aonde você precisa ir?

Os olhos de Hazel fugiram dos meus, olhando para o chão.

— Quero visitar a minha mãe na prisão. Fica a algumas horas daqui, e não tenho como ir até lá.

Assenti com a cabeça, calcei um par de sapatos e peguei minhas chaves.

— Vamos.

Fizemos o caminho todo em um silêncio quase absoluto. Hazel ficava retorcendo as mãos e mordendo a unha do polegar, meio virada de costas para mim. Eu não sabia o que dizer, porque era difícil puxar assunto quando se está levando uma pessoa para visitar a mãe que foi parar na prisão por causa de uma ligação que ela mesma tinha feito, a própria filha. É uma situação que deixa o clima um tanto pesado, na minha opinião.

Então recorri ao único assunto que eu entendia de verdade: música.

— Quer ouvir alguma coisa? — perguntei.

Hazel deu de ombros e continuou olhando pela janela do passageiro.

— Não faz diferença.

— Resposta errada. Música sempre faz diferença. Deve ter alguma que você goste. Qualquer uma, Hazel. Coloco para tocar o que você quiser. Contanto que não seja um lixo.

— É sério, não faz diferença.

— Mais uma vez, música sempre faz diferença. Qual é a sua favorita?

Ela olhou para mim, e juro que quase vi um rubor discreto em suas bochechas.

Hazel tinha bochechas lindas... Eu não tinha me dado conta até aquele segundo que existiam bochechas lindas. Mas as dela eram do tipo que você queria se aproximar e beijar várias vezes.

Eu queria beijar as bochechas de Hazel Stone.

Se essa não fosse a descoberta mais louca que fiz em muito tempo, eu não sabia de mais nada.

— Você não pode rir — disse ela, cautelosa.

— Prometo.

— O que uma promessa de um cara como você significa pra uma garota como eu, Ian Parker?

— Tudo — confessei. — Significa tudo.

Eu não sabia por que, mas sentia uma necessidade estranha de fazer o possível e o impossível para deixar aquela garota feliz. Ela havia passado por tantos momentos tristes na vida; eu queria lhe proporcionar momentos melhores.

Seus lábios se curvaram ligeiramente, mas ela se virou para a janela a fim de esconder a timidez estampada em sua boca.

— Shawn Mendes.

— Sério? — soltei.

Ela me encarou com um olhar sério e apontou para mim.

— Você prometeu!

— Não, tudo bem. É só que... eu não esperava que uma garota como você curtisse um som tão pop quanto Shawn Mendes.

— Você achou que eu gostasse do quê? Slipknot ou Grateful Dead? — perguntou ela. — Por causa das minhas roupas?

— Sinceramente? Sim.

Ela revirou os olhos.

— Sabe o que acontece quando você rotula as pessoas?

— O quê?

— Elas te surpreendem e começam a te mostrar como você está enganado. Eu sou mais do que aparento ser, sabia?

Quase falei para ela que meu maior desejo era conhecê-la melhor, mas eu não queria parecer um imbecil carente.

Peguei meu telefone e abri um dos álbuns do Shawn. Hazel não conseguia esconder o sorriso enquanto cantava baixinho todas as músicas que tocavam. Seus dedos batucavam contra as coxas, sua cabeça balançava junto com as batidas. Quando "Perfectly Wrong" tocou, lágrimas escorreram por aquelas bochechas que eu pensava em beijar. Eu queria secá-las. Merda — eu queria beijá-las, mas sabia que não tinha o direito de tocar nela sem permissão.

Hazel fungou um pouquinho e secou as lágrimas.

— Também gosto deles, sabe — disse ela, baixinho. — Do Slipknot e do Grateful Dead. Sou bem eclética.

Isso ficava mais claro para mim a cada segundo. Ela era uma mulher complicada, e, com o passar dos dias, minha vontade de conhecer todos os seus lados complexos só aumentava.

Quando chegamos ao presídio, parei no estacionamento. Hazel não parava de esfregar as mãos na calça jeans e respirava fundo o tempo todo.

— Quer que eu entre com você? — perguntei.

— Não. Preciso fazer isso sozinha. Não sei se vou demorar muito, então, se você quiser ir pra casa, depois dou um jeito de voltar sozinha.

Eu a encarei franzindo o cenho, embasbacado com o que tinha acabado de ouvir.

— Eu passei três horas dirigindo só pra gente chegar. Por que raios eu te largaria aqui?

Ela deu de ombros.

— As pessoas com quem eu andava iriam embora.

— Acho melhor você começar a andar com pessoas melhores.

— Parece que estou no caminho certo — murmurou ela, tão baixo que quase não escutei.

Ou talvez eu tenha imaginado tudo e só quisesse que essas palavras tivessem saído da boca de Hazel. De toda forma, torci para que eu fizesse parte daquele caminho.

— Não vou a lugar nenhum — prometi e abri um sorriso. — Vou esperar você aqui.

Ela sorriu, sem nem tentar esconder a felicidade de mim.

— Obrigada, Ian.

— De nada. Boa sorte lá dentro.

Ela assentiu e saiu, retorcendo as mãos sem parar até chegar à entrada do presídio.

Enquanto eu esperava, coloquei a música de Shawn Mendes, "Perfectly Wrong", para tocar de novo, deixando a letra penetrar minha mente. Deixando uma parte de Hazel penetrar minha alma. Dava para aprender muito sobre uma pessoa pelas músicas que a faziam chorar.

Deixei a música repetir 12 vezes, e, na décima terceira, meu peito também começou a apertar.

Capítulo 13

Hazel

Entrar em uma prisão sempre era algo assustador para mim. Os visitantes eram revistados como se fossem prisioneiros. Nós passávamos por detectores de metais, depois éramos sondados com outro equipamento. Então vinha uma revista manual bem meticulosa. A primeira vez que passei por esse tipo de procedimento foi quando eu tinha 11 anos e mamãe me levou com ela quando foi visitar Charlie. Fiquei apavorada, e me lembro de ter tido pesadelos depois.

Quando entrei no presídio desta vez, o nervosismo fez meu estômago embrulhar igual a quando eu tinha 11 anos. Só que, agora, eu também me sentia culpada.

Depois de todas as revistas, chegou a hora de encarar a papelada para visitar minha mãe. Enquanto eu preenchia a ficha, me esforcei para não deixar minhas emoções me dominarem. E também tentei me convencer de que eu tinha feito a coisa certa.

Prendi um crachá na camisa e segui para a área de visitação. Passei por um portão e me sentei à mesa para esperar a guarda trazer minha mãe. Fiquei tamborilando nas minhas coxas sem parar, respirando fundo. Ao meu redor, havia outras mesas ocupadas por presidiárias que conversavam com parentes. Algumas riam, outras choravam, e havia aquelas que não falavam nada. Elas apenas ficavam sentadas ali em silêncio, encarando seus visitantes como se pudessem transmitir tudo o que queriam dizer apenas com o olhar.

Quando uma guarda trouxe mamãe, me levantei, ainda retorcendo as mãos. Eu não conseguiria parar de mexer meus dedos nem se quisesse. Estava nervosa demais.

Mamãe estava com as mãos e os pés algemados, e isso me doeu o coração. Ela parecia mais magra ainda do que quando fora presa, o que era preocupante. Tirando o barrigão, seu corpo era pele e osso. Fiquei me perguntando o que estavam lhe dando para comer. Se estavam atentos ao estado de saúde dela, considerando que ela também devia estar passando por crises de abstinência por não estar mais usando drogas. Seu rosto estava bizarro. A pele estava mais pálida do que o normal, com olheiras escuras, como se ela tivesse passado dias doente. O cabelo estava um horror, emaranhado e embaraçado, como se ela não se desse nem ao trabalho de passar os dedos nele, e os lábios estavam secos e rachados.

Será que não davam hidratante labial para as presidiárias? Nem vaselina ou algo assim?

Ah, meu Deus. O que eu tinha feito?

Eu achava que entregar Charlie seria a opção mais segura para ela, e, depois que a levaram presa junto com ele, tentei me convencer de que aquilo não era tão ruim assim, porque, dessa forma, ela não poderia se meter em mais confusão. Achei que sua aparência estaria um pouco melhor do que da última vez que a vi, toda roxa e machucada pelo Charlie. Mas na verdade mamãe parecia pior do que antes. Ela aparentava estar arrasada de um jeito que eu não imaginava ser possível. Era como se ela estivesse completamente destruída.

E a culpa era toda minha.

Não era para ter acontecido nada daquilo.

Ela se sentou na minha frente, e, quando seus olhos encontraram os meus, senti as lágrimas embaçando minha visão. Seu olhar estava morto — como se qualquer luz que ainda existisse dentro dela tivesse sido apagada.

— Oi, mamãe — sussurrei, minha voz sofrida enquanto eu observava os dedos magros dela se retorcerem da mesma forma que os meus. Eu me remexi no assento e me esforcei para abrir um sorriso desanimado. — Como vão as coisas?

Que pergunta idiota, porém eu não sabia o que mais falar. O que dizer para uma mulher que você amava mais do que tudo, mas que também tinha mandado para a prisão?

Ela bufou quando lhe fiz a pergunta e afastou o olhar, preferindo se concentrar em um canto da mesa.

— Que porra doida — murmurou ela, balançando a cabeça. — Eu fico tentando entender como pegaram a gente, sabe? As únicas pessoas que sabiam do lugar da entrega eram o Charlie, eu, o Garrett e... — Ela voltou a me encarar e inclinou a cabeça de um jeito sagaz. — O Garrett passou aqui e me disse que você está metida nessa história.

As lágrimas explodiram dos meus olhos, e cobri a boca quando ela me encarou com um olhar penetrante.

— Desculpa, mamãe — gemi, sentindo todas as emoções atravessarem meu corpo. — Não achei que você fosse estar lá também. Achei que seria só o Charlie.

— Por que você fez uma coisa dessas com ele?

— Porque ele é um monstro. Ele ia te matar. Ele ia te matar, mamãe.

— Ele nunca me machucaria — afirmou ela, de forma desdenhosa, me encarando com ódio.

Ódio. Minha mãe, a única mulher que eu tinha amado na vida, me olhava com tanto ódio que na mesma hora comecei a me odiar também.

— Mas ele te machucou, mamãe. Ele te machucava o tempo todo, e eu não aguentava mais ver aquilo acontecendo. Eu não podia deixar que ele continuasse fazendo aquilo com você. — Funguei e passei a mão sob o nariz. — Sei que não é a situação ideal, mas, depois que isso tudo passar, quando você cumprir sua pena, a gente pode recomeçar. Você vai ter largado as drogas, e eu estou juntando dinheiro pra que a gente possa ter nossa própria casa. Podemos ir pra qualquer lugar do país. Podemos recomeçar, mamãe. A gente pode tentar outra vida, e...

— Eu assumi a culpa — sussurrou ela, me fazendo erguer as sobrancelhas.

— O quê?

— Por tudo. Eu assumi a culpa pelo Charlie. Ele vai ser solto logo, e vou ficar aqui por muito mais tempo.

Meu coração começou a se despedaçar em um milhão de pedaços.

— O quê? Não. Mamãe, você não pode fazer isso! Você não pode assumir a culpa por...

— *Ele é minha alma!* — bradou ela. — Tudo que eu sou devo a ele, e faria qualquer coisa pra proteger o Charlie.

Isso fez meu coração se estraçalhar completamente. A visão dela sobre o amor, sobre o que era aquele sentimento e o que ele fazia era tão deturpada que minha mãe de fato faria qualquer coisa, daria a própria vida, por um homem que estava pouco se lixando para ela. Mas uma coisa era certa. Ela devia tudo o que era àquele homem mesmo. Foi Charlie quem a transformou naquela pessoa. Sua cabeça conturbada, sua vida dura, tudo aquilo era porque Charlie tinha envenenado a alma dela.

— Mas, mamãe...

— Eu te odeio — desdenhou ela, as palavras acertando meu peito como se fossem tiros. — Odeio tudo que você é, e nunca mais quero ver você. Eu devia ter feito um aborto enquanto podia. Ser sua mãe só me trouxe tristeza. Você não é mais minha filha.

— Não. — Balancei a cabeça. — Você não está falando sério. Você está chateada e nervosa, mas, mamãe, eu te amo. Fiz isso por você, pra te proteger.

— Você acabou com a minha vida. Você acabou comigo, e tomara que a sua vida de agora em diante seja um inferno. Eu te odeio.

As lágrimas escorriam pelo meu rosto em uma velocidade assustadora, e não me dei nem ao trabalho de secá-las. Estiquei o braço para segurar as mãos dela na esperança de transmitir meu carinho, meu amor, minha presença.

Ela se afastou.

— Guarda, quero ir embora. — Ela se levantou e me encarou com um olhar frio enquanto levava as mãos à barriga. — Pelo menos dessa vez essa criança vai puxar o pai — declarou ela. — E o Charlie vai poder cuidar dela, graças a você. Talvez esse bebê não me decepcione tanto.

— Mamãe... me deixa ajudar de alguma forma. Me deixa...

— É uma menina — interrompeu-me ela, acariciando a barriga. — Eu sempre quis uma filha de verdade.

Isso me magoou mais do que qualquer coisa na vida.

— Posso ajudar com a bebê — ofereci.

— Você não acha que já fez demais? — perguntou ela enquanto a guarda se aproximava para levá-la embora. — Nunca mais quero te ver de novo, e espero que você sofra muito pagando por tudo o que fez.

Ela foi tirada dali, me deixando parada naquela sala, com um buraco no coração e a alma despedaçada. E o sofrimento que ela me desejou? Veio na mesma hora. Todo meu ser sofria.

Capítulo 14

Ian

Hazel voltou agitada, secando as lágrimas que não paravam de escorrer pelo seu rosto. Saltei da picape e corri até ela.

— Ei, tá tudo bem?

Ela não respondeu, talvez porque estivesse abalada demais, e apenas desabou em cima de mim enquanto eu a envolvia em meus braços. Ela chorava de soluçar contra minha camisa, me puxando mais para perto, e então eu deixei. Era como se ela estivesse se despedaçando e eu fosse a única coisa que a impedia de se estatelar no chão.

Não sei por quanto tempo ficamos abraçados. Cinco minutos, talvez dez. Minha única certeza era que eu ficaria ali pelo tempo de que ela precisasse.

Quando começamos o caminho de volta para casa, Hazel continuou quieta, e não tentei puxar assunto. Eu sabia que ela falaria quando estivesse pronta, e foi exatamente isso que aconteceu.

Fazia duas horas que estávamos no carro quando ela pigarreou.

— Ela assumiu a culpa pra ele ser solto antes e poder criar a bebê... — As lágrimas se intensificaram. — Está tudo errado. Nenhuma criança deveria ser criada pelo Charlie. Eu passei por isso. Não foi uma experiência boa. E a bebê não vai ter nem minha mãe lá... ela tem seus problemas, mas ainda se comporta como uma mãe de vez em quando. A bebê só vai ter o monstro.

— Mas que merda... Sinto muito, Hazel. Sei lá... talvez exista algum jeito de provar que o Charlie não pode ficar com a criança...

— Eu me ofereci pra ajudar, mas ela me dispensou. — Hazel deu de ombros e olhou para as próprias mãos. — Ela disse que eu fui um erro... Que fui a maior merda que ela já fez na vida e que devia ter me abortado.

Hazel estava com a cabeça baixa e começou a chorar de novo. Odiei o fato de estarmos em uma rodovia, porque assim eu não podia abraçá-la.

— Que coisa escrota pra se dizer a uma pessoa. Você não merecia ouvir isso.

— Talvez merecesse, sim. Eu fiz uma coisa horrível. E, agora, ela vai passar mais tempo presa. E tudo isso é só porque não pensei direito nas coisas.

— Você salvou a vida da sua mãe.

— Sei lá... tenho pesadelo todas as noites. Fico me revirando na cama, pensando no que fiz. Acordo em pânico, porque não consigo respirar. E aí não consigo dormir de novo. Acho que não mereço uma noite de sono tranquila enquanto minha mãe está num lugar horroroso. Por que eu deveria conseguir dormir bem quando ela não consegue? Quer dizer, que tipo de monstro faz uma coisa dessas com a própria mãe? Achei que ela fosse ser solta... — Hazel fungou e esfregou o nariz com a manga da camisa. — Eu só não queria que ela morresse.

Abri a boca para falar, mas ela balançou a cabeça.

— A gente pode só escutar música? Acho que não quero ser consolada agora. Quero ficar na merda por um tempo.

Concordei e coloquei o segundo álbum do Tool para tocar, meu favorito.

Seguimos em silêncio pelo restante do caminho, apesar de eu querer dizer para Hazel que, por ela estar ali, o mundo era um lugar muito melhor. Mesmo que ela achasse que não se encaixava nele.

Parei a picape na frente da casa, e Hazel saltou. Ela se virou para mim e abriu um sorriso, mas não estava feliz. Eu nunca soube que sorrisos podiam ser tristes até ver aquele em seus lábios.

— Valeu, Ian. Foi mal eu ter feito você desperdiçar o dia todo comigo.

— Não foi um desperdício. Fiquei feliz por ajudar. Se você precisar de qualquer coisa, estou aqui.

— Obrigada de novo. — Ela soltou uma risada irônica e passou um dedo ao longo do nariz. — Achei que, se eu visse a minha mãe, o dia hoje seria melhor.

— E o que tem o dia de hoje?

Hazel esfregou os olhos cansados.

— Hoje é meu aniversário.

— Merda — murmurei. Que aniversário de bosta. Que vida de bosta. — Feliz aniversário, Haze. Que pena que foi tão ruim.

— Não tem problema. Pelo menos não passei sozinha.

Mais tarde naquela noite, escutei enquanto ela se revirava na cama. Eu não conseguia dormir sabendo que ela estava tão agoniada. Então, sem ser convidado, entrei de fininho em seu quarto. Fechei a porta sem fazer barulho e fui até a garota agitada que se remexia no sono.

— Haze. Hazel, acorda — sussurrei, cutucando seu braço.

Ela se sentou na cama, nervosa e apavorada.

— O quê? — berrou ela, banhada de suor.

Balancei ligeiramente a cabeça.

— Você estava tendo um pesadelo.

Sua respiração ficou um pouco mais tranquila enquanto ela passava as mãos pelo cabelo.

— Ah.

— Anda, chega pra lá.

— Por quê?

— Quando meus pais foram embora, comecei a ter pesadelos. Minha avó dormia comigo de vez em quando, e, nessas noites, os sonhos não eram tão ruins. Ajudava ter alguém deitado comigo.

Desconfiada, ela abriu espaço na cama e se pressionou contra a parede. Eu me deitei ao seu lado.

Quando me acomodei, percebi que Hazel tremia de nervosismo, medo ou tristeza. Uma dessas coisas. Ou talvez as três.

Envolvi seu corpo em meus braços e a puxei para perto de mim.

Meus olhos se fecharam depois que ela se sentiu segura o suficiente para fechar os seus.

Capítulo 15

Hazel

— Ei, você pode me ajudar com um negócio no celeiro? — perguntou Ian, aparecendo na porta do meu quarto enquanto eu escrevia no diário. — O Mãozão quer mudar uma tora de madeira enorme de lugar, e não consigo fazer isso sozinho. Você me encontra lá em cinco minutos?

— Claro.

Calcei um par de sapatos e fui correndo ajudar. Fazia uma semana que eu tinha ido visitar minha mãe, e, nos últimos sete dias, Ian dormia na minha cama. Eu não entendia por que ele estava sendo tão legal comigo, mas dormir à noite tinha se tornado muito mais fácil com ele do meu lado. Sempre que eu acordava em pânico, ele estava bem ali, acalmando meu coração disparado.

Fui até o celeiro para ajudá-lo e abri a porta — então arfei quando vi o espaço todo decorado com balões, fitas e uma faixa gigante pintada à mão, que dizia: *Feliz aniversário, Hazel Stone.*

Havia uma mesa toda decorada, com um bolo enorme e minicupcakes em volta dele. Junto com pizza e petiscos.

— O que é isso? — perguntei, minha voz trêmula denunciando meu frio na barriga.

O Mãozão e Holly estavam ao lado da mesa, sorrindo. Bem, Holly sorria. O Mãozão exibia sua expressão amuada de sempre, uma das minhas favoritas. Ao lado dos dois estava Leah, parecendo animada como sempre.

— Não dá pra adivinhar? É uma festa de aniversário pra você. A gente até esbanjou e contratou uma banda — disse Holly.

Leah veio correndo até mim e me deu um abraço. Nas últimas semanas, nós duas tínhamos passado um bom tempo juntas. Nunca achei que eu faria amizade com alguém tão alegre — mas, no fim das contas, Leah se mostrava uma luz no meu mundo sombrio. Rir com ela tinha se tornado fácil.

— Gostou, Hazel? Eu decorei tudo sozinha, apesar dos meninos terem tentado dar palpite. Mas falei pra eles não se meterem e cuidarem do seu presente.

— Meu presente?

Leah sorriu de orelha a orelha.

— Ah, nossa, Hazel. Você vai adorar. É muito especial.

Antes que eu conseguisse responder, Ian e seus três companheiros de banda subiram ao palco do celeiro. Meus olhos se arregalaram quando eles pegaram os instrumentos.

Ian envolveu o microfone com as mãos e abriu um meio-sorriso para mim.

— A Desastre existe há anos, mas a gente não tinha se aprofundado de verdade no nosso som até o dia em que uma garota vestida de preto apareceu e nos ajudou a nos abrir pras possibilidades de tudo que podemos criar. Hazel, sem você, essas músicas não existiriam. Sem você, eu nunca teria me entregado de verdade à música. Elas são pra você; elas existem porque você existe. Feliz aniversário, Hazel Stone. Espero que sua festa seja tão especial quanto você.

Ele olhou para os companheiros de banda, os quatro se comunicaram apenas com o olhar, e então Marcus começou na bateria.

Levei apenas alguns segundos para perceber que eles estavam tocando as músicas que eu e Ian havíamos escrito nas últimas semanas. Os arranjos com os instrumentos deixavam o som muito especial e completo. Era nítida a paixão que eles tinham pela música só de observar aqueles quatro homens se encantarem ainda mais por suas criações. E cada centímetro meu pertencia à voz de Ian. Ele se deslocava no palco como se o espaço existisse apenas para exibir seu talento. Sua voz exalava charme, doçura e sensualidade. Ah, como ele ficava maravilhoso lá em cima, cantando aquelas palavras para mim.

Se eu tivesse que escolher um dia favorito, seria aquele. Em dias difíceis, quando as emoções me dominavam, aquela era a memória que eu repassaria mentalmente. Eu voltaria para o momento em que Ian cantou suas músicas só para mim.

A banda explodiria em breve, e eu sabia que seria a maior fã deles.

Quando o show terminou, todo mundo atacou a comida e a sobremesa.

— Por que você fez isso? — perguntei a Ian enquanto ele devorava outra fatia de pizza.

— Porque você merecia uma festa. Você merecia um aniversário legal. Pena que foi com uma semana de atraso.

— Foi na hora certa.

— Ah! Quase me esqueci dos seus presentes.

Ele largou a pizza no prato, foi correndo até um canto do celeiro, onde pegou uma caixa com um embrulho horrível, e voltou para me entregar.

— Embrulhar presentes não é minha especialidade, mas é o que temos pra hoje. Anda. Abre — disse ele.

Olhei desconfiada para o presente e comecei a desfazer o embrulho. Quando abri a caixa, meus olhos se encheram de lágrimas e meu peito se apertou. Eles estavam ali, olhando para mim — meus coturnos. Limpíssimos, como se nunca tivessem pisado em um chiqueiro.

— Como foi que você...? — perguntei.

Ele sorriu e deu de ombros.

— Foram horas esfregando com uma escova de dentes no começo, mas aí achei um lugar que limpa sapatos. Eles fizeram o trabalho pesado. Em algum momento me dei conta de que eu não ia conseguir resolver sozinho. Sei que é besteira e meio mão de vaca te dar uma coisa que já era sua, mas...

Calei a boca dele jogando meus braços em volta de seu corpo.

— Obrigada, Ian. Você não sabe o quanto isso é importante pra mim. O quanto tudo isso é importante pra mim.

— Você merece, Haze. Você merece que coisas boas aconteçam na sua vida.

A festa continuou, e ganhei mais presentes do Mãozão e da Holly. Eles me deram um celular, para eu poder entrar em contato com os dois sempre que precisasse.

— Acho que celular é obra do demônio, mas a Holly botou na cabeça que você precisava de um... — bufou o Mãozão. — E a minha senhora consegue tudo o que ela quer, então, feliz aniversário.

Agradeci aos dois, sentindo que não merecia tudo o que aquela família estava fazendo por mim. No fim da noite, depois que a festa terminou, Ian me puxou para fora do celeiro para uma última surpresa.

— Você já fez bastante — falei, sentindo que não merecia aquilo tudo.

— Não cheguei nem perto do bastante, mas espero que este último seja o seu favorito — disse ele. — Agora, fecha os olhos. — Eu fiz o que Ian me pediu, então ele me guiou até o último presente. — Tá, pode abrir agora.

Quando abri os olhos, arfei ao olhar para o barracão que antes estava caindo aos pedaços e que agora parecia completamente reformado.

— O que é isso?

— Bom, é um espaço pra você fazer suas coisas de garota — explicou ele. — Pensei que seria legal você ter um lugar só seu, pra ser criativa. Sei que você gosta de escrever, então achei que seria legal. Além do mais, se você precisar de um lugar seguro pra dar um tempo e ficar olhando as estrelas...

Ele abriu a porta e arfei quando entramos. O teto era de vidro, e vi dezenas de estrelas no céu quando olhei para cima. Havia uma cama de solteiro confortável em que eu poderia me deitar se quisesse e dois pôsteres do Shawn Mendes nas paredes, que me fizeram rir.

— Isso é um exagero — falei, balançando a cabeça, sem acreditar.

— Você merece.

— Nem sei como agradecer. — Virei para encará-lo. — Mas agora tenho medo de ficar aqui sozinha depois daquela noite em que ouvi aqueles caras rondando por aqui, semanas atrás.

Ian mordeu o lábio inferior e enfiou as mãos nos bolsos.

— Vou confessar. Fomos eu e James tentando te dar um susto pra te convencer a ir morar lá em casa.

Fiquei boquiaberta e dei um soco no braço dele.

— Ian Parker, você está brincando, não? Eu quase morri de tanto medo naquela noite!

— Esse era o plano... Escuta, sejamos justos, você estava de teimosia, e, se eu não te convencesse a ir morar lá em casa, o Mãozão ia acabar me jogando na rua. Então, no desespero... — Ele deu de ombros. — Confia em mim, esse barracão é seguro.

Estreitei os olhos.

— Quero ficar irritada com você, mas, por outro lado, esse lugar é a coisa mais maravilhosa que eu já vi, então, por enquanto, você está perdoado.

Fui até a cama de solteiro e me deitei para olhar as estrelas. Dei um tapinha no espaço ao meu lado, convidando Ian para se juntar a mim.

A cama era minúscula, e nos pressionamos um ao outro só para evitar que o corpo grande e largo de Ian caísse do colchão.

— Anda, deixa eu ver seu telefone — pediu ele, esticando a mão. Então Ian gravou o número do celular dele e mandou uma mensagem para si mesmo. — Agora posso te mandar mensagens irritantes pra te fazer revirar os olhos.

— Ah, que maravilha — brinquei, mas, no fundo, adorei a ideia.

Peguei o telefone de volta e o deixei de lado. Segundos depois, ele apitou.

Ian: Hazel?

Hazel: O quê?

Ian: Espero que seu aniversário tenha sido legal.

Hazel: Foi o melhor que eu já tive.

Ian: Tenho um segredo pra contar.

Hazel: Que segredo?

Ian: Roubei o bolo do mercado.

Soltei uma gargalhada e cobri a boca para abafar a risada enquanto me virava para encarar Ian. Nossa, que brega. Estávamos trocando mensagens ali, um do lado do outro.

— Você não roubou o bolo! — exclamei em um tom sussurrado.

— Tá, não. Eu cogitei a ideia, mas não tinha nenhuma prateleira com molho por perto.

— Você é um idiota.

— Você é linda.

O quê?

Meus olhos voaram para os lábios dele para eu me certificar de que não tinha mesmo imaginado Ian dizendo aquelas palavras. Meu coração acelerou, e eu não conseguia mais raciocinar. O que ele tinha dito? E estava mesmo falando comigo? Impossível. Já fui chamada de muitas coisas na vida, mas *linda* nunca foi uma delas. Eu devo ter imaginado. Não havia a menor possibilidade de Ian ter dito algo assim para mim.

— Eu me odeio, sabe — sussurrou ele —, pelo jeito como te tratei quando a gente se conheceu. Eu fui um escroto, e você não merecia, Haze. Eu te julguei sem te conhecer, e isso foi uma babaquice.

— Não precisa ficar me pedindo desculpas por causa disso. Nós dois chegamos com opiniões formadas um sobre o outro.

— É, mas você só reagiu à minha idiotice. Não ficou me atacando como eu fiz, e me arrependo disso. Então vou continuar pedindo desculpas, não importa o que aconteça. É melhor você aceitar.

Ele chegou mais perto de mim na cama, me esquentando e mantendo meu coração acelerado. Nas últimas noites, eu tinha sentido a rigidez dele pressionada contra minha bunda enquanto dormíamos de conchinha, e estava começando a entender por que as mulheres pareciam viciadas em ficar com Ian. O centro do meu corpo se encheu de excitação, e o frio tomou conta da minha barriga. Eu me esforcei para não pensar na pele quente dele pressionada contra a minha.

— Ian?

Ele bocejou.

— Hum?

— Você é meu novo cantor favorito.

Ele riu.

— Aposto que você diz isso pra todos os caras que organizam festas, reformam barracões e limpam merda das suas botas pra você.

Soltei uma gargalhada.

— Gostei disso — sussurrou ele. — Sua risada é meu novo som favorito.

Frio na barriga, frio na barriga, ah, que frio na barriga.

Eu me virei para ele e fitei seus olhos castanhos. Então foquei em seus lábios. Lábios pelos quais saíam curtas respirações em intervalos de segundos. Lábios que tinham um arco do cupido perfeito e uma cor linda. Lábios que pareciam tão macios.

Tão, tão macios.

— Ian? — repeti.

— Hum?

— Adorei as músicas novas. Ficaram perfeitas.

— É tudo por causa de você. Aquelas músicas só existem por causa de você.

Ele abriu um sorriso sonolento, pegou o telefone e começou a digitar.

Ian: Boa noite, Haze.

Hazel: Boa noite.

Ele caiu no sono antes de mim, porque, pela primeira vez em uma eternidade, estar acordada não parecia um pesadelo. Fiquei imóvel enquanto o corpo dele aquecia o meu, e tentei organizar mentalmente todos os acontecimentos da última semana.

Primeiro: Ian tinha dormido comigo para ajudar a afastar meus demônios.

Segundo: ele reformou um barracão inteiro para mim a fim de que eu pudesse ver as estrelas.

Terceiro, quarto e quinto: ele tinha tomado conta de mim, compartilhado suas confissões mais secretas e escutado as minhas.

Por último, havia a sexta coisa: o frio que ele causava na minha barriga.

Pois é.

Não dava para não levar em conta o frio na barriga.

Capítulo 16

Hazel

— Tenho duas palavras pra você: *Lu. Au* — anunciou Leah em um tom alegre, jogando as mãos para o alto, toda animada.

Ela aparecia no rancho para me visitar — e ver os cavalos — quase todos os dias desde que tinha me dado carona na estrada. Normalmente, eu teria tentado me livrar dela, porque tinha medo de deixar as pessoas se aproximarem de mim, mas Leah era como uma explosão de raios de sol em um dia nublado. Seria impossível me afastar dela, mesmo se eu quisesse.

— Acho que *luau* é uma palavra só — brinquei, dando uma maçã para Dottie.

Leah revirou os olhos.

— Deixa de ser metida a besta, Hazel. Duas palavras, uma palavra, não faz diferença. O luau desse ano vai ser nesse fim de semana, no lago, e preciso que você vá comigo.

— Vai ter muita gente lá?

— Um monte!

— Dançando e se divertindo?

— Dançando e se divertindo muito!

— E você disse que vai um monte de gente, né?

Seu sorriso aumentou, como se ela fosse explodir de tanta animação.

— Vai, vai! Quase todo mundo da cidade aparece no luau do verão. Uma palavra, não duas.

Eu ri e balancei a cabeça de um lado para o outro.

— Então estou fora.

Ela ficou boquiaberta.

— O quê? Nada disso. Você precisa ir, Hazel. Vai ser muito divertido.

— Interagir com outras pessoas não é a minha praia, e ficar no meio de muita gente é um pesadelo pra mim. As únicas pessoas com quem gosto mesmo de passar o tempo são fictícias e vivem nas páginas dos livros.

Leah revirou os olhos e começou a escovar Dottie.

— Você é doida. O luau vai estar cheio de garotos. Caras bem, bem gostosos, bronzeados, fortes e deliciosos. Ah, Haze, você tem que ir! Tem, sim. Imagina só: a gente de biquíni, bebidas gostosas e música boa a noite toda.

Eu sabia que Leah ainda não me conhecia bem o suficiente, então precisava lhe dar um desconto por ter uma ideia completamente errada sobre mim, mas a última coisa que eu queria na vida era ficar batendo papo com gente desconhecida em trajes de banho.

Leah deve ter notado a resistência no meu olhar.

— Anda, Hazel. Você trabalha tanto no rancho e nunca descansa de verdade. Acha que eu não te vejo trabalhando nos seus dias de folga? Você é uma workaholic jovem, e esse é o maior paradoxo que eu já vi. Tira um dia pra relaxar e vai ao luau comigo.

— Não sei, Leah...

Ela suspirou e jogou as mãos para cima, desistindo.

— Tá, tá. Mas é uma pena. A Desastre vai tocar, e achei que você fosse gostar de ver o show.

Eu me empertiguei um pouco.

— O Ian e os meninos vão tocar?

— Vão. Faz uns anos que eles são a atração principal. É uma tradição. — Ela abriu um sorriso sagaz. — Você não quer ver o Ian se apresentar pra uma multidão? Quer dizer, sei que você ganhou um show particular na sua festa, mas o que ele faz na frente de um público grande é impressionante.

— Você está querendo saber se eu gostaria de ver a banda inteira? Não só o Ian, né?

— Bom, como você fica toda vermelha quando falo dele, tenho a sensação de que você gosta mais do Ian do que do meu irmão e dos outros dois. — Ela ergueu as sobrancelhas e se inclinou na minha direção. — Então é verdade?

— O que é verdade?

— Que você está a fim do Ian?

— O quê? O quê? Não! Claro que não! Eu... a fim do Ian? Do Ian Parker? Claro que não.

Ah, nossa, cada centímetro do meu corpo estava pegando fogo, uma vez que eu não parecia nada convincente quando se tratava de negar meus sentimentos por Ian. Eu tinha perdido a conta da quantidade de vezes que me peguei sonhando acordada com os olhos dele, com os lábios dele, com o sorriso dele, com o pa...

— A gente só mora junto — argumentei, querendo abanar meu rosto de vergonha.

Ela me encarou.

— Acho que seria legal morar junto com alguém e ter uns benefícios extras, né?

— Não, Leah, de jeito nenhum — menti como a mentirosa ridícula que eu era naquele momento. — Além do mais, mesmo se eu estivesse a fim do Ian, *coisa que não estou*, ele é tanta areia pro meu caminhãozinho que não consigo nem imaginar que um dia eu poderia ter alguma chance com ele.

— Desculpa, mas não é possível que você seja cega!

— Como assim?

— Pra uma garota tão inteligente como você, que consegue ler nas entrelinhas... Não é possível que você não consiga perceber, Hazel. O Ian é louco por você.

— Como é que é?

— Eu vejo o Ian te secando o tempo todo no rancho, e, quando você não vai aos ensaios, ele fica falando de você como se você fosse todas as estrelas do céu. O cara está obcecado.

Eu ri.

— Não está, não. Pode acreditar que, se o Ian estivesse obcecado por mim, eu saberia.

— Sério? Então um cara que dorme de conchinha com você todas as noites e reforma um barracão só pra te agradar não está nem um pouco interessado? Quer dizer, eu tenho namorado e é um parto conseguir uma mensagem de bom-dia dele... O Ian reformou um barracão em sua homenagem! Ele está, tipo, apaixonado por você! — exclamou ela.

— Para com isso, Leah. Não está, não.

Mas Ian tinha mesmo reformado o barracão para mim. Será que isso ia além do fato de ele querer me agradar porque morava comigo? Será que ele...?

Não.

Era impossível que Ian estivesse a fim de mim. Eu não fazia o tipo dele. E eu sabia qual era o tipo dele. Mulheres altas, cheias de curvas, que sempre cheiravam a perfume caro. Eu não era o tipo de garota que chamaria a atenção de Ian. Eu era mais o tipo de garota que se escondia nas sombras, que não gostava de ficar sob os holofotes, e Ian saía com as garotas dos holofotes.

— Então vamos comigo ao luau e assim você vai ver com seus próprios olhos. Agora que te acordei pro fato de que o Ian é louco por você, vai ser fácil perceber. Acredita em mim. Até um cachorro cego veria a química que existe entre vocês dois.

Hesitei antes de jogar as mãos para cima, me rendendo.

— Tá. Eu vou, mas só pra provar que você está errada sobre essa história do Ian. Ele não me vê desse jeito.

— É, tá bom, vou fingir que acredito. Você vai ver, Haze. Mas tem uma coisa que precisamos fazer antes do luau no fim de semana.

— O quê?

Do nada, parecia que Leah havia explodido de felicidade, jogando as mãos para cima em comemoração.

— Uma transformação!

Ainda faltavam alguns dias para o luau, mas, graças a Leah, eu me pegava observando todos os passos de Ian pelo rancho e tinha chegado a uma grande conclusão: ele era um gostoso. E sexy. Um gostoso sexy. Eu não fazia ideia do que tinha dado em mim nos últimos dias, mas, sempre que estava perto dele, minha ereção feminina vinha com força total. Meus olhos percorriam seu corpo como se ele fosse o pedaço de carne mais apetitoso do mundo, que eu queria devorar.

O fato de eu de vez em quando ter os sonhos mais picantes do mundo com ele me dominando e acordar no meio da madrugada toda eufórica também não ajudava em nada. Todas as noites, quando nos sentávamos para escrever as músicas, eu precisava me esforçar para não me esticar e, ah, sei lá, acidentalmente tocar no pênis dele.

Se houvesse um aplicativo de namoro que exibisse as partes do corpo de Ian, eu arrastaria para a direita tudo o que aparecesse.

Eu precisava controlar minha ereção feminina; ele é só meu amigo.

Eu ficava repetindo aquelas palavras para mim mesma, mas estava cada vez mais difícil acreditar nelas, pois todas as noites Ian se deitava na cama comigo e pressionava seu abdome sarado contra meu corpo. Eu ficava subindo pelas paredes só de ver Ian trabalhando no rancho. Nunca pensei que poderia achar ser tão excitante ver um homem sexy, sem camisa, escovando um cavalo.

Claro, falando assim, não parecia o ato mais sensual do mundo, mas, caramba, aquilo era a coisa mais erótica que eu já havia visto na vida.

— Quer cavalgar? — perguntou Ian, olhando para mim.

— Nossa, como quero — murmurei em um sussurro grave enquanto meus olhos percorriam seu corpo, hipnotizados. Balancei a cabeça, saindo do transe em que eu agora vivia, e tentei manter o calor da minha pele em um nível aceitável. — Quer dizer... O quê?

Ian sorriu para mim, parecendo ignorar meu atual estado de desespero para arrancar sua calça.

— Você quer montar nela? — perguntou ele, dando tapinhas em Dottie. — Quer dizer, vocês duas parecem melhores amigas, mas nunca te vi dar uma volta com ela.

Ah.

A égua.

Ele queria que eu cavalgasse a égua.

Claro que era isso.

— Eu, hum, nunca andei a cavalo e, pra ser sincera, a ideia é meio assustadora.

Ele riu.

— Não é tão ruim assim. Anda, vou te ajudar. A gente pode cavalgar junto.

— Eu vou cavalgar você? — soltei, e então me dei um tapa imaginário na testa. — Quer dizer, com você? Você quer cavalgar comigo?

— Vou do seu lado pra garantir que a Dottie te trate bem.

Ele passou por mim, roçando o braço no meu, e não preciso nem dizer que quase me derreti toda. Sempre que aquele homem chegava perto de mim, meu corpo tinha reações intensas. Eu só rezava para que ele nunca percebesse.

Ele pegou uma sela para mim e guiou Dottie para o campo aberto. Quando voltou aos estábulos, escolheu o Vermelhão para ser seu companheiro de cavalgada pela tarde. Nós fomos até Dottie, e Ian me ensinou como montar naquela lindona.

— Tá, então temos um apoio aqui pra te ajudar a subir na Dottie. Coloca a mão esquerda na crina dela, depois a mão direita do outro lado. Depois apoia o pé esquerdo no estribo, e aí você passa a perna direita por cima da sela.

Isso, isso, Ian. Fala de cavalo comigo.

Ele me ajudou, colocando a mão na minha lombar enquanto falava. Quando me acomodei na sela, senti como se tivesse conquistado o maior desafio da minha vida — eu tinha montado em um cavalo enquanto Ian me ajudava, e sobrevivi para contar a história.

— Bom, até que não é tão ruim assim — comentei, sentada em Dottie sem a menor ideia do que fazer em seguida.

Ian foi até o Vermelhão e colocou a sela no cavalo como o caubói roqueiro gostoso que ele era. *Caubói roqueiro* parecia um paradoxo extremo, mas eu curtia demais a ideia.

— Tá, segura as rédeas e vai devagar — instruiu Ian, trazendo o Vermelhão até mim e Dottie.

Ele estava tão perto que conseguiria me ajudar se eu precisasse. Começamos em um ritmo bem lento, que era exatamente o que eu precisava, porque, assim que Dottie se mexeu, meus temores voltaram.

— Tem certeza de que isso é seguro? — perguntei, me sentindo apavorada com aquela situação.

— Cem por cento seguro. Confia em mim, querida, você está em boas mãos. Conversa comigo pra se distrair. Mantenha a cabeça leve e os movimentos leves. Você está indo bem.

— Tá, tá. Vamos conversar. Sobre o que a gente vai falar?

— Sobre qualquer coisa. Me conta o que você quiser. Que tal falarmos do seu nome? Por que você se chama Hazel?

Dei uma risadinha ao me lembrar do motivo.

— É uma história engraçada. Quando eu nasci, tinha olhos enormes, castanho-claros, que é "hazel" em inglês. Minha mãe disse que ficou apaixonada por eles, mas ela não fazia ideia de que a cor dos olhos dos bebês muda depois de um tempo. Então ela escolheu o nome por causa dos meus olhos castanhos, apesar de eles terem ficado verdes.

— Gosto dos seus olhos verdes — comentou ele, e rezei para que minha ereção feminina invisível não estivesse cutucando Dottie.

Respondi com um sorriso meio sem graça porque não sabia o que dizer. Eu não sabia receber elogios, principalmente quando vinham de Ian. Se alguém tivesse me contado que o homem que encontrei semanas atrás recebendo um boquete de uma mulher aleatória diria para mim que gostava dos meus olhos, eu teria morrido de rir.

Agora, eu estava corada feito um tomate, mas torci para que o sol fosse uma desculpa plausível para a vermelhidão das minhas bochechas. Para meu azar, não foi o caso.

— Você sempre fica vermelha quando alguém te elogia?

— Não sei. Nunca recebi muitos elogios.

Ele me olhou de cima a baixo, franzindo o cenho.

— Você fica sem graça, né?

— Demais. — Eu ri. — Não sei como reagir quando alguém me diz uma coisa legal. Não tenho muita prática.

— Mas que merda. Agora estou com vontade de dizer mais coisas legais pra te deixar sem graça, porque você fica fofa pra cacete quando está com vergonha. Suas bochechas ficam coradas, e isso é uma gracinha.

Minhas bochechas provavelmente coraram ainda mais.

— Não enche, melhor amigo — murmurei, sabendo que eu estava mais vermelha do que uma maçã suculenta.

— Seu rosto é lindo, Hazel Stone — zombou ele. — Seus olhos me fazem pensar nas estrelas. Seu nariz tem o formato perfeito, e nunca vi um par de orelhas tão sexy.

Eu ri e mostrei o dedo do meio para ele. No segundo em que tirei a mão esquerda da rédea, Dottie deve ter se assustado com alguma coisa, porque saiu em disparada, me deixando completamente em pânico.

— Ah, merda — ouvi Ian murmurar enquanto vinha correndo atrás de nós.

Agarrei as rédeas que tinha largado e me segurei com toda a força.

— Para, Dottie! — berrei, torcendo para que minha futura ex-amiga diminuísse o ritmo.

Quiquei com força na sela enquanto Dottie seguia enlouquecida, e foi assim, meus amigos, que Hazel Stone quebrou a vagina. Quando consegui convencer a égua a parar, Ian veio correndo e me ajudou a sair de cima dela. Cada centímetro do meu corpo estava dolorido e machucado com o estouro de energia repentino de Dottie, mas nada, absolutamente nada, doía mais do que minha vagina.

— Puta merda, você está bem? — perguntou Ian, sua voz carregada de preocupação. — Nunca vi a Dottie fazer isso antes. Parecia que ela tinha enlouquecido. Caralho. Você está bem, Hazel?

Eu não consegui responder imediatamente, porque estava ocupada demais me inclinando para a frente e segurando minha periquita. Sabe o que eu sempre quis? Machucar a vagina andando a cavalo.

— Eita, a Dottie te acertou lá embaixo? — perguntou ele.

— Bem no alvo. — Concordei com a cabeça. — Bastou uma sacolejada pra perereca ir pro brejo.

Ian olhou para mim com o cenho franzido, e um sorriso malicioso surgiu em seus lábios.

— Você sabe o que a gente precisa fazer, né?

— Não. Não sei — gemi, com o corpo ainda dobrado para a frente.

— Colocar gelo.

— Colocar gelo no quê?

— Na sua vagina.

— O que tem a minha vagina?

— Temos que colocar gelo na sua vagina.

A vermelhidão da minha dor extrema se transformou na mesma hora em uma nova forma de vermelhidão enquanto eu me empertigava. Eu estava morrendo de vergonha.

— Você não vai colocar gelo na minha vagina, Ian Parker!

— Só estou dizendo que é a melhor maneira de aliviar a dor, e vai ser bom pra diminuir o inchado dos seus, hum, sabe... lábios... — Agora foi a vez dele de corar ligeiramente. Quem diria que o pegador do século ficaria com vergonha de falar sobre a minha vagina inchada?

— Bom, se alguém vai colocar gelo lá embaixo, com certeza serei eu.

— Não, eu posso ajudar. É pra isso que servem os companheiros de casa, de qualquer forma.

Eu ri em meio à minha agonia.

— Companheiros de casa servem pra colocar gelo nas partes íntimas dos outros?

— Bom, só os melhores companheiros de casa. É como se a gente tivesse uma amizade colorida.

— A parte colorida seria segurar uma bolsa de gelo em cima das minhas partes baixas?

— Isso aí. É um trabalho difícil, mas precisa ser feito.

Balancei a cabeça.

— E vai ser feito por mim. Agora, se você me der licença, vou mancando pra casa, pra nadar numa piscina das minhas próprias lágrimas.

— Deixa disso. Eu te carrego no colo.

— Você não vai... Ian! — gritei quando ele me pegou no colo. — Me solta!

— Vou te soltar assim que estivermos em casa. — Ele acenou para outro peão, pedindo-lhe que levasse os cavalos para os estábulos.

— Não, me solta agora! — insisti, mas, secretamente, em minha cabeça, meus pensamentos seguiam mais a linha *Ah, isso, Ian. Me leva de volta pra nossa masmorra, coloca gelo na minha periquita, fala que eu sou bonita e canta no meu ouvido enquanto me alimenta com chocolate meio amargo.*

Eu já falei do peitoral do Ian?

Aquilo que era dureza.

Resmunguei pelo caminho inteiro até a casa, como se estivesse irritada, mas, na verdade, fiquei me perguntando se aquela história de amizade colorida era sério. Porque, quando minha vagina parasse de latejar de dor, ela ia querer aceitar a oferta de Ian.

Quando entramos em casa, ele me colocou no sofá.

— Vou buscar alguma coisa pra resolver essa situação. Fica aí — disse ele.

Não discuti, porque tinha quase certeza de que não conseguiria me mexer nem se quisesse. Usei uma das mãos para massagear de leve minhas partes baixas enquanto esperava, gemendo de dor. Ele voltou com um saco de ervilhas congeladas e abriu um sorriso bobo para mim.

— Foi mal, a gente só tem isso.

Estiquei a mão, sem nem me importar. Peguei o saco de ervilhas e o pressionei contra minha região inferior, sentindo um prazer inenarrável.

— Ah, nossa, isso... — gemi de prazer quando senti o frio tomar conta do meu corpo.

Ian se sentou à mesa de centro bem à minha frente. Ele ainda sorria.

— Está tão bom assim?

Fechei os olhos e assenti.

— Você nem imagina. Nunca achei que um dia eu sonharia em colocar ervilhas na minha vagina.

— Se você quiser, posso segurar o saco — disse ele, me provocando. Abri os olhos para ver seu sorriso travesso. — Bom, só estou tentando ser um companheiro de casa prestativo.

— Bom, você devia ganhar um prêmio.

— Levo meus deveres muito a sério — brincou ele, olhando para as ervilhas. Ou, bem, olhando para a minha vagina. Era difícil saber para onde ele olhava naquele momento. — Você estava indo muito bem na Dottie até ela enlouquecer.

— Não estava? Eu achava que nós duas éramos amigas de verdade. Nem preciso dizer que vamos passar um tempo brigadas.

— A Dottie nunca fez nada parecido antes. Talvez ela só quisesse criar uma desculpa pra eu colocar gelo em você.

Eu ri.

— Ela podia ter encontrado um jeito melhor.

— Mas você está bem? Estou me sentindo um bosta, porque foi minha ideia andar a cavalo. Achei que seria uma distração legal da rotina. Além do mais, nós dois nunca passamos um tempo juntos se não estamos escrevendo letras ou trabalhando no rancho.

Ele queria passar um tempo comigo que não envolvesse trabalho e música?

Bom, que surpresa.

Passei a mão pelo cabelo e abri um sorriso desanimado.

— Da próxima vez, talvez fosse melhor a gente ir tomar um sorvete — brinquei.

— Vou me lembrar disso. Droga... os caras vão me encher o saco quando ficarem sabendo que coloquei você na Dottie e ela não se comportou. Você nem imagina o quanto eles reclamaram quando ficaram sabendo que eu te tratava mal na época que a gente se conheceu. Eles te amam. É como se você fosse a empresária da banda ou coisa assim. Juro, às vezes, quando você não está lá, eles têm ideias pras músicas e falam: "A gente devia perguntar pra Hazel primeiro. Ela vai saber se é bom ou não." Não sei o que você fez, mas todos eles estão comendo na palma da sua mão.

Sorri.

— E você? Está comendo na palma da minha mão também?

As sobrancelhas escuras de Ian baixaram, e ele se inclinou para perto de mim. Enquanto seu olhar me penetrava, cada pelo em meu corpo se arrepiou.

— Eu como tanto na palma da sua mão que, se você me falasse pra mergulhar nos chiqueiros, acho que eu obedeceria.

Mordi meu lábio inferior enquanto segurava o saco de ervilhas.

— Sei que eu brinco sobre sermos melhores amigos, mas nós somos amigos, né? Tipo, não somos só companheiros de casa e de trabalho, não é?

— Sim. Você é minha amiga, Haze. Eu não mereço a sua amizade, mas fico feliz por ela.

Mas só amigos?, pensei, porém não permiti que as palavras escapassem da minha boca. Então me remexi no sofá e pigarreei.

Ian desviou os olhos dos meus e focou nas ervilhas.

— Você não quer mesmo que eu te ajude com isso? Tenho certeza de que eu seria o melhor dos seus amigos se te ajudasse.

Sorri e recusei com a cabeça.

— Acho que existe um monte de mulheres por aí em quem você poderia colocar gelo se quisesse, apesar de fazer um tempo que nenhuma aparece por aqui.

Ele ficou sério e deu de ombros.

— Não sinto mais necessidade de pegar mulheres aleatórias.

— Ah, e por quê? — perguntei, meio apavorada com a resposta.

Ele estreitou os olhos com um ar confuso, como se eu fosse a pessoa mais idiota do mundo.

— Fala sério, Haze — sussurrou ele, passando as mãos pelo cabelo. — Você não está falando sério, né? Acho que você sabe por quê.

Pisquei.

— Talvez, mas...

— Por sua causa — respondeu ele, me interrompendo, deixando tudo às claras. — Não quero que nenhuma outra garota tente me inspirar. Porque eu tenho você.

Nenhum som escapuliu da minha boca; eu não sabia se estava sonhando ou delirando por causa da minha metade inferior latejante. Ian tinha acabado de confessar que sentia alguma coisa por mim? Ou ele tinha se aberto de um jeito completamente inesperado?

Será que ele gostava de mim da mesma forma que eu gostava dele?

Ele abriu um sorriso discreto e se levantou. Enquanto ele se virava, eu perguntei:

— Aonde você vai?

— Acho que a gente tem um saco de brócolis pra sua vagina. Quem sabe eu dê sorte dessa vez e você me deixe ajudar.

Ah, Ian.

Você pode colocar brócolis na minha vagina sempre que quiser.

Capítulo 17

Ian

Quando se tratava de morar em uma cidade pequena, havia muitas coisas das quais eu não gostava. Porém, uma das melhores coisas de Eres era nosso luau de verão. A gente fazia um grande festival todo ano, com uma porrada de fogueiras em torno do lago. Toda a galera mais nova da cidade aparecia para dançar, beber e se divertir. O céu noturno ficava iluminado com pisca-piscas que eu tinha certeza de que as garotas enrolavam em torno dos galhos das árvores, e a música estourava nas caixas de som quando eu e a banda não estávamos tocando. Era a melhor sensação do mundo — noites de verão e fogueiras.

As pessoas pareciam tão livres e despreocupadas no evento. E também era quase certo que a maioria acabaria pulando no lago, nadando bêbadas para comemorar o verão. Apesar de nossa cidade ter seus problemas, a gente não perdia uma oportunidade de fazer festa no lago e tomar umas cervejas.

— Quem é aquela com a Leah?! — exclamou Marcus, quando viu Leah e um grupo de amigas vindo do estacionamento.

Todas eram parecidas para mim, mas havia uma de short amarelo curto e blusa cropped branca que se destacava. Seu cabelo escuro estava preso em um rabo de cavalo alto, e ela ria e sorria com as outras garotas como se fizesse parte do grupo, e... puta merda, era Hazel.

Seu rosto não estava lotado de maquiagem, e juro que sua pele brilhava. Ela parecia estar flutuando em uma nuvem, autoconfiante demais.

— Impossível — disse Eric, olhando na mesma direção que eu e Marcus. — Não é possível que aquela seja a Hazel.

— Mas é.

Minha boca estava praticamente no chão, e a barraca armada na minha calça jeans seria um problema, mas, puta merda, ela estava incrível. Ela nem imaginava o quanto eu queria tomá-la em meus braços e devorar sua boca. E também pressionar meu corpo contra o seu para mostrar como ela ultimamente me deixava excitado.

Eu havia perdido a conta de quantas vezes tinha acordado com uma ereção pressionando-a por trás. Houve dias em que precisei sair de fininho da cama para me aliviar, pensando em Hazel.

Ela estava maravilhosa naquela noite, mas ela estava sempre maravilhosa. Só que, agora, estava usando algo colorido. Um short amarelo, para ser mais exato. Um short curto. E sua bunda estava incrível naquele short. Pois é. Ela com certeza devia começar a usar roupas coloridas.

— O que vocês estão olhando? — perguntou James, seguindo nosso olhar. — Puta merda! — exclamou ele.

— Não é? — disse Eric.

— Porra, como foi que meus pais deixaram a Leah sair de casa com aquele short minúsculo! Vou dar um esporro nela! — gritou James, obviamente ignorando aquilo que todos nós estávamos vendo.

As garotas começaram a se aproximar de nós, e Marcus me deu um tapinha nas costas.

— Acho melhor você fechar essa boca antes que ela te veja com essa cara de tarado.

Fechei a boca, mas não antes de mandá-lo à merda.

— Oi, meninos. — Leah abriu um sorriso radiante. — E aí?

— E aí que você vai voltar pra casa e colocar uma calça e um moletom — ordenou James para a irmã caçula.

Leah revirou os olhos.

— Está fazendo quase 30 graus, James. Não vou ficar me cobrindo. Além do mais, sou maior de idade. Posso usar o que eu quiser. Que nem a Hazel — disse ela, mudando o foco da conversa para a garota tímida de quem eu não conseguia tirar os olhos. — Ela não está linda hoje? — Leah sorriu.

— Está — respondi, olhando Hazel de cima a baixo.

Vi as bochechas dela corarem quando ela reparou que meu olhar escaneava seu corpo, mas eu não conseguia me controlar. Ela estava maravilhosa pra caralho.

— Vamos, meninos. Vamos pegar alguma coisa pra beber. Enquanto isso, o Ian e a Hazel podem guardar um lugar pra gente em uma das fogueiras — sugeriu Leah, soando exatamente como o cupido de que eu precisava em minha vida.

Eu queria passar um tempo sozinho com Hazel, mas não sentado na frente de uma fogueira. Eu queria levá-la de volta para nossa casa e apresentá-la à rigidez dentro da minha calça.

Abri um meio-sorriso para ela e me esforcei muito para não pensar em como eu queria explorar seu corpo. Quando todo mundo começou a se afastar, apontei para ela com a cabeça.

— Você está linda.

Ela mordeu o lábio inferior, e, puta que pariu, eu queria mordê-lo também.

— Você está me elogiando só pra me deixar sem graça?

— Dessa vez, não. Só estou falando a verdade.

Ela sorriu, e eu adorei.

— Vamos pegar um lugar.

Passei o restante da noite olhando para Hazel sempre que tinha a oportunidade. Eu não sabia por que, mas, por algum motivo, me sentia um completo idiota perto dela. Eu me atrapalhava com as palavras e tudo que saía da minha boca soava cafona. Aquela mulher estava me deixando louco, e ela não parecia fazer a menor ideia disso.

Por sorte, os caras da banda não me deixaram sozinho com Hazel por tempo suficiente para eu passar tanta vergonha assim. Nós nos sentamos em torno da fogueira, inalando o aroma das noites de verão em Eres.

Os caras tinham se apegado bastante a Hazel nas últimas semanas, agindo como se ela fosse a mãe do grupo. Tinham até começado a usar o termo "mãepresária" há pouco tempo. Ela era tipo a Kris Jenner da Desastre.

De vez em quando, Hazel gritava "Vocês estão ótimos, seus lindos", e os caras coravam feito uns idiotas por conseguirem a aprovação dela.

Hazel era assim: ela cuidava das pessoas. Ela sempre dava um jeito de ajudar quando minha avó precisava, e ultrapassara todas as expectativas que o Mãozão tinha em relação ao trabalho dela no rancho. Havia poucos funcionários tão trabalhadores entre os nossos. Uma vez, perguntei a ela por que se dedicava tanto, e sua resposta foi: "Quero compensar tudo o que seus avós me deram."

Nós passamos a noite sentados ao redor da fogueira, compartilhando histórias vergonhosas para ver quem conseguia fazer Hazel rir mais.

— É sério, porra — gritou Marcus, tomando um gole direto da garrafa de vodca —, o Ian estava chapado, tacou fogo na caixa de correio que o Mãozão mesmo entalhou, e, quando percebeu que o amor da vida do Mãozão ia virar fumaça, colocou o pau pra fora da calça e tentou apagar o fogo com mijo.

Hazel não se aguentava de tanto rir.

— Por sorte, ele também tinha bebido refrigerante à beça, porque juro que ele passou uns dez minutos mijando direto antes de perceber que não ia conseguir apagar o fogo daquele jeito. Sério, ele ficou balançando o Peter Panzinho dele como se estivesse procurando a Sininho. — Marcus riu.

— E o Mãozão até hoje não sabe que foi o Ian? — perguntou Hazel.

— Não. A gente jurou que nunca contaria. A Desastre tem alguns segredos que nós não podemos revelar pra ninguém — declarou Eric, segurando sua câmera. Ele olhou para a câmera e a desligou. — Quer dizer, vou cortar isso tudo do vídeo.

Hazel riu.

— Você não larga suas câmeras, né?

Eric assentiu.

— Se eu não tocasse teclado, provavelmente seria videasta ou trabalharia com alguma coisa relacionada a computadores. Mas tenho sorte de poder fazer essas coisas todas e ainda tocar teclado. Pensa só, com todas as gravações que eu tenho, vou conseguir fazer um documentário foda sobre a gente que, algum dia, a Netflix vai comprar. Sabe, do jeito que eu gravo...

— Para de jogar esse papinho nerd pra cima dela, Eric! Você vai matar a garota de tédio — comentou Marcus, tomando outro gole da vodca.

— Ah, imagina! Não é nada chato. Eu acho interessante — disse Hazel, abrindo o maior sorriso do mundo para Eric.

Eu queria que ela sorrisse assim para mim. Com aquela boca, com aquela língua que às vezes ela passava pelo lábio inferior.

Porra, aquela boca. Eu queria saber que gosto tinha.

Balancei a cabeça e tentei controlar a ereção que parecia determinada a aumentar com os pensamentos sobre a boca de Hazel. Resolvi me concentrar em como ela parecia feliz e relaxada naquela noite. Na maior parte do tempo, Hazel ficava remoendo a vida. Ela escrevia cartas para a mãe toda semana e nunca recebia uma resposta. Só pensava em como Jean estaria na prisão, contando os dias até o bebê nascer. "Ela deve estar com uns seis meses agora", me disse Hazel outro dia. "Daqui a alguns meses, não vou mais ser filha única. Isso não é meio doido?"

O peso de suas palavras me deixava triste, porque sua voz estava carregada de culpa. Então, sempre que ela conseguia rir, como naquela noite, eu ficava admirando aquela garota. Ela era tão linda quando sorria, e não parecia fazer ideia de como era difícil para mim não desejar estar perto dela todos os segundos do dia.

— Puta merda! — exclamou Marcus, pulando da cadeira dobrável em que estava sentado. O celular estava grudado em sua mão enquanto ele encarava a tela com os olhos arregalados de choque. — Puta merda! — repetiu ele, fazendo todo mundo se virar em sua direção.

— O que aconteceu? — perguntou James.

— A. Porra. Do. Max. Rider. Mandou. Um. E-mail. Pra gente — contou Marcus, fazendo com que eu, James e Eric nos empertigássemos.

— *Puta merda!* — gritamos juntos, nos levantando em um pulo.

Hazel ficou olhando para nós, parecendo confusa.

— Quem é Max Rider?

— Não é simplesmente Max Rider — observou Marcus. — É a porra do Max Rider. Ele é um empresário famoso por transformar artistas comuns em megasuperestrelas. Ele é, tipo, o poderoso chefão da música. O cara faz obras de arte.

— O que ele falou? — esbravejei enquanto meu peito apertava.

Marcus pigarreou e começou a ler o e-mail.

— "Aqui é o Max. Desastre, hein? Nome maneiro. Achei vocês e escutei algumas das suas músicas no YouTube e no Instagram. Acho que estão no caminho certo. Sei que está em cima da hora, mas tenho um horário livre na sexta que vem, em Los Angeles, para uma reunião. Vocês podem trazer um material novo pra eu escutar? Estou copiando minha assistente no e-mail. Ela vai dar mais informações sobre o endereço, a data e o horário. Até breve. MR." Ai, meu Deus, acho que gozei na porra da minha calça — suspirou Marcus, colocando a mão no peito como se estivesse prestes a ter um ataque cardíaco.

— Puta merda — engasgou James, andando de um lado para o outro. — A gente tem que ir! É agora. Esse é o tipo de coisa que muda a porra da vida das pessoas. Faça chuva ou faça sol, a gente vai pra Los Angeles na semana que vem.

Hazel comemorou com a mesma empolgação que a gente, porque sabia o quanto aquilo era importante para nós.

— É agora — falei para ela, puxando-a para um abraço, puxando todo mundo para um abraço. — Esse é o momento que vai mudar nossa vida.

Nós continuamos enchendo a cara e dançando a noite toda, uivando para a lua como os animais que éramos naquele momento. Depois que os caras foram embora, eu e Hazel seguimos cambaleando para casa, ela cantando uma das minhas músicas, balançando de um lado para o outro. Hazel Stone era a bêbada mais fofa do mundo. E quando minhas letras saíam de sua boca? Eu ficava louco.

Pau duro na hora.

Quando ela foi para o quarto, eu a segui, sem nem passar no meu para trocar de roupa.

Hazel de repente se virou.

— Ei, Ian — gritou ela, sem se dar conta de que eu estava logo atrás. Ela bateu em mim e riu, cobrindo a boca. — Desculpa. Eu não sabia que você estava tão perto.

Cheguei mais perto ainda.

Ela não se afastou.

— Desculpa — murmurei.

— Desculpa — respondeu ela.

A gente nem sabia pelo que estava se desculpando. Talvez pela nossa proximidade? Talvez pela nossa bebedeira?

Talvez pelo nosso coração?

Merda, eu queria tanto beijá-la que meu peito chegava a doer. Eu estava bêbado e feliz da vida, e Hazel Stone era o ser humano mais lindo da merda do mundo inteiro, e eu queria sua boca na minha.

Ela colocou as mãos no meu peito e ergueu a cabeça, seu olhar encontrando o meu.

Será que ela sentia?

Será que sentia meu coração batendo, será que sentia que ele batia por ela?

— Estou tão orgulhosa de você, Ian. Você merece isso. Você merece isso tudo.

— Quero levar as nossas músicas — confessei. — Quero tocar para ele as músicas que você me ajudou a escrever.

Nos últimos meses, Hazel tinha me ajudado a criar dezenas de músicas. Estar perto dela, trabalhar junto com ela... tudo era tão natural. Para o mundo exterior, nós dois devíamos parecer o extremo oposto um do outro, mas para mim?

Para mim, a gente fazia todo o sentido do mundo.

Ela me inspirava de formas que nunca nada nem ninguém me inspirou. Ela me incentivava a criar músicas de um jeito que nunca imaginei ser possível. Ela me desafiava; ela me ensinava. Ela era minha musa. Ela era a música.

E ela estava... mais perto.

Ela estava bem mais perto do que alguns poucos segundos atrás. Será que eu a havia puxado em minha direção? Será que ela havia se aproximado de mim? Como minhas mãos foram parar em suas costas? Por que ela não se desvencilhava?

— Vou confessar: estou a fim de você — arfei, sabendo que rejeição era uma possibilidade, mas eu me sentia bêbado e corajoso o suficiente para não me importar.

— Vou confessar. — Ela engoliu em seco. — Eu também estou a fim de você.

— Você está bêbada — sussurrei.

— Estou — respondeu ela. — Você também.

— Estou.

O olhar dela desceu até meus lábios e depois subiu de novo para os meus olhos.

— Toca as músicas. Elas são suas, afinal.

— Elas são nossas — discordei. — Elas são nossas.

— Mas é o *seu* futuro. Eu te daria todas as letras que vivem dentro de mim pra tornar os seus sonhos realidade, Ian.

Meu olhar desceu até a boca de Hazel. E ficou ali.

— O único sonho que eu tenho agora é o de beijar você, Haze. Quero deitar naquela cama e te beijar até o sol nascer.

— Às vezes, eu acordo antes de você e fico pensando em chegar mais perto. Eu quero você mais do que já quis qualquer outra coisa no mundo, Ian, e isso me assusta. Nunca quis tanto beijar alguém quanto quero beijar você.

— Eu também — confessei. — E, bom, a gente está bêbado agora, falando um monte de merda que provavelmente nenhum dos dois normalmente diria, então... É... tem isso.

Ela sorriu, e eu adorei. Porra, como eu adorei. Se a única coisa que eu pudesse ver pelo resto da vida fosse o sorriso de Hazel Stone, eu seria o desgraçado mais sortudo do mundo.

— Talvez a gente devesse dormir — sugeriu ela, apontando com a cabeça para a cama. — Vamos ver como a gente se sente de manhã, nós dois mais sóbrios.

— Tá, tudo bem.

Tirei a camisa e a calça, ficando apenas de cueca boxer. E me virei de costas enquanto Hazel vestia o pijama.

Nós nos deitamos na cama e os corpos se grudaram como se a gente tivesse nascido para se fundir um ao outro. Dei-lhe um beijo na testa sem pensar. Meus lábios se demorando em sua pele. Minha boca contra sua pele, saboreando o pouco que eu podia.

Ela fechou os olhos enquanto se aconchegava em mim, enroscando nossas pernas. Nossa testa estava apoiada uma contra a outra, e a respiração dela roçava minha pele.

— Você é o meu melhor amigo — disse ela baixinho, as palavras me atravessaram. — Sei que os caras da banda são os seus, e sei que não posso ocupar o lugar deles, mas, para mim, é você, Ian. Você é o meu melhor amigo. Nunca tive um melhor amigo antes, mas quero que saiba que você é essa pessoa, e estou orgulhosa pelos seus sonhos estarem se tornando realidade. Isso é só o começo. Você vai ser enorme um dia. Você vai ser uma estrela.

— Você é uma estrela — sussurrei, nossas bocas tão próximas que, se eu me mexesse um centímetro, elas se encostariam. Porra, que comentário brega, e, porra, eu estava pouco me lixando. Hazel me transformava no idiota mais brega do mundo. — Você é minha luz, minha musa, minha inspiração. Haze... Você é todas as estrelas na porra do céu. Você é a minha galáxia.

Os lábios dela formaram um sorriso, e seus olhos se fecharam enquanto ela chegava um pouco mais perto de mim e apoiava a cabeça no meu peito. Fiquei ali inspirando e expirando, sem conseguir parar de pensar em como eu me sentia vivo com ela nos meus braços. Meu coração, que eu achava ter morrido no dia em que fui abandonado pelos meus pais, tinha voltado a bater, tudo por causa de uma garota que não tinha medo de me provocar para me despertar para a vida.

Naquela noite, nós caímos no sono, bêbados e entrelaçados, em um mar de desejos, esperanças e sonhos.

E se eu e Hazel estivéssemos destinados a ficar juntos? E se as peças dos nossos quebra-cabeças se encaixassem perfeitamente? E se a gente só tivesse que superar nossos medos para encontrar tudo o que desejávamos?

— Ian. Ian, acorda — sussurrou Hazel, me cutucando de leve.

Apertei os olhos e notei uma frestinha de luz entrando pela janela. Minha cabeça doía graças à bebedeira.

— O que foi? — resmunguei, ainda cansado. Olhei para a janela, mas o sol ainda não tinha nascido completamente.

Então me virei para Hazel, que me encarava.

— Você ainda está bêbado? — perguntou ela, mordendo o lábio inferior.

— Não. Só com uma dor de cabeça me martelando.

— É, eu também.

Levantei as sobrancelhas.

— Você me acordou pra dizer que está com dor de cabeça? Quer que eu pegue um ibuprofeno?

Fiz menção de me levantar, mas ela segurou meu braço.

— Não. Eu te acordei porque estou sóbria, mas ainda quero te beijar.

Eu me sentei um pouco mais empertigado. Um sorriso sonolento e bobo provavelmente tomou meus lábios.

— Ah, é?

— É. E você?

— Haze... Faz semanas que eu quero beijar você. Bebendo, sem beber, porra... Eu só quero...

Ela me interrompeu, inclinando-se para a frente e colando a boca à minha. Claro, ela começou o beijo, mas eu tomei a dianteira depois. Minhas mãos envolveram seu corpo, e eu a puxei para mais perto enquanto a beijava com ímpeto, cheio de tesão, de desejo, de ânsia. Afastei seus lábios com minha língua e entrei em sua boca, provando cada centímetro dela e torcendo para não estar tendo um sonho bizarro, porque eu precisava que aquela fosse a minha realidade.

Os beijos dela eram tão doces, e meu peito foi tomado por ternura. Ela me puxou para mais perto, fazendo com que os beijos ficassem mais intensos, deixando a língua dançar com a minha.

Eu senti seu desejo, sua avidez, e isso só me fez querer mais. Nossos corpos estavam pressionados um contra o outro, e eu tinha certeza de que ela sentia a rigidez do meu pau pressionando sua coxa, mas Hazel não me afastou, e eu não tentei esconder. Eu queria deixar claro o que ela fazia comigo, como meu corpo reagia às suas carícias, aos seus beijos, a ela.

Se o paraíso fosse um beijo, ele habitava a boca de Hazel.

Ela se afastou ligeiramente e mordiscou de leve meu lábio inferior antes de voltar a deitar a cabeça no travesseiro. Eu me deitei virado para ela, e nós dois estávamos ofegantes. Suas pupilas estavam dilatadas e seu olhar parecia agitado, mas Hazel se recusava a desviar os olhos de mim.

Com as bochechas coradas, ela colocou o cabelo atrás da orelha. Sua boca se abriu, e Hazel assentiu.

— De novo? — sussurrou ela.

Porra, claro...

De novo.

Capítulo 18

Ian

— Ai, cacete, eu vou vomitar — gemeu Marcus enquanto seguíamos na direção da casa de Max Rider.

Nós tínhamos chegado a Los Angeles na noite anterior, e nenhum de nós conseguiu dormir. Parecia que todos nós tínhamos 5 anos e esperávamos ansiosos pela manhã de Natal — desejando que nossos sonhos se tornassem realidade.

Eu estava meio atordoado e confuso enquanto nos aproximávamos da porta da casa de Max. Nós teríamos uma reunião com um cara que literalmente lançava os astros da música, na porra da mansão dele, para falarmos sobre nosso som. Aquilo estava acontecendo mesmo? Como foi que a gente, um bando de garotos estúpidos de uma cidade pequena, conseguiu uma reunião com a porra do Max Rider?

Minha avó dizia que era o destino.

Hazel dizia que era talento.

O Mãozão dizia que era trabalho duro.

Não importava qual fosse o motivo, ele era bem-vindo. Eu só estava rezando para não estragarmos a oportunidade quando entrássemos naquela casa.

A assistente de Max, Emma, nos recebeu. Ela nos levou até o estúdio de gravação, porque a porra do Max Rider tinha um estúdio em casa. Ficamos um tempo esperando, talvez uma hora, sem dar um pio. Era como se estivéssemos com medo de que, se algum som escapasse de nossa boca — *puf!* —, pudéssemos acordar daquele sonho.

— Alguém mais está suando feito um lutador de sumô? — murmurou Marcus, afrouxando a gravata que Eric obrigou todo mundo a usar. — Juro, meu saco é quase um pântano. Minha cueca parece uma lona de esquibunda grudenta.

— Agora você baixou demais o nível, Marcus — comentou James.

— Achei de bom gosto — comentou uma voz atrás de nós, fazendo com que nos virássemos.

E lá estava ele, em todo seu esplendor. A porra do Max Rider, escutando uma conversa sobre a bunda de pântano de Marcus.

Se essa não fosse uma primeira impressão genial, a gente estava ferrado.

Todos nós nos levantamos com um pulo, boquiabertos. Então, como um bando de idiotas, começamos a cumprimentar o homem ao mesmo tempo, tagarelando sobre como estávamos animados, gratos e tudo mais.

— É um prazer enorme conhecer você! — exclamou James.

— É muita sorte a nossa o senhor ter conseguido um tempo pra conversar com a gente — comentou Eric.

— O senhor nem imagina o que isso significa pra nós — acrescentei.

— Seus sapatos são do caralho — bajulou Marcus.

Não dava para levar Marcus para lugar nenhum.

— Tá, tá, parem de puxar o meu saco. Vamos direto ao assunto. — Max se sentou em sua cadeira giratória gigante diante da mesa de som e se virou para nos encarar. Ele uniu as mãos e assentiu. — Acho que vocês têm algo especial.

AhmeuDeus! Agentetemalgoespecial!

— Não estou dizendo que o som de vocês não precise de ajustes. Pelo que escutei, as músicas são boas, mas não são... ótimas. Está faltando um toque de mágica. Convidei vocês pra vir até aqui por dois motivos. Primeiro, pra ver se apareceriam mesmo tão em cima da hora. Pra trabalhar comigo, vocês precisam querer mesmo viver esse sonho.

— Ah, a gente quer! — exclamou Marcus. — Mais do que qualquer merda na vida.

Para de ficar falando palavrão, Marcus.

— Ótimo. E em segundo lugar... prefiro escutar as bandas tocando ao vivo. Qualquer um pode parecer bom na internet, com toda essa papagaiada de hoje em dia, mas a capacidade de se apresentar ao vivo, como um grupo integrado, é o que diferencia as bandas comuns das extraordinárias. Então, fiquem à vontade. — Ele fez um gesto indicando os instrumentos que estavam à nossa frente: uma bateria, um baixo, um teclado e um microfone. — Me mostrem a música de vocês. E nada daquelas faixas que já escutei. Quero coisas melhores. Quero ouvir o melhor. Me impressionem.

Todos nós respiramos fundo e fomos até os instrumentos. Antes de nos posicionarmos, fizemos uma rodinha e deixamos James falar. A gente sempre fazia isso antes de cada apresentação na nossa cidadezinha, e não havia momento melhor para as abobrinhas hippies de James do que quando estávamos prestes a tocar para a porra do Max Rider.

Ficamos de mãos dadas e baixamos a cabeça.

— Nós queremos mandar ondas de amor, luz e energia para o universo como agradecimento por nos trazer até aqui hoje. Esse lugar e esse momento são importantes demais pra nós. Isso é muito mais do que poderíamos sonhar, e não merecemos tanto, mas juramos que vamos aproveitar esse presente da melhor forma possível. Vamos oferecer nossa música pra que ela possa curar as pessoas. Vamos oferecer nossa música pra que ela possa desafiar as pessoas. Vamos oferecer nossa música como uma forma de tornar esse mundo de merda um pouco melhor. Ontem, hoje e amanhã. E pra sempre — disse James.

Apertei as duas mãos que eu segurava, e elas me apertaram de volta enquanto repetíamos juntos:

— E pra sempre.

Esse era o pacto que tínhamos feito quando éramos garotos. Nós apoiaríamos um ao outro independentemente de qualquer coisa, pra sempre.

Então tomamos nossos lugares, e eu peguei o microfone. Começamos a tocar. Apresentamos cinco músicas para Max. Era difícil saber se ele estava gostando, porque sua expressão permanecia completamente impassível enquanto nos escutava, com os olhos escondidos atrás de óculos escuros. Quando terminávamos uma faixa, ele acenava com a mão e dizia:

— Próxima.

Quando ele finalmente ergueu a mão para nos interromper, todos respiramos fundo, exaustos, porém totalmente dispostos a passar a noite inteira tocando, se fosse necessário.

— Tudo bem, podem vir até aqui.

Nós pingávamos de suor e nervosismo quando paramos na frente de Max. Ainda era impossível saber o que se passava pela sua cabeça. Eu não tinha ideia se ele tinha adorado ou odiado. Até ele tirar os óculos e abrir um meio-sorriso.

— Porra, de onde foi que saiu essa mina de ouro? — perguntou ele. Meu coração explodiu, e torci para que ele não tivesse percebido. — O que ouvi agora foi completamente diferente das gravações que vi no Instagram. Essa porra é mágica. É paixão. É o tipo de música que eu quero, com atitude, que tem vida, que respira. O que vocês fizeram de diferente?

James sorriu e me cutucou.

— Uma garota inspirou o Ian.

— Porra, é sempre uma garota — murmurou Max, balançando a cabeça. — Não sou de ficar enrolando nem de desperdiçar meu tempo, então podem acreditar quando eu digo que vocês têm carisma. Até o seu discursinho brega antes da apresentação foi importante. Um não tenta chamar mais atenção que o outro. Todos se destacam, porque fazem um trabalho em conjunto. Vocês são uma coisa só, coisa que não acontece com a maioria das bandas. E acho que vocês poderiam facilmente se transformar no próximo Maroon 5.

Nós trocamos olhares, ficando um pouco desanimados com as últimas palavras de Max.

O próximo Maroon 5.

Eu sabia o que todos os meus companheiros de banda estavam pensando, então pigarreei para falar.

— Com todo respeito, Sr. Rider, acho que a gente não quer ser o próximo Maroon 5. A gente quer ser a primeira Desastre.

Ele fez uma leve careta, sua testa repuxada para baixo e a expressão emburrada. Ninguém no mundo parecia tão difícil de interpretar quanto a porra do Max Rider. Não dava para saber se ele estava satisfeito. Era impossível saber se ele estava fulo da vida. Seu cérebro era rápido, e, quando uma decisão era tomada, não havia o que fazer.

Fiquei enjoado só de pensar na possibilidade de ter dado um tiro no pé ao discordar sobre nosso futuro. Se ele queria que a gente fosse o próximo Maroon 5, então a gente devia ter ficado feliz pra caralho com isso. Minha resposta devia ter sido *Sim, Sr. Rider. O que o senhor quiser, Sr. Rider. A gente chupa o seu pau se precisar, Sr. Rider.*

Eu devia estar disposto a fazer o mesmo sacrifício supremo que os corajosos organizadores do Fyre Festival fizeram, me ajoelhando e pagando um boquete para a porra do Max Rider se fosse necessário.

Faz um esforço pelos seus amigos, Ian.

Alternei o peso entre os pés e tossi, meio nervoso.

Max colocou os óculos escuros e se levantou.

— Acho que por hoje é só, rapazes.

Ele começou a se afastar, e senti como se tivesse levado um soco no estômago.

— Espera, Sr. Rider... — comecei.

— Espero que vocês estejam dispostos a sair da sua cidadezinha — interrompeu-me ele. — Porque a gente tem muito trabalho pela frente pra transformar vocês na primeira Desastre.

E, assim, nossos sonhos se tornaram realidade.

Capítulo 19

Ian

— Me conta de novo — disse Hazel ao telefone enquanto eu me sentava na cama naquela noite, recitando tudo o que tinha acontecido com a porra do Max Rider à tarde. Os caras estavam em outro quarto do hotel, comemorando o sucesso da reunião.

Max queria que a gente voltasse em duas semanas, prontos para nos matarmos de trabalhar. Tudo estava acontecendo muito rápido, e minha ficha ainda não tinha caído em relação ao que estava por vir.

Parecia um sonho esquisito, e eu estava morrendo de medo de acordar dele.

Ri no telefone.

— Já te contei três vezes.

— Eu sei, mas adoro ouvir a animação na sua voz.

Eu mal podia esperar para voltar a Eres e beijar Hazel. Quando eu não estava pensando em música, pensava nela e naquela boca, carnuda grande. O fato de ela ter sido a primeira pessoa para quem quis contar a novidade devia significar alguma coisa. Eu só conseguia pensar nela. Hazel era... a minha pessoa.

— Você é minha melhor amiga — sussurrei, ficando arrepiado quando as palavras saíram da minha boca.

E me arrepiei de novo quando ela falou:

— Você é meu melhor amigo.

Não falei as próximas palavras que passaram pela minha mente porque eu sabia que seria confuso demais, intenso demais, mas eu a amava. Eu a amava tanto, e não sabia se era um amor de amigo ou um amor romântico, mas isso não fazia diferença nenhuma.

Porque amor era uma coisa boa, não importava de que tipo fosse. Ela havia me ensinado isso quando me fez explorar minhas emoções... Ela havia se conectado com o amor que ainda existia dentro de mim, apesar de eu ter achado que ele tinha morrido quando meus pais me abandonaram. O amor era uma coisa boa, e Hazel Stone era uma coisa boa pra caralho na minha vida. Ela era a melhor coisa, e eu a amava tanto que ficava até meio assustado.

As últimas pessoas por quem senti tanto amor tinham sido meus pais, e eles foram embora sem nem olhar para trás. A sensação de amar era muito boa, mas, no fundo, havia o medo de que tudo pudesse acabar um dia. Mas eu não diria nada disso para ela por enquanto. Seria melhor guardar o fato de que eu a amava só para mim pelo máximo de tempo possível.

— Vou confessar — disse ela enquanto eu me recostava no travesseiro com uma das mãos atrás da cabeça. — Não dormi tão bem sem você do meu lado.

— Vou confessar. Eu abraço meu travesseiro todas as noites, pensando que é você.

— Vou confessar. Estou com saudade do seu sorriso.

— Vou confessar. Estou com saudade da sua risada.

— Vou confessar... — Ela puxou o ar com força e o soltou devagar enquanto as palavras saíam lentamente de seus lábios. — Estou... com... saudade.

— Estou com mais saudade ainda.

— Impossível.

— Claro que é possível.

— Quando você voltar, a gente pode se beijar mais? — perguntou ela.

Eu ri.

— Hazel, quando eu voltar, a gente só vai se beijar. Nos chiqueiros. Em casa. No celeiro. Na rua. Vou ter que roubar um monte de beijos pra compensar o tempo que eu estiver em Los Angeles.

Ela ficou quieta durante um instante.

— Você vai se mudar mesmo pra Los Angeles, né? Isso está mesmo acontecendo.

Foi então que a ficha caiu. A gente ia se mudar mesmo para Los Angeles. Nossa vida estava prestes a mudar para sempre. Caralho.

— Você já se deu conta do quanto isso é gigante, né, Ian? Essa é a maior oportunidade da sua vida, e estamos falando da porra do Max Rider! — exclamou Hazel em um tom dramático, conseguindo parecer mais animada do que eu.

Nós ficamos no telefone até Marcus e James voltarem ao quarto para dormir. Depois que eles caíram no sono, perguntei a Hazel se eu podia ligar para ela de novo. Ela respondeu que sim, é claro, e dormi com o telefone pressionado contra a orelha. Nós dormiríamos juntos, mesmo a quilômetros de distância.

Quando ouvi o ronco baixinho dela, deixei meus olhos pesarem também.

Capítulo 20

Hazel

Enquanto os garotos estavam em Los Angeles realizando seus sonhos, fiquei em Eres tentando acordar de meus pesadelos. Eu escrevia cartas para mamãe o tempo todo, para tentar descobrir como ela estava. É comum imaginar que as presidiárias grávidas recebessem certos cuidados, mas, com base no meu conhecimento sobre o assunto — isso é, documentários da Netflix sobre prisões que sempre me faziam chorar —, eu tinha um zilhão de dúvidas.

Será que ela estava tomando as vitaminas? Será que a bebê estava saudável apesar de ela ter usado drogas? A menina ficaria mesmo com Charlie depois que ele fosse solto?

Pelo que eu sabia, Charlie continuava preso, o que era bom. O que não era bom era o fato de eu não ter como me informar sobre a situação da minha mãe. Eu não tinha como saber se estavam cuidando dela ou se ela estava assustada.

É claro que ela devia estar assustada. Como poderia ser diferente?

Quando meus pensamentos se tornaram impossíveis de serem ignorados e um monte de hipóteses assustadoras surgiu na minha cabeça, tomei coragem e fui até meu bairro antigo e bati à porta de Garrett.

Eu estava usando um dos casacos de moletom grandes de Ian e coloquei o capuz. Desde que ele tinha viajado, seus moletons viraram meus pijamas. Eu gostava do fato de eles terem o cheiro dele. Era quase como se ele estivesse comigo à noite.

Meus olhos percorriam o estacionamento de trailers na esperança de que ninguém me visse ali. As últimas palavras de Garrett não paravam de martelar em minha cabeça.

Você sabe o que acontece com traidores?

Quando ele apareceu na porta, resmungou enquanto abria a tela. Um cigarro pendia de seus lábios, e ele soltou uma nuvem de fumaça.

— Mas que cara de pau do caralho você aparecer aqui — murmurou Garrett.

— É, eu sei, mas não consegui pensar em outra opção. Estou tentando falar com a minha mãe, mas ela não responde às minhas cartas. Fui tirada da lista de visitas, e estou preocupada com ela.

— Ah, jura? Você está preocupada com a mãe que foi presa por sua culpa? Porra, que legal da sua parte — rebateu ele, sendo sarcástico, assoprando mais fumaça na minha cara.

Ele parecia acabado — como se estivesse se drogando mais do que o normal. Quando a gente estava junto, sua aparência nunca tinha ficado tão debilitada. Parecia que ele havia emagrecido muito. Reparei que a calça jeans dele estava bem baixa no quadril. Será que ele estava comendo? Será que estava se cuidando?

Engoli em seco e me esforcei para não pensar naquilo.

Isso não é mais problema meu.

Fiz uma cara feia.

— Só quero saber se ela está bem. Você tem notícias dela?

— Como se eu fosse te contar qualquer merda.

— Por favor, Garrett — pedi. Se fosse preciso implorar, eu imploraria. Eu precisava de respostas para as perguntas que minha mente ficava remoendo todo santo dia. — Só quero saber se está tudo bem com a criança e o que vai acontecer quando ela nascer, porque não sei se o Charlie já vai ter saído da prisão pra ficar com o bebê. Você sabe de alguma coisa, Garrett?

Ele me deu um sorrisinho que fez calafrios de nervoso subirem pela minha espinha.

— Talvez eu saiba.

— Por favor — implorei mais uma vez.

Eu soava bem desesperada, mas não me importava. Se ele quisesse que eu ajoelhasse na frente daquela porcaria de trailer, eu faria isso e rastejaria aos seus pés.

— É melhor você dar o fora daqui antes que eu avise aos outros que você está por essas bandas — ameaçou ele, fazendo meu peito apertar de medo.

Dei um passo para trás.

— Tá. Mas, por favor... você pode só ver se o bebê está bem? Sei que você me odeia, e entendo. Eu me odeio o suficiente por nós dois. Mas, se você se importa o mínimo com aquela criança, por favor, dá um jeito de alguém cuidar dela. Você sabe como é crescer por aqui, Garrett. Você teve mais sorte, porque tem uma mãe de verdade, mas você sabe como é a vida da maioria das crianças daqui. Sabe como era o mundo onde eu cresci. Essa criança merece mais do que isso. Ela merece mais.

Parei de falar e comecei a me afastar.

— Hazel. — O som do meu nome fez com que eu me virasse. Garrett estava empertigado, ainda fumando o cigarro que pendia de sua boca. — É uma menina.

Soltei o ar que estava prendendo enquanto uma onda de emoções percorria meu corpo.

— Eu sei. Ela me contou.

Ele apagou o cigarro no corrimão e o jogou no chão.

— Ela odeia estar grávida, e, porra, é como se a criança sugasse todas as suas energias, mas ela está bem. Eu e minha mãe fizemos uma visita pra ela na semana passada.

— Ela precisa de alguma coisa? Dinheiro? Mantimentos? Hidratante labial? — perguntei rápido, meu coração batendo mais depressa a cada segundo.

Ele deu de ombros.

— Todo mundo precisa dessas porras. Se você quiser, pode deixar algumas coisas aqui pra ela daqui a duas semanas, quando eu e minha mãe vamos fazer outra visita. E minha mãe vai ficar com a neném por enquanto.

Sadie ia cuidar do bebê.

Da garotinha.

Da minha irmã.

Isso era bom. Sadie tinha seus defeitos, mas eles não incluíam ser uma mãe ruim. Eu me lembrava de querer que minha mãe fizesse coisas que Sadie fazia por Garrett quando nós éramos crianças. Ela o levava ao parque, ao cinema. Comprava presentes de Natal todo ano. Seu dinheiro podia até ser obtido por meios duvidosos, mas ela gastava cada centavo que ganhava com aquele menino.

Saber disso me consolava tanto.

— Vou trazer as coisas daqui a duas semanas. Valeu, Garrett.

— Tanto faz. Vaza logo daqui — disse ele, pegando o maço de cigarros e puxando outro para acender. — Tô cansado de olhar pra essa sua cara de merda.

Não discuti. Fui embora rápido, com o coração um pouco mais leve enquanto eu seguia para a casa de Ian. No caminho, fiquei repassando as palavras de Garrett.

Ao chegar ao rancho, vi a picape de Ian parada na entrada e corri para dentro.

Ele tinha chegado! Ian tinha chegado, e havia tanto para lhe contar, para compartilhar. Tantos beijos para recompensar o tempo perdido. Procurei pela casa inteira e não o encontrei em lugar nenhum.

Fui para o meu quarto para trocar de roupa, abri a porta e senti um sorriso se formar em meus lábios quando vi Ian sentado na minha cama, esperando por mim.

— Oi — disse ele, levantando-se.
— Oi — respondi.
— De novo? — perguntou ele, levantando as sobrancelhas. Eu sabia exatamente o que ele queria dizer.

Eu me aproximei dele, envolvi seu corpo com meus braços, fiquei na ponta dos pés para alcançar sua boca e o beijei.

De novo.

Eu queria ter um controle remoto que fosse capaz de parar o tempo. Capaz de pausar os momentos bonitos, de voltar os segundos e repassar as melhores partes. As duas semanas seguintes com Ian e com o restante da banda passaram rápido demais. Eu me esforcei para estar presente em tudo, mas não conseguia lidar com o peso de todas as mudanças que estavam pela frente.

Eu queria que as coisas fossem diferentes. Queria ter mais tempo para conversas filosóficas com James. Queria ter mais tempo para bater papo com Eric sobre sua paixão por redes sociais. Queria ter escutado mais piadas ruins de Marcus.

Queria ter beijado mais Ian. Queria ter feito mais tudo com ele, na verdade.

Se houvesse um mundo onde nós dois pudéssemos ficar no mesmo lugar, eu seria completamente dele no dia seguinte. Mas a triste verdade era que nós não tínhamos o dia seguinte. Nós só tínhamos aquele dia.

O Mãozão e Holly deram uma festa de despedida para os garotos no celeiro, e a cidade inteira compareceu. Os dois eram conhecidos por organizar megaeventos, e, como comes e bebes de graça faziam parte do pacote, todo mundo aparecia.

Essas festas eram um sopro de ar fresco em uma cidade extremamente tóxica.

Fazia uns vinte minutos que eu vagava pelo celeiro, procurando Ian.

— Você não vai encontrar o Ian aqui — disse uma voz, e eu me virei.

Sorri para James, que segurava uma lata de refrigerante.

— Cadê ele? — perguntei.

— Te esperando.

— Mas onde?

James sorriu.

— No mesmo lugar onde a gente quase te matou de medo tantas semanas atrás. Foi mal, aliás.

Eu ri.

O barracão.

James tocou meu braço e abriu outro sorriso.

— Hazel, obrigado por tudo o que você fez pela banda, pelo Ian. Não sei nem se a gente teria essa oportunidade se não fosse pela sua ajuda.

— Vocês já eram bons o suficiente sem mim.

— É, mas você deixou a gente melhor. Você deixou o Ian melhor. Então, obrigado por isso. Nunca vi o Ian amar de verdade uma garota. Combina com ele.

Meu coração perdeu completamente o compasso.

Amar?

Ian me amava?

James deve ter visto o pânico em meu rosto, porque desviou o olhar do meu e tentou se corrigir.

— Quer dizer, hum, ele sente amor por você. Bom, o que eu quis dizer foi... ah, merda. Eu falei demais. Enfim, o Ian está no barracão.

— Valeu, James.

— De nada. E Haze?

— O quê?

— Você pode não comentar nada sobre isso com o Ian? Eu não tinha a intenção de estragar nada antes de ele te contar. Merda. Não quero estragar o momento quando acontecer.

— Talvez não aconteça — rebati.

— Pode acreditar em mim. — James balançou a cabeça. — Vai acontecer. Espera só. E, porra, finja que ficou surpresa, tá? Mas não surpresa demais. Surpresa normal. Nem muito, nem pouco.

Eu ri e assenti.

— Pode deixar. Ele te contou que me amava durante o vou confessar?

James franziu o cenho, confuso com a minha pergunta.

— Vou confessar?

— É, a brincadeira de vocês dois quando estão limpando os chiqueiros. Pro tempo passar mais rápido.

— Hum, não tenho a menor ideia do que você está falando.

James pareceu bastante perdido com meu comentário, e o frio na minha barriga voltou na mesma hora.

Ah, Ian. Você e suas mentiras pra me conhecer melhor.

Capítulo 21

Ian

As pessoas sempre dizem que você sente falta de casa no segundo em que vai embora, mas eu não acreditava nisso. Eu não sentiria saudade de nada ali — nem um pouco. Eu não sentiria falta de trabalhar nos chiqueiros nem de conviver com gente de mentalidade pequena. Não sentiria falta do esterco nem de carregar feno. Não sentiria falta dos mosquitos assassinos. Não sentiria falta das coisas que formavam Eres, mas sentiria saudade das pessoas.

De três pessoas, para ser mais exato.

Eu sentiria saudade da minha avó e de sua comida caseira. Sentiria saudade dela fazendo questão de ir à minha casa para dobrar minhas roupas, apesar de eu dizer que podia fazer isso sem a ajuda dela. Sentiria saudade dos seus abraços e do seu carinho. De suas palavras sábias. Do seu otimismo. De suas doses diárias de amor.

E sentiria saudade do Mãozão também. Eu provavelmente sentiria falta até das suas broncas por bobagens. Sentiria falta do seu estilo paternal durão. Sentiria falta dos quase sorrisos que ele dava quando você fazia algo que o deixava orgulhoso. Sentiria falta do seu jeito irritado e do seu amor rabugento.

E então havia Hazel. Tudo dela me daria saudade. Até mesmo as coisas que eu ainda não conhecia.

Fiquei sentado ali no barracão observando as estrelas. O celeiro ficava a algumas dezenas de metros de distância, e a festa corria solta lá. Eu tinha dito para a minha avó que a gente não queria uma festa de despedida, então é claro que ela e o Mãozão organizaram uma festa de despedida para nós.

— Você vai passar a noite toda aí, pensando, ou vai pra sua festa, comemorar sua liberdade? — perguntou alguém.

Ergui o olhar e vi Hazel usando um dos meus casacos de moletom e um short preto. Suas coxas pareciam macias e grossas, e, porra, como eu queria me enfiar no meio delas e ficar ali por um bom tempo. Ela usava seu par favorito de tênis pretos da sorte. Meus tênis. Não havia como negar que eles ficavam muito melhor nela do que em mim.

— Você sabe que não estou nem aí pra festa — respondi. — Eu preferia passar minha última noite com minhas pessoas preferidas.

— Tipo quem?

Abri um sorriso malicioso. As bochechas de Hazel ficaram vermelhas quando ela sorriu para mim.

Aquelas bochechas que eu tinha tanta vontade de beijar.

— Que tal você vir aqui pra fora e passar um tempo comigo? Estou com vontade de balançar nos pneus.

Obedeci e fui atrás dela quando saí do barracão.

Ela seguiu na direção dos velhos pneus pendurados em dois carvalhos. Bem atrás deles, havia um poço dos desejos que tinha sido aposentado bem antes de eu nascer, mas as pessoas continuavam indo até lá para jogar moedas, torcendo para que seus sonhos se realizassem.

Hazel enfiou a mão no bolso de trás e pegou duas moedas.

— Você acredita em mágica? — perguntou ela.

— Desde que você apareceu, todo dia acredito um pouco mais.

Ela me deu uma moeda.

— Então faz um desejo. Mas tem que ser bom. Já ouvi falar desse poço... Que as pessoas vêm até aqui pedir por dinheiro, filhos e casamento. E tudo se realiza.

Fui jogar a moeda no poço, e Hazel pulou na minha frente.

— Espera, Ian! Não é pra jogar assim. Você precisa dar um tempo pro seu desejo ficar bem claro. A gente só tem uma chance de dizer as palavras do jeito certo. Não desperdiça a chance.

Abri um sorriso torto para ela e joguei a moeda no poço.

Ela franziu a testa e pressionou a moeda no peito, fechou os olhos e inclinou a cabeça na direção da lua. Era uma lua crescente. Se alguém tivesse me perguntado alguns meses atrás se eu sabia a diferença entre uma lua cheia, uma lua nova, uma lua crescente ou uma lua minguante, eu teria dito que a pessoa era maluca.

Mas, agora, esse era o tipo de bobagem que eu sabia, tudo por causa de Hazel e de sua mente intrigante.

Ela levou a moeda até os lábios antes de abrir os olhos e jogá-la no poço, e então se virou para me encarar.

— Aposto que o meu desejo vai se realizar antes do seu, já que fiquei um tempinho mentalizando o que eu quero.

— O que você pediu?

— Se você contar pra alguém, seu desejo não se realiza. — Ela estreitou os olhos. — O que você pediu?

— Ah, não. Você não vai estragar o meu desejo.

Quando chegamos ao balanço, não falamos muito. Hazel olhava para as estrelas, fascinada. Às vezes, ela fechava os olhos, e eu podia jurar que estava fazendo mais pedidos.

— Está ouvindo essa música, Ian? — perguntou ela, balançando para a frente e para trás.

— Estou, sim.

— É uma das minhas favoritas.

— Ah, é? De quem é?

Ela deu de ombros.

— Sei lá, mas sei que vai ser a minha favorita por causa da batida.

Eu ri.

— Você às vezes é esquisita.

— Eu sou sempre esquisita. — De repente, Hazel pulou do balanço e esticou a mão para mim. — Vem dançar comigo.

— O quê? Não. É uma música lenta. Eu não danço músicas lentas.

— E você dança músicas agitadas?

Parei para pensar.

— Bom, não.

— Ian Parker, se você não levantar essa bunda daí pra dançar comigo, juro que vou contar pra todo mundo que foi você que colocou fogo na caixa de correio do Mãozão.

Ergui as sobrancelhas.

— Você não teria coragem.

Ela pressionou a língua contra a bochecha e levou as mãos ao quadril.

— Que pagar para ver.

— Nós temos um pacto aqui no rancho.

— Mas eu não fiz pacto nenhum.

Eu ri.

— Depois de todos esses meses, acho que você já faz mais parte de tudo o que há no rancho do que eu. Você não vai contar pro Mãozão.

— Quer ver?

Estreitei os olhos, e Hazel fez a mesma coisa.

Ela está mentindo.

Só pode estar.

Balancei a cabeça.

— Que diferença faz? Vou embora amanhã, de qualquer forma.

— E você acha que o Mãozão não vai atrás de você pra te dar uma surra por ter estragado a caixa de correio dele? — perguntou ela.

Bom, vai.

Eu sabia que sim. Aquela caixa de correio tinha sido entalhada pelo Mãozão fazia mais de 25 anos. Ela havia entrado na vida dele antes de mim e provavelmente tinha irritado muito menos meu avô do que eu.

Eu me levantei do pneu e apontei para Hazel.

— Se eu dançar com você, nunca mais pode usar a caixa do correio contra mim.

— Não vou usar.

— Promete?

Ela uniu as mãos.

— Juro de pés juntos.

Se ela não tivesse me irritado tanto, eu teria achado que ela era uma graça.

Ah, quem eu queria enganar? Hazel era linda.

— Eu guio — falei.

— Prefiro assim mesmo — respondeu ela, esticando a mão.

Com relutância, aceitei sua mão, e começamos a dançar a música lenta que ela não conhecia mas tinha certeza de que era sua nova favorita.

— *Ai!* — Ela pulou para trás segundos depois de eu pisar em seu pé.

— Foi mal — murmurei. — Eu avisei que não sei dançar músicas lentas.

Ela se recompôs e se aproximou de mim de novo.

— Não tem problema. A gente só melhora se pratica.

Dançamos, indo para a frente e para trás, e Hazel apoiou a cabeça no meu ombro. Enquanto nos balançávamos, ela cantarolou a canção como se soubesse cada palavra.

— Viu? — sussurrou ela. — Não é legal?

Não respondi, mas a verdade era que eu não estava odiando. Eu odiava muitas coisas sobre a pequenez de Eres, mas dançar uma música lenta com Hazel não era uma delas.

— Você está com medo, Ian? De ir embora daqui?

— Nem um pouco — respondi na mesma hora.

Não havia nada assustador em sair da cidade para tentar uma carreira musical em Los Angeles. A única coisa que me dava medo era ficar para sempre em uma cidade pequena e nunca realizar meus sonhos.

Se eu não fosse embora de Eres amanhã, era quase certo que eu nunca mais teria outra oportunidade de escapar dali.

— Então vou ficar com medo por você — falou ela, me apertando mais, e deixei, porque tudo o que eu queria fazer pelas próximas 15 horas era ficar grudado nela. — Só não quero que você se perca, sabe? É comum que as pessoas que largam tudo para ir atrás desses sonhos hollywoodianos se percam na vida.

— O que você sabe sobre pessoas que vão atrás de sonhos hollywoodianos? Ninguém que a gente conhece já fez o que eu e a banda vamos fazer.

— Eu sei, mas já vi uma quantidade suficiente de filmes pra saber que Hollywood muda as pessoas.

Talvez.

Mas eu não vou mudar.

Eu só queria tocar meu som para um público maior do que a galera de sempre no celeiro.

— Eu vou ficar bem — falei.

— Que bom, porque gosto de você do jeito que você é. Sabe de uma coisa, Ian?

— O quê?

Hazel me fitou com os olhos cheios de lágrimas e balançou ligeiramente a cabeça.

— Às vezes, quando penso que você vai embora, meu coração dói muito.

— Para, Hazel. Não fica triste. Eu vou voltar.

— Não vai, não — sussurrou ela, apoiando a cabeça no meu ombro.

Não respondi, porque eu sabia que Hazel tinha razão. Tinha consciência também de que, quando eu finalmente voltasse, ela provavelmente teria ido embora para realizar os próprios sonhos.

— Vou sentir tanta saudade de você, Ian — confessou ela.

Continuamos dançando entre os balanços de pneu, com Hazel sorrindo para mim, e, caramba, *vou sentir falta desse sorriso*.

A música mudou para uma mais acelerada, mas nós continuamos no nosso ritmo lento.

Ela olhou para mim e abriu outro sorriso. Desta vez, ele era mais triste.

— De novo?

Eu a beijei.

Eu a beijei devagar e com delicadeza, e deixei meus lábios se demorarem em sua boca, porque estava com medo de me afastar dela.

— Haze... — sussurrei, olhando nos olhos dela.

Eu sentia tudo por aquela garota. Eu queria contar a ela sobre as palavras que giravam em minha cabeça. Eu queria que ela soubesse que o amor estava correndo por cada pedacinho da minha existência, e que esse amor pertencia a ela. Mas eu estava com medo, porque, quando amanhecesse, eu iria embora. Quando amanhecesse, eu não poderia fazer nada em relação a esse amor.

Ela olhou para mim e assentiu.

— Eu sei, Ian — disse ela baixinho, como se lesse meus pensamentos e minha mente confusa. — Eu também.

Ela apoiou a cabeça novamente no meu ombro, e passamos o restante da noite dançando. Então a levei para seu quarto e a abracei pela última vez.

Enquanto estávamos deitados na cama, comecei a fechar os olhos, mas parei quando senti uma mão roçando de leve minha cueca. Se havia uma coisa capaz de acordar um homem cansado era uma mão acariciando seu pau.

Inclinei a cabeça para olhar para ela, me perguntando se o leve toque tinha sido sem querer, mas o olhar de Hazel estava completamente focado em mim durante o ato. Ela passou um dedo por baixo do elástico da cueca antes de afastá-la da minha pele, abrindo espaço suficiente para enfiar a mão lá dentro. Ela segurou meu pau e começou a esfregá-lo para cima e para baixo, devagar, sem desviar o olhar do meu. Então acrescentou um pouco de pressão ao movimento, me fazendo gemer de prazer com a sensação que ela estava me proporcionando.

Hazel tirou a mão de dentro da minha cueca por um segundo e lambeu sua palma, depois chupou todos os dedos, lubrificando completamente a mão, antes de enfiá-la lá dentro de novo e acelerar um pouco o movimento. Meu pau cresceu em sua mão enquanto ela me excitava, deslizando a palma pela cabeça dele e descendo por ele todo. Toda vez que ela tocava a cabeça, minha mente parecia que ia a explodir.

— Haze... assim mesmo... assim — suspirei, incapaz de manter os olhos abertos enquanto a sensação me dominava.

Hazel se sentou na cama e começou a baixar a cueca pelas minhas pernas. Ela a jogou para um canto do quarto e desceu para ajoelhar no chão, bem na frente da cama.

— Gira o corpo — ordenou ela. — Chega mais perto de mim.

Obedeci, meu coração disparado como se eu fosse um idiota de um garotinho na manhã de Natal enquanto ela continuava me acariciando. Hazel aproximou a boca do meu pau, e sua respiração quente roçou a parte de dentro das minhas coxas enquanto ela beijava de leve minha pele. Sua língua deslizou para fora da boca, e ela circulou a cabeça do meu pau, fazendo um arrepio subir pelas minhas costas.

Caraaaalho.

Caralho, caralho, caralho.

Então ela enfiou meu pau todo na boca, sugando-o com força e devagar, sua mão subindo e descendo junto com seus lábios. Sua língua fez a porra de um oito na base, e puta que pariu, precisei cobrir o rosto com as mãos para não gritar de prazer. Hazel continuou naquele ritmo e me engoliu inteiro, deixando a intensidade do boquete me dominar. Ela colocou a mão livre abaixo da minha barriga e se pressionou de leve contra mim, e, cacete, eu ia gozar na boca de Hazel Stone se ela não parasse logo. Meus pés começaram a bater no chão enquanto meu corpo se erguia da cama, tão perto do orgasmo.

— Para, para, para — ordenei, tirando-a dali.

Ela me encarou com um olhar confuso.

— Desculpa. Você não gostou...

— Porra, Hazel — murmurei, balançando a cabeça. — Eu gostei pra caralho. Mas quero provar você primeiro. — Eu a puxei do chão e a deitei na cama. — Quero te provar todinha.

— Ah...? — perguntou ela, suas bochechas coraram na mesma hora. — Então o que você quer que eu faça?

— Essa parte é fácil. Preciso que você tire a calça.

Capítulo 22

Hazel

Nenhum cara nunca tinha me chupado. Tudo que eu e Garrett fazíamos era dar uns amassos, e eu batia punheta e pagava boquetes para ele às vezes, mas ele nunca fazia nada em mim. Ele dizia que tinha muito nojo, que não gostava de ir lá embaixo.

Nunca pensei muito no assunto, porque eu não me importava. Se eu quisesse gozar, havia muitas outras formas de fazer isso sem a ajuda de um garoto idiota que era infantil demais para satisfazer uma mulher.

Mas com Ian naquela noite? Não havia nada de errado no mundo. Com toda a calma, Ian tirou minha calça de pijama e minha calcinha. Ele olhou para meu corpo de um jeito que Garrett nunca tinha olhado — como se venerasse cada dobra e cada curva.

Ele puxou minha blusa por cima da minha cabeça, e fiquei sentada na cama só de sutiã, praticamente pelada na frente do primeiro homem a ter controle total sobre as batidas do meu coração. Então ele começou a passar os lábios pelo meu corpo todo. Por todas as partes que eu amava e por todas as que me causavam uma insegurança imensa.

Sua língua dançava pelo meu pescoço, pelas curvas dos meus seios, pela minha barriga, pelos ossos do meu quadril, pela parte interna das minhas coxas.

Uma onda de calor tomou conta do meu centro quando Ian afastou minhas pernas. A respiração dele bateu contra meu sexo quando me deitei, o nervosismo fazendo com que fosse cada vez mais difícil inalar e exalar o ar. Então ele aproximou dois dedos de mim, fazendo um V, e me abriu. E, bem no meio do V, ele colocou a língua, me lambendo, deslizando para cima e para baixo, sua boca chupando meu clitóris, me fazendo gemer de prazer.

Nossa...

Como ele conseguia fazer aquilo com a língua? Como ele a mexia tão rápido e de repente tão devagar, para cima e para baixo, indo cada vez mais fundo.

Caramba, Ian ia se enterrando em mim enquanto eu ficava mais molhada a cada segundo pelas suas vontades, suas necessidades, por seus desejos. Ele deslizou dois dedos para dentro de mim e os curvou, me levando a mais e mais perto de um orgasmo. Eu não sabia quanto tempo conseguiria aguentar. Eu não tinha certeza se conseguiria me controlar e não me entregar por completo.

— Quero você todinha — sussurrou ele, erguendo a cabeça para encontrar meus olhos. Ele enfiou mais um dedo junto com os outros dois e os moveu como um bruxo, me preenchendo com seus poderes mágicos. — Quero te provar todinha. Se solta, Haze. Se solta — ordenou ele enquanto enfiava de novo a língua no meu sexo e voltava a me devorar com a boca, com força, indo fundo. Meus dedos se embolaram no lençol enquanto meu quadril se levantava do colchão e se impulsionava para a boca de Ian. Minhas pernas começaram a tremer quando ele acelerou o ritmo. Para dentro e para fora, para dentro e para fora, lambidas demoradas e molhadas.

— Ian — gemi, mas nenhuma palavra saiu enquanto eu entregava cada gota de mim à boca de Ian.

Ele me lambeu todinha, me chupando como se fosse um animal faminto, sem querer deixar escapar uma gota. Quando ele terminou seu banquete, sentou-se com as pernas dobradas e sorriu para mim. Seu rosto brilhava com meus fluidos, e corei ao observá-lo lambendo os lábios. Então meus olhos desceram para a dureza do seu pau, que ele esfregava devagar, para cima e para baixo. Meus olhos grudaram em sua mão, subindo e descendo pelo membro enorme, e uma onda de desejo me inundou de novo.

— Me come — sussurrei, me inclinando sobre os cotovelos.

Ele ergueu as sobrancelhas.

— Haze...

— Me come — repeti, assentindo. — Por favor, Ian. Eu te quero tanto, agora, aqui... por favor...

Ele se levantou do chão e chegou mais perto de mim. Seu corpo pairou sobre o meu, e ele me beijou com intensidade, fazendo com que eu sentisse meu próprio gosto em seus lábios. Nossas línguas dançaram, e ele me beijou como se estivesse tentando me contar um segredo que eu um dia desvendaria.

— Se a gente fizer isso, não dá pra fingir que não estamos juntos, Hazel — alertou ele. — Se eu penetrar você, você é minha.

— E você é meu — arfei contra seus lábios, levando as mãos ao peito dele. — Você é meu. — A verdade era que ele sempre tinha sido meu. Eu só estava esperando pelo dia em que eu seria dele também.

Ian se posicionou sobre mim e esfregou o pau em meu sexo.

— Se doer... me avisa que eu paro, tá?

— Tá — menti.

Eu não tinha a menor intenção de impedir Ian de entrar em mim. Eu não tinha intenção nenhuma de impedir que ele me preenchesse.

Ele esticou o braço para a mesa de cabeceira e pegou uma camisinha em sua carteira. Enquanto ele a colocava, fiquei observando, maravilhada. Ele esfregou o pau algumas vezes antes de voltar a roçar em mim. E então me penetrou.

Minha boca abriu com uma arfada enquanto ele entrava. Surpreendentemente, não doeu tanto quanto imaginei. Demorei alguns segundos para me acostumar com a sensação, mas, quando estava mais à vontade e deixei Ian me penetrar mais fundo, comecei a gemer, porque aquilo era... tão...

Gostoso.

Eu já estava quase tendo outro orgasmo com o quadril dele se mexendo contra o meu. Ele pegou meus pulsos e os segurou acima da minha cabeça enquanto me penetrava com força e depois tirava o pau devagar, me provocando, fazendo meu desejo aumentar mais e mais.

Cada vez que ele tirava o pau de dentro de mim e depois metia de novo, meu corpo todo tremia. Os músculos de Ian se destacavam de um jeito novo enquanto ele me prendia na cama.

— Ian... eu vou... eu vou... — *Gritar.*

Soltei minha mão da dele e agarrei o travesseiro mais próximo. Cobri minha boca e abafei os gemidos do melhor orgasmo que já tive na vida. Meu corpo inteiro tremia de emoção enquanto Ian seguia firme. Mais forte, mais rápido, mais fundo...

— Caralho — gemeu ele. — Haze, eu vou... caralho, eu vou...

— Por favor — implorei, querendo que ele se sentisse tão bem quanto eu me sentia naquele momento. Eu queria que ele explodisse dentro de mim. Eu queria que ele se perdesse. Eu queria ser responsável por fazê-lo revirar os olhos em um êxtase absoluto.

E, quando aconteceu, quando o corpo dele começou a tremer, eu me perdi também. Ele fechou os olhos enquanto gozava intensamente dentro de mim, e meu coração acelerou com orgulho, com fascínio, com... amor.

Ah, meu Deus, eu amava Ian.

Ele desabou em cima de mim, suado e ofegante. Por um momento, não falou nada, e então saiu de dentro de mim, girando para o lado esquerdo da cama.

— Puta... — murmurou ele.

— Merda — completei, dando uma risadinha.

— Você não está entendendo. Isso foi... aquilo... isso foi... caralho... — Ele suspirou mais uma vez, esfregando o rosto com uma das mãos. — Nunca foi tão bom, Haze. Nunca fiz tão gostoso. — Ele se inclinou e me deu um beijo na bochecha. — Pareceu mais do que só sexo. Pareceu mais profundo. Pareceu que a gente estava fazendo... — Sua voz foi ficando mais baixa, e ele hesitou antes de continuar. Só que eu sabia no que ele estava pensando.

Pareceu que a gente estava fazendo amor.

Ele abriu um sorriso preguiçoso.

— Gostei de quando você gritou meu nome no travesseiro.

— Gostei de quando você... — Parei e franzi o nariz. — Gostei de tudo.

Ele se sentou, tirou a camisinha e a jogou na lata de lixo. Então ficou sentado na beirada da minha cama, completamente nu, ainda tentando recuperar o fôlego. Pegou minha mão, a levou até o peito e a colocou sobre seu coração.

— Está vendo o que você faz comigo, Haze? Você faz meu coração disparar.

Eu adorava aquela sensação. Eu adorava a forma como ele me deixava controlá-lo, e adorava como ele me controlava exatamente da mesma maneira.

Nós nos deitamos um do lado do outro, ainda pelados e expostos, tanto nosso corpo como nosso coração.

— Já estou com saudade de você — disse ele, beijando minha testa.

— E eu estou com mais saudade ainda. — Mordi meu lábio inferior. — Quando você voltar, podemos fazer isso de novo?

Ele riu.

— E de novo. E de novo. Afinal de contas, você é minha.

E você é meu, Ian Parker.

Todo meu.

Capítulo 23

Ian

Dormi um total de três horas na noite anterior por causa de tudo o que acabou acontecendo entre mim e Hazel. Isso não me incomodava nem um pouco. Eu teria aberto mão das três horas de sono se ela não tivesse dormido primeiro.

Meus avós e Hazel me ajudaram a levar as malas para a caçamba da picape do Mãozão. No fim das contas, foi impossível não sentir um nó se formando no meu estômago. Eu não sabia como lidar com despedidas, porque nunca tinha feito isso antes. Não tive a chance de me despedir dos meus pais quando eles foram embora, e, desde então, ninguém que eu conhecia havia saído de Eres.

Essa era uma vantagem de passar a vida inteira em uma cidade pequena — você nunca se despedia de verdade das pessoas mais importantes, até que a morte nos separasse.

Mas, agora, eu precisava fazer isso. Eu tinha que dizer adeus para a minha família, e, no fim das contas, não estava pronto. Parecia que havia duas mãos apertando meu pescoço, forçando minha respiração a ficar ofegante.

— Bom, eu vou primeiro — disse minha avó. Seus olhos já estavam cheios de lágrimas. Ela se aproximou de mim e me envolveu em um abraço. — Não esquece de tirar suas lentes de contato antes de dormir, tá? Senão, você vai acabar ficando cego.

— Sim, senhora.

— E passe fio dental. Sei que é bem capaz de você não fazer isso, apesar de eu viver te lembrando, mas, se você quiser manter esse sorriso lindo, é melhor passar fio dental todo dia. Se não for todo dia, então dia sim, dia não.

— Sim, senhora.

— E, pelo amor de Deus, separe as peças brancas das coloridas quando for lavar roupa. E, por favor, por favor, por favor, lave suas roupas. Não deixe tudo empilhado num canto até sobrar só uma cueca limpa — ordenou ela.

Eu ri.

— Sim, senhora.

— E uma última coisa. — Ela segurou meu rosto com as mãos. — Quando você precisar de nós, é só ligar. Não importa a hora, é só ligar. Combinado?

— Combinado. Prometo.

Ela se inclinou para a frente, me deu um beijo na bochecha e depois deu um tapinha leve no mesmo lugar. Era assim que ela "assentava o beijo".

— Tá bom, ótimo.

Eu me virei para Haze, que estava parada um pouco afastada. Esfreguei meu ombro esquerdo.

— Tem certeza de que não quer vir com a gente até o aeroporto, Haze? Ou até Los Angeles? — brinquei, sem saber muito o que dizer.

Eu não conseguia parar de pensar na nossa noite juntos. Tudo o que eu queria eram mais noites como a de ontem. Num mundo perfeito, eu voltaria para casa todos os dias depois de sair do estúdio, a puxaria para o banho comigo e faria amor com ela sob a água quente fumegante. Eu faria amor com ela na cozinha também. Na sala de estar. Na sala de jantar. Em todos os lugares possíveis, eu faria amor com ela.

— Não me dá ideia — disse ela. — Se fosse pra Los Angeles com você, duvido que eu ia querer voltar.

— Tá bom. Então acho melhor a gente se despe...

— Não, Ian — interrompeu-me ela, fechando olhos. — Não se despeça, tá? Só me abraça e pronto.

Fiz o que Hazel me pediu, e ela me apertou mais forte do que nunca.

— Ontem à noite foi perfeito — sussurrei em seu ouvido.

— Perfeito, perfeito — concordou Hazel. Ela se afastou ligeiramente de mim. — Você vai me ligar — ordenou ela. — Assim que puder.

— Pode deixar. E você pode usar minha picape enquanto eu estiver fora, se quiser.

Eu dei uma risadinha quando escutei o Mãozão perguntar para a minha avó:

— Quando foi que eles ficaram tão íntimos?

— Você nunca percebe as coisas, Harry. Você não percebe as coisas que estão bem na sua cara — respondeu ela.

O Mãozão resmungou um pouco e coçou a barba.

— É melhor a gente ir se nós quisermos chegar ao aeroporto em algumas horas.

O trajeto até o aeroporto mais próximo era bem, bem longo, o que significava que tínhamos que sair mais cedo do que eu gostaria.

Não teria sido nada ruim passar mais um tempo com Hazel e minha avó.

Como era possível eu estar com saudade de casa antes mesmo de ir embora?

Assenti para o Mãozão e dei um último abraço em minha avó e em Hazel.

Abri a porta do passageiro da picape e me preparei para entrar no carro.

— Ian, espera!

Olhei para a esquerda e vi Hazel correndo na minha direção.

Ela pulou nos meus braços e pressionou os lábios contra os meus. Eu a beijei com intensidade, desejando nunca precisar soltá-la.

— Vou sentir saudade de você, Ian. Quando você ficar famoso, vê se não esquece da gente aqui no interior, tá?

— Eu não te esqueceria nem se tentasse. Além do mais, vou te ligar todas as manhãs e todas as noites — prometi.

Ela mordeu o lábio inferior.

— Acho que isso não vai dar certo, Ian. Você vai estar ocupado, vivendo a sua vida, e...

— A gente arruma tempo pras coisas que importam — falei, interrompendo-a. — E você importa.

A cabeça dela baixou por um breve segundo, e, quando Hazel ergueu o olhar, exibia aquele sorriso que eu amava. Eu a beijei de novo. Pela primeira vez na vida, a música não era a única coisa com que eu me importava de verdade.

— Obrigado, Haze.

— Pelo quê?

— Por me ensinar a sentir as coisas de novo.

— O que é que foi isso? — bradou o Mãozão.

Minha avó fez um aceno de mão na direção dele.

— Ah, fica quieto, seu velho chato. Deixa as crianças se divertirem. Eu me lembro de quando um certo rapaz me beijava desse jeito também.

— Quem era esse? — chiou o Mãozão. — Vou meter a porrada nele.

Minha avó riu e balançou a cabeça.

— Shh... Agora, é melhor vocês irem antes que ele perca o voo e tenha que voltar pra beijar a Hazel de novo.

Isso fez o Mãozão acordar, e ele foi correndo até o banco do motorista.

Acenei uma última vez antes de o Mãozão dar a partida na picape.

Fiquei observando as duas mulheres acenando para mim pelo espelho retrovisor até elas desaparecerem de vista.

O caminho até o aeroporto foi bem quieto. Eu e o Mãozão não éramos de conversar muito, e o silêncio não me incomodou. Minha mente estava ocupada demais pensando no futuro e no passado. Quando chegamos ao aeroporto, ele me ajudou a tirar as malas da caçamba. Peguei a case do violão e a coloquei na calçada para minha última despedida.

O Mãozão não parava de coçar a barba.

— Ian, escuta, sei que não sou tão bom com as palavras quanto a sua avó... Ela é mais emotiva que a maioria das pessoas, e, bom, sempre fala a coisa certa. Eu não sou assim, então vou apenas dizer o que precisa ser dito e pronto. — Ele ajeitou o boné na cabeça e depois enfiou as mãos nos bolsos. Então pigarreou e falou: — Você é um pé no meu saco desde que era garoto.

Aquele não era o discurso de despedida que eu estava esperando.

— É verdade. — Ele assentiu. — Você é um pé na porra do meu saco. Passou a infância inteira me perturbando. Você vivia aprontando e me deu todos os cabelos brancos que eu tenho.

— Se essa é sua ideia de uma despedida bonita, acho que...

— Quer calar a boca e me deixar terminar? — bradou ele.

— Sim, senhor.

Ele alternou o peso entre os pés antes de apertar a ponte do nariz. Então seu olhar encontrou com o meu, e seus olhos estavam cheios de lágrimas. Eu juro que nunca tinha visto meu avô chorar.

— Só quero que você saiba que puxou tudo isso de mim. As coisas boas, as coisas ruins, os defeitos. Você é um espelho do seu velho avô, Ian, e eu jamais desejaria que você fosse minimamente diferente. Então, vá pra Los Angeles e detona, tá? Seja um pé no saco de todo mundo como o demônio maldito que você é. Perturbe as pessoas. Perturbe o mundo todo até conseguir realizar o seu sonho. Quando você alcançar o sucesso, segure firme. Não ouse olhar pra trás, pra esse lugar, até precisar mesmo voltar. E, quando for a hora, vamos estar te esperando.

Droga...

Agora era eu quem estava chorando.

Funguei de leve e assenti.

— Sim, senhor. Eu prometo.

— Ótimo. Agora, vem cá. Vamos acabar logo com essa lenga-lenga triste. — Ele esticou os braços na minha direção e me puxou em um abraço. Eu o apertei e senti sua falta antes mesmo de partir. — Estou orgulhoso de você, meu filho — disse ele baixinho, antes de me soltar. — Agora, vai. Vai ser um roqueiro famoso.

Peguei minha case e minhas malas. Enquanto eu seguia rumo ao aeroporto, uma pequena parte de mim queria se virar e olhar para trás, mas eu não fiz isso.

Olhar para trás não era uma opção. De agora em diante, eu só olharia para a frente.

Capítulo 24

Hazel

As cores do outono pintaram as folhas de Eres, e não demorou muito para que o verão fosse embora e o outono chegasse com tudo. Passei as semanas seguintes tentando me manter ocupada no rancho.

Quando o Mãozão me chamou em seu escritório, fiquei tão nervosa quanto em nossa primeira conversa. Apesar de a gente ter se aproximado nos últimos meses — bom, se aproximado do jeito do Mãozão, que não parecia ser muito íntimo de ninguém —, ele ainda me dava um pouco de medo.

— Senta, Hazel — disse ele com sua voz rouca, o charuto mastigado pendurado na boca.

Fiz o que ele mandou e pigarreei.

— Se for sobre as galinhas que fugiram do galinheiro, a culpa foi toda minha. O garoto novo deixou o portão aberto, mas foi só porque eu não avisei que era pra fechar — falei, as palavras escapando da minha boca enquanto minhas mãos suavam.

— Não quero falar da porcaria dos galinheiros.

— Ah. — Eu me remexi na cadeira e esfreguei as mãos nas pernas.
— Então por que você me chamou?

— Falei com a sua mãe outro dia.

— Desculpa, o quê?

Ele se recostou na cadeira e esfregou o maxilar.

— Fui até o presídio pra falar com ela. Pra ver se ela estava bem. Ela disse que tem recebido suas cartas, mas que não tem coragem de responder depois da última conversa que vocês tiveram. O corpo dela ainda estava se desintoxicando, e acho que ela falou umas coisas sem pensar.

— Como... espera... o quê? Como você conhece a minha mãe?

As sobrancelhas dele se franziram, e suas mãos se uniram.

— Faz tempo que eu e a Holly abrigamos crianças carentes na nossa casa. A Jean era só uma garota quando apareceu por essas bandas. Ela estava grávida e assustada, basicamente como está agora. Ela ficou na nossa casa, e tentei cuidar dela. Eu e a Holly. Ela era uma menina ótima. Tranquila, mas forte. E tinha sonhos também. Ela falava que ia entrar na faculdade pra ter um diploma. Que faria com que a sua vida fosse bem melhor do que a dela tinha sido. Que te amava. A Jean tinha os sonhos dela, que também envolviam você, mas ela vinha de uma família complicada. Tinha muitas feridas emocionais. — Os lábios dele assumiram um ar sombrio que me fez querer chorar. — Ela, hum... Ela fez amizade com a minha filha, com a mãe do Ian, e acho que essa foi a pior coisa que poderia ter acontecido. Até hoje, eu me culpo.

— Você se culpa pelo quê?

— Eu não sabia — sussurrou ele, baixando a cabeça e tirando o charuto da boca. — De nada. Eu não sabia o que a minha filha e o namorado já estavam aprontando. Eles tinham um filho de 3 anos, e achei que estivessem aprendendo a ser pais. Depois que você nasceu, vocês duas continuaram lá em casa por alguns meses antes da sua mãe resolver que ia morar com a minha filha na casa do rancho. Foi aí que a minha Sarah apresentou a sua mãe ao Charlie.

Perdi o ar enquanto me recostava na cadeira, completamente chocada com aquela revelação. Eu já havia morado na casa do rancho quando era bebê, com a minha mãe? Minha mãe conheceu o Charlie por causa dos pais do Ian?

Minha cabeça estava a mil. Eu tinha tantas perguntas, mas não sabia nem por onde começar. O Mãozão deve ter notado que eu tinha ficado abalada, porque se empertigou na cadeira e, por um instante, pensei ter visto um lampejo de emoção em seu olhar. Um lampejo de culpa.

— Eu me culpo muito pelo que aconteceu com a sua mãe ao longo dos anos. Se ela não tivesse se metido com a minha filha, quem sabe a vida de vocês não seria bem diferente? Ela podia ter se formado na faculdade. Ela podia ter feito alguma coisa da vida. Ela nunca teria se envolvido com o Charlie.

— Talvez. — Dei de ombros. — Ou talvez nossa vida fosse pior. Talvez ela tivesse acabado morta se não tivesse sido acolhida por vocês. Mãozão, você não pode se culpar pelas escolhas que a sua filha e a minha mãe fizeram. Esse fardo não é seu.

— Então por que ele parece tão pesado nas minhas costas?

Sorri e estiquei o braço por cima da mesa, segurando a mão dele.

— Porque o seu coração é tão grande que você se culpa pelas tragédias dos outros.

Os olhos dele foram direto para nossas mãos juntas, e então ele me deu uma encarada séria. Devagar, afastei a mão.

Tudo bem, nosso relacionamento ainda não havia chegado ao estágio de encostarmos um no outro. Entendido.

— O que estou dizendo é que a minha mãe tomou decisões que afetaram a vida dela. Você a acolheu quando ela precisava de um lar, e isso já é mais do que a maioria das pessoas teria feito. Além disso, você me acolheu. — Fiz uma pausa e estreitei os olhos. — Você fez isso pra compensar o que aconteceu com a minha mãe?

Ele assentiu lentamente.

— Eu devia isso a você. Eu queria que você tivesse uma chance de fazer alguma coisa da vida, exatamente como a sua mãe quis fazer, mas nunca conseguiu.

Para um homem tão rabugento, o Mãozão estava se mostrando a pessoa mais fofa do mundo. Dava para entender por que Holly tinha se apaixonado por ele. Por trás de toda aquela pinta de durão, havia o homem mais gentil do mundo. Ian deve ter puxado isso dele. Os dois pareciam aquelas balas azedas que vão ficando doce na boca depois de um tempo.

— Não vou decepcionar o senhor.

Ele levantou as sobrancelhas.

Pigarreei.

— Quer dizer... Mãozão. Não vou decepcionar você, Mãozão.

— Ótimo, e isso me leva ao próximo assunto que quero discutir com você. Seu trabalho aqui no rancho... Você gosta do serviço?

— Gosto. Mais do que poderia explicar.

Pela primeira vez na vida, sentia que me encaixava em um lugar. Nunca tive tempo para ter grandes sonhos, porque eu achava que sonhos eram apenas para pessoas que não tinham crescido no mesmo mundo que eu, mas o trabalho no rancho tinha mudado isso. Nunca achei que eu seria uma garota que gostaria de fazer o serviço todo que um rancho demanda, mas lá estava eu, conversando com cavalos, correndo atrás de galinhas e adorando cada segundo.

— Ótimo, ótimo. Vou direto ao ponto: você tem mais ética profissional do que todo mundo que já trabalhou aqui, inclusive o meu neto. Você faz de tudo e mais um pouco com um sorriso no rosto. Você também não faz corpo mole pra ajudar os outros. Pra mim, isso é muito importante. É por isso que quero te dar um aumento. Quero que você fique no lugar do Ian como gerente.

Meus olhos se arregalaram.

— O quê? Sério?

— É sério. Acho que você vai fazer um bom trabalho. Além disso, você sabe liderar os outros muito bem. E, se for do seu interesse, você ainda pode crescer mais aqui.

— Estou muito agradecida, Mãozão, e juro que vou trabalhar mais do que todo mundo pra mostrar que você tomou uma boa decisão.

— Eu acredito nisso. Mas tem uma condição.

— Qual?

— Você precisa se matricular na faculdade. Você pode frequentar as aulas na faculdade comunitária aqui perto ou escolher um curso à distância pela internet, pode ser o que você preferir. Você só precisa estudar, Hazel. Você é mais do que apenas uma garota de cidade pequena. Você pode conseguir um diploma no futuro. Não se preocupe com os custos. Eu e a Holly vamos cuidar disso. Se você tiver interesse em gerenciar o rancho no futuro, um diploma em administração ajudaria muito. Quero que você tenha todas as chances que a sua mãe não teve. Quero que você tenha mais.

Foi nesse momento que eu soube que o Mãozão se importava de verdade comigo, no fundo de sua alma. Ele acreditava de verdade que eu conseguiria ser alguém na vida, e isso fez meus olhos se encherem de lágrimas. Mas eu não chorei, porque sabia que esse tipo de coisa o deixaria desconfortável. Você chorava com Holly; com o Mãozão, você bancava a forte. As coisas eram assim com os avós do Ian. Com os avós de Eres.

Apertei a mão do Mãozão e me levantei para voltar ao trabalho. Depois que eu terminasse meu expediente, a primeira coisa que eu faria seria procurar um computador e começar a pesquisar faculdades.

— Obrigada de novo, Mãozão. Isso vai mudar a minha vida.

— Espero que sim. Você é uma boa menina, Hazel. Não se esqueça disso.

Eu sorri e me virei para sair do escritório dele, com o coração carregado de felicidade pelo elogio que tinha recebido. Mas ele me chamou.

— Espera, Hazel, mais duas coisas antes de você ir.

— Sim?

— As cartas que você vem escrevendo pra sua mãe... Acho que seria bom você continuar fazendo isso. Ela lê tudo. Ela só acha que a sua vida está melhor sem ela, mas as cartas... Acho que ajudam a sua mãe a manter os pés no chão. Continue escrevendo.

— Pode deixar. E a outra coisa?

Ele franziu o cenho e uniu as mãos.

— Meu neto, Ian... você gosta dele?

— Sim, senhor... *Mãozão*.

— Então tenta não machucar o rapaz, por favor. Ele levou anos pra conseguir se abrir de novo depois que os pais foram embora, e sei que a sua entrada na vida dele teve um papel importante nisso. Se você quer mesmo ficar com ele, fique. Acho que ele não conseguiria lidar com outra perda.

Dei minha palavra ao Mãozão. A verdade era que a ideia de as coisas não darem certo com Ian — seja lá o que a gente tivesse — me deixava apavorada. Pela primeira vez na vida, eu sentia que alguém tinha visto minhas cicatrizes e as achado bonitas. Sempre que eu pensava em Ian, meu coração dava cambalhotas. A última coisa que eu queria fazer era arriscar nosso final feliz.

Quanto mais ocupada eu ficava no rancho, menos tempo tinha para lembrar que Ian não me abraçava mais todas as noites. Mas eu continuava dormindo com os moletons dele, desejando que fosse a pele dele contra a minha. Além do mais, ele tinha deixado a picape comigo, o que era útil quando eu precisava dar uma volta para clarear os pensamentos.

Como prometido, a gente se falava todas as manhãs. Mesmo com a diferença de duas horas de fuso horário e o cronograma surreal de gravações de Ian, ele conseguia me ligar para me dar bom-dia e boa-noite.

Nós passávamos o dia inteiro trocando mensagens, todos os dias. Eu tinha certeza de que a vida dele devia estar uma loucura. A banda estava chamando cada vez mais atenção da imprensa. Eles tinham lançado oficialmente seu primeiro EP, que tinha três músicas e foi muito bem recebido.

Eu só seguia cinco perfis no Instagram. Os caras da banda e o perfil principal da Desastre. Eu estaria mentindo se dissesse que não abria o aplicativo um milhão de vezes, torcendo para ter alguma atualização.

— Então... a Rihanna é tão legal quanto parece, e o que falam dela é verdade. Ela é cheirosa pra caralho — exclamou Ian em uma madrugada, enquanto eu estava aconchegada na cama.

Já eram mais de duas da manhã para mim, e era um pouco depois de meia-noite para ele. Os garotos estavam com uma agenda louca de entrevistas em rádios a participações em programas de TV para promover o próximo single e ficavam na correria até tarde da noite.

Eu ri.

— Você devia ter perguntado se ela podia me arrumar o delineador novo da Fenty. Estou louca pra testar.

— Você devia ter me avisado antes. Eu pediria!

Soltei uma gargalhada.

— E como foi mesmo que você conheceu a Rihanna?

— A gente estava saindo de um estúdio quando ela chegou pra uma reunião. É claro que ela não devia fazer a menor ideia de quem nós éramos, mas mesmo assim deu oi pra gente. Hazel, você tem noção? A Rihanna deu oi pra gente. As coisas estão muito doidas.

Cobri a boca para bocejar e afastei o telefone para que Ian não percebesse que eu estava com sono. Sempre que ele me escutava bocejar, encurtava nossas ligações.

— Tinha um monte de fãs em frente à rádio que vocês estavam. Vi a foto que o Marcus postou.

— Não é uma loucura? Quem diria que uns caras de uma cidade tão pequena iam chamar tanta atenção? Tinha centenas de pessoas lá, gritando nossos nomes.

— Só não esquece que eu gritei o seu nome primeiro — brinquei.

— Mal posso esperar pra ouvir você gritar de novo. Quero que você grite tão alto que o país inteiro escute.

Sorri, lembrando que tinha precisado cobrir a boca com um travesseiro quando fizemos amor. Então senti minha barriga formigar com um nervosismo esquisito.

— Parece que vocês têm um monte de fãs mulheres.

— É. O Marcus e o Eric estão adorando a atenção. — Ele ficou quieto por um instante. — Você não está... com ciúme, né?

Eu sabia que não tinha esse direito. Sabia que não precisava sentir ciúme. Eu confiava no Ian. Mas não confiava em fãs maníacas que estavam pouco se lixando para a vida particular dele. Para elas, ele era Ian Parker, o roqueiro promissor que tinha sex appeal para dar e vender. Mas, para mim, ele era o meu Ian. O garoto de uma cidade pequena que passava os dias limpando estrume comigo e as noites tocando com a banda dele no celeiro.

— Não precisa se preocupar com nada disso, Hazel. Sério. Tipo, a gente vive cercado de garotas, mas eu só penso no dia que vou conseguir uma folga pra poder voltar pra você. Nosso relações-públicas disse que a gente não vai poder parar pelos próximos meses, porque nós estamos estourando. Max vive falando que nós precisamos estar cem por cento focados na música e só na música. E disse que vai quebrar meu celular se me pegar mexendo nele dentro do estúdio mais uma vez.

Mordi o lábio inferior.

— Não quero ficar distraindo você. Vou mandar menos mensagens.

— Não. Por favor. Manda mensagens sobre tudo, sobre qualquer coisa. Talvez eu demore um pouco pra responder, mas vou responder, Haze. Juro. Quero saber de você. Você é meio que a minha bússola. Não quero me perder nesse mundo. Você é meu mapa de volta pra casa.

Sorri ao ouvir as palavras dele e levei o gorro do seu moletom até meu nariz para sentir seu cheiro. Eu espirrava o perfume dele na roupa de vez em quando. Nossa... eu estava viciada naquilo.

— Falando sobre você ser meu mapa... Hoje ouvi um monte de elogios melosos que me deixaram convencido — disse ele. — Então, só pro meu ego não ficar tão inflado, quero que você me lembre dos meus defeitos.

Eu ri.

— Caramba. Tem certeza? A gente vai passar a noite toda aqui.

— Vai com tudo. Não precisa ter pena.

— Você peida enquanto dorme — declarei. — E solta peidos fedidos. Tipo ovos podres na sua cara, piores do que os chiqueiros, horríveis.

— Ah, nossa. Tudo bem, você já começou acabando comigo.

— Você nem sempre dá descarga. Você pendura o papel higiênico com a ponta virada pra trás, feito um homem das cavernas. Às vezes, você sai tão rápido do banheiro que duvido que tenha lavado as mãos, e fico com vontade de fazer o TCM.

— TCM? — perguntou ele.

— Teste pra checar a mão. Sabe... quando alguém sai do banheiro e você aperta a mão da pessoa pra ver se ela está molhada ou gelada da água. Você também pode cheirar, pra ver se está com cheiro de sabonete. Aí você sabe que a pessoa lavou as mãos mesmo.

Ele riu.

— Não vai me dizer que você sai por aí cheirando a mão dos outros.

— Bom, não. Mas não se assuste se eu fizer isso na próxima vez que a gente estiver junto.

— E quem te ensinou o TCM?

— Minha mãe fazia isso quando eu era pequena. Eu vivia mentindo que tinha lavado as mãos. Então ela inventou o TCM pra me pegar.

Parei de falar de repente quando senti um aperto no estômago e me esforcei para tirar as lembranças de mamãe da cabeça. Havia tão poucas que eram boas que, quando uma surgia, eu ficava emotiva na mesma hora. É claro que eu queria me lembrar dos bons momentos com mamãe, mas pensar neles me deixava com mais saudade ainda.

— Como ela está? — perguntou Ian, provavelmente percebendo meu silêncio.

— Ah, você sabe. Tão bem quanto possível. Por incrível que pareça, o Garrett está me dando notícias dela. A bebê deve nascer daqui a alguns meses.

— Como você está se sentindo com tudo isso?

Sobrecarregada. Estou me sentindo sobrecarregada.

Eu me encolhi mais ainda.

— Você ronca feito um rinoceronte. Quando você corta as unhas do pé, deixa tudo voar pra qualquer lado, mesmo quando está na cozinha. E eu já falei que você pendura o papel higiênico do lado errado?

Ele riu.

— Tá, tá. É óbvio que paramos de falar da sua mãe, mas você está errada sobre o papel higiênico.

— Não. Você pendura o rolo virado para o lado errado. Está errado.

— Não — insistiu ele. — Do jeito que eu coloco fica melhor pra puxar. Facilita o acesso.

— Errado, errado, errado. — Bocejei. Escapou de mim no automático, e imediatamente cobri a boca.

— Ah, merda. São quase três da manhã aí, né? Vai dormir, Haze.

— Está tranquilo. — Bocejei de novo.

— Mentirosa. Eu ligo amanhã cedo, antes de você sair pro trabalho. Durma bem. E Haze?

— O quê?

— Você ronca feito um elefante com um amendoim enfiado no nariz.

Soltei uma risada.

— Boa noite, Ian.

— Boa noite.

Ele encerrou a ligação, e, alguns minutos depois, meu celular apitou com uma mensagem.

Ian: Aqui vai um material pra você ler na próxima vez que estiver sentada na privada.

Logo depois vieram cinco matérias sobre como pendurar o papel higiênico.

Hazel: Se você quiser, também consigo encontrar umas matérias na internet dizendo que o Pé-grande existe mesmo. E a verdade sobre o Papai Noel.

Ian: O Pé-grande existe mesmo. E o Papai Noel também. Você devia começar a acreditar em tudo que lê na internet. Tipo, tem uma matéria rolando por aí que diz que meu pau é gigante. Pode acreditar nisso, Hazel.

Não se preocupe, Ian. Tenho provas suficientes disso.

Hazel: Gigante é uma questão de opinião.

Ian: Vamos ver qual vai ser a sua opinião quando a gente se encontrar. Sorri.

Hazel: Vai dormir, seu esquisito.

Ian: Haze?

Hazel: O quê?

Ian: Sabe no que eu estou pensando agora?

Hazel: Sei, e eu também estou pensando nisso.

Ian: Que bom. Boa noite.

Eu sabia no que ele estava pensando, mesmo que Ian não falasse com todas as letras.

Eu também te amo, Ian Parker.

Antes de eu cair no sono, abri o Spotify e coloquei as músicas da Desastre no replay para me ajudar a dormir. Apesar de eu não saber quando veria Ian de novo, já estava contando os dias até nosso reencontro. E, assim como todas as garotas do mundo, fingi que suas músicas românticas tinham sido escritas para mim.

Na manhã seguinte, acordei com o som de uma mensagem no meu celular. Peguei logo o aparelho para responder, pensando que era Ian, mas não era. O nome de Garrett aparecia na tela.

Garrett: A criança nasceu mais cedo. Num lugar chamado UTI neonatal. As coisas não parecem muito boas.

Com a cabeça girando, eu me levantei meio atordoada. Meu peito subia e descia enquanto eu me vestia e saía correndo do quarto, digitando uma mensagem para Garrett.

Hazel: Qual é o hospital?

Garrett: St. Luke's. Fica a umas três horas da cidade.

Hazel: Você e sua mãe estão com ela?

Garrett: Não. Sem dinheiro pra gasolina essa semana.

Hazel: Estou indo.

Garrett: É capaz de não deixarem você entrar.

Hazel: Ela é minha irmã. Estou indo.

Garrett: Achei melhor te avisar... a gente não vai ficar com a criança.

O quê?

Hazel: Como assim? Por que não?

Garrett: Sua mãe prefere que ela seja adotada.

Não...

Li as palavras várias vezes, como se eu fosse capaz de mudá-las com muita força de vontade.

Corri para a casa do Mãozão, onde ele e Holly tomavam suas xícaras de café todas as manhãs e brigavam por causa de palavras cruzadas.

— Oi, hum, eu... é... minha mãe... — Nossa. Eu não conseguia fazer as palavras saírem da minha boca sem me embolar toda.

— Calma, querida. O que aconteceu? — perguntou Holly.

— Minha mãe teve a bebê, mas ela está na UTI neonatal. O hospital fica a três horas daqui e preciso ir pra lá. — Finquei minhas unhas nas palmas das mãos. — E acho que estou tremendo muito pra ir sozinha.

O Mãozão se levantou resmungando, mas já pegando o boné e o colocando.

— Tudo bem, vamos.

Holly se levantou e foi até a geladeira.

— Vou pegar um lanche pra gente levar, e então vamos. — Ela pegou algumas frutas picadas e sanduíches que já estavam prontos.

Então se aproximou de mim e abriu um sorriso enorme. — Não se preocupa, Hazel. Vai ficar tudo bem.

— Como a senhora sabe? Como a senhora pode dizer que vai ficar tudo bem? Ela está na UTI neonatal. Não entendo muito dessas coisas, mas sei que isso não é bom. E... se mamãe não puder ficar lá também... ela está completamente sozinha. Ela está sozinha, e isso acaba comigo.

— Sim, eu sei que tudo isso pode parecer demais, mas tenho certeza de que agora tem um monte de médicos cuidando dela. Sei que tem enfermeiras de olho nela, vigiando todos os seus movimentos. Ela não está sozinha, e, daqui a pouco, a irmã dela também estará lá. Então vai ficar tudo bem. Você precisa ter fé.

Não falei mais nada com Holly, porque acreditar na fé dela era difícil quando eu não tinha crescido em um mundo onde existia fé.

Fizemos o trajeto em silêncio, só com o rádio ligado numa estação de esportes. De vez em quando, o Mãozão resmungava alguma coisa para os apresentadores, como se eles pudessem escutar suas reclamações sobre as péssimas jogadas na partida de beisebol da noite anterior.

Holly estava no banco do passageiro, tricotando alguma coisa que tinha começado fazia um tempo, e fiquei em silêncio no banco de trás, cutucando as minhas unhas. Ian me mandou algumas mensagens, mas eu não tinha forças para responder naquele momento. Minha cabeça estava ocupada demais remoendo a situação.

Como minha mãe podia pensar que dar minha irmã para adoção era o certo? Eu sabia que minha situação atual não era perfeita, mas era impossível cogitar a hipótese de que eu tinha uma irmã que não faria parte da minha vida. Eu precisava dar um jeito de mantê-la perto de mim.

Quando chegamos ao hospital, por um milagre divino, nos deixaram ver minha irmã. Ela ainda não tinha nome e estava conectada a um milhão de máquinas. Tubinhos entravam em seu corpo, e suas respirações rápidas iam e vinham conforme seu peito subia e descia.

— Ela é guerreira — disse uma enfermeira para nós enquanto a observávamos de perto. — Ela passou por maus bocados, mas está lutando muito para resistir e ficar forte.

— Ela é tão pequena — sussurrei, encarando a recém-nascida. Ela era linda. Mesmo com todos os tubos e aquele barulho chato das máquinas, eu sabia que ela era linda.

Eu me perguntei se ela tinha olhos castanho-claros também. E se ela sabia que não estava mais sozinha.

— Enfermeira, a gente pode dar um pulinho ali fora pra conversar? — perguntou o Mãozão, sua voz pesada e grossa.

— É claro.

Os dois saíram, deixando Holly ao meu lado. Ela colocou as mãos nos meus ombros, sentindo meu corpo tremer.

— Ela não pode ser colocada pra adoção — falei. — Não pode. Ela é a única pessoa que me resta... ela é a única ligação com a família que eu tenho, Holly. Já perdi tanto, não posso perder essa criança também. Não posso perder a minha irmã.

— Shh... querida. Vai ficar tudo bem.

Eu queria que ela parasse de dizer isso, porque, do jeito que as coisas estavam, não pareciam nada bem. Tudo era uma grande confusão, e os problemas não iriam desaparecer só com pensamento positivo.

Nós ficamos sentadas olhando a bebê enquanto o Mãozão conversava com a enfermeira. Eu não parava de tremer, e Holly ainda me abraçava. Meu celular apitou mais algumas vezes enquanto esperávamos.

Ian: Está tudo bem?

Ian: Você não é de sumir.

Li as palavras dele várias vezes antes de me levantar.

— Já volto, Holly.

— Não precisa ter pressa, querida. E diga que eu amo ele — pediu ela, sabendo que eu ia ligar para Ian.

Encontrei uma escada e fiquei parada ali, segurando meu celular. Liguei para o número de Ian, e a calma tomou conta de mim quando escutei sua voz.

— Oi, Haze. O que aconteceu?

Capítulo 25

Ian

— A bebê nasceu e está na UTI neonatal. A situação não é das melhores, mas as enfermeiras acham que ela tem chance de se recuperar — disse Hazel, com a voz baixa e controlada.

— Você está bem?

Pela voz dela, eu sabia que não. Fazia todo sentido do mundo ela ter desaparecido naquela manhã, porque sua vida tinha virado de cabeça para baixo. Agora, Hazel tinha uma irmã caçula que estava lutando para sobreviver.

— Não sei. Minha mãe está falando sobre dar a bebê para adoção em vez de deixar Garrett e a mãe dele cuidarem dela. Estou arrasada. Sei que parece besteira, mas é como se aquela garotinha fosse minha única família... E, agora, existe a chance de ela ir embora.

— Não adianta nada você ficar sofrendo por antecipação. Tenta se concentrar na recuperação da bebê. Tá?

Ela fungou de leve.

— É, tá.

— Qual é o nome dela?

— Ainda não tem.

— Tá, então me conta sobre ela. Como ela é? Pensa nas partes positivas, Haze. Sempre existe um lado bom em todas as coisas ruins. O que tem de bom nessa história?

— Ela é bem cabeluda — contou Hazel.

Percebi seu tom de voz mudar um pouco enquanto ela começava a procurar os pontos positivos.

— É?

— Aham. O cabelo dela é bem preto. E espesso. Minha mãe sempre disse que eu fui uma bebê careca e só tive cabelo aos 2 anos. Mas minha irmã tem muito cabelo.

— O que mais?

— A enfermeira disse que os sinais vitais dela estão melhorando. Depois de tudo o que minha mãe fez durante a gravidez, fico surpresa por ela não ter mais problemas. Ela é guerreira.

— Ela deve ter puxado a irmã mais velha.

Hazel deu uma risadinha, mas depois ficou séria de novo.

— O que eu vou fazer, Ian? E se levarem a minha irmã embora?

— Ei, para com isso. Vai ficar tudo bem.

— Você está falando igual à sua avó agora.

— São mais de vinte anos de convivência com a minha avó, e ela nunca se mostrou errada até agora. Você só precisa ter um pouquinho de fé. Não precisa ser muito. Só o suficiente pra você aguentar até amanhã.

— Ian, que porra é essa? A gente precisa de você lá dentro — disse Max, saindo a toda do estúdio e dando de cara comigo sentado na calçada conversando com Hazel.

Merda.

— Você disse que ia ao banheiro, e aí encontro você aqui fora nessa porcaria desse celular.

Merda, merda, merda.

— Haze? Preciso ir. A gente se fala mais tarde, tá?

— Tá. Até mais tarde.

Desligo o celular e me viro para ver a porra do Max Rider furioso parado atrás de mim.

— Desculpa — vociferei.

— Acho que você ainda não entendeu a oportunidade que está tendo, Ian. Milhões de pessoas matariam pra entrar nesse estúdio, e você está aí, desperdiçando a porra do tempo e a porra do dinheiro de todo mundo, só porque precisa falar na merda do celular com uma garota.

— Ela não é só uma garota. Ela é *a* garota, e estava precisando de mim.

Max me olhou de cima a baixo.

— Fala sério, cara. Sua vida está prestes a mudar pra sempre, e você quer arriscar tudo por causa de um namorico? Acorda. Seus três companheiros de banda estão esperando lá dentro e você deve começar a encarar essa chance da mesma forma que eles. Você é o líder da banda, né?

Fiz cara de poucos amigos.

— Sou.

— Então pare de agir como uma criança, porra, cresça, e seja um líder pra eles. As pessoas não estão de sacanagem quando dizem que essa é uma oportunidade única na sua vida. Não joga tudo fora por causa de uma garota do interior.

Minhas mãos se fechavam em punhos sempre que Max falava de Hazel como se ela fosse alguém do meu passado enquanto eu não parava de pensar em como poderia trazê-la para o meu futuro. Mas não revidei, porque, de certa forma, eu sabia que ele tinha razão. A Desastre tinha ganhado uma chance com a qual milhões de pessoas sonhavam, e Eric, James e Marcus estavam contando comigo. Eu precisava dar o meu melhor, assim como eles estavam fazendo.

— Foi mal, Max. Eu juro que estou empenhado.

Ele estreitou os olhos e me encarou, como se não estivesse totalmente convencido, mas deixou para lá.

— Sei. Vamos trabalhar então.

Ele esticou a mão para mim.

— O quê?

— Não se faça de besta, Ian. Me dá seu telefone. Você está proibido de usar o celular nos dias de gravação.

Quando voltamos para o nosso apartamento já era bem mais de meia-noite. Eu tinha certeza de que Hazel já estava dormindo. Quando Max me devolveu o celular, havia um monte de mensagens dela. Hazel pediu desculpa algumas vezes por ter me metido em encrenca e por ter me atrapalhado quando ligou hoje. Ela me contou que a irmã estava um pouco melhor, mas continuava sendo monitorada. E me fez uma confissão.

Hazel: Vou confessar. Eu queria que você estivesse aqui. Sei que é muito egoísmo da minha parte e sei que é impossível, mas eu queria, Ian. Queria que você estivesse aqui pra me abraçar hoje.

Respondi e tentei não ser dominado pela culpa enorme que eu sentia por não estar lá para dar apoio a ela.

Ian: Está tarde, e sei que você deve estar dormindo. Pelo menos eu espero que esteja. Mas eu queria dizer que te amo, Hazel. Eu não queria falar isso por mensagem. Queria esperar até estarmos cara a cara de novo, e você estar nos meus braços, mas parece que a vida acaba tirando a gente dos lugares onde nós mais queremos estar. Mas preciso que você saiba que eu te amo. Sei que a sua vida está uma confusão agora, e eu queria poder carregar nas costas as partes mais pesadas por você. Queria te abraçar. Queria te beijar. Queria encostar minha boca na sua pele e dizer que te amo, e acabar com as suas preocupações. Eu só queria te dizer isso. Eu te amo, Hazel Stone. E vai ficar tudo bem.

Logo depois que apertei enviar, fiquei surpreso quando ouvi meu celular tocar. O nome de Hazel apareceu na tela, e atendi na mesma hora.

— Você devia estar dormindo — falei, caindo na cama.

— Você também — rebateu ela. — Mas, depois de ler a sua mensagem, eu sabia que precisava falar com você. Eu precisava ouvir você me dizer... Talvez não pessoalmente, mas precisava ouvir da sua boca. Então, por favor...

Ela parecia tão cansada. Como se já tivesse caído no sono e estivesse conversando comigo em sonho.

— Eu te amo — sussurrei. — Eu te amo, eu te amo, eu te amo.

Os suspiros de Hazel eram tão suaves do outro lado da linha, mas apertei o celular contra minha orelha enquanto ela me respondia, dizendo aquilo que eu esperava que ela de fato sentisse.

— Eu também te amo.

— Por que isso parece de deixar tão triste?

— Porque já vivi o suficiente pra saber que, às vezes, o amor não é o bastante. Era por isso que eu não queria dar o primeiro passo. Era por isso que eu estava com tanto medo de cruzar esse limite com você. As coisas estão acontecendo tão rápido na sua vida, Ian, e tudo isso é maravilhoso. Você e os meninos se esforçaram tanto pra chegar aonde estão, e tem muito mais vindo por aí. Você vai estourar, e isso me deixa feliz, mas nós não estamos no mesmo mundo. Agora, parece que minha vida está andando pra trás, e não pra frente. Parece que estou congelada no tempo. Estamos em momentos diferentes, e não quero que você tente diminuir o seu ritmo pra me acompanhar.

Eu me remexi na cama.

— Você está assustada e cansada.

— Você levou bronca por ter falado comigo hoje? — perguntou ela.

— Haze...

Ela respirou fundo.

— Talvez você tenha razão. Talvez eu esteja cansada. O dia foi longo, e preciso dormir.

— É, tudo bem. Eu te ligo amanhã cedo.

— Está tudo bem. Não precisa.

— Eu te ligo amanhã cedo — repeti. — Eu te amo.

Hazel soltou o ar.

— Eu também te amo.

Foi só naquele momento que entendi que amar alguém podia ser muito triste.

Capítulo 26

Hazel

— Quero ficar com ela — falei, olhando sério para o Mãozão e para Holly enquanto andava de um lado para o outro na sala de espera do hospital.

Aquele era nosso terceiro dia ali, e minha irmã estava se recuperando muito bem de todos os traumas pelos quais tinha passado.

Os avós de Ian estavam sentados nas cadeiras de metal do hospital de mãos dadas, me olhando com cara séria.

— Não é tão simples assim, Hazel — disse Holly, balançando a cabeça. — Existem regras e procedimentos...

— Que se danem as regras e os procedimentos. Eu quero ficar com ela. Quero minha irmã. Eu consigo cuidar dela; sei que consigo. Será que vocês não podem fazer o que fizeram pela minha mãe e por outras crianças tantos anos antes? Ou pelo menos me ajudar a levar a bebê pra casa? Eu vou conseguir dar conta de tudo, juro.

— Não é tão simples assim — disse o Mãozão, repetindo as palavras de Holly, e então eu me irritei.

— É, sim.

— A situação é diferente. Estamos falando de uma bebê recém-
-nascida, Hazel. Uma criança de quem sua mãe quer abrir mão...

— Mas é só porque ela não sabe que eu quero ficar com a minha
irmã. Ela iria querer que nós duas ficássemos juntas. Ela não iria
querer separar suas filhas.

— Hazel... — começou Holly, mas eu a interrompi.

— Não. — Parei de andar e passei os braços em torno do meu
corpo. — Não. Você prometeu. Você jurou que ia dar tudo certo,
que as coisas iam se acertar, então tem que ter uma solução. Precisa
haver um jeito da neném ficar comigo. Ela é a única família que me
resta. Posso pagar pra vocês me ajudarem a entrar em contato com
as pessoas certas.

— Você sabe muito bem que não se trata de dinheiro, menina —
bradou o Mãozão, como se estivesse absurdamente incomodado por
eu chegar a uma conclusão dessas. Mas que opção eu tinha? Minha
cabeça girava, e o desespero estava começando a me sufocar.

— Então se trata do quê? — gritei.

— De *você* — berrou ele em resposta, gesticulando para mim.
Ele se levantou da cadeira, e então foi sua vez de andar de um lado
para o outro. — Se trata de você e do seu futuro, Hazel. Você tem
o mundo pela frente, e eu me recuso a deixar que jogue isso fora.
Você se empenhou muito pra não ter uma vida como essa... Criando
uma menina quando você mesma não passa de uma. Você passou a
vida cuidando dos outros, da sua mãe... Nunca teve a chance de ser
criança. É por isso que eu me recuso a fazer isso. Me recuso a tirar a
sua chance de viver porque você quer cuidar de mais alguém. Eu sei
muito bem o que acontece quando uma pessoa tão nova é obrigada
a cuidar de uma criança antes de estar pronta. Eu vi minha própria
filha se destruir e desmoronar, acabando com o futuro dela. E estou
te proibindo de seguir o mesmo destino. Estou te proibindo de jogar
o seu futuro fora. — Os olhos dele estavam cheios de lágrimas, e sua
voz falhava quando as palavras saíam de sua boca.

Eu nunca tinha visto o Mãozão tão nervoso, e sabia que tudo o que ele dizia vinha do fundo de sua alma.

Ele fungou ligeiramente, e fiquei parada ali, chocada, enquanto olhava para o gigante que se esforçava tanto para permanecer forte.

— Mãozão... — falei baixinho, balançando a cabeça. — Com todo o respeito, eu não sou a sua filha. Eu não aceitaria a responsabilidade de ser mãe para depois fugir. Eu não abandonaria vocês nem a minha irmã. Eu ficaria aqui, seria totalmente comprometida. Sei que é importante que eu encontre meu caminho, e vou me esforçar para isso, juro. Mas eu sempre quis uma coisa.

— Que coisa?

— Uma família.

Holly franziu a testa.

— Mas, querida, você é tão jovem.

— Só na idade, mas não na experiência. Por favor, me ajudem a resolver isso de algum jeito. Me ajudem pelo menos a fazer com que isso seja uma possibilidade. Senão, vou passar o resto da vida pensando que não fiz tudo o que eu podia pra manter o pouco de família que me resta.

Os dois ficaram quietos por um tempo, trocando olhares. Eles tinham um jeito muito poderoso de se comunicar sem emitir palavras. O Mãozão batia com o punho fechado na boca, e Holly esfregava a bochecha com a palma da mão.

— Não vou prometer nada — resmungou o Mãozão, finalmente se virando de novo para mim. — Nunca fiz nada parecido com isso e sei que vai ter um monte de complicações.

— Tudo bem — concordei, ansiosa, aceitando a ideia remota de que o Mãozão ia me ajudar a conseguir a guarda da bebê. Eu faria qualquer coisa para conseguir isso. Enfrentaria todas as complicações do mundo e qualquer obstáculo para ter a chance de criar minha irmã.

— E você ainda tem que pensar na faculdade, aconteça o que acontecer, porque vai conseguir um diploma.

— Posso fazer um curso à distância. Faço tudo o que for preciso. Eu juro, Mãozão.

Ele fez uma carranca, e eu sabia que o único motivo para isso era o fato de que ele me deixaria tentar encontrar uma solução para tudo.

— Vocês, mulheres, vão acabar me matando — murmurou ele.

Corri até ele, passando os braços em torno de seu corpo, e o apertei com tanta força que provavelmente expulsei o ar de seus pulmões.

— Obrigada, Mãozão.

— Não me agradeça. Eu ainda não fiz nada.

— Mesmo assim, obrigada. Por tudo o que você já fez por mim.

Ele me deu um meio-sorriso, e juro que foi a primeira vez que vi seus lábios fazerem isso para alguém que não fosse Holly.

— Se, por um milagre divino, a gente conseguir ficar com a menina, me recuso a trocar fraldas.

— Ah, Harry. Você vai trocar tudo que a gente mandar — disse Holly.

O Mãozão resmungou mais um pouco, porque ele sabia que a mulher estava certa. Ele se sentou de novo na cadeira e gesticulou para o corredor.

— Vai dar uma olhada na sua irmã. Nós já vamos.

Fiz o que ele mandou e sumi no corredor. Antes de entrar na UTI neonatal, lavei bem as mãos. Minha irmã tinha sido transferida para outro setor lá dentro. Ela não estava mais presa a tantas máquinas, e a incubadora onde estava tinha buracos para as pessoas colocarem os braços e segurarem suas mãos.

Depois que terminei de me higienizar, me aproximei e sorri enquanto ela dormia tranquilamente ali. Ela era tão pequena, mas tão determinada, tão forte. Tão guerreira.

Enfiei a mão na incubadora e coloquei um dedo na palma de sua mão para que ela segurasse. Seus dedos estavam frios, e tentei esquentá-los. Funguei um pouco enquanto ela se remexia e fazia uns barulhinhos. Muitos bebês na UTI neonatal passavam horas chorando, mas minha irmã, não. Ela mal dava um pio.

— Oi, querida — sussurrei, olhando para aquela anjinha. — Sei que você não me conhece, mas isso vai mudar daqui a pouco. Eu sou sua irmã mais velha, sabia? Sou eu quem vai cuidar de você de agora em diante. Sei que o seu plano provavelmente não era esse. Deus é testemunha de que eu não pretendia que a minha vida seguisse esse rumo, mas as coisas são assim mesmo: às vezes, tudo muda sem a nossa permissão. E é por isso que nós precisamos ficar juntas, tá? Porque, quando isso acontece, tudo fica mais fácil quando a gente tem com quem contar, então pode contar comigo, maninha. Eu estou aqui.

Talvez tenha sido minha imaginação, mas podia jurar que ela tinha apertado meu dedo com um pouquinho mais de força. Fiquei segurando sua mão, e ela finalmente abriu os olhos para mim. Fazia dias que eu esperava que ela olhasse para mim, me encarasse.

Seus olhos castanho-claros eram lindos, lindos.

— Ela é linda, igual à irmã — disse uma voz, fazendo meu corpo enrijecer enquanto eu tirava a mão da incubadora. Era uma voz grave, sensual. E minha.

Fiquei boquiaberta, levando uma das mãos ao peito. Então eu me virei e dei de cara com Ian. Seus olhos estavam inchados, seu cabelo estava despenteado, como se ele não passasse uma escova há dias. Ele ficou parado ali, parecendo relaxado. Seus olhos brilhavam enquanto ele me encarava com as mãos nos bolsos da calça jeans e um sorrisinho nos lábios.

Um peso se aninhou em meu estômago enquanto meu coração disparava.

— Por que você está aqui?

— Fala sério, Haze — disse ele, baixinho, vindo na minha direção. Ele me envolveu em seus braços e me puxou para mais perto. — Acho que você sabe a resposta.

Derreti ao seu toque, como se ele fosse o sol, e eu, um cubo de gelo. Minhas mãos subiram para seu peito, e rezei para eu não estar sonhando.

— Você está aqui mesmo? — perguntei.

— Estou aqui mesmo. — Ele me deu um beijo na testa, e me apaixonei mais e mais. — Desculpa a demora.

— Mas como? Achei que a sua agenda estivesse lotada por um bom tempo.

— Consegui uma folga.

— Ian...

Eu me senti desanimada, achando que ele tinha dado mais prioridade a mim do que à música. Esse era meu maior medo, que ele não se concentrasse cem por cento em seus sonhos porque eu o estava desviando do caminho.

— Shh, Haze. Está tudo bem. Confia em mim. Eu dei um jeito. A gente tinha um dia de folga, e peguei um voo. Volto hoje à noite. Eu não conseguia mais me imaginar longe quando você mais precisa de mim.

— Você só vai ficar aqui por algumas horas? — perguntei. — Você deve estar exausto.

— Estou. Mas vale a pena. Agora, anda. Me apresenta pra sua irmã.

Ele começou a andar na direção dela, mas me enfiei na sua frente como uma mãezona superprotetora.

— Espera! Você tem que lavar as mãos antes de encostar nela.

Ele sorriu e levantou as mãos.

— Já fiz isso. A enfermeira me avisou antes de eu entrar. Vem, pode fazer o TCM.

Eu me inclinei e funguei as mãos dele, sentindo o cheiro do sabonete do hospital em sua pele. Sorri.

— Tá bom, está liberado.

Paramos um de cada lado da incubadora e colocamos nossas mãos lá dentro. Ian pegou a mão esquerda dela, e eu, a direita. E quase parecia que ela estava sorrindo. Claro, eu sabia que não devia ser um sorriso mesmo, que ela podia estar com gases ou alguma coisa assim, mas seus lábios estavam curvados para cima, e isso me deixou feliz. Em paz, depois de dias nada pacíficos.

〜

— Quero brigar com você por ter voltado, mas também quero te beijar — sussurrei para Ian quando estávamos deitados na cama do hotel.

Eu, o Mãozão e Holly estávamos hospedados em um hotel, para ficarmos perto do hospital, caso acontecesse alguma coisa. Os dois estavam no quarto deles, fazendo umas pesquisas, enquanto eu aproveitava cada segundo que tinha com Ian.

Ele iria embora dali a duas horas, e tudo o que eu queria era me enroscar nele e nunca mais soltar.

— Você devia escolher a opção do beijo. É a melhor. — Eu sorri, e isso o fez sorrir também. — Senti saudade disso, Haze. Senti saudade do seu sorriso. Não vou mentir, você me assustou quando a gente conversou aquela noite... Quando você falou que a minha vida estava andando para a frente e a sua estava congelada. Você parecia cheia de dúvidas, e fiquei apavorado.

— Eu sei, me desculpa. Mas, sendo bem sincera, ainda me sinto assim. E do jeito que as coisas estão indo com a minha irmã, minha vida vai virar uma loucura se eu conseguir mesmo ficar com ela. Sei que você não estava contando com isso, Ian, e não quero estragar seus sonhos. Você não pode diminuir o ritmo agora. Vocês estão prestes a estourar.

— Só me dá uma chance de provar que podemos fazer dar certo, tá? Não desiste da gente tão rápido assim, Hazel. Sei que existe um jeito de ficarmos juntos.

Senti um frio na barriga quando ele segurou minhas mãos.

— Não vou fugir, Ian. Eu juro, estou aqui. Só estou sendo prudente e realista.

— Então para com isso — disse ele, rindo e depois beijando as palmas das minhas mãos. — Só sonhe um pouquinho junto comigo.

Eu queria dizer a ele que a gente não vivia em um mundo de sonhos, mas Ian iria embora em poucas horas, e não queria que ele saísse dali preocupado com o nosso namoro. Então beijei sua boca.

Ele retribuiu meu beijo e depois olhou para mim.

— Então... sobre aquela história de você gritar o meu nome... — começou ele com um sorriso malicioso.

— Tá bom. — Eu ri. — Tira a roupa então.

Nós fizemos amor no quarto do hotel, e, por aquelas poucas horas, me permiti sonhar com um mundo onde ele era ele, eu era eu, e isso bastava.

No dia seguinte, eu, o Mãozão e Holly voltamos para Eres. Apesar de me sentir péssima por deixar minha irmã, nós precisávamos de mais informações. O Mãozão me disse que seria mais fácil se conseguíssemos convencer Charlie a passar a guarda da criança para mim, mas eu achava que não ia dar certo. Charlie jamais aceitaria uma coisa dessas. Ele ainda estava preso, e eu sabia que a última coisa que Charlie faria seria dar alguma coisa dele à garota responsável por colocá-lo atrás das grades.

Mesmo assim, eu tentaria todas as possibilidades antes de desistir.

No caminho de volta naquela tarde, no rádio do carro ouvimos uma música da Desastre. Nós três tivemos um treco, de tão empolgados.

— Caramba, mas quem diria — exclamou o Mãozão, batendo em sua perna. — O Ian está aí no mundo, fazendo sucesso de verdade, hein?

— Está, sim. — Holly sorria de orelha a orelha.

O Mãozão aumentou o volume, e cantei a música inteira como se a letra estivesse tatuada na minha mente. Ouvir a voz dele no rádio me deu uma estranha esperança de que Ian e Holly podiam ter razão. Talvez, no fim das contas, tudo daria certo; tudo ficaria bem. Se parecia que as coisas estavam dando errado, era porque ainda tínhamos chegado ao fim. Eu tive fé suficiente para sobreviver ao dia de ontem, e teria fé suficiente para aguentar até amanhã.

Paciência era a chave para tudo, e eu pretendia ser a pessoa mais paciente do mundo.

Capítulo 27

Hazel

Hazel: Vou confessar: Estou ouvindo suas músicas no repeat.

Ian: Vou confessar: Sempre que eu canto uma música romântica, canto pra você.

Eu, o Mãozão e Holly estávamos muito empenhados em encontrar uma forma de trazer minha irmã para casa com a gente. Por sorte, muitas das leis diziam que seria melhor se a criança fosse criada por um parente, e, como ela era minha irmã, a situação parecia ligeiramente mais promissora.

Mesmo assim, eu precisava falar com pessoas que não queriam me ver nem pintada de ouro.

A cara de Garrett me dizia que ele já estava de saco cheio das minhas perguntas, mas eu não tinha ninguém mais a quem pedir informações sobre Charlie. Eu sabia que os dois mantinham contato e precisava encontrar uma forma de conseguir autorização do Charlie para que a bebê fosse morar comigo.

— Escuta, Hazel, eu já te ajudei mais do que você merecia, e estou ficando de saco cheio de ver você aqui o tempo todo exigindo as coisas.

O hálito dele exalava uísque, e seus olhos estavam injetados. Pelo jeito como ele cambaleava de um lado para o outro, era nítido que estava bêbado, e era óbvio que tinha usado alguma droga. Certas coisas não mudavam nunca.

— Não estou exigindo nada, Garrett; estou pedindo. Quero que você tente convencer o Charlie a deixar minha irmã comigo. Não consigo nem pensar na possibilidade de ver aquela criança com algum desconhecido quando ela pode viver com a própria família.

— Você não tem porra nenhuma pra oferecer pra menina. Mas uma família adotiva teria. Você está sendo egoísta.

— Talvez, mas eu não criaria a criança sozinha. O Mãozão e a Holly também querem ajudar. Seríamos uma família inteira pronta pra dar apoio para aquela garotinha, e ela merece ficar com um parente.

— Esquece, Hazel. Deixa isso tudo pra lá — murmurou ele, se virando para entrar de novo no trailer.

Estiquei a mão e segurei o braço dele.

— Garrett, espera. Por favor. Não estou entendendo. Sei que você tem seus motivos pra me odiar, e eles são justos. Mas também sei que você me conhece. Você sabe o quanto a minha família é importante pra mim. Se você puder falar com o Charlie...

— Não vai adiantar nada — rebateu ele.

— Talvez adiante.

— Acredita em mim, não vai adiantar. O Charlie não pode fazer porra nenhuma por aquela menina.

Estreitei os olhos.

— É claro que pode. Como pai...

— Meu Deus, Hazel! Será que você não presta atenção em nada, cacete?

Dei um passo para trás, completamente chocada com o ataque de Garrett.

— A menina não é filha dele, porra. Entendeu? Chega. Deixa a menina pra lá. Esquece esse assunto.

Senti um bolo no estômago e o pavor tomar conta de mim.

— O que você disse?

— Eu falei pra você deixar pra lá.

— Não. — Fiz uma pausa, passando as mãos pelo cabelo. — Você disse que ela não é filha dele.

Ele franziu as sobrancelhas e esfregou o nariz com o dedão.

— O quê? Não falei, não. — O nariz franzido mostrava a perplexidade dele com a própria revelação.

— Falou, sim. Você disse que a menina não é filha dele.

— Merda — murmurou ele, esfregando o rosto com as mãos. — Escuta, você precisa ir embora, Haze.

Ele tentou fechar a porta, mas coloquei o pé na frente.

— Garrett — implorei. — Por favor.

Ele suspirou, jogando as mãos para cima.

— Porra, você não vai ficar nem um pouco contente.

— Não tem problema. Só quero saber o que está acontecendo.

Ele resmungou e enfiou as mãos nos bolsos ao se apoiar no batente.

— O Charlie não pode ter filhos. Ele entrou na faca uns anos antes pra resolver isso, disse que não podia cuidar dos negócios se tivesse que tomar conta de um bando de pirralhos. Ele sempre falou que você já causava dor de cabeça demais.

O quê?

— Então quem é o pai?

O lábio inferior de Garrett começou a tremer, e ele balançou a cabeça.

— Escuta, Hazel, eu entendo por que você insiste em saber quem é o pai da criança, mas...

— Me conta.

Ele baixou a cabeça e murmurou:

— Sou eu. — Essas palavras fizeram a situação toda virar de cabeça para baixo. — Por que você acha que fiz tanta questão de visitar a sua mãe nos últimos meses?

Meu peito se apertou. Eu estava sem ar e cambaleei para trás.

— O quê?

— Não foi de propósito tá? Numa noite, eu e a sua mãe estávamos ficando chapados juntos. Você estava na biblioteca estudando ou fazendo uma porra assim, e, bom, acabou acontecendo. E acabou acontecendo de novo depois...

As palavras dele foram ficando mais fracas e, para ser sincera, eu não conseguia acompanhar o que Garrett estava dizendo com todos aqueles pensamentos zunindo na minha cabeça. Aquela era a última coisa que eu esperava ouvir.

Minha mãe tinha ido para a cama com meu ex-namorado.

Nada era mais perturbador do que aquilo naquele momento, mas havia um lado positivo naquela bagunça toda. Charlie não era o pai. Eu não precisava da autorização dele para conseguir a guarda da minha irmã. Eu precisava da autorização de Garrett.

Apesar de a minha alma estar sendo corroída pela raiva e eu estar morrendo de vontade de dar um soco na cara de Garrett, me segurei, porque ainda precisava da ajuda dele.

— E você não quer ficar com a criança? — perguntei.

— Porra, Hazel. Não tem espaço nenhum na minha vida pra uma criança. Minha mãe queria que eu ficasse com ela, por causa dessas merdas de responsabilidade e tal. Mas eu e a sua mãe decidimos que a coisa mais responsável a fazer seria dar à menina a chance de ter uma vida melhor.

— Comigo — falei, levando uma das mãos ao peito. — Ela teria a chance de ter uma vida melhor comigo, Garrett. Não é só uma questão de eu querer ficar com ela. Eu preciso dela. Ela é a minha família.

Ele baixou a cabeça e ficou chutando o chão. Eu sabia que ele estava bêbado e chapado, mas, no fundo, provavelmente sabia que o que eu oferecia era o certo.

— Eu não uso drogas. Bebo muito pouco, e vou parar, na verdade. Passei a vida toda cuidando da minha mãe. Cuidei de você quando você não tinha condições de se cuidar, Garrett. Eu sempre te apoiei, mesmo quando não devia, porque eu sou assim. Eu cuido do que amo. Vou cuidar dela pra sempre.

Ele esfregou a parte de baixo do nariz com uma das mãos e deu de ombros.

— Você quer isso mesmo, né?

— Quero.

Ele semicerrou os olhos quando o sol bateu bem em seu rosto.

— E você não me odeia pelo que eu fiz?

— Ah, pode acreditar, eu te odeio. Mas... Essa situação não tem nada a ver com nós dois. É a vida da minha irmã que está em jogo, e não posso deixar que meus sentimentos por você interfiram.

Ele soprou uma nuvem de fumaça e assentiu.

— Tá. Tanto faz. Só me explica o que eu preciso fazer.

Eu não sabia que algumas poucas palavras poderiam ser capazes de quebrar e curar meu coração ao mesmo tempo.

— Você precisa fazer um exame de DNA e essas coisas, e temos que colocar tudo no papel.

— Claro. Tanto faz. Só me avisa o que eu preciso fazer e quando.

Assenti e lhe agradeci. Quando me virei para ir embora, Garrett me chamou.

Ele estava com uma aparência péssima, como a de tantas pessoas com quem convivemos ao longo da vida. Seu cabelo ficava cada vez mais ralo, seus dentes estavam amarelados, e ele seguia por um caminho que eu nunca quis para nós. Ele parecia bem mais velho do que realmente era, e, por um milésimo de segundo, senti pena dele.

Por tantos anos, tudo o que eu queria era salvar Garrett de se destruir, mas tinha aprendido que era impossível salvar quem não queria ser resgatado. Tudo que podemos fazer é deixar a luz da varanda acesa, torcendo para que eles consigam se salvar e encontrem o caminho de casa.

— Rosie — disse ele enquanto afastava o cabelo despenteado e oleoso, do rosto. — O nome da minha avó era Rosie.

Assenti, entendendo exatamente o que ele queria dizer.

— Valeu, Garrett. Se cuida.

Ele não falou mais nada; segui para a picape de Ian e fui para casa. Para o lugar que logo seria a casa da minha irmãzinha.

A pequena srta. Rosie.

Depois que resolvemos a papelada e conversamos com um punhado de assistentes sociais, conseguimos trazer Rosie para casa. Ainda havia muito a ser resolvido na justiça. Muitos procedimentos a cumprir, muitas audiências e processos que teríamos que ir riscando da lista ao longo do tempo, mas, por ora, Rosie estava em casa com a gente.

O berço dela ficava no meu quarto, e, apesar de ela não ter chorado muito no hospital, foi só chegar ao seu novo lar que a pequena descobriu que tinha fôlego. No início foi quase insuportável. Eu me esforcei muito para me preparar psicologicamente para o fato de que seria uma garota de 19 anos cuidando de uma recém-nascida, mas a verdade era que não havia como se preparar para cuidar de um filho.

Eu podia ter lido todos os livros de bebê do mundo. Podia ter feito todos os cursos para gestantes, mas nada disso faria diferença. No fim das contas, cuidar de uma criança era um processo, precisávamos dar um passo de cada vez. Era enlouquecedor, e, em alguns momentos, eu acabava indo para o banheiro só para descansar por cinco minutos, sentindo as lágrimas escorrendo dos meus olhos.

Meu peito se enchia de culpa enquanto as lágrimas caíam, porque talvez Garrett estivesse certo. Talvez querer ficar com Rosie tivesse sido muito egoísmo da minha parte. Mas eu precisava dela. Acho que eu precisava mais dela do que ela de mim.

E, então, todos os dias, ela fazia algo que iluminava meu mundo. Sorria, ria, dormia. Ah, como eu adorava olhar para aquele bebê dormindo, seu peito subindo e descendo em um ritmo calmo.

O fato de o Mãozão e Holly estarem mais do que dispostos a me ajudar com Rosie também era uma mão na roda. Os dois a amavam como se ela fosse neta deles. Além disso, ver o velho Mãozão segurando uma bebezinha com suas mãos gigantescas era a coisa mais fofa do mundo.

Acabei perdendo muitas ligações de Ian. De manhã e à noite. Sempre que eu conseguia um segundo livre, desmaiava de sono, e, fora isso, estava sempre cuidando de Rosie.

Ian: Saudade. Saudade da sua voz. Estamos em NY essa semana, e só consigo pensar em como eu queria estar em Eres com você.

Hazel: Desculpa por eu estar tão enrolada.

Ian: Eu ia adorar me enrolar com você.

Eu não entendia Ian. Não entendia por que ele estava sendo tão compreensivo e paciente comigo. A Desastre estava explodindo, e a banda vivia no estúdio, gravando o álbum que seria lançado no começo do ano seguinte, e ele ainda arrumava tempo para me ligar todo dia de manhã e à noite.

Eu não merecia o amor dele quando só conseguia retribuí-lo com migalhas.

Procurei o nome dele no Google com mais frequência do que deveria, buscando matérias sobre a banda. Lendo absolutamente tudo o que o mundo achava da Desastre.

Um dia, durante a mamada da Rosie das quatro da manhã, eu estava passando no automático por algumas dessas matérias quando meus olhos bateram em um artigo que anunciava: *O mais novo astro da música, Ian Parker, está solteiro e tem uma voz que vai fazer você querer arrancar sua calcinha.*

Fechei a matéria rápido, sem querer ler mais.

Solteiro e tem uma voz que vai fazer você querer arrancar sua calcinha.

Nossa. Era como se aquela frase tivesse me dado um soco na vagina.

Tentei não ficar nervosa, mas o fato de eu entrar no Instagram e ver a quantidade de mulheres que apareceu para um *meet & greet* com os caras não ajudou. Garotas lindas, altas, magras, que se jogavam em cima de Ian Parker.

Eu sabia que precisava me esforçar mais com Ian se quisesse continuar com ele até que nossa história virasse tudo o que poderia ser. Eu não estava pronta para abrir mão dele, para abrir mão de nós. Era meu dever mostrar que eu estava completamente comprometida com nosso relacionamento, por mais complicado e complexo que ele tivesse se tornado. Eu precisava provar para Ian que eu queria aquilo.

Mesmo que isso significasse dormir menos e passar mais tempo ao telefone. Eu estava fazendo malabarismo com a minha vida. Havia muitas peças no meu quebra-cabeça. Cuidar de uma recém-nascida. Procurar por faculdades que oferecessem curso à distância. Me apaixonar cada vez mais, de longe. Trabalhar no rancho. Todas essas coisas eram importantes para mim. Então eu precisava arrumar tempo para todas elas.

Capítulo 28

Ian

Eu e a banda passamos semanas trabalhando sem parar. Quando novembro chegou, eu mal sabia que dia era e em que fuso horário nós estávamos. Além do mais, eu sentia uma saudade danada de Hazel e odiava a culpa que me consumia toda vez que via aquelas matérias mentirosas sobre eu estar solteiro.

— Garoto do interior, toma aí — disse Max, aproximando-se de mim com vários papéis.

Nós tínhamos começado a semana em Nova York e agora estávamos de volta a Los Angeles, passando dias inteiros trancados no estúdio.

Eu e os caras estávamos mortos. O outono passava voando, e mal tivemos tempo de aproveitá-lo. Tudo em nossas vidas estava acontecendo tão rápido que a gente não conseguia nem assimilar nada direito. Nós estávamos exaustos, mas felizes. Cansados, porém agradecidos.

— O que é isso? — perguntei.

— Suas passagens pra ir pra casa no feriado. Pedi a Amy que deixasse a agenda de vocês livre no fim de semana. Comprei passagens de primeira classe pra vocês todos irem pra Eres. Achei que seria bom vocês tirarem um tempo de folga dessa loucura toda. É difícil cair de paraquedas nesse mundo. Além do mais, eu também quero ir pra casa e passar um tempo com a minha família. Minha esposa está me enchendo o saco por tentar passar outro Dia de Ação de Graças fora. — Ele enfiou uma das mãos dentro da bolsa, pegou uns comprimidos e jogou tudo na boca. — Como se ela não soubesse que esses feriados fora de casa são o que pagam as mansões que ela ama.

Fiquei olhando para as passagens e senti um aperto no peito quando a ficha começou a cair.

— Sério? Você vai dar uma folga pra gente?

— Bom, considerando que o single de vocês entrou na Billboard Hot 100, acho que podemos tirar uns dias de descanso. Sei que não é muito, mas...

— Não, não. É mais do que o suficiente. Valeu, Max. Você não faz ideia do quanto a gente estava precisando disso. Obrigado pela folga e por tudo o que você tem feito por nós. E antes de eu contar pros caras, Max, tenho uma pergunta. Li umas matérias sobre a banda na internet...

Ele balançou a cabeça.

— Erro de principiante. Não leia essas porras. Isso faz mal, e você vai passar anos ruminando o que dizem.

— Pois é, mas era uma das entrevistas que a gente deu. A chamada dizia que eu estava solteiro e fazia uma brincadeira com calcinha. Eu nunca disse que estava solteiro, então não gostei muito.

Ele balançou a cabeça.

— A Amy deve ter falado isso pro jornalista pra aumentar seu sex appeal.

Amy era encarregada de vender nossa imagem como uma banda foda que deixava as mulheres loucas. Eu entendia o trabalho dela, mas aquilo parecia ultrapassar o limite.

— Mas não quero passar uma ideia errada. Eu tenho namorada, alguém com quem me importo de verdade, e não quero que ela fique vendo essas merdas. Já é bem difícil manter um relacionamento a essa distância.

— Certo, é claro. Entendi. Vou conversar com a Amy. Mas, por enquanto, explica pra sua namorada que os jornais mentem. É assim que as coisas funcionam, e manchetes sensacionalistas são a maneira mais fácil de conseguir cliques. Agora, vai fazer as malas.

Fui arrumar minha mala e, por um minuto, pensei em ligar para Hazel e avisar que eu ia para casa, mas mudei de ideia. Eu queria fazer uma surpresa. Mal podia esperar para envolvê-la em meus braços e sentir seus lábios nos meus de novo.

Eu sabia que ela se sentia mal por estar tão ocupada e andar exausta ultimamente, mas, para mim, isso não era problema. Na verdade, isso fez com que eu me apaixonasse por ela ainda mais. Ela era a definição de generosidade. Ela sempre se doava por completo para os outros. Para mim, essa era uma de suas maiores qualidades. Porém, ao mesmo tempo, eu queria que ela ajudasse a si mesma tanto quanto ajudava os outros. Ela merecia as estrelas e a lua, mas agia como se um simples brilho de luz em sua direção fosse demais.

Quando cheguei à casa do rancho na véspera do Dia de Ação de Graças, Hazel estava desmaiada na cama. Seu cabelo estava preso em um coque bagunçado e a blusa parecia ter sido atingida por uma golfada de leite. Mesmo assim, ela ainda estava linda pra caralho.

Rosie estava no berço, me encarando com os olhos arregalados. Ela era a cara de Hazel com aqueles olhos enormes.

Rosie começou a se remexer no berço, e, quando abriu a boca para berrar, eu a peguei no colo no mesmo instante.

Hazel pulou da cama, alerta e assustada.

— Já vou, já vou — murmurou ela, esfregando os olhos sonolentos.

— Está tudo bem, a gente se entendeu — falei, acalmando a bebê, que ia ficando cada vez mais tranquila enquanto eu a balançava.

Quando Hazel percebeu que eu estava ali, na sua frente, seus olhos se encheram de lágrimas. Não sei se eram de felicidade ou de exaustão, mas ela veio correndo até mim e me abraçou enquanto eu segurava Rosie.

— Sempre que você volta pra mim, acho que vou desmoronar — sussurrou ela no meu pescoço, dando um beijo suave em minha pele.

— Sempre que eu volto pra você, acho que não vou conseguir ir embora.

Rosie se remexeu nos meus braços, e Hazel ficou olhando-a, franzindo a testa.

— Ela deve estar com fome. Quer que eu segure ela? Vou esquentar a mamadeira.

— Não tem problema. Eu fico com ela. Pode ir pegar a mamadeira. Vamos ficar esperando aqui.

Ela hesitou e achei que fosse insistir, mas, em vez disso, murmurou um obrigada e foi para a cozinha. Quando voltou com a mamadeira, eu e Rosie estávamos sentados na cadeira de balanço, num embalo perfeito.

Hazel sorriu para nós.

— Ela parece confortável com você.

— Gosto de crianças. Eu costumava ajudar a cuidar da irmãzinha do James e da Leah quando ela era recém-nascida. É meio que um talento natural.

— Bom, eu queria poder dizer o mesmo — brincou ela. — É um inferno tentar acalmá-la quando ela está berrando. Quer que eu dê a mamadeira?

— Eu posso dar.

Estiquei a mão para pegar a mamadeira, e, quando a encostei nos lábios de Rosie, ela começou a sugar o leite, toda obediente. Aquilo era muito louco porque, na primeira vez que a vi, ela parecia tão pequena e frágil naquela incubadora... Agora estava bem mais forte, e crescendo rápido, deixando para trás seu início de vida complicado.

Hazel se sentou no chão, diante de nós, e ficou nos encarando, maravilhada.

— Quero perguntar por que você está aqui, mas, sinceramente, não me importo. Só estou feliz por você ter vindo pra casa.

Abri um sorrisinho.

— Eu também. Max fez uma surpresa pra nós com as passagens e uma folguinha no feriado. Ele disse que era um presente, porque entramos nas paradas da Billboard. Aliás... Entramos nas paradas da Billboard.

Ela sorriu de orelha a orelha.

— É, eu sei. Li sobre isso hoje cedo. — Ela pegou o celular e me mostrou. — Eu escrevi uma mensagem pra você, mas é óbvio que estava exausta demais pra me lembrar de apertar enviar.

— Rá. Sem problema. Você tem um ótimo motivo pra estar exausta.

— É, mas... Mesmo assim, estou orgulhosa de você. Sem querer parecer uma doida, mas estou meio que viciada em stalkear vocês na internet.

— Cuidado. Não acredite em tudo o que você lê por aí.

Ela levantou as sobrancelhas.

— Que engraçado, porque, antes, você me dizia pra acreditar em tudo o que eu lia na internet.

— É, mas isso foi antes de eu ver que ela tem um lado sombrio.

— Tipo sua vida de solteiro e sua habilidade de fazer as mulheres arrancarem a calcinha?

Eu me encolhi quando ouvi aquelas palavras.

— Eu estava torcendo pra que você não tivesse lido essa matéria.

— Esse é o problema de ser sua maior fã. Eu leio tudo o que sai sobre você.

Rosie terminou de mamar, e eu a coloquei no meu ombro para que ela arrotasse, ainda balançando na cadeira.

— Escuta, Hazel, aquela matéria toda foi coisa da relações-públicas. A gente não tinha a menor ideia do que eles iam escrever. Conversei com o Max e deixei bem claro que não gostei. Quero que todo mundo saiba sobre nós.

Ela balançou a cabeça.

— Não vejo problema em manter as coisas como estão. Eu entendo que ter sex appeal e deixar as mulheres loucas faz parte do pacote de um astro do rock. Nas palavras do All-American Rejects, não me importo de ser seu segredinho safado.

Eu gemi.

— Mas eu não quero que você seja meu segredo safado. Quero que você seja minha namorada safada em público.

Um sorriso malicioso surgiu nos lábios de Hazel enquanto ela se inclinava para a frente.

— Eu posso ser safada em particular e em público.

— Não faça promessas que você não vai cumprir.

— Pode acreditar em mim. Eu vou cumprir. Assim que a Rosie dormir, vou te mostrar.

Bem, a ideia não era de todo ruim. De repente, senti algo molhado descendo pelas minhas costas e entendi que a bebê tinha golfado em mim.

Eu a afastei, e Hazel a pegou na mesma hora.

— Foi mal. Caramba, ela sempre golfa depois de mamar.

— Tudo bem. Isso acontece. Vamos fazer assim: você tenta fazer com que ela pegue no sono enquanto eu tomo um banho rápido pra relaxar do voo, e depois a gente conversa sobre esses seus segredos safados.

Ela sorriu e assentiu.

— Vou ficar aqui esperando.

Saí correndo do quarto e entrei no banho. Minhas mãos esfregaram meu corpo inteiro, me limpando o mais rápido possível, para que eu pudesse voltar logo para Hazel, torcendo, rezando e desejando que Rosie já estivesse dormindo.

Segui para o quarto de Hazel, pronto para tudo o que nas últimas semanas eu só tinha conseguido fazer na minha imaginação, e toda a esperança foi por água abaixo no instante que a vi deitada na cama, completamente apagada enquanto Rosie dormia no berço.

Tudo bem, esse é um obstáculo novo no nosso namoro.

Em vez de tentar acordá-la, me deitei ao seu lado, e, automaticamente, ela se aninhou em mim, como nos velhos tempos. Naquele momento, me senti oficialmente em casa e fiquei feliz.

— Achei que ela pudesse usar isso — disse o Mãozão, parado na varanda da minha casa na noite anterior ao Dia de Ação de Graças. Ele segurava uma roupinha de peru minúscula e parecia bem irritado, mas o fato de estar segurando um macacão de bebê o fazia parecer muito mais amável. — Vi numa vitrine quando fui à cidade fazer compras. Achei que a bebê podia ter uma roupinha para o primeiro Dia de Ação de Graças.

— Vou entregar pra Hazel — prometi, pegando o macacão.

Ele desviou o olhar, coçou a barba e resmungou, então olhou para mim de novo.

— Vi você e os meninos na televisão outro dia. Vocês tocaram bem. Muito bem.

Como assim? O Mãozão estava me fazendo um elogio?

A pequena Rosie devia estar amolecendo o coração dele.

— Mas não deixa esse tipo de coisa subir à sua cabeça. Vocês não são tão bons assim, menino.

Ah! Agora, sim, era o avô que eu conhecia e amava.

— Você, a Hazel e a Rosie deviam aparecer lá em casa hoje pra ajudar sua avó a preparar a comida. Além do mais, ela fez um jantar pra comemorar a sua volta.

— Estou meio cansado, Mãozão. Eu queria dormir um pouco.

— Se você tem ânimo pra se apresentar pra estranhos, pode ir visitar a sua avó — disse ele. — Vou ficar esperando.

Ele se virou e foi embora, sem me dar muita opção. Por outro lado, ele tinha razão. Nos últimos meses, eu não consegui falar muito com meus avós, e sentia saudade deles.

O sono ficaria para depois; a família vinha sempre em primeiro lugar.

Não foi difícil convencer Hazel a vir comigo, e, uma hora depois, estávamos a caminho. Assim que entrei pela porta, senti o cheiro do Dia de Ação de Graças. O clima caloroso do feriado tomava conta da casa dos meus avós, e fiquei grato por isso. Eu sentia falta deles. Eu sentia falta daquela casa. Depois de alguns meses viajando e trabalhando sem parar, estava morrendo de saudade do meu lar.

— Querido! — disse minha avó, sorrindo de orelha a orelha enquanto vinha na minha direção com seu avental com estampa de peru. Ela estava toda suja de farinha e andava um pouco mais devagar do que eu lembrava, mas, quando me abraçou, senti seu amor.

Nossa, como senti falta dos abraços da minha avó.

Quando ela me soltou, arregacei as mangas.

— O que posso fazer pra ajudar? — perguntei.

Ela riu.

— Ah, meu bem, acho que será mais seguro pra você se sair da cozinha.

Eu sabia que ela devia estar cheia de coisas para fazer.

O Dia de Ação de Graças em Eres não era um dia qualquer para meus avós. Assim como faziam em várias outras ocasiões, os dois se preocupavam em alegrar os moradores da cidade. E era por isso que o celeiro estava arrumado com duzentas cadeiras para que as pessoas que aparecessem pudessem se sentar e comer. Era mais ou menos um lanche comunitário, no qual todo mundo levava uma comida e a compartilhava com os demais.

— Tem certeza de que não quer que eu faça meus famosos sanduíches de carne moída? — brinquei.

Ela estremeceu.

— Não, não. Sanduíches não são comida de Dia de Ação de Graças.

— Mas podem passar a ser. Posso até acrescentar umas fatias de queijo pra deixar mais chique.

Ela cortou a ideia na mesma hora.

Que pena — carne enlatada rendia bastante.

Nesse instante, Hazel apareceu na cozinha.

— A senhora precisa de ajuda? O Mãozão está com a Rosie.

A reação da minha avó à oferta de Hazel foi completamente diferente. Ela abriu um sorriso enorme e gesticulou para Hazel.

— Quero, sim, meu bem. Seria ótimo ter ajuda. Por favor, venha.

Na mesma hora, minha avó deu várias tarefas a Hazel; me senti pessoalmente atacado.

— É sério isso? Eu posso ajudar!

— Acho melhor você ir ajudar o Mãozão — disse Hazel. — Ele está te chamando no escritório.

Segui para o escritório do Mãozão, e, quando entrei, dei uma risadinha ao vê-lo segurando a pequena Rosie.

— Combina com você, Mãozão — brinquei, mas ele não riu.

Ele apontou com a cabeça para a cadeira a sua frente.

— Senta, Ian.

— O que aconteceu? Estou me sentindo em *O poderoso chefão* — brinquei.

— Senta logo, porra — ordenou ele.

Engoli em seco ao perceber seu tom de voz e me sentei. A seriedade em sua voz me pegou desprevenido e me fez voltar à época do ensino médio, quando ele vivia me dando bronca por ser um idiota.

Ele aninhou Rosie em seus braços — e, só para deixar claro, a cena continuava sendo hilária — e se virou para mim, estreitando os olhos.

— Quais são as suas intenções com a Hazel?

Eu ri, totalmente embasbacado com aquela pergunta.

— O quê? Como assim?

— Eu quero saber exatamente o que eu perguntei, menino. Quais são as suas intenções? Você enxerga algum tipo de futuro com ela ou está só se divertindo? Porque estamos falando de uma boa menina, com ética de trabalho, que está criando a irmã, então, se você machucar essa garota, Deus que me perdoe, mas vou te dar uma surra tão grande que você vai passar a cantar fino.

— Que história é essa, Mãozão? O seu neto aqui sou eu. Será que você não devia conversar com a Hazel sobre as intenções dela comigo?

— Já conversei — respondeu ele, sendo bem direto. — Ela é uma boa menina que pretende ter um futuro ao seu lado. Mas não vou permitir que você fique brincando com os sentimentos dela. Hazel é uma pessoa maravilhosa, Ian. O mundo está carente de pessoas maravilhosas, e ela já passou por poucas e boas, apesar de ser tão nova. Então, se você não tem planos de continuar o relacionamento, se o seu foco principal agora é a sua carreira, tudo bem. Mas, se esse for o caso, é melhor você deixar isso claro agora antes que ela fique ainda mais apaixonada. Não enrole a Hazel se você não quiser nada sério. Vou te perguntar mais uma vez: quais são as suas intenções?

Entrelacei meus dedos e me recostei na cadeira, olhando nos olhos do meu avô.

— É tipo o que você tem com a minha avó — respondi, sentindo isso no fundo do meu ser.

Eu queria formar um milhão de memórias com Hazel. Queria que nossos netos testemunhassem nosso amor enquanto envelhecíamos juntos. Queria que ela me desse respostas atravessadas sobre tudo, para sempre. Queria envelhecer com a garota que me ajudou a abrir meu coração.

— Então tudo bem. — O Mãozão sorriu com o canto da boca e assentiu uma única vez com a cabeça. — Não importa quanta fama e sucesso você conquistar, não deixa essa garota escapar, combinado? Aconteça o que acontecer, não deixa a Hazel escapar.

Capítulo 29

Hazel

— Por favor, me diz que você também teve a conversa do poderoso chefão com o Mãozão e que ele não estava mentindo quando disse que falou com você? — perguntou Ian quando estávamos voltando para casa, tarde da noite, depois de ajudar os avós dele a limpar toda a bagunça.

— Ah, ele teve essa conversa comigo, sim. E recebi todas as ameaças que vêm com o pacote. — Olhei para Rosie dormindo em sua cadeirinha no banco de trás. Se havia uma certeza neste mundo, era que Rosie gostava de dormir no carro. Quando ela ficava muito agitada, eu a colocava na picape de Ian e ficava dirigindo pelo tempo necessário até ela se acalmar. — Mas as ameaças do Mãozão parecem um pouco menos assustadoras quando ele está babando pela Rosie.

— Ele está caidinho por ela, né? Acho engraçado ver o Mãozão assim. Quem podia imaginar que uma bebê deixaria o velho mais calmo? Achei que só a minha avó tivesse esse poder.

— Ele aparece todo dia pra dar uma olhada nela. Juro, ele vai ao rancho muito mais vezes agora. Ela é especial, minha irmãzinha.

— Ela deve ter puxado você.

Sorri para ele e apoiei a cabeça no encosto do banco.

— Posso contar um segredo pra você?

— Você pode me contar todos os seus segredos.

— Fico meio preocupada vendo seus avós trabalhando tanto, com a idade que eles têm. Eles ajudam demais os outros, deviam pegar um pouco mais leve. A Holly continua trabalhando no Restaurante Casa da Fazenda dia sim, dia não, e o Mãozão é praticamente o prefeito da cidade. Isso não deve fazer bem pra saúde deles. Além do mais, quando eu estava cozinhando com a Holly hoje, ela pareceu cansar bem rápido.

— Eu sei. Já faz alguns anos que digo isso, mas os dois não escutam. É como se não conseguissem tirar o pé do acelerador. Eles já ajudaram tanto a cidade. Está na hora de descansar. Não sei o que precisa acontecer pra eles diminuírem o ritmo. Eles são do tipo que preferem ajudar a ter ajuda.

— Isso me deixa triste. Eles merecem uma folga, ter um tempo pra eles.

— Diz a garota que nunca tira folga.

Eu ri.

— Sei que parece loucura, mas sinto que sou mais eu mesma desde que comecei a trabalhar no rancho. Nunca achei que eu diria que amo um trabalho assim, mas amo. Passei tanto tempo pensando em fugir daqui, e, agora, quanto mais o tempo passa, mais penso que seria muito legal ficar e ensinar a Rosie sobre o rancho quando ela crescer.

— O Mãozão elogiou sua ética de trabalho. É difícil impressionar aquele homem, você devia ficar orgulhosa.

— Eu estou. Quer dizer, é difícil, especialmente com a Rosie, mas, não sei como, estou aguentando firme. Eu ainda me lembro de respirar.

Ele parou o carro na frente da casa e desligou o motor.

— Acho que esse não é o melhor momento pra eu te convidar pra passar umas semanas viajando comigo, né? Na minha cabeça, parecia uma ideia genial, mas, agora que estou vendo o quanto você está feliz aqui, ficaria me sentindo mal por tirar você disso tudo.

— Não sei se o pessoal aguentaria ficar sem mim por muito tempo. Depois de perder a Desastre aqui no rancho, estamos treinando uns caras novos pra ficarem tão bons quanto vocês.

Ele sorriu.

— Boa sorte.

— Mas quero ver você no palco. Quero ver você no seu novo mundo. Talvez eu só demore um pouco pra conseguir fazer isso, com a Rosie e tal.

— Ela pode vir também, sabe?!

— Em breve — concordei, segurando a mão dele. — Prometo que vamos visitar você em breve.

Nesse instante, Rosie começou a chorar, e me virei para trás.

— Será que a gente pode dar uma volta pelas estradas de terra, pra ela voltar a dormir? — perguntei.

Ian ligou a picape e saiu. Em cinco minutos, Rosie já estava dormindo de novo.

— Você imaginava que estaria criando um bebê aos 19 anos? — perguntou Ian. Sua mão direita ainda entrelaçada à minha. Eu adorava o calor do seu toque.

— Na verdade, eu lutei muito pra que essa não fosse a minha realidade, e aqui estamos nós. Mas não me arrependo. A Rosie é uma das melhores coisas que aconteceram na minha vida. Se você me perguntasse se eu imaginava que estaria namorando uma das maiores promessas da música, eu também teria dito que isso seria loucura. Mas acho que a vida é assim mesmo. As coisas simplesmente acontecem.

Ele puxou minha mão, levando-a até sua boca e a beijou, me enchendo de paz.

E, às vezes, as coisas que acontecem na vida são melhores do que a gente poderia imaginar.

O jantar do Dia de Ação de Graças no celeiro foi cheio de risadas, aconchego e lágrimas. Eu me sentei junto com os meninos da banda enquanto Rosie se distraía com um dos muitos brinquedos que os garotos trouxeram para ela.

Eric, James e Marcus estavam encantados com a garotinha em seu macacão de peru, e parecia que Eres inteira estava encantada com a Desastre.

— Desculpa interromper o jantar de vocês, mas eu queria saber se podem tirar uma foto comigo e com a minha amiga? — perguntou uma menina, parecendo nervosa quando se aproximou da nossa mesa. A amiga dela estava um pouquinho afastada, tremendo. Elas pareciam ter menos de 15 anos, e o brilho em seus olhos era nítido, cheio de esperança.

Quando Ian e os caras concordaram em tirar a foto, as meninas deram pulos de alegria. As fotografias com fãs só pararam quando o Mãozão fez um anúncio no microfone pedindo ao pessoal que parasse de encher o saco deles.

— A vida de vocês ficou muito esquisita? — perguntei a eles, sorrindo.

Eu adorava o fato de os meninos estarem recebendo toda aquela atenção, porque sabia o quanto eles tinham se esforçado para conquistar aquilo.

— Esquisita pra cacete — respondeu Marcus, enfiando mais comida na boca. — Mas de um jeito bom.

— Baseado no número nas nossas contas bancárias, de um jeito muito bom — cantarolou Eric, sorrindo de orelha a orelha.

— E, falando em números nas nossas contas bancárias — disse Ian, enfiando a mão no bolso do paletó. Ele pegou um envelope e me entregou. — Isso é pra você, de todos nós.

Olhei para ele com o cenho franzido.

— O que é?

— Tem que abrir pra ver — disse James.

Abri o envelope devagar e, assim que vi o que havia lá dentro, o fechei e o joguei de em cima da mesa.

— Que porra é essa? — arfei.

— Um cheque. Você já viu cheques antes, né? — brincou Ian.

— Não com tantos zeros... E tinha um ponto depois de dois números? Cheques não têm pontos depois de dois números! — exclamei. Meu coração batia disparado no peito só por eu ter tocado naquilo.

Dez mil dólares.

Os caras tinham me dado um cheque de dez mil dólares como se fosse a coisa mais tranquila do mundo. Pensei em uma situação que aconteceu alguns meses antes, quando Marcus e Eric começaram uma briga para saber quem pagaria a conta de vinte dólares no restaurante chinês. Agora eles estavam me dando um cheque de dez mil dólares.

Era engraçado como o mundo de alguém podia mudar de repente.

— Não posso aceitar — falei para eles.

Ian pegou o cheque e o colocou de volta na minha mão.

— Pode e deve. Se não fosse pela sua ajuda com as letras, nós nunca seríamos descobertos, e, quanto mais sucesso fizermos, mais vamos te agradecer. Isso é só o começo.

— Ian...

— Não — falou ele. — Não tem discussão, Hazel. Você merece. Você ajuda tanto os outros sem receber nada em troca. Chegou a hora de ser recompensada por tudo o que faz.

— E vem muito mais por aí! — gritou Eric, roubando o pão do prato de Ian.

Conforme a ficha caía, uma onda de paz tomou conta de mim. Aquele dinheiro me ajudaria mais do que eles imaginavam. Ele melhoraria a minha vida e a de Rosie. Eu poderia começar a economizar para um futuro que nunca achei que teria. Eu poderia respirar mais aliviada.

— Obrigada, meninos. Vocês nem imaginam como isso é enorme pra mim.

— Bom, levando em consideração que você está pegando o Ian, imagino que já esteja acostumada com coisas enormes — brincou Marcus, me dando uma cotovelada.

Meu rosto ficou mais vermelho do que a gelatina que Mary Sue trouxe para o jantar.

— Para de deixar ela com vergonha, seu babaca! — disse Eric, empurrando o irmão.

— O quê? Não estou! Até parece que a cidade toda não sabe do pau enorme do Ian — argumentou Marcus. — Além disso, eu ficaria mais feliz do que pinto no lixo se a minha namorada fizesse questão de afirmar que eu tenho um pau enorme.

— Para de dizer "pau enorme" — gemeu Eric, dando um tapa na própria testa.

— Paaaau enooooorme — cantarolou Marcus, para provocar o irmão caçula.

— O que é enorme? — perguntou uma voz atrás de nós.

A mesa toda se virou para ver Holly parada ali, simpática como sempre, com as sobrancelhas levantadas.

Agora foi a vez de Marcus ficar da cor da gelatina.

— Ah, nada, vó — disse ele, balançando a cabeça.

Eu adorava o fato de que todos os caras da banda chamavam Holly de "vó", como se fossem netos dela também. Considerando o que ela representava para a cidade, era como se ela fosse a avó de Eres toda mesmo.

— Não, conta pra ela o que você estava falando — incentivou Eric.

Marcus deve ter dado um pisão no pé do irmão embaixo da mesa, porque Eric gritou como alguém que pula em um lago congelado no pleno inverno.

Holly continuou sorrindo e acenou para eles.

— Ah, vocês, meninos, e suas piadas. A mesa de sobremesas está liberada. Vão pegar um pedaço de torta.

Os olhos de James se iluminaram diante da menção à palavra torta.

— A senhora fez aquela torta?

Holly assentiu.

— Fiz uma só pra vocês. E tem creme na geladeira pra colocar por cima.

Então os três se levantaram na mesma hora e saíram em disparada. Ian ficou olhando para a avó com uma expressão séria.

— E a senhora, vó? Já comeu?

Ela acenou para o neto.

— Ah, não. Ainda não. Mas já vou comer. Só quero ter certeza de que está todo mundo de barriga cheia antes de eu fazer meu prato.

— Acho que todo mundo está cheio agora. Anda, vó. Vai comer.

Ela chiou antes de se aproximar e apertar as bochechas dele.

— Estou tão feliz por você ter vindo. Nem imagino como teria sido passar o feriado sem você. Senti saudade.

Ian abriu um sorriso torto.

— Também senti saudade, vó. E desculpa por eu não ligar muito. Vou melhorar.

— Sempre que você liga, eu fico feliz. Mas não precisa ficar se desdobrando pra ligar pra mim e pro Mãozão. Nós sabemos que você está ocupado virando o próximo Elvis.

Sorri ao ver a interação deles e senti uma pontada de inveja. Eu não conheci meus avós, e ver o amor entre Holly e Ian era algo lindo.

— Agora, anda, anda. Vai pegar um pedaço de torta. Vou avisar às outras mesas que está liberado — disse Holly.

— Posso levantar e gritar que está na hora da sobremesa — ofereceu Ian, mas ela balançou a cabeça.

— Não, não. Quero cumprimentar todo mundo e dizer que me sinto grata por terem vindo. — Ela olhou para mim e esticou uma das mãos. Eu a segurei, e ela me deu um sorriso carinhoso. — Eu me sinto grata por você estar aqui, Hazel.

Meus olhos devem ter enchido de lágrimas, porque, antes de seguir para as outras mesas, ela me pediu que não chorasse.

— Nossa, ela é maravilhosa — funguei, secando as poucas lágrimas que escorriam dos meus olhos.

— Anda, Haze — disse Ian, me dando uma cotovelada. — Ela falou pra você não chorar.

— Eu sei, eu sei. Mas estou tão feliz. Isso tudo é incrível. Nos últimos anos eu não comemorei o Dia de Ação de Graças. E, quando a gente comemorava, éramos só eu e minha mãe com um frango que a gente comprava no mercado.

Ele levantou as sobrancelhas.

— Meus avós dão essa festa desde antes de eu nascer, e sempre foi de graça pra todo mundo. Por que vocês não vinham?

— O Charlie não gostava que a gente frequentasse os eventos da cidade. Ele dizia que poderia dar abertura pras pessoas fuxicarem a vida dele. — Ele franziu o cenho, e odiei isso. Eu odiava quando Ian parecia triste ao descobrir algo do meu passado. Dei um tapinha em seu joelho. — Mas estou aqui agora, e é isso que importa.

— Se eu pudesse voltar no tempo, nunca teria te tratado do jeito que tratei, Haze. Sei que já faz um tempo desde o primeiro dia em que nos falamos, mas cacete... Ainda me odeio um pouco por ter sido tão babaca com você.

Dei uma risadinha.

— Bom, você mais do que me compensou por isso. Além do mais, os dez mil dólares apagam todos os comentários estúpidos do passado — brinquei.

Ele continuou sério, e senti falta da felicidade que fazia seus lábios se curvarem.

— O que foi, Ian?

— Nada... É que eu sinto sua falta. Sinto saudade disso — disse ele, gesticulando para as pessoas. — Nunca achei que sentiria tanta falta de casa até ir embora.

— Do que você mais sente falta? — perguntei.

Ele bufou uma nuvem de ar quente.

— Cacete, de tudo. Das ruas de terra esburacadas. Dos luaus. Dos bichos da fazenda. Da Dottie me dando uns coices. De você. Sinto falta de você.

Eu me inclinei para a frente e beijei sua boca.

— Bom, eu estou aqui.

— Eu me sinto grato por isso.

— Eu me sinto grata por você.

O sorriso voltou aos lábios dele, e Ian me beijou de novo. Com os lábios grudados aos meus, ele sussurrou:

— Posso fazer amor com você até amanhecer?

— Pode — respondi, mordendo seu lábio inferior. — Ou pelo menos até a Rosie precisar trocar de fralda.

Capítulo 30

Ian

A curta viagem para casa passou mais rápido do que eu gostaria, mas fiquei feliz por cada segundo que consegui curtir com minha família e as pessoas que amava. Quando chegou a hora de ir embora, o Mãozão, minha avó e Hazel foram se despedir de mim do lado de fora da casa de novo, como da outra vez. A única diferença era que agora havia Rosie, aconchegada nos braços do Mãozão.

— A gente precisa parar de se despedir tanto — brincou minha avó, me dando um beijo na bochecha.

— Espero voltar logo.

— Pro Natal? — perguntou ela, esperançosa.

Olhei para ela com a testa franzida, sabendo que tínhamos shows agendados perto do Natal. Eu nunca tinha perdido um Natal com meus avós. Talvez Max conseguisse fazer algum tipo de milagre natalino.

— Tomara, vó. — Dei um beijo na bochecha dela.

O Mãozão gesticulou para eu passar longe dele, dizendo que não precisava de outra despedida triste. Beijei Rosie na testa e apertei a mão do meu avô.

— Faça um bom trabalho, Ian. E depois volta pra casa.

— Sim, senhor.

Então acompanhei Hazel, que estava segurando uma caixa. Eu odiava me despedir dela. Uma parte de mim queria implorar a ela que viesse comigo na turnê, mas eu sabia que isso seria egoísmo da minha parte. Ela estava tentando dar um rumo para a vida dela ali no rancho, e eu não podia lhe pedir que abrisse mão de algo que amava tanto só para que eu acordasse ao lado dela todos os dias.

Mas, cacete, como eu queria acordar ao lado dela todos os dias.

— É pra você — disse ela, me entregando a caixa.

Olhei para Hazel sem entender e a abri a caixa. Quando vi o que tinha lá dentro, meu coração começou a acelerar. Era engraçado pensar que eu tinha saído de casa para encontrar a felicidade, mas que ela estivera bem ali, sentadinha ao meu lado, esse tempo todo.

— É um pedacinho de casa — explicou Hazel, revirando os itens na caixa. — Esse pote tem terra da estrada. Coloquei uma vela com aroma de fogueira e umas fotos de todo mundo. Tirei até fotos dos animais do rancho. A Holly fez uma dúzia de cookies pra você, e acrescentei umas fatias do meu pão de banana. São só umas coisinhas pra você se lembrar de nós quando sentir saudade.

Eu amava demais aquela garota, mais e mais a cada dia. Eu não tinha ideia de que o amor podia continuar aumentando. Sempre que Hazel estava comigo, meu coração amargurado ficava três vezes maior.

— Você é perfeita — falei para ela, deixando a caixa de lado e puxando-a para um abraço. — Logo, logo, a gente se encontra de novo, tá?

— Mas não tão logo assim. Primeiro, seus sonhos precisam se tornar realidade.

— Confia em mim. — Beijei sua testa. — Eles já se tornaram.

— Você é meu melhor amigo, Ian Parker.

— Você é minha melhor amiga, Hazel Stone.

— Vai lá tocar suas músicas e depois volta pra gente, tá? Não precisa se preocupar, vamos deixar a luz da varanda acesa pra você encontrar o caminho — disse ela, me dando um beijo na bochecha.

Coloquei a caixa na van alugada e dei um último adeus. Passei na casa dos outros caras para buscá-los, e depois seguimos para o aeroporto. Enquanto estávamos no terminal, esperando o embarque, fiquei vendo as fotos que Hazel me deu. Estava mais do que claro que lar não significava um lugar — significava pessoas, e eu era um cretino de um sortudo que nunca passou necessidade nesse quesito.

— Foi a Hazel que te deu isso aí? — perguntou James, apontando com a cabeça para as fotos.

— Foi, ela montou uma caixa pra mim, pra eu matar a saudade de casa. E quer saber?

— O quê?

— Tenho certeza absoluta de que um dia vou me casar com aquela garota.

~

Quando eu e os caras voltamos para a estrada, fomos pegos por um turbilhão interminável de shows. Nós tivemos a oportunidade de abrir shows para mega-astros pelo país inteiro, e ainda estávamos nos preparando para gravar nosso álbum oficial que seria lançado no ano seguinte.

Eric estava prestes a ter um ataque cardíaco, pois os números nas nossas redes sociais aumentavam de uma forma surreal.

— Um milhão de seguidores no Instagram, caralho! — gritou ele no ônibus da turnê enquanto seguíamos para um show em Richmond, Virginia. — Acabamos de bater um milhão de seguidores!

Nós comemoramos como se tivéssemos ganhado a porra de um Grammy. Era muito bom saber que as pessoas prestavam atenção na gente. Para mim, essa era a maior recompensa — ver que as pessoas se identificavam com o nosso trabalho.

Parecia que estávamos em uma avalanche de sucesso. A cada show que fazíamos, mais pessoas apareciam gritando nosso nome. Os fãs descobriam os hotéis onde ficávamos hospedados, e era cada dia mais difícil andar na rua sem sermos reconhecidos.

A gente estava virando tudo que a porra do Max Rider tinha nos prometido — nós éramos famosos, e tudo acontecia em um piscar de olhos.

Eu me sentia feliz por ainda manter uma conexão com a minha casa. Ficava feliz pelos telefonemas com Hazel, porque era ela que me mantinha com os pés no chão.

À noite, depois de um show incrível em Richmond, vesti um casaco mais grosso e saí para dar uma caminhada, pensando em tomar um ar fresco e ligar para Hazel.

— Não acredito que vocês abriram um show do Shawn Mendes e eu não estava aí pra ver — suspirou Hazel, provavelmente mais triste por perder o show de Shawn do que o meu.

— Estou até feliz por você não ter vindo, porque ele é mais bonito pessoalmente, canta melhor ao vivo e é maneiro pra caralho. Não quero ser trocado pelo Shawn.

— É verdade — concordou ela. — Eu iria implorar que ele fosse o pai dos meus filhos.

Sorri.

— O pai dos seus filhos serei eu. — Hazel não respondeu, e então me dei conta do que havia falado. — Quer dizer, um dia, daqui a muito, muito tempo. Quer dizer, merda. Isso foi demais. Esquece que eu disse isso.

— Não, tudo bem. Sério. Eu só não sabia que você queria ter filhos um dia.

Esfreguei a testa. Acho que a gente nunca tocou nesse assunto antes.

— Bom, sim. Um dia. Não em um futuro próximo, claro. Mas consigo imaginar uns mini Ians correndo por aí. Acho que Rosie despertou isso em mim. Ela é tão fofa, e me fez pensar nessas coisas.

— Ela causa esse efeito nas pessoas.

— E você? — perguntei com um nó no estômago. — Você quer ter filhos um dia?

— Ah, quero. Dois ou três, pelo menos. Ou até quatro ou cinco. Quero ter uma família enorme, com muitas risadas. Eu não tenho mais ninguém além da minha mãe. Quero formar uma família enorme.

Eu também, Haze.

Quero formar essa família enorme com você.

Mas não falei isso, óbvio. Pareceria que eu estava colocando o carro na frente dos bois.

— Ei! Ei! Você é o Ian Parker? — chamou uma voz às minhas costas.

Merda.

Continuei andando. Max tinha falado que, se não quiséssemos ser reconhecidos, deveríamos continuar andando normalmente e agir como se fôssemos outra pessoa.

— Alguém te reconheceu? — perguntou Hazel.

— Sim, mas vou me fazer de desentendido e pegar outro caminho pra voltar pro hotel. Não tem problema.

— Ei! Por favor! Você é o Ian Parker, né? — chamou outra voz. Desta vez, era um homem. Geralmente, éramos abordados por mulheres, então o tom masculino grave me pegou desprevenido.

— Não, não sou o Ian — gritei, mantendo meu ritmo.

— É, sim! — disse a mulher. — É o Ian! Reconheço você. Ian Carter, somos nós.

Parei quando ouvi meu nome do meio saindo da boca da mulher.

Essa era diferente. A última pessoa que me chamou de Ian Carter foi minha...

Eu me virei para ver quem estava me seguindo e de repente parecia que eu tinha levado um soco no estômago.

— Eu te ligo mais tarde, Hazel — murmurei, desligando o telefone. Meus lábios se abriram enquanto o choque percorria meu corpo inteiro. — Mãe? Pai?

Os dois pareciam acabados e maltrapilhos, mas eram eles. Os olhos dela eram iguais aos meus; a testa franzida dele era igual à minha.

Minha mãe passou as mãos pelo cabelo ralo, abriu um sorriso radiante para mim e disse três palavras, como se não tivesse saído da porra da minha vida 14 anos antes.

— Oi, meu amor.

Capítulo 31

Ian

Oi, meu amor.

Oi, meu amor certamente não estava entre as palavras que imaginei que minha mãe me diria depois de 14 anos. Talvez *Oi, Ian. Desculpa por abandonar você e, ah... sei lá, ferrar com sua cabeça por 14 anos.* Ou *Oi, filho. Desculpa por ter perdido 14 aniversários.* Ou *Oi, filho. Você ainda torce pro Dallas Cowboys?*

Sinceramente, achei que ouviria qualquer outra coisa, menos essas três palavras.

Não sei como aconteceu, mas, de alguma forma, nós três acabamos em uma lanchonete no final da rua. Era como se eu estivesse funcionando no automático — chocado demais para perceber exatamente o que estava acontecendo diante de mim. Os dois não se fizeram de rogados e pediram quase o cardápio inteiro, devorando tudo como se não comessem fazia anos.

Eu não estava com fome nenhuma.

— A gente só queria te agradecer por conversar com a gente hoje, filho — disse meu pai, enfiando algumas batatas fritas na boca. Ele não parava de bater o pé no chão. Estava usando um casaco pesado desgastado e furado, e um gorro. Só Deus sabia quando tinha sido a última vez que havia feito a barba, e ele não conseguia parar de se mexer. Eu nem sabia se ele percebia que se mexia o tempo todo, inquieto.

O mesmo valia para minha mãe, mas seus movimentos não eram tão intensos quanto os do meu pai.

Eles estavam... horríveis.

Era como se tivessem ido embora de Eres e se atolado na merda desde então.

Os dois continuavam se drogando, isso era nítido, o que me deixou com o coração partido. Na minha cabeça, uma das duas coisas tinha acontecido depois que eles foram embora: (a) os dois haviam tido uma overdose e morrido, ou (b) encontraram uma forma de ter uma vida feliz, sóbrios, e simplesmente me deixaram no passado.

Obviamente, a opção b fazia com que eu dormisse mais tranquilo.

Mas descobrir que havia uma opção c — que eles continuavam tão fodidos quanto antes — me deixou arrasado.

— Faz muito tempo que a gente queria falar com você, mas duvido que o Mãozão fosse gostar se a gente aparecesse por lá desse jeito — disse minha mãe, tremendo como se sentisse frio, porém suando ao mesmo tempo. Tirei meu casaco e o coloquei sobre os ombros dela. — Parece que eles acabaram criando um cavalheiro — comentou ela, dando uma cotovelada no meu pai. — Eu disse que ele acabaria se dando bem, não disse, Ray?

— Disse mesmo — concordou ele, tomando um gole de refrigerante.

— O que vocês estão fazendo aqui? Como me encontraram?

— Ah, é fácil te achar. A gente viu que você ia tocar na cidade hoje, e sua cara está estampada por aí, na internet, nas revistas e na televisão. Não sei se te contaram, filho, mas você é meio famoso por essas bandas.

Abri um sorriso tenso. Se ele soubesse meu incômodo por ouvi-lo me chamando de "filho".

Eu não era filho deles fazia anos.

— Mas por que estão aqui? — perguntei de novo. — O que vocês querem?

Percebi que minha mãe ficou chocada com minhas palavras, mas eu não sabia de que outra maneira perguntar. Eu havia imaginado nosso reencontro muitas vezes antes, mas, infelizmente, torcia para que isso acontecesse antes da fama — não depois. Era no mínimo estranho que os dois viessem atrás de mim para uma reunião de família justo agora que eu estava me tornando alguém importante.

Minha mãe esticou o braço na minha direção, colocando a mão sobre a minha, e, caralho, como era bom segurar a mão dela. Eu odiei achar aquilo bom. Apesar de sua pele estar fria como gelo, seu toque era quente o suficiente para aquecer as partes gélidas da minha alma.

— A gente queria te ver, Ian; só isso. Saber se está tudo bem com você.

— Vocês podiam ter feito isso muito tempo antes. Meu endereço não mudou. Vocês sabiam onde eu estava.

— Sim, mas não tínhamos dinheiro pra voltar pra Nebraska — argumentou meu pai.

— Imagino que vocês também não tivessem dinheiro pra ligar. O número da minha avó e do Mãozão é o mesmo desde a década de 1990.

As sobrancelhas do meu pai baixaram, e seu olhar se tornou frio.

— O que você quer dizer? Que a gente não tentou entrar em contato?

— É exatamente isso que estou dizendo — respondi, direto. — Só acho estranho vocês aparecerem por acaso, depois de tanto tempo, agora que me viram na televisão. Que babaquice.

— Olha essa boca, garoto! — bradou meu pai, apontando um dedo na minha direção, fazendo as pessoas olharem para nossa mesa.

Minha mãe baixou o braço dele, silenciando-o.

— Calma, Ray.

Ele resmungou.

— Eu não gosto do que ele está insinuando.

— Por quê? Porque eu estou certo? — perguntei, já tirando a carteira do bolso e começando a contar as notas. — Então como vai ser? Quanto vocês querem? Quer dizer, vocês vieram atrás de dinheiro, né? Está mais do que claro que não estamos aqui pra bater papo e compartilhar lembranças.

Minha mãe baixou a cabeça, balançando-a.

— A gente queria te ver, Ian. Eu juro, mas é que... Estamos passando por um momento difícil e queríamos saber se você pode ajudar.

O arrependimento por permitir que meu coração voltasse a bater depois de tantos anos me acertou em cheio. O problema de corações que batem é que eles quebram fácil.

Tirei o dinheiro da carteira e o coloquei na minha frente. Os olhos deles ficaram vítreos de admiração enquanto encavaram as notas, deixando claro que realmente só estavam ali por isso.

— Tenho quinhentos.

— Mentira — rebateu meu pai. Não, Ray. — Você é um astro do rock, porra. Pode dar mais do que isso pra gente.

— E por que raios você acha que tenho que dar qualquer coisa pra vocês?

— Nós somos seus pais — disse ele, a voz cheia de raiva. Ele provavelmente estava doidão.

— Vocês não são nada meus. O negócio é o seguinte. Vocês podem pegar os quinhentos dólares agora, ou podem não pegar nada, e então vamos tentar ter algum tipo de relacionamento no futuro. Mas, se fizermos isso, vocês nunca vão receber um centavo meu. Vocês podem ficar com os quinhentos dólares ou ter seu filho de volta. A escolha é de vocês.

Eu me sentia um completo idiota.

Conforme os segundos iam passando, meu coração, meu coração idiota, castigado e machucado, chorava como o garotinho de 8 anos que eu fui, pedindo — pedindo não, implorando — para que os pais ficassem com ele. Eu queria que eles quisessem ficar comigo, que me escolhessem, me desejassem.

Os dois olharam um para o outro, depois para o dinheiro, sem jamais me encarar. Em um movimento rápido, Ray pegou as notas da mesa e as guardou no bolso. E meu coração idiota, castigado e machucado, que batia?

Quebrou em mil pedaços.

Naquela noite, eles foram embora com os quinhentos dólares, atrás da próxima dose, e me deixaram sozinho na lanchonete feito um bobo.

~

— O que foi? O que aconteceu? — perguntou Hazel quando já estava no hotel, com o telefone apertado contra minha orelha. Ela havia me mandado várias mensagens e ligado um monte de vezes, deixando recados cheios de preocupação.

À uma da manhã, finalmente tive coragem de ligar de volta para ela.

— Foi só uma bobagem — murmurei.

Eu precisava de muito incentivo para abrir uma garrafa de uísque, mas estava tomando uma dose, sentado na cama. Quando liguei para ela, já estava bêbado, o que não devia ser bom.

Uísque geralmente me deixava triste, mas não fazia diferença — porque eu já estava arrasado.

— Alguém te reconheceu? Uma fã? Os paparazzi?

— Não. — Balancei a cabeça como se ela pudesse me ver naquele momento. — Pior. Foram meus pais.

Hazel arfou do outro lado da linha.

— Nossa... O quê?

— Acho que eles me viram na televisão. Queriam saber das novidades, e por "novidades" quero dizer que pediram dinheiro.

— Ah, nossa, Ian. Não acredito. O que você fez?

— Dei uma opção a eles. Quinhentos dólares ou um relacionamento comigo.

Ela suspirou, quase como se soubesse o que eles tinham escolhido.

— Eles ficaram com o dinheiro?

— Ficaram. — Eu ri, o fundo da minha garganta queimando pelo uísque e pelo sofrimento daquela noite. — Eles ficaram com a porra do dinheiro.

— Idiotas — sussurrou ela. — Odeio os dois. Sei que eu não devia odiar os seus pais, mas odeio. Odeio os dois de verdade.

— É. Não é como se eles tivessem feito a escolha errada — falei, bêbado, jogando o uísque goela abaixo antes de ir até o bar para pegar mais. — Eu também não me escolheria.

— Não fala assim. Você não é o errado nessa história, Ian. São eles. São eles que têm um problema, não você.

Fiquei quieto e me apoiei no bar para me equilibrar enquanto minha cabeça girava por causa do uísque e da tristeza.

— Do que você precisa? — perguntou ela, sua voz alerta e séria. — Me diz do que você precisa.

Engoli em seco e pigarreei.

— Da minha melhor amiga — murmurei. — Preciso da minha melhor amiga.

— Tudo bem. Estou indo.

Capítulo 32

Ian

— Que porra é essa? — berrou Max na manhã seguinte, vindo para cima de mim no saguão do hotel.

Nós faríamos mais duas apresentações em Richmond, e eu só queria ir para casa. Mas, como dizem por aí, o show tem que continuar.

Eu e os caras estávamos no saguão esperando para sair e dar umas entrevistas, e, para mim, que estava de ressaca, o som agudo da voz de Max parecia unhas arranhando a porra de uma lousa.

Apertei a ponte do nariz quando ele parou na minha frente. Eu estava todo de preto e de óculos escuros, e tudo o que queria era alguns comprimidos de ibuprofeno e fritura.

— O quê? — resmunguei, com zero vontade de lidar com meu empresário naquela manhã. Ele estava realizando nossos sonhos? Sim. Ele me deixava maluco de vez em quando? Com certeza.

— Isso — disse ele, enfiando o celular na minha cara para que eu o segurasse.

Encarei a tela, e meu estômago embrulhou. Era uma foto minha com meus pais sentados na lanchonete, publicada em um tabloide, mostrando o momento em que eu dava dinheiro para os dois. Vendo de fora, a cena parecia suspeita pra caralho.

Bom, a situação era mesmo suspeita, mas os tabloides faziam parecer muito pior. Agora, dava para entender o pânico de Max.

— O que foi? — perguntou James, pegando o celular das minhas mãos. Assim que ele viu do que se tratava, ficou boquiaberto. — Puta merda. São os seus...? — perguntou ele.

Assenti.

— Aham.

Max pegou o celular de volta, sem ter a menor ideia de quem eram as pessoas na foto comigo. E era óbvio que ele não se importava com isso.

Ele se sentou na mesinha diante de mim e entrelaçou os dedos.

— Você está metido com drogas?

— O quê?! — exclamei. — Não, eu não uso drogas.

— Porra, Ian, não mente pra mim. Se você usa, preciso saber o que é. Pó? A gente dá um jeito. Ecstasy? Tudo bem. Uns comprimidos e xarope pra tosse num sábado à noite? Quem nunca? Mas isso aqui... essa foto... parecem dois doidões de metanfetamina. E eu não trabalho com gente metida com isso — gritou ele. — Você se encontrou com esses drogados ontem pra participar da festa deles?

James trincou a mandíbula e fez cara feia.

— Você não sabe do que está falando, Max — disse meu amigo.

— Sem querer ofender, Yoda, mas estou falando com meu astro agora. Um astro que está prestes a jogar tudo o que fizemos por ele no lixo. Então, por favor, cuida da sua vida.

James abriu a boca para brigar com Max, mas levantei a mão para impedi-lo. Seu rosto estava vermelho de raiva, e meu amigo não ficava assim por qualquer motivo. Eu sabia que, se ele partisse para cima de Max, não haveria volta.

Quando James ficava irritado — algo que quase nunca acontecia —, ele virava o Hulk, quebrava coisas. Naquele caso, ele quebraria a cara de Max.

— Eles são meus pais — expliquei, sabendo que não havia motivo para mentir. — Há anos que os dois não fazem parte da minha vida, por causa do vício deles em drogas. Mas quando descobriram que eu estava fazendo sucesso, vieram atrás de dinheiro.

Max suspirou e esfregou o rosto com uma das mãos.

— Por favor, diz que você não deu dinheiro pra eles; por favor, diz que você não deu dinheiro pra eles — implorou ele.

— Dei, mas falei que não poderiam pedir mais. Acabou.

— Cacete! — disse Max, levantando-se e batendo o pé como uma criança. — Não! Não. Nunca se dá dinheiro pra parentes drogados. Sabe por que, Ian?

— Me explica — resmunguei, irritado com o empresário.

— Porque eles nunca mais vão sair de cima de você, porra! Se você dá um centavo pra um drogado, ele volta pedindo mais dois. Mas que merda. Mas que merda do caralho. — Max enfiou uma das mãos em sua bolsa tipo pochete, tirou um frasco de remédios e jogou dois comprimidos na boca. Ele respirou fundo e tentou se acalmar. — Tá. Tá. Tudo bem. Vou resolver isso. Mas, nesse meio-tempo, vê se não dá mais dinheiro pra ninguém, combinado? Sua carreira acabou de começar, e eu não quero que ela termine antes do tempo porque seus pais doidões resolveram que querem ficar ricos rápido e publicar um livro contando todos os podres de Ian Parker.

— Eles não sabem de podre nenhum meu. Faz anos que não falam comigo.

— As pessoas não querem saber se os dois estão falando a verdade! Elas só querem drama! — gritou ele.

Antes que eu conseguisse responder, ele já estava no celular e se afastou.

Os caras me encararam com a expressão mais solidária do mundo. Era nítido que eles estavam mais preocupados com meu bem-estar do que Max, porém eu não me sentia no clima para conversar sobre aquele assunto.

— Agora não, gente — murmurei, me recostando na poltrona. — Não consigo falar sobre isso agora.

— Eu entendo, cara — disse Marcus, me dando um tapinha nas costas. — Mas, quando você quiser conversar, estamos aqui.

~

O show daquela noite foi um dos mais difíceis para mim, mas eu o encarei, e, assim que desci do palco, fui correndo para meu camarim. A última coisa que eu queria era contato humano, só pensava em ir para meu quarto no hotel e ficar remoendo aquilo tudo.

Quando abri a porta do camarim, vi uma pessoa sentada na cadeira diante do espelho, de costas.

— Hum, com licença?

— Você devia tomar mais cuidado com esses camarins, sabia? Porque a segurança aqui é muito falha. — Hazel girou na cadeira e me encarou com seu sorriso. O sorriso que consertava tudo. — Senão, qualquer fã pode entrar e tentar apertar a sua bunda.

Não reagi à sua provocação. Simplesmente fui direto até ela e a puxei para um abraço. Acho que nunca a apertei tanto.

— Desculpa por eu ter chegado tarde — sussurrou ela, apoiando a cabeça no meu peito.

— Você chegou bem na hora. Cadê a Rosie?

— O Mãozão e a Holly vão ficar com ela pra mim por dois dias, até eu voltar. A Leah ficou de ajudar também. — Ela se afastou um pouco e levou a palma da mão à minha bochecha. Seus olhos dilatados olharam dentro de mim. — Você está bem?

Fiz que não com a cabeça.

Ela me abraçou ainda mais apertado.

— Tá bom.

Nesse instante, a porta do camarim foi escancarada, e Max irrompeu no cômodo.

— Ian, a gente precisa... — Ele parou, olhou para mim com o cenho franzido e avaliou Hazel de cima a baixo. — Ah. Hum, desculpa, eu não sabia que você estava com alguém.

Eu me afastei de Hazel e gesticulei para Max.

— Haze, esse é o Max, meu empresário. Max, essa é a minha namorada, Hazel. — Era bom apresentá-la assim para as pessoas, como minha namorada.

Os olhos de Max analisaram Hazel com mais atenção, e, pela primeira vez desde que começamos a trabalhar juntos, percebi qual era a dele. Max era igual a um rato, sempre prestando atenção em tudo para ver se conseguia obter alguma vantagem.

Ele abriu um sorriso, foi até Hazel e a cumprimentou.

— Max Rider. É um prazer conhecer você. Então é você que fica tirando a concentração do Ian, né?

Hazel sorriu para ele.

— É, a própria.

Max manteve os lábios pressionados e estudou Hazel de cima a baixo mais uma vez.

— Qual é o seu sobrenome, Hazel?

Ela o encarou sem entender a pergunta, mas respondeu mesmo assim:

— Stone.

Max assobiou.

— Hazel Stone e Ian Parker. Combina. Enfim, não quero atrapalhar. Só passei aqui pra lembrar que você tem aquela festa hoje com uns figurões, Ian.

Eu me retraí e balancei a cabeça.

— Eu preferia ter uma noite tranquila com a Hazel. As últimas 24 horas foram bem intensas.

— E você acha que eu não sei? Estou controlando os estragos, lembra?

Hazel franziu o cenho ao perceber o tom de voz de Max, e seu incômodo era nítido. Ela provavelmente estava se segurando para não abrir a boca. Eu conseguia imaginar todas as respostas atravessadas que passavam por sua cabeça.

— É, eu sei. Mas preciso de uma noite de folga.

— Hoje, não. Agora é o momento de você sair e mostrar pra todo mundo que não está metido com drogas. Faça sua melhor atuação. Seja simpático e engraçado. Seja o Ian Parker que estamos construindo.

— Não estou no clima de ser simpático e engraçado.

— É por isso que a gente usa o termo atuação.

— Mas eu sou músico, não ator.

Ele riu.

— Todos os músicos são atores. A única diferença é que músicos cantam melhor. Enfim, mando o endereço pra você por mensagem.

Ele saiu apressado do camarim e bateu a porta antes que eu pudesse responder.

— Então esse é a porra do incrível do Max Rider, hein? — questionou Hazel, revirando tanto os olhos que achei que ela fosse ficar vesga. — Ele sabe que, no fim das contas, é ele que trabalha pra você, né?

Abri um sorriso preguiçoso.

— Duvido muito. Desculpa por ter feito você ver essa cena. Eu queria que a gente pudesse conversar e ficar de bobeira, mas acho que preciso aparecer na festa, pra amenizar as coisas e tal.

— Quem está cuidando do seu coração? — perguntou ela.

Passei um braço em torno dela e a puxei para perto.

— Você. — Dei-lhe um beijo na testa. — Sei que não estava nos seus planos ir a uma festa, mas eu ia adorar ter você do meu lado pra me deixar mais tranquilo.

— Eu vou aonde você me levar. Independentemente do que você precisar nas próximas trinta horas, sou sua.

Capítulo 33

Hazel

A porra do Max Rider.

Ele estava mais para o babaca do Max Rider.

Não dava para acreditar que um sujeito tão, tão mirrado poderia ser tão arrogante. Max era careca, tinha uns 40 e poucos anos, mas se vestia como se tivesse 20. Era óbvio que ele forçava a barra para se mostrar importante, e era exatamente essa a imagem que transmitia — um homem de meia-idade, forçando a barra. Além disso, ele tinha uma quantidade enorme de pelo no peito, que saía da camisa.

Se um pênis e um gorila tivessem um filho, seria a porra do Max Rider.

Se não fosse por Ian e pela banda, eu teria dito a Max onde ele podia enfiar aquela marra toda. Mas, em vez disso, me comportei como uma dama. Sorri, fui simpática e guardei meus pensamentos extremamente desagradáveis sobre ele para mim mesma.

Então fui para o hotel com Ian, para me arrumar para a festa.

— Não trouxe nada adequado pra uma festa — confessei, revirando as poucas peças de roupa na minha mala.

— Coloca qualquer coisa. Se você for do jeito que está agora, não tem problema — disse Ian.

Eu ri e olhei para o meu casaco de moletom enorme e minha legging.

— Sério? É assim que as pessoas se arrumam pra conhecer gente famosa hoje em dia?

Comecei a ficar meio desanimada quando vi as roupas chiques que Ian usava. Eu duvidava que as mulheres que viviam cercando a Desastre fossem parecidas comigo. Elas deviam usar vestidos justos e saltos altos.

Olhei para o meu Adidas.

Com certeza não era um Christian Louboutin.

— Não faz isso, Hazel — alertou Ian.

— O quê?

— Você não pode achar que tem que mudar por causa do mundo em que estou. Essas festas, essas roupas chiques... nada disso é real.

— E o que é real?

— Estradas de terra. Luaus. A comida da minha avó. — Ele sorriu para mim e se aproximou, me puxando para seus braços. — Você. Eu. Nós somos reais. Todo o resto é só fingimento. Você pode usar o que quiser.

Essas palavras reconfortaram meu coração preocupado. Era impossível não me apaixonar ainda mais pelo homem que estava na minha frente.

— É cedo demais pra eu perguntar como você está depois de ter encontrado com seus pais? Ou você prefere enfrentar a festa primeiro?

— Vamos enfrentar a festa; depois podemos ficar conversando até amanhecer.

— Perfeito.

— E Haze?

— Sim?

— Também quero que você me conte o que achou do Max.

Dei uma risada.

— Pode acreditar, não foi nada bom.

— Eu sei. — Ele assentiu. — É por isso que quero saber tudo.

Quando chegamos à boate, me senti completamente deslocada. Mesmo assim, Ian ficou segurando minha mão enquanto circulávamos. As pessoas pareciam apertadas feito sardinha em lata ali. Tinha a sensação de que o mundo inteiro estava ali dentro, tagarelando e puxando o saco dos garotos da Desastre, enchendo-os de elogios. Era bem estranho ver o quanto as pessoas adoravam a banda. Era... poderoso.

Os caras também interagiam com os outros com naturalidade. A boate devia contar com uma cláusula de "estou ficando famoso", porque Eric, que era menor de idade, estava lá. E eu entrei porque acompanhava Ian.

— Vou ao banheiro — falei para Ian, apertando sua mão.

Ele não tinha me soltado desde o momento que entramos, e eu estava muito feliz por aquilo. Eu não sabia que precisava tanto do conforto que ele me passava.

— Fico esperando aqui — disse ele, parando do lado da porta do banheiro.

— Pode ir dar uma volta. Eu encontro você.

Ele sorriu.

— Fico esperando aqui.

Entrei no banheiro para recuperar meu foco, porque eu realmente me sentia como se tivesse entrado em um universo paralelo.

Quando me aproximei do espelho, notei duas mulheres — gêmeas, aparentemente — retocando o batom.

— Você viu que o Ian Parker está aqui? — perguntou uma delas.

— Vi. E, puta merda, como ele é gato!

— Eu vi primeiro! — disse a outra.

— Que injusto. Por outro lado, o baterista é gato. Eu também pegaria ele. — Ela empurrou os seios para cima e sorriu antes de se virar para mim com um olhar confuso. — Hum, posso ajudar? — perguntou ela, me olhando de cima a baixo como se eu estivesse no lugar errado.

Mas talvez ela também me olhasse daquele jeito estranho porque eu estava dando uma de esquisitona, encarando as duas dentro do banheiro enquanto as ouvia falar sobre meu namorado.

— Ah, hum, não. Desculpa. Vocês estão na fila? — perguntei, apontando para as cabines. Para as cabines completamente vazias. Eu queria me encolher em um canto de tanta vergonha.

— Hum, não, meu bem. Pode ir.

Entrei correndo na cabine e fechei a porta. Dei um tapa na minha própria testa, me sentindo ridícula. Que humilhante.

Depois que escutei as duas indo embora, respirei fundo algumas vezes e saí da cabine. Eu me encarei no espelho e tentei esquecer que elas eram lindas.

— Estradas de terra, luaus, comida da Holly — murmurei, lembrando a mim mesma o que era real e o que realmente importava.

Assim que saí do banheiro, fui tomada por uma sensação desconfortável quando percebi que Ian tinha sumido. Meus olhos percorreram o espaço ao redor, tentando encontrá-lo, e, quando comecei a andar para procurá-lo, ouvi alguém chamando meu nome. Eu me virei e dei de cara com o babaca do Max num terno caro.

Levantei as sobrancelhas.

— Sim?

— Achei que fosse você. É um prazer te ver de novo.

— É um prazer te ver também — menti, abrindo um sorrisinho falso. — Desculpa, mas eu estava procurando o Ian — falei, já me afastando.

Ele levantou a mão e apontou para o outro lado do salão.

— Ah, ele está bem ali, conversando com as gêmeas Romper. Elas são cantoras, estão começando agora. Uma febre igual à Desastre.

Eu me virei e vi as duas beldades do banheiro. Meu estômago se revirou.

Elas estavam dando em cima de Ian, tocando os ombros dele, jogando a cabeça para trás e rindo, e Ian mantinha as mãos coladas ao corpo, exibindo um sorriso tímido, desconfortável.

— Falei pra ele ir conversar com elas. Sabe, pra fazer um networking e tal — explicou Max. Ele enfiou as mãos nos bolsos da calça ajustada e se balançou para a frente e para trás. — Na verdade, estou feliz por ter encontrado você. Queria saber mais sobre a dona Hazel Stone.

— Não tem muito o que saber, na verdade.

Ele riu.

— Que humilde, hein? Legal. É difícil encontrar gente humilde no meu ramo. Preciso confessar que parece que já te conheço, de tanto que o Ian fala de você. Deve fazer uma eternidade que vocês estão juntos, não?

— Não tem tanto tempo assim, na verdade. A gente se aproximou durante o verão, mas nós só ficamos juntos mesmo pouco antes do Ian vir trabalhar com você em Los Angeles.

— Ah! Fiquei surpreso agora. Então não é tão sério assim — observou ele.

Não gostei nada da forma como Max disse aquelas palavras.

— Discordo. Nós somos muito próximos. Somos loucos um pelo outro.

— É, imagino que sim. Amor de juventude é assim mesmo. Eu só fico preocupado imaginando como isso vai moldar a carreira dele no futuro, sabe? Por estar com alguém como você.

— Como é? Alguém como eu?

— Você sabe... uma mãe solteira. Você tem uma filha, né?

Fiquei quieta, pois não gostei do tom da pergunta dele. Era óbvio que Max sabia coisas a meu respeito.

— Preciso perguntar, o Ian é o pai? Só por um ponto de vista de marketing, é importante saber essas coisas.

— Não, não é, mas é uma situação muito particular, e não me sinto confortável em discutir isso. Agora, me dá licença...

Comecei a andar, mas fiquei paralisada quando ele falou de novo.

— Só fico preocupado com as manchetes que o seu namoro com o Ian pode gerar. Tipo o fato de a sua mãe estar presa por traficar metanfetamina.

— Você está passando do limite agora — bradei, voltando até parar bem na frente de Max. — Não sei o que você sabe sobre a minha mãe, mas essa história não é da sua conta.

— Ah, mas é, sim. Com uma busca rápida no Google, dá pra descobrir absolutamente tudo sobre qualquer pessoa. O que você acha que o público vai pensar quando ficar sabendo que o Ian namora uma viciada em metanfetamina?

— O quê? Não. Eu nunca usei drogas. Não sou viciada. Não sou a minha mãe.

— Mas isso importa? A internet vai se encarregar de transformar você na sua mãe. Sua história vai ser distorcida e se encher de mentiras. E o Ian também vai acabar passando por drogado. A fama dele irá pelo ralo em dois segundos. E sabe por quê? Por uma garota que ele começou a namorar outro dia. É isso que você quer pra ele? Você realmente quer acabar com a chance do Ian de ser famoso por um romance que talvez nem dure muito?

Abri a boca para falar, mas as palavras não saíram. Era como se Max tivesse roubado toda a minha coragem com aquele olhar. E o que eu mais odiava naquilo tudo era a verdade em suas palavras. Fazia semanas que aqueles mesmos pensamentos passavam pela minha cabeça. O que as pessoas achariam quando me vissem em público com Ian, especialmente agora, com Rosie? O que elas diriam? Como nos julgariam?

O que aconteceria com a carreira dele?

— Dá pra ver que a ficha está caindo. Dá pra ver que você está juntando as peças na sua cabeça. Não quero ser o vilão da história, mas, se essa foi a impressão que passei, paciência. Posso levar a fama por ajudar esses meninos a terem a melhor carreira possível. Não tem problema. Faz muito tempo que estou nesse meio, e sei reconhecer quando alguém tem carisma. O Ian Parker tem carisma pra dar e vender. Só estou pedindo pra você não ser um peso morto pra ele. Deixa o Ian voar. Os meninos estão quase prontos pra decolar. É melhor você deixar as coisas bem claras com ele desde já. Se ficar enrolando, vai ser pior. Quer dizer, eu entendo.

— Você não entende nada — rebati, ríspida.

— Pode acreditar, eu entendo. Vocês dois vieram do mesmo mundo. Os pais dele são drogados, os seus, também.

— Não foi por isso que a gente se aproximou. Você não faz ideia.

Estradas de terra. Luaus. A comida da Holly.

— Meu amor, claro que é. Vocês são do mesmo mundo, mas o Ian? Ele está a caminho de um planeta completamente diferente agora. Quer dizer, dá uma olhada nele — disse Max, gesticulando para as gêmeas e Ian. — Esse é o futuro dele. Aquele é o tipo de mulher com quem ele precisa estar. Você devia ficar feliz por fazer parte do passado dele. Vai acabar sendo uma história legal pra contar pros seus netos um dia... Que você namorou o Ian Parker, o cantor superfamoso, por um tempinho.

Não falei mais nada para Max.

Para a porra do babaca do Max.

O homem que falava a verdade, mesmo que meu coração não quisesse aceitá-la.

Eu me afastei dele e segui na direção de Ian. O nervosismo que me dominava se acalmou quando ele olhou para mim e sorriu. O que vi não foi o famoso sorriso de Ian Parker, e sim seu sorriso de verdade. O que ele guardava só para mim.

Isso é real. Nós somos reais.

Parei na frente das gêmeas, e Ian esticou a mão para mim. Eu a segurei e me senti em casa de novo. É claro que eu não parecia com as garotas que estavam ali. Mesmo assim, Ian olhava para mim como se eu fosse a mulher mais bonita do mundo.

Ele me puxou para o seu lado e me apertou com força. Mais reconforto.

— Erin e Trina, essa é a Hazel, minha namorada.

Elas olharam para mim como se eu fosse lixo, e não consegui evitar um sorriso. Estiquei a mão para cumprimentá-las.

— É um prazer conhecer vocês — falei.

— Idem — responderam as duas ao mesmo tempo.

Ian se inclinou para mim e sussurrou no meu ouvido:

— Será que a gente pode cair fora daqui, colocar nossos pijamas e pedir serviço de quarto?

— Agora você está falando a minha língua.

Nós nos despedimos, deixando as gêmeas com uma expressão atordoada e confusa. Um carro esperava por Ian nos fundos, e, quando saímos da boate, ele olhou para o céu, parecendo pensativo.

Meus dedos ficavam se retorcendo enquanto as palavras de Max pairavam em minha mente. Eu queria esquecê-las e permitir que meus sentimentos por Ian fossem a coisa mais forte do mundo, mas era impossível ignorar a dor no meu coração.

Se Max tinha conseguido descobrir aquelas informações sobre meu passado em tão pouco tempo, outras pessoas com certeza também conseguiriam.

Eu e Ian tínhamos virado um casal rápido demais. A gente não teve tempo para se acostumar com o fato de estarmos juntos antes de ele ir para Los Angeles. E aí, logo depois, aconteceu aquilo tudo com Rosie, o que acabou se tornando mais um obstáculo para o nosso namoro.

Nosso romance ainda era tão recente, e a possibilidade de ficarmos juntos era uma novidade tão grande, que não conseguimos analisar as coisas de um jeito mais prático.

Ian continuava olhando para o céu, e eu continuava olhando para ele.

— Sabe... Toda noite depois que parti, saio pra olhar a lua. Fico olhando pra ela por um tempo, observando todas as fases, e sinto uma calma estranha. Los Angeles é diferente, Haze. É uma terra especial, tem muita gente, mas parece que ninguém se conhece nem se importa com o outro. Nada é pessoal. É tudo falso. Não me entenda mal, estou feliz pela oportunidade que estou tendo. Isso tudo é surreal. Mas me sinto sozinho, tenho muita saudade de casa. Então, quando olho pra lua, me sinto um pouco melhor. Porque sei que você está vendo a mesma coisa em Eres.

Ele nem imaginava como aquelas palavras me reconfortaram.

~

A gente foi para a cama depois de encher a cara de fritura. Aquela foi a primeira vez que conseguimos conversar de verdade sobre o encontro com seus pais. Eu não queria trazer aquilo à tona e fiquei feliz quando ele mesmo tocou no assunto.

— Quero fingir que aquilo não fodeu com a minha cabeça, mas fodeu. Quero fingir que não torci pra que eles me escolhessem, mas torci. Quero fingir que não precisei beber pra conseguir fazer o show hoje, mas precisei. Estou um caco, Haze, e ver os dois naquele estado acabou comigo. Só quero parar por um segundo, sem precisar agir como se estivesse feliz, como na festa hoje. Não quero fazer shows quando estou arrasado, mas preciso. Se eu não fizer, não sou só eu que vou me foder, os caras se ferram também. O sonho não é só meu, é deles também, nosso, e não posso fugir, porque isso afetaria várias pessoas além de mim.

— Os caras entenderiam, Ian. Aqueles três te conhecem melhor do que qualquer pessoa.

Ele fez uma careta.

— Mas tem o Max.

— Ele que se foda! — exclamei, sentindo um calafrio só de ouvir o nome dele. — Foi o que eu disse antes, ele trabalha pra você. Ele tem que tornar a sua vida mais fácil, não o contrário. — Mesmo assim, Ian não parecia convencido, então não insisti no assunto. — Bom, pelo menos hoje à noite você não precisa fingir que está feliz nem animado. Você pode fazer o que tiver vontade, e vou estar aqui, do seu lado. Não vou a lugar nenhum.

— Promete? — sussurrou Ian, com a voz falhando. Ele parecia arrasado. — Promete que você não vai me abandonar também?

— Prometo.

Naquela noite, ele me abraçou e se permitiu desmoronar.

Fiquei ali para juntar seus cacos. E, quando fizemos amor, torci para que ele sentisse nos meus lábios a promessa do para sempre.

Capítulo 34

Hazel

Assim que aterrissei em Nebraska, peguei o carro para fazer o trajeto de algumas horas até Eres e fui direto para a casa do Mãozão e da Holly buscar Rosie. Eu havia ficado fora por apenas dois dias, mas, nossa, como senti falta daquela garotinha. Parecia que havia um buraco enorme dentro de mim.

— Obrigada por cuidarem dela — agradeci ao Mãozão enquanto pegava Rosie no colo. Holly ficou observando a cena com seu sorriso doce.

— Disponha — disse o Mãozão, resmungando. — Apesar de ela ter golfado na minha cara.

Eu ri.

— Ela tem esse hábito. Eu queria conversar com vocês sobre o Ian... Estou um pouco preocupada.

Os dois arregalaram os olhos de preocupação.

— O que houve? — perguntou Holly. — O que aconteceu com ele?

— Ele encontrou com os pais. Foi por isso que ele quis que eu fosse pra lá. Os dois se aproveitaram dele, pediram dinheiro. Acho que ele está passando por um momento bem difícil agora, tentando entender tudo o que aconteceu.

— Filhos da mãe — resmungou o Mãozão, tirando o boné e batendo-o na perna. — Viu, Holly! Eu falei que isso ia acontecer! Eu disse que, assim que aquele garoto ficasse famoso, os dois dariam as caras pra ganhar alguma coisa.

Holly franziu a testa e fez um aceno com a cabeça.

— Como está o nosso menino? — perguntou ela, com o olhar triste. Vi a preocupação em seus olhos, o que era de se esperar.

— Ele está mal — expliquei. — Mas ele é forte. Vai ficar bem.

— Não entendo por que eles não podiam ter deixado o Ian em paz — bufou o Mãozão. — Ele estava indo bem. Aqueles dois não podiam ter aparecido e criado caso.

— Pois é. Também acho. Se a gente pudesse controlar as escolhas dos outros, a vida seria mais fácil — eu disse, balançando uma Rosie chorona em meus braços.

— Leva a menina pra casa e dá uma mamadeira pra ela. E segura um pouco mais alto; isso faz ela ficar mais calma.

Segui as orientações e, como em um passe de mágica, Rosie se acalmou.

Quem diria?

Mãozão — o encantador de bebês.

Fui para casa com Rosie, e, quando abri a porta, coloquei a cadeirinha dela no chão para acender a luz.

— Ah, meu Deus! — exclamei quando o cômodo se iluminou e vi Garrett surrado e machucado, encolhido no meio da sala. — Garrett, o que aconteceu com você?

Fui correndo até ele para ajudá-lo, mas parei no instante que escutei outra voz.

— O que aconteceu foi que ele não me obedeceu.

Eu me virei e dei de cara com Charlie parado ao lado da cadeirinha de Rosie.

Fiquei toda arrepiada quando ele se inclinou para a frente e a pegou no colo.

— Larga ela — ordenei, indo para cima dele, então Charlie deu uma risada sinistra.

— Você acha que pode mandar em mim? Depois da merda que você aprontou, me mandando pra cadeira por aquele tempo todo, ferrando meus negócios, você acha que pode mandar em mim?

Tentei me controlar. Precisava parar de tremer, mas vê-lo segurando Rosie me enchia de pânico.

— Parece que você construiu uma vidinha boa por aqui — comentou Charlie. — Que sonho, hein? Fiquei sabendo que você está namorando o astro do rock de Eres. Deve ser bem legal.

— O que você quer? — perguntei, desejando que ele fosse direto ao ponto.

Rosie começou a chorar, e Charlie se sentou no sofá com ela, balançando-a no joelho.

— O que você acha que eu quero? O que é meu. Perdi uma grana por causa da sua palhaçada. Perdi clientes. Os mandachuvas estão me enchendo a paciência por sua causa. Se não fosse pela sua mãe, eu ainda estaria em cana. Então vim cobrar sua dívida. Cada centavo que você tem é meu. Cada salário que você receber do seu empreguinho de merda vem pra mim. E esse final feliz que você acha que arrumou? O romance com o roqueiro? Chega.

— Deixa o Ian fora dessa história.

— Ah, impossível. Sabia que a minha outra metade vai passar dois anos atrás das grades por sua causa? Por que você pode viver o seu romance e eu não posso viver o meu?

— Você não ama a minha mãe — gritei. — Nunca amou. Você amava controlar a vida dela, do mesmo jeito que ama controlar tudo. Quer dizer, olha o que você fez com o seu próprio sobrinho!

— Ele me traiu! — berrou Charlie, levantando-se e gesticulando para Garrett com a mão livre, a outra segurava minha irmã, que agora se esgoelava. — Esse babaca me traiu quando ajudou você a ficar com a Rosie, e ele vai pagar por isso todos os dias até provar que é digno da minha confiança de novo.

— Ele fez a coisa certa.

— Foda-se a coisa certa. E eu lá pareço alguém que se importa com a coisa certa? — rebateu Charlie. Ele respirou fundo e se sentou de novo. — Desculpa. Às vezes perco o controle e deixo a raiva me dominar. Fiz um curso de meditação na cadeia. Estou treinando minhas técnicas de respiração. Enfim, voltando ao assunto. Você vai terminar com o seu namorado.

— Por que você está sendo tão cruel?

Ele riu.

— Porque acho que você tem razão. Acho que sou controlador.

— Não vou fazer isso — falei. — Não vou terminar com ele.

— Que pena. E sabe o que também seria uma pena? Se esse rancho velho pegasse fogo. Ou, pior ainda, se alguma coisa acontecesse com a sua irmãzinha aqui.

Eu sabia que aquilo era só uma ameaça, mas também sabia que as ameaças de Charlie costumavam ser promessas.

— Então a gente vai fazer o seguinte. Você vai me entregar o dinheiro a cada duas semanas, vai terminar com o seu namorado famoso e vai viver uma vida de merda, porque não merece ser feliz. Estamos entendidos?

— Só concorda com ele, Hazel — disse Garrett, tossindo.

— Que tal você aprender a calar a porra da boca? — gritou Charlie para o sobrinho. — Os adultos aqui estão conversando. Então, Hazel, como vai ser? Temos um acordo?

Concordei devagar com a cabeça, enquanto as lágrimas escapavam dos meus olhos.

Ele veio até mim e colocou um dedo sob meu queixo, levantando minha cabeça até meus olhos encontrarem os seus.

— Preciso de uma confirmação verbal, meu bem.

— Sim, nós temos um acordo — falei, me tremendo toda ao sentir seu toque.

— Agora, pega esse seu celular aí, liga pro cara e avisa que acabou.

— O quê? Eu não posso... — comecei a falar, mas a fúria no olhar de Charlie me deixou apavorada.

Então peguei o celular no bolso de trás da calça e liguei para Ian. *Por favor, que ele não atenda; por favor, que ele não atenda; por favor, que ele não...*

— Alô?

— Oi, Ian, sou eu — falei com a voz trêmula.

— Que bom. Já está em casa?

— Aham. Estou aqui, sã e salva. Só tem uma coisa que... Eu, hum, eu... Eu... — As palavras se embolavam na minha língua, e cobri a boca com a mão para abafar as lágrimas.

— Haze? O que foi? — perguntou Ian, com uma nota de preocupação na voz.

— Fala logo essa merda — ordenou Charlie baixinho.

— Foi... Foi ótimo ver você de novo, Ian. De verdade, foi mesmo, mas, depois de ver o mundo que você está construindo aí, entendi que não existe muito espaço pra mim nele.

— Espera... o quê?

— Acho que é melhor a gente terminar agora, antes da sua carreira decolar. Desculpa. Não posso continuar com você. Não posso seguir em frente com esse namoro.

— Mas que porra é essa, Hazel? Está tudo bem entre a gente. Está tudo ótimo. A gente fez amor hoje de manhã, e tudo estava bem. Você foi embora dizendo que me amava. Me explica o que está acontecendo. O que houve de verdade?

— Nada. Eu só tive muito tempo no voo de volta pra pensar nas coisas, e está mais do que claro que estamos seguindo caminhos diferentes. Minha vida é aqui no rancho, e a sua é aí fora, no mundo. Acho melhor a gente terminar agora.

— Você não pode dizer isso — começou Ian.

— Desliga — disse Charlie, empurrando meu braço, me fazendo tremer ainda mais.

Não posso, articulei com a boca.

— Desliga agora ou vou embora com a sua irmã — ameaçou ele.

Com o coração apertado, desliguei o telefone enquanto Ian implorava por explicações sobre minha decisão repentina.

— Boa menina — sussurrou Charlie, passando a mão pelo meu pescoço, fazendo um calafrio subir pelas minhas costas. — Aqui. Pega essa pirralha — disse ele, me entregando Rosie. — Foi um prazer fazer negócios com você. Garrett, levanta essa bunda do chão, e vamos.

Garrett obedeceu ao tio e foi cambaleando até a porta.

Charlie se virou para me encarar, e então olhou para o tapete.

— Meia xícara de água morna misturada com uma colher de sopa de amônia... Pra tirar a mancha de sangue do seu tapete bonito.

Então ele foi embora e me deixou chorando com Rosie. Nossas lágrimas se misturaram enquanto ela berrava de tristeza.

Meu telefone continuou tocando, com o nome de Ian aparecendo na tela, mas não ousei atender. Nem quando tudo o que eu mais queria era ouvir a voz dele.

Três dias depois, Ian estava de volta a Eres, parado na minha frente, os olhos cheios de confusão e tristeza.

— O Max falou alguma coisa pra você? Ele tentou te afastar de mim? — perguntou ele enquanto estávamos parados perto do barracão no fim da noite.

Ah, Ian...

Por favor, não torna as coisas mais difíceis do que precisam ser.

— Não é isso — respondi. — Só acho que não somos certos um pro outro.

— Ninguém é mais certo um pro outro do que a gente, Haze. Somos nós. Não estou entendendo nada. Você fala como se não acreditasse mais em nós dois. Como se achasse que não vamos conseguir dar um jeito nisso.

Fechei os olhos e balancei a cabeça.

— É porque eu acho que não vamos conseguir. Desculpa, Ian. Minha vida mudou, e preciso aceitar o meu destino. Tenho que me conformar que sou responsável por cuidar da minha irmã. E tenho que me conformar que nós dois não podemos...

— Não — implorou ele, balançando a cabeça. — Não diz isso.

— Ian. A gente não pode mais ficar junto. Eu não posso ser sua, e você não pode ser meu.

— Você está desistindo sem nem dar uma chance pra nós. Sei que tem sido uma loucura ultimamente, e sei que ainda precisamos nos ajustar, mas precisamos de tempo.

— Você tem razão. Nós precisamos de tempo pra aceitar que não podemos ficar juntos. Você é uma pessoa incrível, Ian Parker, e vai conquistar muitas coisas incríveis na sua vida. Mas eu me recuso a ser um obstáculo no seu caminho. Você diz que isso não é verdade, mas eu sei que é. Principalmente agora com a Rosie. E é por isso que estou colocando um ponto final em tudo. Quero terminar porque eu me importo demais com você pra continuar com esse relacionamento.

— Você prometeu — disse ele, balançando a cabeça, sem acreditar. — Você prometeu que não iria embora. Você prometeu que não me abandonaria.

Era como se tivessem enfiado uma faca na minha alma. Eu sabia dos traumas dele. Sabia que ele tinha medo de ser abandonado, mas que opção eu tinha? A gente não podia ficar junto, porque isso não só colocaria o rancho da família dele em risco assim como Rosie, e eu não podia deixar nada de ruim acontecer com ela. Eu não podia deixar que ninguém a machucasse por querer continuar com Ian. Seria muito egoísmo da minha parte.

Eu não disse nada, e isso foi a coisa mais difícil que já fiz, porque eu não queria abandoná-lo. Por mim, eu passaria a vida inteira amando Ian.

Ele baixou a cabeça.

— A minha vontade é de ficar insistindo, mas parece que você já tomou a sua decisão.

— Tomei, e sinto muito. Vai ser melhor assim. Sei que você não entende isso agora, mas vai ser melhor pra nós. Eu não queria te magoar, mas seria pior se isso acontecesse daqui a alguns anos.

Meus olhos se encheram de lágrimas, mas me esforcei ao máximo para segurá-las. Eu não queria chorar, porque tinha certeza de que ele me consolaria.

Eu vi o momento em que aconteceu, o momento em que a barreira em volta dele começou a endurecer. Seus olhos brilharam com a mesma raiva que ele sentia por mim quando nos conhecemos. Sua mandíbula trincou, e ele enfiou as mãos nos bolsos da calça jeans...

— Ian... desculpa, por favor, não...

Me odeie.

Por favor, não me odeie.

— Você pode ficar com a porra da casa. Com o emprego. Pode ficar com tudo, Hazel. Mas nunca mais quero ouvir falar de você.

Ele não disse mais nada. Quando começou a se afastar, minha mente estava a mil, e o pânico se instalou dentro de mim. Ele ia embora, ele estava sofrendo, ele estava criando barreiras de novo — tudo por minha causa.

— Ian, espera.

Ele se virou de novo para mim, e um brilho de esperança surgiu em seu olhar.

Engoli em seco.

— Será que nós ainda podemos ser amigos?

— Amigos? — A esperança evaporou de suas íris, e seu olhar se tornou frio como gelo. — Eu quero mais é que você e a sua amizade se fodam, Hazel Stone.

Capítulo 35

Ian

Será que nós ainda podemos ser amigos?

Ela estava de sacanagem, só pode. Aquelas palavras pareciam um tapa na cara depois de tudo o que passamos.

Hazel não tinha nem se esforçado para tentar encontrar uma solução para o nosso amor. Não tinha nem me dado uma chance de argumentar, de mostrar a ela que as coisas poderiam dar certo. Ela simplesmente terminou tudo e foi embora sem nem tentar. Fazia semanas que Hazel tinha desistido de nós, mas ela ficava tentando falar comigo, dizendo que queria ser minha amiga como antes.

É, até parece.

Eu não sabia mais como ser amigo dela, e não queria ser amigo dela. Eu queria ser a pessoa que ficaria ao lado dela para sempre.

Pelo menos era isso que eu queria quando achava que sabia quem ela era. No fim das contas, não valia a pena ficar rastejando aos pés dela. Hazel tinha me abandonado, porque era isso que as pessoas faziam. Todo mundo ia embora.

Eu estava sentado no saguão do aeroporto, esperando para embarcar no voo para nosso próximo show. Eu ficava olhando o Instagram de Hazel o tempo todo. Havia fotos dela e de Rosie sorrindo de orelha a orelha. Eu não entendia por que me torturava daquele jeito, vendo aquelas fotos como se não estivesse morrendo por dentro. Mas não conseguia me controlar.

Ela parecia feliz.

Como ela podia parecer tão feliz depois de arrancar a porra do meu coração e pisar nele?

Eu não conseguia entender. Achei que a gente tivesse algo real, algo que nós dois buscávamos na vida — um amor de verdade.

Mas talvez eu estivesse sonhando. Talvez nada entre nós fosse de verdade. Talvez tivesse sido só um romance temporário.

Eu devia ter imaginado. Tudo que é bom sempre acaba.

— Tudo bem aí, cara? — perguntou James, cutucando meu braço.

Bloqueei o celular e o guardei no bolso.

— Tudo. Estou bem.

Ele franziu a testa, pois me conhecia o suficiente para saber que eu não estava nada bem.

— Sabe, não acho que a Hazel tenha feito isso porque não gosta de você. Acho que ela estava tentando te proteger de verdade.

Bufei.

— Me proteger do quê?

— De desistir do seu maior sonho pra ficar com ela.

— Eu não teria desistido do meu sonho. Estou aqui, não estou? Eu apareço, faço os shows e me dedico cem por cento ao nosso som, James. Essa desculpa não cola. Não engulo essa. Eu até convidei a Hazel e a Rosie pra viajarem com a gente. Eu me esforcei pra incluir as duas no nosso mundo.

— É, eu sei, mas não é possível que você ache que essa era a melhor solução. Não de verdade.

— Como assim?

James fez uma cara séria e me deu um tapinha no ombro.

— Ian, a Rosie só tem 4 meses. Agora que a Hazel está conseguindo entrar num ritmo normal. Você acha mesmo que seria uma boa ideia levar uma criança tão pequena numa turnê? Que tipo de vida ela teria? E a Hazel? Você quer que elas deixem tudo pra trás pra se adaptar à sua vida, e isso não é justo.

Eu odiava o fato de James ter razão, e odiava saber que eu estava sendo egoísta, mas não estava nem aí. Eu queria as duas ali comigo para que eu e Hazel pudéssemos tentar descobrir o que poderíamos ser juntos. Era uma idiotice, eu sabia. Era difícil me imaginar viajando por meses seguidos, pulando de cidade em cidade, de hotel em hotel, sem qualquer senso de normalidade. Era errado até fazer uma proposta dessas para Hazel. Mas, mesmo assim... eu tinha tentado.

— Merda — murmurei, esfregando as mãos no rosto.

— Eu sei que é uma bosta, cara, e sei que você gosta de verdade dela, do mesmo jeito que ela gosta de você. Mas a melhor coisa a fazer agora é aguentar firme as próximas semanas e manter em mente o motivo que fez a gente começar isso tudo. É pela música. Sempre foi só pela música.

É, isso era verdade. Sempre tinha sido só pela música, até eu descobrir que havia coisas mais importantes no mundo.

Abri um meio-sorriso para ele.

— Vou ficar bem. Não precisa se preocupar comigo. Só preciso de umas semanas pra me adaptar à mudança, e vou voltar ao normal.

Mentira.

Mentira, mentira, mentira.

Ele me deu outro tapa nas costas antes de se afastar para falar com os outros caras. Provavelmente foi dizer a eles que eu não estava completamente pirado e que cumpriria minhas obrigações pelos próximos meses. E eu cumpriria mesmo. *Para sempre* ainda era verdade quando se tratava dos meus companheiros de banda, apesar de eu estar pisando na bola ultimamente.

Eles estavam se matando de trabalhar todo santo dia, e o que eu estava fazendo? Dando motivos para eles ficarem inseguros sobre nosso caminho para a fama porque meu coração queria algo que eu agora não tinha mais?

As barreiras que me esforcei tanto para derrubar nos últimos meses começavam a se levantar de novo conforme a realidade ficava cada vez mais clara — eu nunca soube quem Hazel Stone era de verdade.

Eu precisava desligar. Desligar meus sentimentos, desligar meu coração, desligar minhas emoções.

Parei de segui-la nas redes sociais. Apaguei todas as nossas mensagens. Eu me afastei dela o máximo que pude e então embarquei no avião e encontrei o uísque.

Eu tinha orgulho de conseguir me dedicar completamente aos nossos shows, não importava o quanto meu coração estivesse apertado. As coisas eram mais fáceis quando estávamos sob aqueles fortes holofotes e uma plateia lotada cantava nossas letras para nós.

Todos os dias, eu dava graças a Deus por nossos fãs e pela possibilidade de conhecê-los. De tocar para eles. Havia tantos aspectos difíceis naquele trabalho, tantas coisas que eu odiava e desejava não precisar fazer. Mas não os *meet & greets* com os fãs. No mínimo, aquele era o ponto alto da minha carreira. Era por causa daquelas pessoas que eu tinha a minha vida. Era por causa do amor delas e de seu apoio infinito que eu podia fazer algo que amava: música.

As filas aumentavam a cada show, o que era surreal. Tudo estava acontecendo em um ritmo muito rápido. Eu me perguntava se era assim que as *boy bands* se sentiam. Um dia, eles estavam se apresentando em saraus de escola, e, no outro, pá. Para milhões de fãs.

Eles vinham aos montes, milhares de pessoas gastavam uma enorme quantidade de dinheiro para falar comigo e com meus amigos pelo tempo que eu levava para assinar meu nome e tirar uma foto. Não dava para conversar muito, mas sempre rolavam lágrimas.

Eu ficava chocado com o fato de as pessoas chorarem por nossa causa.

Aquilo tudo parecia um sonho. Dias se confundiam com noites, e semanas se transformavam em meses.

E, mesmo assim, de vez em quando, Hazel Stone surgia em meus pensamentos. Eu tentava afastá-la da minha mente, mas era muito difícil fazer isso. Quando eu ligava para casa para conversar com minha avó e com o Mãozão, tinha que fazer um esforço absurdo para não perguntar como Hazel estava. Às vezes, eu escutava Rosie chorando no fundo e tinha vontade de correr para casa para segurá-la nos braços.

Que idiota, eu pensava. *A menina nem é nada sua, e você sente saudade dela.*

Sempre que Hazel me vinha à cabeça, permitia que ela permanecesse ali em meus pensamentos por um tempo antes de voltar a me concentrar na música. A porra do Max Rider dizia que a melhor maneira para eu esquecer Hazel seria comendo uma modelo gostosa, mas essa era a última coisa que eu queria. Por sorte, Marcus estava mais do que disposto a distrair as garotas.

Eu não tinha saído em turnê em busca de sexo, drogas e rock and roll. Eu estava ali por apenas um motivo: compartilhar minha música com as pessoas, e era exatamente isso que eu estava fazendo.

Mesmo assim, por mais estranho que pudesse parecer, apesar de eu estar cercado por milhares de fãs gritando meu nome, nunca na vida tinha me sentido tão sozinho.

Anos antes, se alguém me perguntasse se eu sentiria falta de Eres, eu teria rido. Agora, havia dias em que eu teria preferido estar no chiqueiro, limpando feno e olhando para Hazel Stone enquanto ela me fazia confissões.

Não importava o quanto eu tentasse desligar meu coração, aquela era uma tarefa impossível. Parecia que não dava mais para desligá-lo agora que Hazel o despertara. E doía. Doía tanto que havia dias em que tudo o que eu queria era ficar na cama dormindo.

Como eu não podia fazer isso, contava com o uísque para me ajudar.

Eu bebia mais do que devia todos os dias para impedir que meu coração se despedaçasse. Os caras às vezes traziam o assunto à tona, quando eu aparecia nos *meet & greets* de óculos escuros, mas eu não tinha forças para me explicar. Minha cabeça estava fodida, e o uísque era a única coisa que me mantinha em pé.

Eu nunca perdia um show.

Isso provavelmente era o que mais importava para eles — eu sempre aparecia.

Fazia três meses que eu e Hazel havíamos terminado o namoro. Eu e a banda estávamos voltando oficialmente a Los Angeles para terminar de gravar nosso primeiro álbum. Depois do lançamento, eu sabia que nossas agendas ficariam ainda mais cheias.

Uma noite, depois do nosso último *meet & greet* antes de voltar para Los Angeles, James me puxou para um canto. Ele devia ter sentido o cheiro de uísque no meu hálito, assim como em todas as noites anteriores.

Ele me olhou com cara séria.

— Diz a verdade, Ian. Você está feliz?

Eu ri.

— Que diferença faz a felicidade? Nós estamos ficando famosos — respondi, sarcástico.

Ele começou a discutir comigo, mas o interrompi. Afinal, o show deve continuar.

Era incrível como todos os seus sonhos podiam se tornar realidade, mas nada acontecer do jeito que você imaginava.

Eu estava tendo pesadelos. Alguns envolviam meus pais; outros, Hazel. Era difícil me lembrar de tudo, mas, no fim de cada sonho, eu caía no que parecia ser um buraco infinito. Eu gritava pedindo ajuda, e todo mundo ficava parado ao redor, me observando girar, me vendo cair, mas ninguém me oferecia a mão. Em vez disso, eu seguia em queda livre, sem jamais chegar ao chão.

Quando eu acordava, ficava sentado na escuridão do meu quarto e acabava caindo no sono de novo, torcendo para não ter o mesmo pesadelo.

Capítulo 36

Hazel

—James falou que o Ian está péssimo — mencionou Leah durante nossa noite das garotas, que agora era um evento semanal.

Nós fazíamos maratonas na Netflix, aplicávamos máscaras faciais e comíamos besteiras enquanto Rosie ficava se virando de um lado para o outro em seu cercadinho. Leah tinha se tornado minha melhor amiga, e eu seria eternamente grata a ela por me ajudar com Rosie nos meus dias de provas on-line.

Sentada no sofá, comendo pipoca, senti meu peito apertar. A última coisa que eu queria ouvir era que Ian estava sofrendo com o fim de nosso relacionamento. Eu tinha uma esperança estranha de que ele conseguiria me esquecer ao ver sua carreira decolando.

—Queria que as notícias fossem melhores — murmurei.

Ultimamente, a culpa estava acabando comigo, junto com a solidão. A saudade que eu sentia de Ian era tanta que eu não saberia expressar em palavras. E meu sono também tinha sido afetado por tudo que havia acontecido nas últimas semanas. Os pesadelos tinham voltado, só que, agora, eu sonhava que Charlie machucava Rosie — o que era meu maior medo no mundo.

A pior parte sobre os pesados? Quando eu acordava e me virara para o lado, não tinha o abraço de Ian. Eu não podia pegar o telefone e me calmar ouvindo sua voz. Não podia contar com ele para me consolar.

Leah olhou para mim meio em dúvida enquanto sua máscara de argila começava a endurecer.

— Eu queria ter notícias melhores também, mas, pra falar a verdade, o James está bem preocupado. Ele disse que o Ian anda bebendo muito. Os caras achavam que os shows ajudariam, mas parece que o Ian não se importa com nada. Quer saber o que eu acho que está acontecendo?

— O quê?

Ela esticou o braço e usou as mãos para segurar uma das minhas.

— Ele perdeu a musa dele, que é você. Ele sente a sua falta, Hazel.

Baixei a cabeça enquanto meus olhos se enchiam de lágrimas.

— Eu sei.

— E você sente falta dele. Dá pra perceber. Você também está esquisita, e, sendo bem sincera, não consigo entender por que terminou tudo com ele. Vocês dois eram tão perfeitos juntos quanto o Mãozão e a Holly, nasceram um pro outro. Eu queria ter o que você e o Ian tinham. É por causa da distância? Ou é, tipo, pelas mulheres que ficam em cima da banda? Elas só querem biscoitar.

— Não sei o que significa biscoitar — comentei.

Ela riu.

— Claro que você não sabe, sua fofa. Só estou dizendo que o Ian nunca trairia você com outra mulher, se esse é o seu medo.

— Bem que eu queria que fosse, mas vai muito além disso, Leah. Se eu ficasse com o Ian, colocaria em risco várias outras coisas que não estou disposta a perder.

Os olhos dela se estreitaram, e um olhar atordoado surgiu em seu rosto.

— Mas que drama — brincou ela, nervosa. — Por que seu namoro com o Ian colocaria qualquer coisa em risco?

Engoli em seco e balancei a cabeça, sentindo as lágrimas arderem. Eu ficava emotiva só de pensar nas ameaças de Charlie. A forma como ele tinha ameaçado o rancho — e, pior ainda, Rosie — me deixava apavorada.

— Hazel — suspirou Leah, seus olhos começaram a lacrimejar ao ver minha tristeza. — O que aconteceu?

— Eu... eu não devia contar pra ninguém. Quanto mais gente souber, maior o risco de alguma coisa acontecer.

— Juro por tudo que é mais sagrado que não vou contar pra ninguém. Além do mais, você não devia guardar isso só pra você. Hazel, você ajuda tanto as pessoas. Você só tem 19 anos e está criando sua irmã recém-nascida. Você precisa de ajuda. Me deixa ajudar você. Me deixa amenizar um pouco desse peso.

Respirei fundo enquanto as lágrimas escorriam pelas minhas bochechas.

— É o Charlie. Ele voltou pra cidade.

Ela olhou para mim com cara de dúvida.

— Charlie? Quem é Charlie?

Isso abriu a porteira para uma imensidão de informações para explicar a Leah a loucura que era a minha vida. Quanto mais detalhes eu dava, mais sua boca abria de horror e choque. Quando terminei, ela se jogou contra o encosto do sofá, espantada.

— Cacete. Eu não imaginava que seria tanto drama! — exclamou ela, bastante abalada. — Nossa, Hazel. E você enfrentando isso tudo sozinha?

— Eu não tinha pra quem contar. Tenho que enfrentar tudo sozinha, não existe outra opção.

— Não — discordou ela, balançando a cabeça. — Talvez no passado você tivesse que lidar com os problemas sozinha, mas não precisa ser mais assim. Você tem uma família agora. Pessoas a quem pedir ajuda ou pelo menos apoio.

Abri um meio-sorriso para ela enquanto secava as lágrimas que escorriam pelo meu rosto.

— Obrigada, Leah.

— É claro. Faz todo sentido do mundo agora você ter se afastado do Ian. Se serve de consolo, eu teria feito exatamente a mesma coisa. Ainda mais com aquele psicopata ameaçando a Rosie. Você tomou a decisão certa. Apesar de eu saber que está sendo difícil.

— Está mesmo, Leah. Eu só consigo pensar no Ian. Eu me odeio por ter magoado o Ian. Sei que ele tem trauma de ser abandonado, e ter feito isso logo depois que ele reencontrou os pais só piora as coisas. Eu queria poder explicar tudo pra ele, mas seria arriscado demais. Só espero que ele consiga seguir em frente e ser feliz de novo.

— Tenho certeza de que os caras estão cuidando dele. Disso eu não tenho dúvida. Mas, quanto a você, estou aqui pra te ajudar a ser feliz de novo. É pra isso que servem as amigas.

Leah se inclinou e me deu o abraço mais apertado da vida, prometendo que tudo daria certo um dia. Eu lhe agradeci muito.

Eu queria acreditar nisso, mas o simples fato de saber que Charlie estava solto bastava para me deixar nervosa o tempo todo. E se ele surtasse e resolvesse machucar a mim e a Rosie, só porque podia fazer isso? Charlie era um louco, e seus atos não seguiam nenhuma lógica. Pelo menos ele não podia fazer nada contra Ian. Saber disso já era um alívio.

Mais tarde naquela noite, despertei de um pesadelo com Rosie chorando. Eu a peguei no colo e tentei acalmá-la; então a levei para a escuridão da noite lá fora, balançando-a na cadeira da varanda. Olhei para as estrelas que brilhavam no céu e fiz uns pedidos.

Primeiro, pedi pela segurança da minha irmã. Se alguma coisa acontecesse com aquela garotinha, a garotinha que teve a chance de ser adotada por uma família que não colocaria sua vida em risco, eu jamais me perdoaria.

Então pedi pela felicidade de Ian, rezando para que, algum dia, de alguma forma, ele encontrasse outra musa. Desejei que ele me esquecesse e que seu coração castigado se curasse com o tempo. Pedi que ele não desistisse do amor e que não voltasse a se fechar para o mundo. Ele tinha se esforçado tanto para entrar em contato com os próprios sentimentos, e eu ficaria arrasada se essa conexão fosse perdida de novo.

Por último, fiz um pedido para mim. Pedi que eu fosse capaz de permanecer forte, mesmo durante os momentos mais difíceis, e que meu coração continuasse batendo todos os dias, apesar de cada batida doer mais e mais conforme o tempo passava sem Ian ao meu lado.

Se esses desejos se realizassem, eu nunca mais pediria nada às estrelas.

Capítulo 37

Ian

— Vocês estão de sacanagem? — explodiu Eric durante nossa reunião com a gravadora.

Nós todos estávamos sentados, completamente embasbacados, enquanto conversávamos com a equipe responsável pelo lançamento do nosso primeiro álbum.

— Como uma coisa dessas acontece? Quer dizer, vocês têm um setor pra garantir que essas coisas não aconteçam, né? Pelo amor de Deus, estamos falando da Mindset Records. Como isso foi acontecer? — continuou ele.

Eric estava irritado, o que não era muito frequente, mas ele tinha todos os motivos do mundo para isso.

Cacete, todos nós tínhamos.

Nosso primeiro álbum — o álbum para o qual demos nosso sangue, nosso suor e nossas lágrimas — tinha vazado na internet.

Max também estava presente, verificando seus dois celulares o tempo todo, parecendo tentar controlar os danos. Donnie Schmitz, o presidente da Mindset Records, estava à cabeceira da mesa, com as mãos entrelaçadas à sua frente.

— Vou ser sincero; foi um erro enorme da nossa parte. O pior é que ainda faltam dois meses pro lançamento. O que significa que certas decisões devem ser tomadas. Não podemos lançar um álbum que já foi vazado, então temos que mudar tudo. Precisamos de material novo, e vocês precisam voltar pro estúdio o mais rápido possível.

— O quê? — bufei. — Você está de brincadeira? A gente levou meses pra acertar aquelas músicas. Não temos como simplesmente gravar um álbum novo do nada.

— Olha, eu sei que é uma situação chata — começou Donnie.

— Acho que você quis dizer *impossível pra caralho* — corrigiu-o Marcus, com a expressão séria.

Donnie continuou:

— Mas temos uma lista de músicas prontas. Vocês só precisam entrar no estúdio e dar o toque da banda.

— Como assim vocês têm músicas prontas? — perguntou James.

— Chamamos os melhores compositores do mercado — explicou Max, acenando com a cabeça para mim. — Essa é uma ótima notícia. O Warren Lee escreveu as letras.

Olhei para ele desconfiado.

— O Warren Lee?

— Isso. — Max assentiu.

Warren era um dos melhores compositores do mercado, se não o melhor. Trabalhar com ele era garantia de Grammy e dinheiro. Tudo em que ele tocava virava álbum de platina. Mas o que significaria para nós usar as músicas dele?

Não seria autêntico. Não seria nosso.

— Nós criamos o nosso som — disse Marcus com as mãos entrelaçadas e uma expressão determinada no rosto.

— Eu sei, mas vocês não têm tempo de criar som nenhum agora. Vocês mesmos acabaram de dizer isso. Aquelas músicas levaram uma eternidade pra ficarem prontas. Foi por isso que eliminamos a parte mais difícil do trabalho. Agora vocês só precisam entrar no estúdio e seguir nossas orientações.

— Nós não somos robôs. — Eric suspirou, tirando os óculos e apertando a ponte do nariz. — A gente não quer ser mais uma banda qualquer.

— É, a gente não deixou isso claro no primeiro dia, Max? Nós queremos ser o que somos, a Desastre. Não uma banda superproduzida de merda, que não tem voz própria — acrescentou James.

Fiquei sentado em silêncio, sem saber o que falar, porque, um: eu estava ligeiramente bêbado. E dois: eu não conseguia aceitar o fato de que todos aqueles meses de trabalho tinham ido por água abaixo. Tudo que sacrificamos para criar aquele álbum tinha sido em vão.

Todo o tempo que eu podia ter passado em Eres com Hazel, estreitando os laços com ela...

O quê?

Não.

O uísque devia me ajudar a não pensar em Hazel, e não deixar meus pensamentos mais pesados.

Porém, mesmo assim, era doloroso ter perdido tempo criando músicas que acabaram sendo inúteis.

Merda. Que diferença fazia aquilo tudo?

— Isso foi antes do vazamento. Olha, gente, eu também estou puto. Vocês acham que eu queria que algo assim acontecesse? É claro que não. Mas a realidade é essa agora. É com isso que precisamos lidar. A gente pode escolher entre ficar batendo na mesma tecla até cansar ou começar a trabalhar logo, porra. Além do mais, o Warren Lee fabrica astros, e vocês serão gigantes se pararem de se sabotar.

O clima na sala era de desânimo total. Meus companheiros de banda pareciam ter sido atropelados por um caminhão. Eric não parava de repetir que não entendia como algo tão grave podia ter acontecido com o sistema de segurança da gravadora.

Como um álbum inteiro tinha vazado, caralho?

— E se a gente se recusar a trabalhar as músicas do Warren? — perguntei.

Donnie apertou os lábios e me encarou, sério.

— Escutem, vocês assinaram um contrato com a Mindset Records, e nós sabemos que essa situação não é culpa sua, mas a verdade é que vocês nos devem músicas. O tempo está passando, e gostaria de não ter que envolver o jurídico nisso.

É claro.

Nós estávamos encurralados, sendo forçados a lançar algo que não era autêntico, que não era nosso.

Aquele era, literalmente, o maior pesadelo de um artista.

Por que parecia que o mundo estava desabando ao nosso redor? Por que parecia que nosso sonho lentamente se transformava em algo que não era mais nosso?

Nós estávamos nas mãos de uma gravadora que tinha o poder de controlar tudo o que fazíamos com ameaças de processos — processos que a gente com certeza perderia em um piscar de olhos.

Pigarreei.

— Nós podemos conversar sozinhos por um instante?

— Claro. Mas não percam muito tempo tentando encontrar outra solução — aconselhou Donnie enquanto se levantava, junto com os capachos que o seguiam. — Não temos tempo pra artistas metidos a estrela.

Artistas metidos a estrela.

Eu não sabia que querer falar as próprias verdades tornava alguém metido a estrela.

Então eles saíram da sala e eu e os caras da banda continuamos à mesa.

Os caras da banda e Max.

Nós quatro o encaramos, sem entender por que ele não havia se levantado. Max olhou ao redor parecendo confuso.

— O quê?

— Nós queríamos conversar sozinhos — explicou Marcus.

— Sou o empresário de vocês. Preciso participar dessas conversas.

James fez que não com a cabeça.

— Essa conversa é entre a banda. Vamos te dar uma posição assim que entrarmos em um consenso.

Max suspirou e esfregou a boca. Ele resmungou baixinho, e fiquei feliz por não conseguir escutar. Deve ter falado alguma coisa sobre nós sermos mimados e tal.

Ele pegou uma pasta e a deslizou sobre a mesa.

— Aqui estão algumas das músicas do Warren. Deem uma olhada. Isso aí vai render Grammys. Não tomem a decisão errada, meninos. Escolham o certo.

Depois disso, ele saiu, fechando a porta. Assim que a maçaneta estalou, Marcus pulou da cadeira.

— Porra, esse pessoal está de sacanagem, né? — exclamou Marcus, gesticulando feito um louco.

— Não tem como a gente aceitar isso — disse Eric, dando uma olhada nas músicas. — Cara, as músicas do Warren devem ser ótimas, mas não são nossas. E nós construímos toda a nossa imagem em cima do discurso de que somos autênticos. As pessoas não querem as músicas do Warren; elas querem as músicas da Desastre.

— É impossível criar um álbum inteiro em tão pouco tempo. Não dá — declarou Marcus, parecendo derrotado. — Além do mais, eles com certeza vão foder a gente com multas, e vamos acabar mais duros do que éramos antes de sair de Eres.

— Nós podemos tentar — encorajou-os James. — Podemos tentar fazer nossas músicas nos próximos meses. Sei que vai ser difícil pra cacete, mas podemos nos matar de trabalhar pra isso.

Os três começaram a trocar ideias — debatendo o que fazer e o que não fazer. Quanto mais eles falavam, mais parecia que meu peito pegava fogo.

Peguei as folhas em cima da mesa e comecei a ler as músicas que Warren Lee havia escrito.

Eu me desliguei enquanto lia as letras. Letras que não significavam nada para mim. Letras genéricas, que seguiam um padrão. Letras que tinham sido escritas por outra pessoa.

E eu seria obrigado a cantá-las.

— Vamos usar as músicas do Warren — declarei, me levantando.

— O quê? Não. Cara, não podemos. Não podemos nos vender assim — disse James.

— James tem razão, Ian. Sei que a gente está na corda bamba, mas não podemos jogar todo o nosso trabalho fora assim — concordou Marcus.

— O prazo é apertado, e não dá pra perdermos tempo tentando criar músicas novas — expliquei.

— Mas... — Eric suspirou, mas não terminou o pensamento.

Talvez porque soubesse que eu tinha razão.

— Não posso deixar a gente se encher de dívidas e processos por causa disso, gente. Nós não podemos andar pra trás. Temos que seguir em frente.

— Mesmo que isso signifique vender nossa alma pro mercado? — perguntou Marcus.

— Tá... Vamos ser sinceros... Nós fizemos isso no momento que assinamos o contrato. Se a nossa intenção fosse continuar sendo uma banda pequena, teríamos largado tudo logo no começo. Nós assinamos um contrato, gente, e não há como escapar dele. Vou dizer pro Max que aceitamos as músicas do Warren e aí a gente começa a gravar amanhã.

Saí da sala e só parei quando James veio correndo atrás de mim.

— Ian, espera. O que houve, cara?

— Como assim?

Ele estreitou os olhos para mim como se encarasse um desconhecido.

— Você não quer nem lutar pra criar o nosso próprio som de novo? Não quer nem tentar?

— Eu passei a vida toda tentando fazer coisas, James. Tentei com os meus pais, tentei com a Hazel, tentei com o nosso som. Tentar não adianta de nada. É melhor a gente fazer o que mandam. Vai ser mais fácil assim.

— Só porque é mais fácil não significa que vale a pena. Você está falando da boca pra fora. Você está se sentindo derrotado, mas não pode deixar sua dor tomar conta de tudo.

— Não estou sentindo dor — falei, dando de ombros. — Não estou sentindo nada.

— Você não acha que isso seja um problema? — perguntou ele.

Talvez fosse.

Mas eu estava cansado demais para me importar com qualquer merda.

Eu estava deitado, cercado pela escuridão da noite. Mesmo quando abria os olhos, parecia que eu continuava encarando o preto por trás das minhas pálpebras. Há quanto tempo eu estava deitado no escuro? Há quanto tempo eu estava naquele estado? Tentei me mexer, e minha lombar doeu. Meu corpo inteiro doía, da cabeça aos pés, como se eu tivesse sido atropelado por um caminhão. Que raios eu tinha feito ontem? Corrido uma maratona? Lutado contra um urso?

Ah, é. Lembrei. Enchi a cara depois da reunião na Mindset Records.

Esfreguei os olhos com as palmas das mãos, completamente atordoado e confuso, tentando me lembrar das últimas horas.

Droga, Ian. Como você veio parar aqui?

Eu não estava me perguntando isso de um jeito superprofundo, intenso e significativo. Minha dúvida era: como foi que eu cheguei até aqui, porra? E onde, exatamente, era *aqui*?

Minha cabeça girou a uma velocidade digna de vômito quando tentei engolir as memórias súbitas da reunião na Mindset Records.

Apertei a ponte do nariz, mas, antes que tivesse chance de tentar me levantar, dois pares de braços me agarraram na escuridão.

Dois pares de braços grandes e fortes me levantaram da cama. Tentei gritar, mas alguém cobriu minha boca com a mão, depois senti outra mão nos meus olhos enquanto era carregado. Comecei a chutar e tentar berrar enquanto era levado para o corredor do hotel, totalmente em pânico. Eu não sabia para onde aqueles homens estavam me levando.

Será que algum fanático estava me sequestrando? Será que era alguém interessado no meu dinheiro?

Mordi a mão que cobria minha boca e escutei um grito de dor.

— Cara! Mas que porra é essa?

— Porra, cala a boca — chiou o outro.

— Ele me mordeu, caralho!

Aquela voz... era... do Eric?

— Estou pouco me fodendo se ele te mordeu. Não era pra gente falar!

— Ah, mas não foi você que levou uma mordida, cacete!

— Eu te avisei pra tapar a boca dele com silver tape!

— Eu não sou um psicopata maluco! Não ia tapar a boca dele com silver tape!

— Foi por isso que você levou uma mordida, seu idiota!

Eric e Marcus?

Eu reconheceria aquela briga de longe.

— Mas que porra é essa? — gritei, agora que minha boca estava livre.

As mãos largaram meu corpo e caí no chão do corredor. Só então vi a cena toda: meus três companheiros de banda vestidos todos de preto, parecendo ninjas. Mas que merda era aquela?

— O que está acontecendo? — perguntei, esfregando a parte de trás da minha cabeça, que tinha batido com força no chão.

— Foi mal, Ian, a gente estava, hum... A gente achou... — começou James, parecendo estar com a consciência pesada pra caralho.

— Porra, a gente está te sequestrando, cara — exclamou Marcus, sem qualquer sinal de culpa na voz.

— O quê?

Ele não continuou a explicação. Apenas apontou para mim com a cabeça.

— Vamos, galera. Peguem ele.

Meus companheiros de banda obedeceram ao comando de Marcus, e, antes que eu conseguisse gritar, Eric pegou um rolo de silver tape e colou um pedaço na minha boca.

— Foi mal, Ian. Mas é pro seu próprio bem.

Mas que diabo? Onde estava a porra da segurança? Não havia ninguém vigiando o corredor pelas câmeras, me vendo ser carregado do meu quarto de hotel por três homens vestidos de preto? Aquilo era suspeito pra caralho.

Quando saímos do hotel, pelos fundos, havia uma van preta estacionada. Os três se aproximaram dela correndo, me jogaram lá dentro e entraram rápido no veículo.

Marcus se sentou ao volante e deu a partida.

Arranquei a fita da boca e berrei:

— Caralho! O que vocês estão fazendo, seus psicopatas?

— Foi mal, cara — falou James, todo calmo enquanto colocava o cinto de segurança. — A gente só achou que você não viria por vontade própria. Mas, pra ser sincero, foi o Marcus que teve a ideia do sequestro ninja.

— E foi uma ótima ideia, na minha opinião! Eu sempre quis fazer, tipo, um sequestro secreto. De brincadeira, é claro. Não sou doido. E estava indo tudo muito bem até esse palhaço aí começar a gritar.

— Ele me mordeu, porra! — exclamou Eric de novo. — Eu estou sangrando. Ele pegou uma veia.

— Para de choramingar que nem um bebê, porra, senão vou falar pra minha mãe que ela precisa voltar a trocar suas fraldas.

— Vai se foder, Marcus!

— Vai se foder você também, irmãozinho.

— Vão se foder vocês dois — acrescentei, ainda me sentindo atordoado, confuso e bêbado pra caralho. — Mas que merda está acontecendo?

James se inclinou por cima de mim e prendeu meu cinto de segurança, como sempre fazia. Eu teria lhe agradecido se ele não tivesse acabado de me sequestrar.

— Escuta, Ian. Eu passei a noite inteira acordado, fazendo umas nerdices, pesquisando umas coisas na internet — explicou Eric. — Fiquei encucado com aquela história do nosso álbum ter vazado e a gravadora não ter ideia de como isso aconteceu. Então tentei descobrir o que houve. E você não vai acreditar. Foi...

— A porra do Max Rider! — soltou Marcus enquanto dirigia pela estrada.

— Ah, cara! — reclamou Eric, dando um tapa no braço do irmão. — Essa era a minha revelação bombástica.

— Deixa de besteira e continua a história — ordenou Marcus.

Eric suspirou, olhando para o irmão, e passou as mãos pelo cabelo.

— Foi a porra do Max Rider. Eu rastreei a invasão até um servidor que levou direto pro laptop dele. Então, só pra ter cem por cento de certeza, porque essas coisas de nerd não podem ser feitas assim de qualquer jeito, entrei nos e-mails dele, nas redes sociais, em tudo. Fazia semanas que ele estava trocando e-mails com o Donnie. Falando que nossa música não era comercial o suficiente, que precisava mudar muita coisa antes do lançamento.

O quê?

— Eles armaram pra cima da gente, cara! — disse Marcus. — Eles meteram na nossa bunda e depois tiveram a cara de pau de dizer que a gente estava dando uma de estrela.

— Puta merda — murmurei, me recostando no banco, finalmente deixando o choque por ter sido sequestrado ser substituído pelo choque de ser passado para trás. — Por que eles fariam isso?

— Provavelmente por grana. Essa gente só pensa em dinheiro — respondeu James. — E imagina a atenção que estamos recebendo com o vazamento das nossas músicas? Agora, as pessoas vão ficar curiosas pra saber nossos próximos passos.

Fazia sentido.

Era escroto, mas fazia sentido de um ponto de vista do mal.

— Isso não muda o fato de que estamos presos com o contrato que assinamos. Estamos ferrados — falei.

— Talvez, mas não vamos nos ferrar em Los Angeles. Muito menos com você nesse estado — afirmou James.

— Como assim? Pra onde é que a gente vai?

— Olha, Ian. Sei que os últimos meses foram difíceis pra você. Depois do que aconteceu com os seus pais, com a Hazel... E agora, essa merda com o álbum. Mas nós, como seus melhores amigos, não podemos deixar você perder o foco. Você não pode desistir de tudo.

— Eu não desisti de tudo.

Desistiram de tudo por mim.

Merda. Dava pra acreditar no que eu andava pensando? Era impossível ser mais emo.

— Sem querer ofender, cara, mas você vive bêbado — disse Marcus com a voz baixa e preocupada. — E não te culpo por isso, porque eu faria a mesma coisa se tivesse passado por metade das merdas que aconteceram com você. Foi por isso que deixamos você em paz por tanto tempo. O que aconteceu foi bem escroto, cara. Você deu azar e estava tentando levar as coisas da melhor maneira possível, mas chegou a hora de entender que não precisa passar por tudo isso sozinho. Nós somos seus melhores amigos. Então sequestramos você pra te ajudar a desintoxicar seu corpo e sua alma.

— Desintoxicar? E onde raios essa desintoxicação vai acontecer? — bradei, ainda puto da vida por ter sido sequestrado bêbado e por eles terem me derrubado na porra do corredor.

— Em Eres — respondeu Eric, olhando para mim do banco do passageiro. — Então se acomoda aí, relaxa, e aproveita a viagem de vinte horas. Nós vamos te levar pra casa, Ian.

Capítulo 38

Ian

Os caras me obrigaram a passar vinte horas em um carro com eles. Nem quando fazíamos uma parada eu não conseguia bolar um plano para voltar para Los Angeles. Eles deixaram meu telefone e minha carteira no hotel. Não havia como escapar daquele sequestro.

Que situação esquisita.

Eu não conseguia parar de pensar no que Eric tinha descoberto sobre a porra do Max Rider e a porra do Donnie Schmitz. Bem que eu queria estar surpreso, mas, no fim das contas, os sonhos vinham geralmente acompanhados de problemas. Desde o começo, dava para perceber que havia algo errado com Max, mas preferimos ignorar isso, porque queríamos tanto realizar nosso sonho que chegava a doer.

Agora, estávamos em uma situação de merda porque tínhamos confiado nas pessoas erradas. Confiamos nas pessoas que estavam pouco se lixando para nós. Eles só se importavam em encher suas contas bancárias com mais dinheiro.

Assim que pegamos as ruas de terra de Eres, senti um bolo se formando na garganta. Os caras me levaram para casa — correção, para a casa que agora era de Hazel —, e, antes que eu conseguisse reclamar, me jogaram para fora do carro e foram embora.

Era madrugada, e eu não estava com vontade nenhuma de entrar e falar com Hazel.

Tudo bem, isso era mentira. Isso era tudo o que eu queria fazer, mas não fiz. Em vez disso, fui resmungando feito uma criança até o barracão batendo os pés.

Eu dormiria ali até o dia amanhecer, então iria para a casa dos meus avós e imploraria ao Mãozão que me deixasse dormir lá por algumas horas antes de eu arrumar uma maneira de voltar para Los Angeles e encarar a realidade.

~

Gemi, me debatendo e me revirando no sono. Era aquele sonho de novo. Eu caía em um buraco escuro, gritando para que alguém segurasse minha mão. Implorando por ajuda. Meus pais esticavam os braços e, quando eu estava quase os alcançando, eles recolhiam a mão, rindo histericamente enquanto me encaravam. Todo mundo começou a rir também. O Mãozão, minha avó, os caras da banda. Todo mundo apontava para mim, dando gargalhadas, enquanto eu continuava caindo.

Todo mundo, menos Hazel.

O olhar dela encontrou o meu, e sua boca se abriu para falar. Mas eu não conseguia ouvir.

— O quê? — gritei.

Ela continuava mexendo os lábios.

— O quê? — repeti.

— Acorda — sussurrou ela.

— Não consigo ouvir o que você está falando!

— Acorda — repetiu ela. — Acorda, acorda, acorda!

Despertei de repente do pesadelo, encharcado de suor e dominado pelo pânico. Meus olhos se esbugalharam quando olhei ao redor, tentando entender onde eu estava, e, quando me virei para a esquerda, congelei.

Aqueles olhos verdes me atravessavam.

Aqueles olhos dos quais eu sentia saudade.

Aqueles olhos que eu, burro, ainda amava.

Aqueles olhos malditos.

— O que você está fazendo? — perguntei, me sentindo atordoado e completamente perdido. Era como se metade de mim continuasse sonhando, enquanto a outra metade estivesse completamente desperta, querendo abraçar Hazel, implorar a ela que voltasse a me amar.

Mas não fiz isso.

Fiquei parado como um muro de tijolos.

— Eu ouvi gritos aqui e vim ver o que era. — Ela inclinou a cabeça, parecendo confusa. — Por que você voltou, Ian?

Coloquei a mão ao lado da cabeça e gemi.

— Estou me perguntando a mesma coisa. Não precisa se preocupar, não vou mais incomodar você.

Eu me levantei, e ela arrastou os pés no chão.

Com aqueles Adidas pretos.

Meu Deus, como eu odiava saber que ela ainda usava aqueles Adidas pretos, e com *odiava* eu queria dizer *amava*, e, puta merda, como senti saudade dela.

— Espera, não. Você não está me incomodando. Você... eu só... você está aqui... — As palavras pareciam se embolar na boca de Hazel. — Como você está?

Depois de tantos meses de silêncio, era só isso que Hazel tinha para me dizer? Tudo em que ela conseguiu pensar foi *Como você está*?

Para mim, não era suficiente.

Eu me virei e saí do barracão, guiado pela luz do sol.

A caminhada até a casa do Mãozão não seria agradável, mas não havia outro lugar aonde ir.

Passei a mão pela testa e me virei para Hazel.

— Posso usar seu celular?

Ela hesitou, como se eu tivesse dito a coisa mais esquisita do mundo.

— Eu, ahn, você, hum...

— Palavras, Hazel — reclamei. — Use palavras.

— Você não pode usar o meu celular.

— E por que não?

— Pediram pra eu não deixar.

Olhei para ela sem entender nada.

— Quem pediu isso?

— Seus amigos.

Tudo bem.

Eu usaria o telefone do escritório.

Comecei a andar, ainda irritado, e ouvi Hazel me chamar.

— Espera! Ian. Você vai perder seu tempo se for pro escritório. Os telefones de lá foram desligados.

Mas que porra é essa?

— Por quê?

— Pra você não chamar ninguém pra te buscar.

— Por que eu iria querer ficar nessa porra desse rancho, hein? Por que eu iria querer ficar aqui?

Eu estava sendo babaca, mas não conseguia me controlar, porque, apesar de ter tentado fechar meu coração de novo, aquela merda continuava batendo e se partindo todos os dias desde que meus pais e Hazel o pisotearam, e doía muito. Doía pra caralho estar parado ali na frente dela. Doía pra caralho dividir o espaço com ela. Doía tanto que eu queria arrancar meu coração da porra do peito para não sentir mais nada.

Eu queria nunca ter voltado a ter sentimentos.

— Porque aqui é o seu lar — disse Hazel, as palavras me pegando desprevenido.

Hazel estava falando que ela era o meu lar ou que o rancho era o meu lar?

Não fazia diferença.

Eu ia embora de qualquer forma.

— Vou usar o telefone do Mãozão — murmurei, seguindo em frente.

— Não vai adiantar, porque o Mãozão e a Holly estão te esperando ali na casa, junto com a banda.

— Por quê?

— Eles querem conversar com você. Eles querem saber se você está bem.

— Tipo uma intervenção? Não estou interessado.

— Ian, você não está bem...

— *Eu estou bem!* — rebati, ríspido.

— Não está, não — rebateu ela, com toda a calma.

— E o que exatamente você sabe sobre mim, Hazel Stone?

— Tudo — respondeu ela em um tom tão natural que eu quis me encolher em um canto e chorar feito um idiota. Ela abriu um meio--sorriso e deu de ombros. — Eu sei tudo sobre você, Ian. Você é meu melhor amigo.

— Então por que você me largou? — perguntei, soando desesperado. Um vislumbre de tristeza surgiu no rosto de Hazel. Balancei a cabeça e me virei na direção da casa. — Não responde.

Eu não precisava da resposta dela, porque o motivo para Hazel ter me largado não fazia diferença. A única coisa que importava era que ela havia me abandonado — simples assim.

Eu já devia ter aprendido que, quando as pessoas deixam você para trás, era melhor não perguntar por quê. Você sempre se decepciona quando descobre o motivo.

Assim que pisei em casa, senti minha irritação aumentar. Todos eles estavam sentados na sala com cara de velório, como se tivessem perdido o melhor amigo, e aquele clima dramático fez com que eu me sentisse ridículo.

— O que está acontecendo? — questionei. — Por que vocês estão me mantendo refém aqui?

— Não me venha com esse tom, menino. Não vou admitir que seja desaforado com as pessoas porque elas se importam com o seu bem--estar — disse o Mãozão, firme. — Agora, senta a bunda aí.

Eu queria argumentar, mas sabia que isso não levaria a nada.

Eu me sentei em uma poltrona, nem um pouco animado.

— Então. O que vocês querem?

— A gente quer que você pare de se comportar feito uma criança mimada, droga — berrou o Mãozão.

— Harry, calma — disse minha avó, dando um tapinha no joelho dele.

— Não. Ter calma com esse cabeça-dura não dá em nada. Ele precisa ouvir. Ian, seus companheiros de banda disseram que você anda bebendo todas as noites. Isso é verdade?

Traidores.

— Às vezes eu bebo — murmurei, me ajeitando na poltrona.

— Faz mais de um mês que ele fica mamado todo dia — acrescentou Marcus.

Que babaca escroto.

— Eu faço meu trabalho — falei. — Eu apareço e nunca perco um show, então que diferença faz se eu tomo uma ou duas doses...

— Ou cinco — comentou Eric, o que me deixou ainda mais irritado.

Quem aquela gente pensava que era, falando de mim desse jeito? Eles não eram meus amigos? Era assim que mostravam que me amavam?

Foda-se o amor. Esses contos de fada não passam de mentiras.

— Você não é assim, Ian — disse minha avó em seu tom de voz mais gentil.

Eu sentia falta dela. Minhas ligações semanais para checar como estavam as coisas por aqui não eram mais tão frequentes, e eu me sentia culpado só de olhar para ela. Ultimamente, eu não estava sendo um bom neto, o que não me surpreendia muito.

Ultimamente, eu não estava sendo uma boa pessoa.

— As pessoas mudam, vó. Talvez eu seja assim agora.

— Não. — O Mãozão balançou a cabeça. — Você não é assim, droga. Você não é um pinguço.

Dei de ombros.

— Meus pais nem sempre foram drogados, mas eles mudaram também. Talvez eu só seja mais parecido com os dois do que a gente imaginava.

— Cala a boca, seu idiota! — gritou o Mãozão, levantando-se de sua poltrona em um pulo.

Ele começou a andar de um lado para o outro, batendo uma das mãos na outra de raiva — ou talvez de decepção? Ou de tristeza?

Quando ele se virou para mim, vi lágrimas em seus olhos, e meu coração ferrado quebrou ainda mais. Eu nunca tinha visto o Mãozão chorar, e vê-lo ali, parado na minha frente, com lágrimas escorrendo por suas bochechas, fez com que eu quisesse dar uma surra em mim mesmo pela minha teimosia.

— Você não sabe como é — sussurrou ele, com a voz falhando. — Você não sabe como é saber que está perdendo tudo ao seu redor. Você não sabe pelo que estamos passando aqui, Ian, e ainda tem a cara de pau de jogar sua vida fora como se ela não fizesse diferença. Você é egoísta, você é igualzinho aos seus pais. Você é egoísta pra cacete, e não consegue nem olhar pro lado, não consegue perceber que suas ações machucam outras pessoas.

Minha avó se levantou e foi até o Mãozão.

— Harry, calma...

— Não. Já acabei. Se ele quiser ser um pinguço, tudo bem. Pode morrer do mesmo jeito horroroso que meu pai morreu. Só não faça isso aqui. Se você quiser estragar a sua vida, vai ter que voltar pra Los Angeles e fazer isso cercado por gente que está pouco se lixando pra você. Eu me recuso a ficar assistindo a outra pessoa que amo se destruir. Foi difícil demais na primeira vez, e estou cansado. — Ele secou as lágrimas e saiu da casa.

Minha avó foi atrás dele, me deixando com os caras, que pareciam estar com a consciência pesada.

Esfreguei o rosto e soltei um suspiro pesado.

James fez uma careta.

— Nunca vi o Mãozão chorar — murmurou ele.

— Nem eu — falei.

Marcus passou as mãos pelo cabelo.

— Escuta, Ian. Nós não estávamos tentando te atacar quando resolvemos te trazer de volta pra Eres. Sei que você está passando por uma porrada de merda, e achei que estar de volta ao lugar onde nos apaixonamos por música ajudaria. Voltar pras nossas raízes... Mas, se você quiser ir pra Los Angeles e gravar as músicas do Warren Lee, nós vamos fazer isso. Porque, quando a gente diz "pra sempre", não é até as coisas ficarem complicadas, não. A gente quer dizer pra sempre mesmo, porra. Sempre. Estamos do seu lado, não importa o que aconteça.

A verdade era que eu estava sendo um babaca. Eu não acreditava que tinha me perdido no caminho para o sucesso e que havia deixado a tristeza me engolir. Eu não queria ser aquela pessoa. Não queria estar tão destruído, mas não conseguia me controlar. Eu estava me afogando, e minha família e meus amigos estavam tentando de tudo para me puxar de volta à realidade.

Ao contrário do que acontecia no meu pesadelo, eles tentavam me ajudar. Eu simplesmente estava sendo teimoso demais para aceitar a mão deles.

— Desculpa, gente, por... Tudo. Não estou sabendo lidar muito bem com o que aconteceu. Vou melhorar e fazer o possível para me recuperar. Sei que precisamos resolver o que fazer com as músicas e que vocês precisam da minha resposta o mais rápido possível.

— Tira o dia de amanhã pra pensar na vida, cara. Mas sem a bebida, claro — sugeriu Eric. — Depois a gente se encontra e faz uma votação.

— Bom, nós já temos nossa posição, então, no fim das contas, o seu voto será inútil — brincou Marcus. — Mas, falando sério, pensa com calma, Ian. A gente vai ficar um pouco com as nossas famílias e tal. Liga pra gente.

Os caras foram embora e me deixaram ali. Suspirei ao esfregar o rosto com as mãos. Eu me sentia exausto em todos os sentidos — físico, mental e emocional.

Quando alguém bateu à porta, eu me levantei para atender e dei de cara com Hazel parada ali.— Por que você está batendo à sua própria porta? — perguntei.

— A porta era sua antes de ser minha.

Eu não sabia o que dizer para ela agora, apesar de haver um milhão de coisas que deveriam ser ditas.

Cocei a nuca.

— Não precisa se preocupar; vou dormir no barracão de novo hoje. Não vou te incomodar.

— Não estou preocupada com isso. Eu... — Seus olhos se tornaram vítreos, e era como se ela também precisasse me dizer um milhão de coisas.

Fala, Haze. Fala comigo, porra, e eu vou poder falar também.

Seus lábios rosados se abriram, e quase me inclinei para prová-los; então ela os fechou. Ela os apertou com força e me deu um sorriso patético que, de sorriso, não tinha nada.

Apesar de seus lábios estarem curvados para cima, vi a tristeza neles.

— Eu, hum, você devia ir falar com os seus avós — disse ela, desviando o olhar do meu. Era como se olhar nos meus olhos fosse difícil demais. — Eles estão passando por um momento difícil, e a sua companhia faria bem aos dois.

— O que está acontecendo?

— É que... Eles precisam de você, Ian.

A forma como ela disse essas palavras fez meu estômago se revirar.

— Posso pegar a picape? — perguntei.

Ela jogou as chaves para mim.

— A picape é sua. Eu só peguei emprestado.

Assenti antes de me virar e seguir para o carro.

Fiquei me perguntando se algum dia eu chegaria ao ponto de não querer me virar de volta para Hazel para ver se ela estava me observando.

Quando olhei para trás e vi que ela ainda me encarava, quase sorri. Então lembrei que ela havia partido a porra do meu coração, e engoli o sorriso.

— Seu avô foi dar uma volta pra acalmar os ânimos. Entra. Vou fazer um sanduíche pra você. Você está muito magro.

— É por causa da turnê e dos shows.

— Mesmo assim, você precisa comer mais. Agora, já pra cozinha — instruiu minha avó enquanto gesticulava para que eu entrasse. Ela foi andando devagar, e eu a segui.

Eu me sentei no banco diante da ilha da cozinha e entrelacei os dedos.

— Nunca vi o Mãozão tão chateado — falei.

Ela assentiu enquanto pegava os ingredientes na geladeira.

— Ele anda aflito. E está preocupado com tudo o que aconteceu com os seus pais e a Hazel. Nós dois estamos, meu amor. Nós nos preocupamos com o seu coração.

Dei de ombros.

— Eu estou bem.

— Você não está feliz.

Não respondi, porque não conseguia mentir para minha avó. Ela sentia o cheiro de mentira de longe.

— Seus sonhos deviam trazer felicidade — comentou ela.

— Acho que, ao longo do tempo, meus sonhos acabaram mudando.

— E os seus sonhos verdadeiros? O que você quer?

Fiz uma careta.

— Acho que a Hazel é o meu sonho.

— Tudo bem. Então vá atrás dela.

— Não é tão fácil assim, vó. Não dá pra eu ficar com alguém que não quer ficar comigo.

— Ah, Ian — disse ela enquanto colocava duas fatias de pão em um prato. — Você sabe muito bem que aquela garota te ama.

— Não. Não sei. Ela terminou comigo, vó, depois de um dos dias mais difíceis da minha vida... Logo depois que reencontrei meus pais. Isso não é amor.

— Com base em tudo o que você sabe sobre a Hazel, não parece meio estranho ela ter feito uma coisa dessas?

É claro que parecia estranho.

Eu não consegui entender o que aconteceu. A gente acordou e fez amor, depois ela foi embora, e tinha sido uma das experiências mais verdadeiras e mais profundas da minha vida, então levei uma porrada quando ela me disse que não me queria mais.

— Ela ama você, Ian. Tem alguma coisa impedindo a Hazel de mostrar esse amor. Tenho certeza disso. Então, por favor, lute por ela. Insista. Questione. Faça a Hazel se abrir com você. Tenho a sensação de que ela precisa de você tanto quanto você precisa dela. Ela está com medo de alguma coisa. Você tem que mostrar pra essa menina que ela não precisa sentir medo sozinha. Você acha que eu e o seu avô chegamos tão longe sem nunca sentirmos medo? É claro que não. De vez em quando eu tenho tanto medo que o afasto, mas ele é teimoso demais pra permitir isso. Sabe o que eu aprendi com o tempo?

— O quê?

— Que as coisas mais importantes na vida são aquelas pelas quais vale a pena lutar. Não importa o que o medo diz.

Ela colocou o sanduíche na minha frente e se sentou no banco ao meu lado. Eu lhe agradeci, mas não toquei na comida.

— Está tudo bem por aqui? A senhora e o Mãozão estão bem? Desculpa por eu ter parado de ligar toda semana.

— Ah, meu amor, não tem problema. Eu sei que você anda ocupado.

— Não. Eu só estou sendo egoísta. Devia ter ligado. Mas vocês dois estão bem?

Ela abriu um sorriso vacilante, colocou a mão sobre a minha e me deu um tapinha.

— Não importa o que aconteça, tudo vai dar certo.

Como assim?

— Vó — falei, apertando a mão dela. Meus olhos se estreitaram, e inclinei a cabeça. — O que está acontecendo?

Capítulo 39

Hazel

Mais tarde naquela noite, olhei pela janela e vi alguém parado na frente da casa, olhando para o céu, no meio de uma chuva torrencial. Quando abri a porta, reconheci Ian. Ele estava de costas, mas eu o reconheceria de qualquer forma.

— Ian?

Ele se virou para mim. Sua camisa branca estava grudada ao peito por causa da chuva, mas não era isso que estava deixando seus olhos molhados. Parecia que cada gota de felicidade havia sido sugada de sua alma.

— Ian, o que aconteceu? — perguntei. O medo me dominava conforme eu avançava pela varanda.

— Ela está doente — respondeu ele com a voz abafada, seu corpo tremendo de frio e nervosismo. — Minha avó está doente, Haze.

Assim que as palavras saíram de sua boca, fui para a chuva, segui até ele e o abracei. Ele derreteu em meus braços, como se nossos corpos tivessem sido feitos para serem um só, e se desmantelou enquanto eu me esforçava para juntar seus cacos.

A chuva martelava contra nossos corpos enquanto a tristeza de Ian martelava contra meu coração.

~

Quando ele conseguiu se acalmar, eu o levei para dentro.

— Peguei umas toalhas pra você se secar. E é claro que ainda tem algumas coisas suas no seu quarto, se quiser trocar de roupa.

— Valeu — murmurou ele, encarando suas mãos fechadas em punhos.

— Como está sua cabeça? — perguntei.

— Perdida. — Ele passou as mãos pelo cabelo. — É irônico, né? Minha avó tem o maior coração do mundo. Ela se doa pra tudo e pra todos que precisam de ajuda. Ela não guarda mágoas nem ressentimentos, não julga os outros. E, não sei como, acabou com um coração ruim. Como uma coisa dessas foi acontecer? Como a mulher mais generosa do mundo tem um coração que não funciona direito?

— A vida é injusta.

— Talvez ela tenha amado demais.

— Isso é impossível. O mundo devia se esforçar pra amar do jeito que a Holly Parker ama. Nós precisamos de mais pessoas como ela.

— Nós precisamos *dela*. — Ian suspirou, pressionou as palmas das mãos contra os olhos. — Não sei o que eu faria sem ela.

— Por sorte, ela continua aqui. E a gente deve ficar feliz por isso.

— Você sabia? Você sabia que ela estava doente?

Olhei para ele, cheia de culpa.

— Sabia.

— E você nem pensou em me contar?

— Eu queria, Ian. Juro. Mas seus avós me fizeram prometer que eu não ia contar nada até eles estarem prontos. Eles não queriam que você se sentisse culpado nem na obrigação de voltar pra casa pra cuidar dos dois.

— Eu teria vindo — murmurou ele, enrolando a toalha em torno do corpo. Então ele levou as mãos ao rosto e suspirou. — Eu não tenho ligado pra eles com tanta frequência.

— Eles entendem. Eles sabem que você anda ocupado.

— Ocupado sendo um merda.

— Ian, eles te amam muito e não estão magoados. Pode acreditar; eles te amam. Só não queriam estragar sua carreira bem na hora que estava dando tudo certo pra banda.

— Parece que todo mundo acha que eu me importo mais com essa carreira de merda do que com as pessoas na minha vida — bufou ele. — Não foi por isso que você terminou comigo, afinal? Por causa da minha carreira?

Hesitei. Vi a tristeza em seus olhos e sabia que ele não estava conseguindo lidar muito bem com tantas perguntas sem resposta. Eu queria contar a verdade a Ian. Queria contar sobre Charlie e as ameaças que recebi. Queria contar que era difícil ficar sem ele. Queria contar que eu o amava, que sentia saudade, que não teve um dia desde que nos separamos que eu não tivesse ficado preocupada com ele.

Mas nada havia mudado. Charlie ainda era um perigo para mim, para Rosie e para o rancho da família de Ian, e eu não podia nem pensar em colocar mais pressão e sofrimento das costas de Holly e do Mãozão, que já estavam passando por um momento bem difícil. A última coisa de que eles precisavam era que Charlie aparecesse e destruísse tudo que os dois passaram a vida inteira construindo.

— Não é tão simples assim, Ian — falei.

Ele foi até o sofá e se sentou.

— Pareceu simples quando você me dispensou.

— Eu sei. — Baixei a cabeça e me sentei ao seu lado. — Sei que não faz nenhum sentido, porque tudo parecia bem entre nós. Sei que você deve ter ficado confuso quando terminei com você do nada. Eu queria poder explicar.

Ele inclinou a cabeça, me encarando cheio de sinceridade.

— Então me explica.

Abri a boca, mas minha garganta estava seca. Eu não sabia o que dizer, o que fazer, como reagir. Ele deve ter notado, porque pegou minhas mãos e as apertou.

— Você ainda me ama? — sussurrou ele como uma brisa leve que soprava em meu coração.

— Amo — respondi, sabendo que eu seria incapaz de mentir sobre isso.

— Então por que não estamos juntos?

— Porque não podemos.

— Mas por quê?

Engoli em seco e olhei para nossas mãos, unidas tão perfeitamente.

— Porque eu vou te machucar.

— Nada que você fizesse seria capaz de me machucar a ponto de eu não te querer de volta, Haze.

Assenti.

— Sim, mas você não seria o único a se machucar; sua família também se machucaria, e a minha. É... — Fechei os olhos e respirei fundo.

Ele me puxou para perto, levou os lábios até minha orelha e falou baixinho:

— Do que você tem tanto medo?

— De perder tudo.

— Eu sei como é. Eu conheço esse medo. Estou sentindo essa sensação agora, e é por isso que não posso perder você, Hazel. Passei a vida inteira construindo uma barreira pra não deixar as pessoas se aproximarem. Eu me esforcei muito pra afastar os outros, e aí veio você... Você teve coragem para acabar com as minhas defesas, de me ensinar o que é o amor... Então, por favor — implorou ele, sua respiração quente contra minha pele, espalhando uma onda de energia pelo meu corpo. — Fica comigo.

Senti suas lágrimas caindo em minha pele, e tive certeza de que Ian sentia as minhas na dele. Comecei a chorar muito, apertando a camisa dele.

— Desculpa, desculpa — eu repetia sem parar.

— O que está machucando você, Haze? — perguntou ele em um tom tão gentil. — O que está acontecendo com você? — Ele me puxou para mais perto, me apertando. — Está tudo bem. Estou aqui. Estou aqui.

Eu odiava estar desmoronando na frente de Ian quando era ele que tinha o direito de estar arrasado com a notícia da Holly. Mas lá estava eu, agarrada em Ian, chorando como se ele fosse apenas um sonho que poderia desaparecer se eu o soltasse.

Ele ficou abraçado a mim pelo máximo de tempo que permiti, até eu me dar conta de que não podia fazer aquilo. Eu não podia chegar perto dele. Se Charlie descobrisse...

Eu me afastei e funguei, esfregando os olhos.

— É melhor eu dar uma olhada na Rosie.

Ian pareceu perplexo quando me afastei, mas se levantou e assentiu.

— É claro.

— Eu sinto muito, Ian... sobre a Holly.

Ele abriu um sorriso triste.

— Ela ainda está aqui. Então vou ficar feliz por isso.

Que bom.

— Tá, tudo bem, boa noite. Me avisa se precisar de alguma coisa.

— Queria você — falou ele, tão rápido que me questionei se ele tinha mesmo falado aquilo.

— O quê?

— Eu preciso de você — confessou ele, enfiando as mãos nos bolsos da calça molhada antes de pigarrear. — Eu entendo. Alguma coisa aconteceu, e você está com medo. Você está com medo de me contar o que houve, e eu entendo, de verdade, mas isso não significa que não quero você, Hazel. Muito menos que não preciso de você. Acho que você precisa de mim também. A minha avó não fez você prometer que não me contaria sobre a doença dela? — perguntou ele.

— Fez.

— Bom, ela também me fez prometer uma coisa: que eu iria lutar pelo que amo. Então, não importa o que aconteça, vou lutar por você. Eu não vou fugir, Hazel. Não vou criar barreiras de novo. Eu vou ficar em Eres, e não só vou cuidar de mim, como vou cuidar da gente. Mesmo que isso signifique não deixar você em paz. Eu vou lutar por nós dois, quer você queira ou não, Hazel Stone. Nossa música ainda não acabou. Ainda nem chegamos ao refrão, e eu vou cantar pra você, pra nós dois, pra sempre.

~

Ian estava falando sério — ele ficou em Eres e não saiu do meu pé.

Os meninos da banda não embarcaram no voo de volta a Los Angeles para gravar o álbum às pressas. Em vez disso, voltaram às origens, gravando as próprias músicas no celeiro enquanto bolavam um plano para lidar com a gravadora.

Eu não fazia ideia de como eles produziriam um álbum inteiro em tão pouco tempo, mas também sabia que, se havia alguém capaz dessa façanha, eram os caras da Desastre. Eles estavam determinados a provar que a porra do babaca do Max não os controlava.

Quando Ian não estava com os avós ou trabalhando com a banda, estava no rancho, atrás de mim.

O Mãozão me deixou encarregada de passar tarefas para Ian, um sinal de que o mundo dava voltas.

Enquanto ele limpava os chiqueiros, fui dar uma olhada em seu trabalho. Além disso, eu gostava de ver o que ele estava fazendo, já que não conseguia controlar minha vontade de estar sempre perto dele.

— Como está indo aí? — perguntei.

— Por mais estranho que pareça, até que está indo tudo bem. Senti falta dessa merda, literalmente — disse ele, baixando o forcado. — Mas perdi um pouco o ritmo.

— Perdeu mesmo — brinquei, batendo uma das mãos na outra.

— Se você não acelerar, vai passar a noite toda aqui.

— Pena que não tem ninguém pra me ajudar. — Ele sorriu.

Nossa, como eu amava aquele sorriso.

— É. Uma pena.

— Anda, Haze. — Ele apontou com a cabeça para outro forcado e depois indicou um dos cercados sujos. — Só um, pelos velhos tempos?

Estreitei os olhos.

— Você está tentando fugir do trabalho?

— Não. Só gosto de estar perto de você.

Frio na barriga.

Muito frio na barriga.

Puxei o ar com força e o soltei pela boca. Se Charlie me visse com Ian... Bom, de qualquer forma, não estaríamos fazendo nada de errado. Estaríamos trabalhando; só isso.

Pelo menos era só isso que eu achava que ia acontecer.

Quando comecei a tirar o feno sujo, Ian falou:

— Quer brincar de confessar?

Balancei a cabeça.

— Acho melhor não.

— Por quê? — Ele estreitou os olhos. — Está com medo do que pode falar?

— Exatamente.

Mas ele não desistiu.

— Vou confessar: sinto sua falta.

— Ian...

— Vou confessar: você é minha melhor amiga.

— Para, por favor.

— Vou confessar: se você deixar, vou te amar pra sempre.

Engoli em seco enquanto o observava vir até mim. Eu estava parada bem no meio de estrume de porco, fazendo o trabalho mais nojento do mundo, com cara de quem não dormia fazia dias, e Ian Parker estava ali me dizendo que iria me amar pra sempre.

Ele continuou:

— Vou confessar: você é meu sol, minha lua e minhas estrelas. Vou confessar: não importa qual seja o problema, podemos resolver juntos. Vou confessar: nunca vou desistir de nós dois.

Não sei como aconteceu. Não sei como minhas mãos encontraram as dele, como nossos corpos se pressionaram. Não sei como sua testa se apoiou na minha nem como meu coração perdeu o compasso.

Não sei como seus lábios chegaram tão perto dos meus nem como sua respiração se misturou com a minha.

Mas lá estávamos nós, prestes a colar nossos lábios, a nos perder em uma embriaguez da qual eu jamais conseguiria me livrar. Se eu começasse a beijar Ian, sabia que não conseguiria parar.

Só havia ele para mim.

Ian era o gancho, a ponte e a melodia.

— Pelo jeito como seu corpo treme quando abraço você, sinto o amor que está aí dentro. Então me conta, Hazel. Me conta o que está nos impedindo de sermos nós. Confessa, que eu dou um jeito.

— O Charlie — sussurrei, minha voz trêmula, sem saber se estava fazendo a coisa certa. — É o Charlie.

Ele se afastou e olhou para mim, parecendo confuso.

— Como assim o Charlie?

Com um aperto no peito, comecei a colocar tudo para fora. Contei que Charlie havia sido solto e que tinha me ameaçado e me obrigado a terminar o namoro. Falei também que ele tinha ameaçado destruir o rancho todo. Que ameaçou minha irmãzinha.

— Ele disse que machucaria a Rosie. Entendeu? Eu não tinha opção. Precisei terminar com você, Ian. Ele me encurralou, e eu não tinha opção.

O rosto de Ian ficou vermelho, e ele fechou as mãos em punhos.

— Ele disse que machucaria a Rosie?

— Sim. — Assenti, me sentindo apavorada ao me lembrar de Charlie segurando Rosie.

— Ele vai morrer. Vou matar aquele babaca.

— Não. — Balancei a cabeça. — Você não pode fazer isso. Você não pode ir atrás dele. Não pode. Ninguém consegue pegar o Charlie. É ele que pega todo mundo, pode acreditar. Eu tentei mandar aquele babaca pra prisão, e o tiro saiu pela culatra. Além do mais, você é famoso. Max tinha razão nesse ponto. Você não pode se envolver nos meus problemas justo agora que está prestes a estourar.

— Max também falou com você? — chiou ele, suas narinas abrindo e fechando. — Como assim?

— Nada de mais. Ele estava preocupado com a sua imagem e com o que poderia acontecer se você continuasse namorando alguém com um passado tão complicado quanto o meu. Eu entendi essa parte.

— Não. Foda-se essa história, e foda-se o Max. E foda-se o Charlie. E porra! — gritou ele, andando de um lado para o outro. — A gente não pode deixar o Charlie fazer o que quiser. Você não pode passar o resto da vida acorrentada a ele.

— Eu não tenho opção.

— Sempre existe uma opção, sempre existe um jeito.

Queria acreditar nisso, mas sabia como Charlie pensava. Eu vi quantas vezes ele conseguiu arrastar minha mãe de volta para seu mundo desesperador. Eu sabia que ele era capaz de acabar com a minha vida e com a de Rosie em um piscar de olhos. Aquele maluco era a única pessoa que me dava medo. Charlie era um monstro — e ele não tinha nenhum pudor em machucar quem se metesse em seu caminho destrutivo.

— Sinto muito, Ian. Eu só... Nós... — Suspirei. — Nós não podemos ficar juntos.

— Não vou aceitar isso.

— Bom, você deveria aceitar. Não tem como a gente dar certo.

— Você vai ver — prometeu ele, segurando minhas mãos e as beijando. — Nós vamos ser felizes para sempre. Mas, primeiro, vou destruir a vida daquele babaca.

Capítulo 40

Ian

Passei a noite inteira tentando encontrar uma maneira de ajudar Hazel, e, quando ficou difícil demais e comecei a achar que não ia chegar a lugar nenhum, procurei a única pessoa que poderia me dar uma luz. A pessoa a quem eu sempre recorria nos momentos mais difíceis.

Sentado em sua cadeira no escritório, o Mãozão franziu a testa enrugada me ouvindo contar tudo o que Hazel havia me revelado na noite anterior.

— Sempre detestei aquele Charlie Riley. Ele é uma péssima influência pra nossa cidade, e já está mais do que na hora de nos livrarmos dele.

— Como? A Hazel diz que é impossível, que ele domina tudo. Vai ser muito difícil colocar as mãos nele.

— Não dessa vez. Ele não vai encurralar as pessoas que eu amo.

— Mas é exatamente isso que ele está fazendo, e não temos nada contra ele.

— Temos, sim. Quando alguém encurrala a gente, nós colocamos nossas luvas de boxe e revidamos, Ian. Você acha que nunca passei por dificuldades? Claro que já, e sabe como superei esses tempos difíceis?

— Como?

— Eu não desisti, continuei lutando, e, quando mais precisei, pedi ajuda. Nós não precisamos enfrentar todas as batalhas sozinhos. Às vezes, somos mais fortes quando estamos juntos. — Ele esticou o braço e tocou minha mão. — Que bom que você veio falar comigo. Agora, vá trabalhar, e acorde cedo amanhã. Nós vamos fazer uma viagem demorada.

— Viagem pra onde?

— Pra visitar a pessoa que é o ponto cego do Charlie. Vamos falar com a mãe da Hazel.

— O quê? Como? Ela está presa e não quer nem que a Hazel apareça por lá. Faz meses que as duas não se veem.

— Ela não precisa falar com a Hazel. Ela vai falar comigo e, como eu já estou na lista de visitantes dela, isso não vai ser difícil. Eu já estava pensando em dar um pulo até lá amanhã mesmo. A única diferença é que, agora, vou levar você comigo.

Eu tinha tantas perguntas. Queria perguntar por que ele visitava a mãe de Hazel na prisão; por que nós iríamos falar com ela e como isso poderia ajudar a resolver a situação com Charlie. Queria perguntar... tudo.

Mas o sorriso do Mãozão me dizia que eu devia confiar nele.

Então foi isso que eu fiz.

No caminho para o presídio, meu estômago se revirava com a ideia de falar com a mãe de Hazel, Jean. Quando você pensa que vai conhecer a mãe da sua namorada, não imagina que será em uma prisão. Aquilo não era nada convencional.

— Agora, deixa eu começar falando, pra entrarmos no assunto com calma — ordenou o Mãozão. — Não quero que você arrume problemas falando o que não deve.

Nós entramos e passamos por todos os procedimentos de segurança antes de sermos conduzidos até uma mesa para esperar por Jean.

Quando ela surgiu, pareceu surpresa ao me ver com o Mãozão.

— Você trouxe um convidado — disse ela, encarando-o enquanto se sentava. — Cadê a Holly?

Espera aí, como é?

Jean conhecia o Mãozão *e* a minha avó? Como isso era possível?

— Ela não estava se sentindo muito bem hoje. Não ia aguentar a viagem — respondeu ele.

Eu me remexi na cadeira, tentando ficar confortável, mas sabendo que era impossível. Jean tinha uma aura pesada de tristeza. Era algo bem difícil de ver. Só de olhar em seus olhos, ficava nítido que ela tinha passado por muita merda na vida. Ela abriu um sorriso torto para mim, que desapareceu rápido. Então encarou as próprias mãos entrelaçadas.

— Eu trouxe umas fotos — falou o Mãozão, pegando uma pilha de fotografias.

Ele mostrou todas para Jean, e lágrimas começaram a escorrer pelo rosto dela enquanto observava as fotos de Rosie que o Mãozão lhe mostrava.

— Ela está enorme — comentou Jean.

— Está — concordei. — Ela parece muito com você.

— Ela parece com a Hazel — corrigiu-me Jean, retorcendo as mãos. — Quando a Hazel era bebê, também tinha esses olhos enormes.

— Espera, como você e o Mãozão se conhecem? — perguntei, confuso, de repente.

— Eu e a Holly fizemos várias visitas a Jean nos últimos meses — explicou ele.

— É, pra me encher o saco — brincou Jean.

— E ela tem sido um pé no meu saco há anos.

— Anos? — perguntei.

Jean assentiu.

— Nossos caminhos se cruzaram há muitos anos, quando eu ainda era adolescente. Eu estava grávida da Hazel e vim sozinha pra Eres, fugindo de uma infância complicada. Quando cheguei, a Holly e o Mãozão me acolheram de braços abertos.

— É, parece que eles têm essa mania — comentei.

— Só que eu não facilitei as coisas. Fiquei muito amiga da sua mãe e do seu pai, fiz algumas escolhas erradas depois que a Hazel nasceu. Comecei a andar com a Sarah e o Ray, então eles me apresentaram ao Charlie, e todo mundo sabe o que aconteceu. — Ela gesticulou para o salão ao redor e franziu a testa.

Esse tempo todo, culpei a mãe de Hazel pelo monstro que Charlie era, mas parecia que, na verdade, meus pais tinham sido responsáveis por unir Charlie e Jean.

— Depois disso aqui, qualquer coisa vai ser um progresso — falei, tentando animá-la.

Ela esfregou um dos braços, nervosa, a mão indo para cima e para baixo.

— Quero compensar meus erros, só isso.

— E foi por isso que viemos visitar você hoje — disse o Mãozão. — Precisamos da sua ajuda.

Ela riu.

— Sem querer ofender, Mãozão, mas, nas atuais circunstâncias, não tenho condição de ajudar ninguém.

— Mas você não precisa sair daqui pra fazer isso — explicou o Mãozão, unindo as mãos. — Ele ameaçou suas filhas.

Jean arregalou os olhos, encarando o Mãozão em pânico.

— Como assim?

— Ele está obrigando a Hazel a repassar pra ele todo o dinheiro que ela ganha e começou a controlar os relacionamentos dela. Ele disse que vai tacar fogo no rancho e ameaçou machucar suas duas filhas. E também tem batido muito no Garrett.

Lágrimas encheram os olhos dela.

— Eu coloquei a Hazel numa situação péssima. Nunca devia ter me envolvido com o Charlie. Ele não devia poder machucar minha menina, mas ele é assim. — Ela secou algumas lágrimas e engoliu em seco. — Só não entendo como posso ajudar.

— É fácil — disse o Mãozão. — Se alguém conhece o Charlie, é você. Você sabe como o cérebro maníaco dele funciona. Você sabe dos esquemas dele, onde ele faz as entregas, de... tudo. Então preciso que você fale algumas coisas que possam ajudar a gente a pegar esse desgraçado. Nós temos que mandar esse safado pra prisão, e, dessa vez, ninguém vai levar a culpa por ele. Dessa vez, ele está sozinho. Dessa vez, vamos garantir que dê tudo certo.

Houve um instante de silêncio enquanto Jean pensava. Ela uniu as mãos e assentiu.

— Conto tudo o que vocês quiserem saber.

E ela fez exatamente o que prometeu.

Ela nos contou tudo o que conseguiu até dar a hora de voltar para a cela. Ao se levantar da cadeira, ela olhou para mim.

— Você ama a minha filha?

— Amo, sim, senhora.

— Então você pode me fazer um favor e tratar a Hazel bem? Ela merece alguém que cuide dela.

— Prometo. E obrigado pela ajuda. Você nem imagina o quanto isso é importante pra nós.

— Fui uma péssima mãe. Passei mais tempo chapada do que sóbria, mas agora estou limpa e isso clareou meus pensamentos. Quero fazer o que é certo. Posso ajudar com o que for. Se for pras minhas filhas ficarem seguras, faço qualquer coisa. Se você puder dizer pra Hazel que estou arrependida, por tudo, seria muito importante pra mim.

— Você ama mesmo as suas filhas, né?

— Amo. Nunca fui uma boa mãe, mas sempre tive a menina mais maravilhosa do mundo. Eu só não me dava conta disso quando minha cabeça estava perdida. Diz pra ela que estou pedindo desculpas, por favor?

— Você mesma devia tentar falar com ela.

— Duvido que a Hazel queira qualquer coisa comigo depois que cortei relações com ela.

— Ela vai querer — falei. — Afinal de contas, estamos falando da Hazel... Ela ama você incondicionalmente.

Jean assentiu e se virou para o Mãozão:

— Manda um beijo pra Holly. Sinto muito pelo que ela está passando, e lamento por você estar sofrendo também.

Quando eu e o Mãozão saímos, fiz a pergunta que estava na minha cabeça aquele tempo todo.

— Você se culpa pelo que aconteceu com ela? Acha que ela só conheceu o Charlie porque estava morando com vocês?

— Todo santo dia.

— E foi por isso que você quis contratar a Hazel pra trabalhar no rancho?

Ele concordou com a cabeça.

— Eu precisava me redimir.

— Pode acreditar, Mãozão. Você se redimiu.

Assim que voltei a Eres, contei a Hazel qual seria o plano. Apesar de ela estar hesitante, havia um brilho de esperança em seu olhar.

Bem que eu queria poder dizer que houve um momento supercinematográfico em que eu e o Mãozão armávamos para cima de Charlie, mas não foi nada disso que aconteceu. Ele foi pego em um de seus locais de entrega e levado para a cadeia de novo. Dessa vez, a sentença seria maior, porque Jean não estava lá para assumir a culpa por ele.

Além do mais, ele tinha sido preso tantas vezes que não havia como sair daquela impune.

Quando o Mãozão me deu a notícia de que Charlie tinha sido preso, fui para casa, contar para Hazel. Quando cheguei, ela já estava na cama, então eu a acordei.

— Oi — falou ela, esfregando os olhos sonolentos. — O que aconteceu?

— Acabou.

Aquela palavra bastou para que ela se sentasse na cama.

— Acabou? Sério? Pegaram o Charlie?

— Pegaram, e ele não vai ser solto tão cedo. Até o Garrett disse que testemunharia contra ele no tribunal. Acabou de verdade, Haze. Acabou.

Ela soltou um suspiro imenso de alívio e se jogou nos meus braços.

— Acabou — sussurrou ela.

Naquela noite, fiz amor com meu amor, e tudo pareceu certo.

Capítulo 41

Ian

— Ficou perfeito, perfeito, perfeito! — Hazel bateu palmas, sentada no celeiro comigo e com a banda, nos ajudando com as letras de algumas das músicas que estávamos compondo.

A gente trabalhava dia e noite, tentando criar um álbum do zero, mas, conforme o tempo passava, a tarefa parecia cada vez mais impossível.

Ultimamente, nossos telefones viviam lotados de mensagens de Max, ordenando que a gente voltasse o mais rápido possível para começar a gravar as músicas de Warren Lee.

— Ignora — falou Eric para mim. — A porra do Max Rider vai ficar bem. Nossa maior preocupação agora é o nosso som, não ele.

Agradeci ao meu amigo por me lembrar o que de fato importava.

— Acho que ficaram lindas — disse Hazel, sorrindo de orelha a orelha.

Ela havia colaborado muito com as faixas, entendendo minha visão do todo e deixando as canções melhores. Nós trabalhávamos tão bem juntos, e eu estava feliz por ter voltado às minhas origens com a música. As coisas tinham voltado a ser divertidas.

Leah também assistia aos nossos ensaios, e eu estava feliz por ela ter se tornado alguém tão importante na vida de Hazel. Hazel precisava de uma amiga na cidade, e eu sabia que dava para confiar em Leah. Era incrível ver que as duas ficavam mais próximas a cada dia.

— Sem querer alimentar o ego de vocês, mas achei fantástico — elogiou Leah. — E, podem acreditar, fico pra morrer por ter que elogiar meu irmão, mas foi mágico.

— Concordo com a Leah. Foi incrível! — exclamou minha avó, sentada em uma cadeira ao lado do Mãozão.

Como não podíamos nos apresentar para ninguém nem postar nada na internet sobre as músicas novas, as únicas pessoas com quem compartilhávamos nosso trabalho eram aquelas em quem confiávamos de verdade.

— Acho que vocês conseguiram mes...

De repente, as palavras da minha avó foram perdendo a força quando ela tentou se levantar. Ela levou a mão ao peito e puxou o ar com força. Depois disso, tudo pareceu acontecer em câmera lenta. Larguei o microfone quando vi que as pernas da minha avó estavam ficando bambas. O Mãozão deu um pulo da cadeira, Hazel correu para acudi-la, e meus companheiros de banda também.

Mas era tarde demais. Minha avó caiu no chão com o baque alto, e, em um segundo, esqueci como respirar.

∿

Saímos do celeiro e fomos direto para o hospital. Uma ambulância levou o Mãozão e minha avó, e o restante de nós seguiu logo atrás. Fizemos grande parte do trajeto em silêncio. Em algum momento, Marcus ligou o rádio. Depois de duas músicas, uma das nossas começou a tocar, estourando nas caixas de som.

— Caramba — suspirou James, balançando a cabeça. — Nunca vou me acostumar com isso. Nunca vou entender como a gente foi parar no rádio.

— A vida é uma loucura mesmo — murmurei, mordendo o dedão enquanto observava as estradas de terra por onde seguíamos.

Quando chegamos ao hospital, saí correndo do carro e fui até a recepção para perguntar sobre minha avó, mas fui interrompido.

— Ian.

Eu me virei e dei de cara com o Mãozão parado atrás de nós.

— Ei, o que está acontecendo?

— Disseram que talvez ela precise colocar um marca-passo. Mas, primeiro, eles têm que dar um jeito numa artéria — explicou ele. — Ela está sendo preparada pra cirurgia agora.

Cirurgia?

Merda.

— Dá pra acreditar nessa palhaçada? — O Mãozão fez uma careta. — Esses filhos da puta querem cortar o coração da minha Holly. — A voz dele falhou, e lágrimas começaram a escorrer pelas suas boche-chas. — Isso é muito errado.

Fui até o Mãozão e o consolei.

— Não se preocupa. Vai ficar tudo bem.

— Como você pode dizer uma coisa dessas? Você não sabe o que vai acontecer — rebateu ele.

— É, eu sei disso, mas a minha avó diria exatamente a mesma coisa, não diria? Ela falaria que tudo sempre dá certo. E, se ainda não deu, é porque não chegou ao fim.

Ele bufou, passando as mãos grossas pelo rosto.

— Ela fala essas bobagens mesmo. Aquela mulher vai acabar me matando. Não acredito que ela está fazendo isso comigo. — As lágrimas começaram a cair cada vez mais rápido. — Como ela pode entrar lá pra ser cortada por essa gente?

— Acho que ela não tem escolha, Mãozão, mas tenho certeza de que os médicos sabem o que estão fazendo, que eles sabem muito bem o que estão fazendo. Eles vão cuidar da minha avó, eu sei disso. Você só precisa ter um pouquinho de fé.

— Não consigo. A Holly é a pessoa que tem fé. Eu sou o velho que não acredita em porra nenhuma. O engraçado é que vão cortar o coração dela, mas é o meu que está partido — disse ele em um tom sério.

Eu o puxei para um abraço apertado, tentando acalmar seu coração atormentado, mas sabia que nada seria capaz de acalmá-lo até que o amor da sua vida saísse bem da cirurgia.

~

Ficamos sentados na sala de espera enquanto minha avó era operada. Eu e meus companheiros de banda desligamos nossos celulares, porque Max não parava de mandar mensagem para todos nós, e estávamos ficando loucos. A vida da minha avó estava em risco, mas Max só falava em números e nas cifras que ele estava perdendo. Como se a gente não passasse de robôs no caixa eletrônico dele.

Fiquei apertando as mãos, batendo os pés no chão acarpetado, incapaz de parar quieto. A ideia de que minha avó poderia não sobreviver à cirurgia e não ficar bem me deixava muito abalado. Eu só pensava no tempo que havia passado fora de casa, tentando realizar um sonho, enquanto a saúde da minha avó se deteriorava.

Quem poderia saber quanto tempo eu ainda teria com meus avós? Eu devia ter ficado em casa. Devia estar ajudando no rancho. Cacete, o Mãozão já devia ter parado de trabalhar há muito tempo.

Rosie estava em sua cadeirinha, dormindo, e senti inveja da tranquilidade dela. Eu queria que minha vida fosse tão calma e tranquila quanto a dela. Senti alguém tocar minha mão; ergui o olhar e vi Hazel parada ao meu lado. Ela abriu aquele sorrisinho que eu tanto amava e se sentou perto de mim. Ela segurou minha mão, apesar de eu não ter pedido nada a ela. Hazel apertou a minha mão, o que me deixou feliz. Eu precisava me segurar em alguma coisa. Precisava de qualquer coisa que impedisse o nervosismo de tomar conta de mim, e o simples toque daquela garota acalmava as partes mais inquietas da minha alma.

— Obrigado — murmurei, tão baixo que não tinha ideia se ela me escutaria.

Ela apertou minha mão com mais força ainda.

Quando o médico veio falar com a gente, não parecia tão animado com a cirurgia quanto gostaríamos. Nós nos levantamos de imediato, o Mãozão se erguendo mais rápido do que todo mundo. Então nós nos aproximamos.

— O que houve? — bradou ele para o médico, parecendo mais mal-humorado e irritado do que nunca. — Não entendi por que ninguém veio dar notícias da minha Holly pra gente! Essa porcaria de lugar é sempre essa bagunça? Quem gerencia isso aqui? Macacos? Que loucura.

Eu me aproximei do médico, que parecia assustado com a declaração acalorada do Mãozão, e abri um meio-sorriso para ele.

— Ah, desculpa. Meu avô só está preocupado com a esposa.

O médico tentou manter a compostura, apesar de parecer querer bater boca com o Mãozão.

— Tudo bem, eu entendo. Bom, tivemos alguns problemas na cirurgia e não conseguimos fazer tudo o que tínhamos planejado. Encontramos muito líquido em torno dos pulmões, e não quisemos operar antes de drenarmos um pouco.

— Porra, você está de sacanagem? — bufou o Mãozão. — Está me dizendo que passou esse tempo todo lá dentro e não fez nada?

— Sinto muito, Sr. Parker, mas tivemos que fazer o que era melhor pra esposa do senhor. Nós não queríamos piorar a situação dela com uma cirurgia para a qual ela não estava forte o suficiente. Vamos fazer um acompanhamento nos próximos dias pra garantir que ela fique estável, e então podemos pensar em operar.

— Obrigado — falei, antes que o Mãozão pudesse esculhambar o médico. Pelo olhar do meu avô, ele estava louco para brigar com o homem. — Podemos ver como ela está?

— Ela está sendo levada para o quarto. A enfermeira vai avisar quando vocês puderem entrar.

Agradeci ao médico de novo, e ele ficou parado ali, parecendo meio embasbacado. Eu o encarei com o cenho franzido.

— Tem mais alguma coisa...?

— Hum... Bom, sim e não. Não sobre a sua avó, mas... — Ele coçou a lateral da cabeça. — Você é o Ian Parker, né? Vocês são os caras da Desastre, não são? Minha filha adora vocês. Seria muito inconveniente da minha parte pedir uma foto?

— Seria — respondeu Hazel, entrando na minha frente, criando uma barreira entre mim e o médico como se fosse minha guarda--costas. — Seria muito inconveniente e extremamente antiético.

O médico fez uma careta e foi embora.

— Meu Deus — bufou o Mãozão, balançando a cabeça. — Não acredito no que esse povo está fazendo com a Holly — disse ele, sentando-se de novo na cadeira. — Só quero levar a minha garota pra casa.

Partia meu coração ver o Mãozão arrasado. Era como se ele não tivesse a menor ideia de como sobreviver sem minha avó ao seu lado. Sem ela, o Mãozão mal conseguia respirar.

— Vai ficar tudo bem, Mãozão — repeti, torcendo para não estar mentindo. Mas eu sabia que minha avó iria querer que eu dissesse aquilo.

Vai dar tudo certo.

Capítulo 42

Ian

— Quer alguma coisa? — perguntou Hazel, com Rosie no colo.

Para mim, era uma loucura ver o quanto aquela garotinha tinha crescido nos últimos meses.

— Vou dar um pulo na lanchonete pra ver se consigo um café ou alguma coisa pra beber — continuou ela.

Fiz uma careta.

— Não precisa.

James pigarreou.

— Talvez fosse melhor você ir junto, Ian, e trazer alguma coisa pra gente comer. Estou morrendo de fome. Hazel, nós podemos ficar tomando conta da Rosie, se você quiser.

James ergueu uma sobrancelha para mim, indicando que eu fosse com Hazel, a menos que quisesse passar o resto da vida sendo um idiota.

— Tem certeza? — perguntou Hazel. — Ela dá trabalho.

— Eu dou conta.

Ele se levantou para pegar Rosie, e Hazel lhe agradeceu.

Eu me levantei da cadeira, coloquei as mãos nos bolsos e segui pelo corredor com Hazel. Meu Deus, mesmo depois de tanto tempo, ela ainda me deixava louco quando estava perto de mim. Ela fazia meu coração perder o compasso quando lançava um olhar na minha direção. E eu sempre reparava quando ela olhava para mim, porque não conseguia tirar os olhos dela.

Nós dois ficamos em silêncio, mas eu conseguia sentir o nervosismo dela. Ou talvez fosse o meu nervosismo. Eu já não era mais capaz de distinguir nossos sentimentos. Ela coçou o braço e deu um sorriso tímido para mim.

— Sei que você deve estar preocupado com a sua avó, mas não precisa. Ela é uma guerreira. Você tinha razão quando disse pro Mãozão que, se ainda não deu tudo certo, é porque ainda não chegou ao fim. Ele precisava ouvir isso. E também acho que isso é uma grande verdade.

Eu fechava e abria as mãos o tempo todo. Cacete, onde ficava essa lanchonete? Do outro lado do planeta?

— A gente pode falar de outra coisa que não seja a minha avó? Esse assunto é muito difícil, e tudo está pesado demais.

Hazel assentiu.

— Sobre o que você quer falar?

— Sobre nós. Vamos falar sobre nós. Pra você, qual foi a pior parte de ficarmos separados?

— A coisa mais difícil do mundo era não poder falar com você quando eu tinha um dia difícil. Ou contar quando as coisas iam bem. Senti tanto a sua falta, Ian, e, por muito tempo, me convenci de que só eu sentia saudade. Acabei me convencendo de que você estava feliz e curtindo seu sonho. Eu precisava fazer isso pra me impedir de tentar falar com você. Mas escrevi um milhão de mensagens pra você no meu bloco de notas, te atualizando sobre as coisas. Contando o que estava acontecendo na minha vida.

— Eu ainda quero saber de tudo, e, dessa vez, não vou abrir mão de você. A gente vai ter a nossa história de amor eterna. Do tipo que o Mãozão e minha avó têm. Eu vou envelhecer ao seu lado, Hazel Stone.

Ela ficou completamente imóvel, com a boca entreaberta, parecendo chocada com o que tinha acabado de escutar. Eu sabia que ela provavelmente precisaria de um tempo para assimilar tudo. Eu sabia que ela precisaria de um tempo para se acostumar com a ideia, mas não me importava.

Hazel seria o meu final feliz, e eu seria o dela. E eu não pretendia mudar de ideia.

— Gente — chamou uma voz, nos distraindo da conversa. De repente vimos James, segurando uma Rosie sonolenta, no corredor. — A Holly acordou. Se vocês quiserem falar com ela...

— Tá bom — falei, e, antes de nos virarmos para ir, toquei de leve o antebraço de Hazel. — Só pra deixar bem claro, Hazel, você é linda. Você é tão linda que meu peito chega a doer. Eu te amo. Completamente, desesperadamente, loucamente.

Os lábios dela se separaram, e um som baixinho escapou deles.

— Eu também te amo.

~

— Eu estou bem — repetia minha avó.

Nós todos estávamos no quarto com ela. Minha avó parecia bem cansada e fraca. Vê-la naquele estado era de partir o coração. Mas as enfermeiras garantiram que o fato de ela estar falando era bom. Apesar de ela dormir e acordar o tempo todo.

— Não precisa mentir. Se você não estiver bem, é só dizer, e vou buscar esses médicos pra virem fazer a droga do trabalho deles — resmungou o Mãozão, sentado ao lado da cama, segurando a mão dela.

Minha avó sorriu e olhou para mim.

— Por favor, me diz que esse velho chato não está enchendo o saco do pessoal do hospital.

— Você conhece o Mãozão. Ele ladra e dá umas mordidas — brinquei.

— Bom, ouvi a enfermeira falando que vocês passaram o dia inteiro aqui. Vão para casa, comer e descansar. Só Deus sabe como vocês devem estar cansados.

— Eu não vou sair de perto de você, Holly Renee — insistiu o Mãozão.

— Vai, sim. Vá pra casa dormir um pouco. Pelas suas olheiras, eu sei que você está há dias sem dormir. E tome um banho. Senti seu fedor quando você estava lá do corredor — brincou ela e logo depois teve um acesso de tosse, o que deixou todo mundo preocupado. — É sério, gente. Estão cuidando muito bem de mim aqui. Vão descansar. Por favor. Vou me sentir melhor assim. Não vou conseguir me recuperar se estiver preocupada com a saúde do Harry.

Ele franziu a testa e beijou a mão dela.

— Você é boa demais pra esse mundo, Holly. Boa demais pra mim.

— Eu sei. — Ela sorriu. — Mas agora você tem que obedecer a sua esposa e ir pra casa.

— Eu e o Eric podemos ficar aqui enquanto vocês descansam — ofereceu Marcus.

— Eu fico também — acrescentou James.

Os três eram como netos para minha avó. É claro que eles se ofereceriam para ficar com ela.

— Viu, Harry? Tem um monte de gente cuidando de mim. Vá descansar pra conseguir voltar amanhã.

— Eu te... — disse ele, se inclinando para a frente e esfregando o nariz no dela.

— Amo — concluiu ela, esfregando o nariz no dele também.

Hazel e Rosie foram comigo e com o Mãozão para a casa dele. Quando chegamos, Hazel assumiu o controle, cuidando de todo mundo, fazendo todo mundo comer, mandando o Mãozão tomar banho e depois ir para a cama. Ela desempenhava muito bem o papel de mãe. Era algo natural para ela — assim como para minha avó.

Nós dormiríamos no quarto de hóspedes do Mãozão, porque eu não queria deixá-lo sozinho. Havia um berço lá para Rosie, que já estava em sono profundo.

Quando saí do banho, fui para o quarto e encontrei Hazel sentada à escrivaninha, estudando.

— Quando você tira uma folga? — perguntei.

Ela riu e bocejou.

— Dos estudos ou da vida? Porque a resposta pras duas coisas é nunca.

— Quer tirar um tempinho agora?

Ela olhou para mim e mordeu o lábio inferior.

— Tá bom.

— Me encontra no meu antigo quarto pra gente conversar sem acordar a Rosie?

— Tá bem. Vou pegar a babá eletrônica e já vou.

— Combinado. E Hazel?

— O quê?

— Dá uma olhada no Instagram.

Capítulo 43

Hazel

Assim que Ian saiu do quarto, fui correndo pegar meu celular para ver o Instagram. Meu coração estava disparado. O que eu encontraria ali. Então eu achei. O post mais recente de Ian.

Um post sobre mim.

Eu nunca tinha visto aquela foto. Ele devia ter tirado quando Rosie estava na UTI neonatal, sem eu perceber. Eu estava olhando para ela com um sorriso enorme nos lábios. Era uma imagem simples, nada absurdo, mas a sensação que a foto transmitia era amor. O amor transbordava enquanto eu observava os batimentos cardíacos da minha irmãzinha.

As curtidas no post disparavam diante dos meus olhos. Centenas. Depois milhares. Depois centenas de milhares. Eu estava oficialmente viralizando no Instagram de Ian.

Minhas mãos voaram para meu peito enquanto eu lia a legenda da foto.

Meu coração bate por essa mulher. Todas as músicas de amor que eu canto todas as noites são pra ela. Todas as melodias seguem as batidas do seu coração, todos os refrãos pedem seu amor. Fui informado de que algumas pessoas na minha equipe decidiram abordar o amor da minha vida e lhe dizer que ela não faria bem à minha imagem. Devido à sua aparência e a um passado completamente fora do seu controle, disseram que ela não era boa o suficiente. É verdade que nós crescemos na mesma cidade, mas isso não significa que nossos lares tiveram a mesma base sólida. Eu tive a sorte de nunca passar por dificuldades. Essa garota precisou lutar com todas as suas forças por tudo o que conquistou. Ela sacrificou a própria juventude, porque não queria que a irmã caçula precisasse ser adotada. Ela abriu mão do amor pra que eu fosse atrás dos meus sonhos. Ela se doa o tempo todo pra ajudar os outros a serem felizes, porque isso faz parte da sua personalidade.

Ela é o ser humano mais lindo do mundo, e o fato de alguém — ainda mais alguém que deveria estar me ajudando — discordar disso me deixa completamente enojado. Eu não sou um robô. Eu tenho sentimentos, eu sofro, eu amo e eu choro. E fico arrasado em saber que vivemos em um mundo onde devo ter medo de mostrar quem eu sou de verdade pra ganhar seguidores.

Então, se você não gosta desse fato — de que estou comprometido e completamente apaixonado —, tudo bem. Se eu perder fãs por causa disso, não tem problema. De agora em diante, estou disposto a fazer todos os sacrifícios do mundo em nome do meu amor pela mulher que me deu mais do que deveria. Eu amo você, Haze. Da lua nova até a lua mais cheia. Desde agora e pra sempre.

Ele tinha feito uma declaração de amor pública para mim. Mandando seu empresário pro inferno do jeito mais claro possível. Minhas mãos tremiam enquanto eu relia as palavras mais uma dúzia de vezes. Então ouvi Ian me chamar.

— Haze? Você está vindo?

Respirei fundo e curti o post antes de colocar o celular em cima da cômoda.

— Já estou indo.

Assim que entrei no quarto, não dei a menor chance de ele dizer nada. Meus lábios grudaram nos dele enquanto Ian envolvia meu corpo em seus braços. Nosso beijo foi bem mais intenso do que todos os outros. Era como se estivéssemos compensando o tempo perdido por todos os beijos que não aconteceram por causa de Charlie.

A língua dele dançava com a minha, e eu sugava seu lábio inferior com avidez sempre que podia. Nós fizemos amor naquela noite, nos movendo juntos, encaixando todas as partes nos lugares aos quais pertenciam. Ele possuía cada centímetro do meu corpo e cada pedacinho da minha alma. Sempre que ele me penetrava, eu gemia pedindo mais. Sempre que ele ia mais fundo, eu fincava as unhas em suas costas.

— Pra sempre — sussurrou ele em meu pescoço e depois passou a língua pela minha pele.

— Pra sempre — arfei, elevando o quadril em sua direção.

Fizemos amor mais três vezes naquela noite, cada uma mais apaixonada que a outra. E, quando caí no sono nos braços dele, eu sabia que estava em casa.

≈

Acordei com um barulho alto de algo batendo e me sentei na cama, olhando ao redor, confusa.

Pá, pá, pá!

Mas o que era aquilo?

Olhei para o lado esquerdo da cama, onde Ian havia dormido, mas ele não estava ali. Minha mão passou pelo lugar dele, e um calafrio percorreu minha espinha. Sentia falta do calor dele.

Pá, pá, pá!

Eu me levantei e peguei meu roupão, vestindo-o rápido. Dei uma olhada em Rosie para me certificar de que estava tudo bem, e, felizmente, ela continuava em um sono profundo.

Desci a escada correndo e parei quando estava quase no último degrau. A sala inteira estava uma bagunça. As tábuas de madeira do piso estavam sendo arrancadas. O Mãozão as atacava com um martelo, e Ian encontrava-se ao seu lado, ajudando.

Ainda estava escuro lá fora, e eu, por mais que tentasse, não conseguia entender se aquilo era um sonho ou não.

— O que está acontecendo?

O Mãozão não olhou para mim. Ele continuou martelando o chão sem parar.

Ian me encarou e abriu um sorriso bobo, relaxado.

— Tem 25 anos que ele promete pra minha avó que vai consertar o piso. Eu desci e dei de cara com ele quebrando tudo, então resolvi ajudar.

— Ela não pode voltar pra casa e encontrar essa porcaria barulhenta — murmurou o Mãozão, secando as lágrimas que escorriam de seus olhos. — Sou um idiota. Devia ter resolvido isso quando ela pediu.

Ele se martirizava por estar com medo do que poderia acontecer com a esposa. Sua cabeça devia estar a mil por não ser capaz de resolver o problema de Holly, de ajudá-la a se recuperar. Então ele resolveu fazer algo que passara oitenta anos da vida fazendo — trabalho braçal para demonstrar seu amor. Ele martelava o chão, e Ian permanecia ao lado do avô, lhe dando apoio e usando toda sua força para arrancar o piso. Eu não sabia se eles estavam fazendo o trabalho do jeito certo. Talvez aquilo fosse apenas uma forma de aliviar o nervosismo de suas almas.

A verdade era que não importava por que os dois estavam fazendo aquilo. O importante era que eles faziam juntos.

Peguei um martelo e fui ajudar, porque era isso que famílias faziam. Nós nos apoiávamos nos momentos bons e nos ruins.

~

Uma semana depois, os pulmões de Holly tinham melhorado, e a cirurgia para colocar o marca-passo foi feita. Por sorte, a operação foi rápida e sem complicações. O processo de recuperação exigiria muito mais cuidados e atenção, mas tinha um exército pronto para garantir que tudo ocorresse da melhor forma possível.

Os caras da banda vieram ajudar a terminar o piso da casa do Mãozão antes de Holly receber alta.

— Nossa maior preocupação agora é que a Holly se recupere — disse Eric certa noite, quando todos nós estávamos reunidos no celeiro. — A música não vai a lugar nenhum.

— Ainda me sinto culpado por tudo. O Max anda enchendo muito o saco da gente desde que fiz o post sobre a Hazel, e me sinto mal por não ter consultado vocês antes — desabafou Ian.

— Porra, você está de sacanagem? A porra do Max Rider ultrapassou todos os limites quando falou aquelas coisas pra Haze! Foi muita cara de pau da parte dele e, se eu soubesse disso, não teria deixado barato. Que bom que você postou aquela porra. Já estava na hora de alguém falar a verdade — exclamou Marcus. — E tem mais: ele também ferrou a gente com a história do álbum! Então quero mais é que a porra do Max Rider se foda.

James se sentou no palco onde a banda costumava se apresentar. Ele passou os dedos pela plataforma de madeira e exibiu um sorriso torto nos lábios.

— Sinto falta desse lugar. Nunca achei que fosse dizer isso, mas é verdade. Sinto falta de como éramos apaixonados por música. Não me levem a mal. Sei que temos muita sorte, e eu não abriria mão disso por nada, mas, às vezes, sinto que tudo está tão fora do nosso controle que acho que, se não dermos um basta nessas exigências malucas, vamos acabar nos perdendo.

— Podemos fazer uma votação — sugeriu Eric, deslizando os dedos pelo teclado. — Quem for a favor de nos sentarmos com o Max e o Donnie e termos uma conversa séria sobre quem nós somos e o queremos fazer com a nossa carreira diga sim.

— Sim. — O celeiro ecoou, e eu sorri para eles. Para os quatro garotos que pretendiam recuperar o controle sobre seus sonhos.

Ian esticou a mão.

— Pra sempre.

Um por um se aproximou de Ian e colocou a mão sobre a dele.

— Pra sempre.

Então os quatro olharam para mim, perplexos.

— Ah, desculpa. Eu não queria atrapalhar o momento. Posso deixar vocês...

— Hazel, se você não vier colocar a sua mão aqui agora, vou ter que te trazer à força — ameaçou Marcus.

Eu ri e me aproximei, colocando minha mão sobre a deles.

— Pra sempre — decretei.

— Falando em Max e Donnie — Eric abriu um sorriso enorme enquanto esfregava o nariz com o dedão —, acho que sei a melhor maneira de resolvermos o problema.

— E qual seria? — perguntou Ian.

— Vou mostrar pra vocês. — Eric foi até sua mochila, perto do teclado, e pegou o laptop. Ele o ligou na tomada enquanto nos juntávamos ao seu redor. — Vocês sabem que eu adoro gravar vídeos e tal, mesmo quando as pessoas não estão vendo.

— Sabemos. Fala logo — implicou Marcus com o irmão.

Eric abriu um vídeo e apertou play.

— Fiz uns vídeos caseiros bem maneiros sobre situações com o Max e o Donnie desde que nos conhecemos. Quando íamos a festas e o Max tomava uns comprimidos ou cheirava umas carreiras de cocaína. Quando os dois, que são casados, estavam com outras mulheres. Quando eles protagonizaram conversas agressivas. Tudo. Temos o suficiente pra comprometer esses babacas.

— Mas não podemos usar isso. Não seria aceito em um processo — argumentou James. — Foi tudo gravado ilegalmente.

— Não faz diferença. Não precisamos processar ninguém. A gente só tem que ameaçar mostrar tudo pras esposas deles. A menos que eles nos liberem daquele contrato ridículo.

— Você acha que vai fazer alguma diferença mostrar esses vídeos pras esposas deles? Esses caras são uns babacas, Eric. Eles estão pouco se lixando pros sentimentos delas.

— É, com certeza. Mas tenho certeza de que as esposas vão ficar interessadas em saber o que eles andaram aprontando por aí. Além do mais, os dois se casaram antes de ficarem famosos. E vocês sabem o que isso quer dizer, não?

— O quê? — perguntou Ian.

— Nada de pactos antenupciais. O que significa que, se as mulheres pedirem o divórcio, levam basicamente metade da porra toda que eles têm.

Um sorrisinho surgiu em nosso rosto quando a ficha finalmente caiu. O plano era brilhante e podia mesmo dar certo. Eu tinha certeza de que os caras o aperfeiçoariam antes de entrar em contato com Max e Donnie. Finalmente parecia haver uma luz no fim de um túnel muito longo e escuro para a Desastre.

Passamos o resto da noite no celeiro. Levei Rosie para lá quando ela acordou de sua soneca, e os caras tocaram suas músicas com todo o coração, cheios de paixão. Eles tinham voltado às suas origens, e o som deles estava melhor do que nunca. Eu adorava ver que eles não tinham medo de lutar pelo que queriam, pelo que precisavam como músicos. Não devia ser fácil enfrentar homens como Max e Donnie, mas eles não fariam isso sozinhos. Eles entrariam naquela reunião de cabeça erguida, como um grupo unido.

Não importava o que acontecesse quando eles conversassem com a gravadora, eu sabia que tudo ocorreria da forma como tinha que ser. A Desastre chegaria ao lugar que lhe era de direito, porque seus integrantes apoiavam uns aos outros independentemente de qualquer coisa. Não havia como negar o fato de que eles falavam sério quando diziam "pra sempre".

Fiquei ali, escutando as letras que deslizavam pela língua de Ian enquanto ele cantava, sua voz derretendo cada centímetro da minha alma.

E, naquela noite, eu sabia que suas palavras estavam sendo cantadas só para mim.

Capítulo 44

Ian

— Por favor, digam que isso é brincadeira, porque cada uma dessas exigências está completamente fora do limite das possibilidades. E mais, o fato de vocês terem sumido por tanto tempo é o cúmulo da falta de profissionalismo. Vocês perderam muito tempo de estúdio, e, agora, nós não temos álbum nenhum pra lançar. E vocês ainda têm a cara de pau de aparecer numa reunião na maior gravadora do mundo, com o Donnie Schmitz, a porra do presidente da Mindset Records, e dizer que nós precisamos pedir desculpas, caralho? — cuspiu Max para nós, completamente atordoado.

Era engraçado como as coisas tinham mudado desde a primeira vez que nos sentamos diánte de Max. Nós fomos tão ingênuos na época, e estávamos tão felizes por ter uma oportunidade. Ficamos tão animados por ter chamado atenção de uma figura tão importante quanto Max que nem paramos para pensar no que o interesse de alguém como ele significava.

— Podem esperar um belo processo — resmungou Donnie, unindo as mãos com um olhar ameaçador.

Juntei as mãos do mesmo jeito e me empertiguei na cadeira.

— Acho que é melhor não envolvermos advogados nessa história. Nós só queremos algumas coisas de vocês, e então vamos parar de encher o saco.

Donnie bufou.

— Vocês querem alguma coisa de nós? A gente deu tudo pra vocês!

— Pois é, vocês fizeram inclusive a bondade de vazar nosso álbum pra nos obrigar a gravar músicas mais comerciais — soltei.

Donnie e Max trocaram um olhar, e Max imediatamente fez que não com a cabeça.

— De que raios você está falando?

— Nós temos nosso nerd de plantão — disse James, apontando com a cabeça para Eric. — Ele descobriu a fonte do vazamento das gravações. Não se faça de bobo; não combina com você.

Donnie estava bem sério enquanto passava as mãos pelo cabelo grisalho.

— É, bom... Hackear nossos e-mails não vai ajudar em nada o caso de vocês. Isso é ilegal.

— Sim, e é por isso que não vamos entregar os e-mails pra polícia. Mas vamos mandar alguns vídeos pras suas esposas — disse Marcus, sendo bem direto. Ele pegou o celular e mandou um e-mail para Donnie. — Sr. Schmitz, por favor, dá uma olhada na sua caixa de entrada.

Donnie abriu seu e-mail e encontrou um vídeo muito, muito indecoroso. Depois que Eric contou qual era o plano dele, conseguimos entrar em contato com algumas das garotas que apareciam nas filmagens com Max e Donnie, e elas eram nossas fãs. Elas quiseram nos ajudar e nos mandaram vídeos de suas interações particulares com os dois, e digamos apenas que houve muita esquisitice envolvendo tangerinas e paus. Max foi correndo até Donnie para ver o vídeo, e vi o exato momento em que seu rosto empalideceu.

Donnie se empertigou na cadeira.

— Onde vocês arrumaram isso?

— Não importa, e, se vocês fossem mais espertos, teriam feito aquelas mulheres assinarem termos de confidencialidade. Mas, como não fizeram, talvez suas esposas estejam interessadas em ver esses vídeos. E também, se vocês fossem mais espertos, teriam feito um pacto antenupcial antes do casamento. No fim das contas, parece que suas esposas podem arrancar uma boa grana de vocês.

— Eles estão blefando — cuspiu Max. — Eu conheço esses caras. Eles não têm coragem de...

— Cala essa porra dessa boca, Max — bradou Donnie, silenciando Max em um piscar de olhos.

As sobrancelhas de Donnie se uniram, e ele baixou os olhos enquanto assistia de novo ao vídeo. Seus lábios estavam tão apertados que uma veia em seu pescoço pulsava.

Quando ele terminou de ver o vídeo pela segunda vez, finalmente baixou o celular e ergueu o olhar.

— O que vocês querem?

— Você está de sacanagem? — Max suspirou. — Você não pode...

Donnie ergueu a mão para silenciá-lo, e Max imediatamente ficou quieto.

Bom menino.

— Queremos mais três meses pra gravar o álbum. Vocês vão adiar o lançamento. Vamos lançar músicas nossas, músicas nossas de verdade, e então, depois disso, estamos liberados do contrato. Não vamos dever mais nada pra vocês, e tudo com o que concordamos antes será anulado. Quando esse álbum sair, estamos livres.

O ar parecia pesado enquanto Donnie contemplava suas opções. Ele pigarreou.

— Vocês vão receber um contrato novo daqui a alguns dias.

— Você está de sacanagem? — berrou Max. — Você vai mesmo deixar esses caipiras te passarem a perna?

Donnie se inclinou para a frente, tirou o telefone do gancho e apertou um botão.

— Laura, chama a equipe de segurança pra tirar o Max Rider do prédio, por favor?

— O quê? O quê? Você está de brincadeira, né? — perguntou Max, parecendo em pânico. — Você não pode me expulsar daqui.

— Posso, sim, e vou. Eu nunca devia ter ido em frente com a sua ideia de vazar o álbum. Agora preciso encarar as consequências. Mas, a partir desse momento, sua entrada não é mais permitida na Mindset Records.

— Isso... Isso é tudo culpa de vocês, seus merdas! — berrou Max, gesticulando para mim e para o restante da banda. — Seus idiotas, vocês estragaram a única chance que tiveram de ficar famosos! Eu descobri vocês! Eu transformei vocês no que são hoje, porra! Vocês estão dando um tiro no próprio pé. Isso é uma burrice, um erro enorme. Ficar com aquela garota só vai gerar escândalo. Aquela merda de música indie idiota que vocês tocam é uma bosta. Vocês não vão estourar sem mim. Vocês não sabem quem eu sou? Eu sou a porra do Max Rider! Eu crio astros!

Ele ficou gritando as últimas frases enquanto os seguranças o arrastavam para fora do prédio.

Enquanto juntávamos nossas coisas, Donnie olhou para nós com os lábios cerrados.

— Então, sobre aquele vídeo. Será que vocês podem deletar tudo?

— Ah, Donnie. — Balancei a cabeça. — Acho que nós dois sabemos que não podemos deletar nada até recebermos os contratos novos.

— Justo. — Ele assentiu, compreendendo. — Max disse que vocês vinham de uma cidade pequena e não eram muito espertos, mas já vi que ele estava enganado. Vocês conseguiram se impor. Entro em contato com vocês em breve. — Todos concordamos, e, enquanto nos afastávamos, Donnie disse: — Aquele negócio com a tangerina valeu a pena. A sensação de ter as garotas caindo de boca no meu pau foi sensacional.

Marcus gemeu quando saíamos da sala.

— Nunca mais vou conseguir comer uma tangerina.

Eu estava um pouco inseguro com a escolha que fizemos naquela sala de conferências aquela tarde, mas sabia que tinha sido a coisa certa. Agora poderíamos lançar nosso álbum e nosso som do jeito que queríamos. Claro, talvez fosse impossível conquistar o sucesso estrondoso com o qual sonhávamos sem ter uma grande gravadora por trás, mas, pelo menos, faríamos nossa música — que era tudo o que importava, no fim das contas.

Eric me deu um tapa nas costas.

— Bom trabalho, líder.

— É, deu tudo certo e tal, mas por que estou com a sensação de que cortaram minhas bolas fora e que eu vou vomitar? — questionou Marcus, meio que brincando. — A gente acabou mesmo de mandar a porra do Max Rider e o presidente da Mindset Record se foder? Nossa carreira acabou?

— Não, acho que vamos ficar bem. Você sabe o que dizem, né? Se as coisas não deram certo é porque ainda não acabou. Acho que a Desastre vai sobreviver — disse James. — Mas, se por acaso der tudo errado, talvez a gente consiga recuperar nossos empregos no rancho.

De volta aos chiqueiros e Hazel Stone.

Para mim, não era a pior das opções.

Por outro lado, eu sabia que não conseguiríamos desistir da música. A gente encontraria uma solução. Só que, dessa vez, faríamos tudo do nosso jeito.

～

— Então vocês ameaçaram a porra do Max Rider e o presidente da Mindset Records e sobreviveram pra contar a história — resumiu Hazel quando estávamos sentados no barracão ao pôr do sol.

Fazia meia hora que eu e os caras tínhamos chegado a Eres, e eu já estava no barracão, contemplando o céu com Hazel.

— Acho que nós sobrevivemos pra contar a história. Vamos ver o que acontece depois que a poeira baixar — brinquei. — Não tenho ideia do que será da gente agora, mas nós precisamos arrumar outro empresário. Temos uma reunião na gravadora na semana que vem, pra ver o contrato novo. Nossos advogados terão que passar um pente-fino nele pra garantir que o Donnie não esteja tentando ferrar com a gente.

Ela riu.

— Nossos advogados. Chega a ser loucura dizer uma coisa dessas. Vocês têm seus próprios advogados. Quem diria que a vida de vocês acabaria desse jeito?

— É uma loucura, né?

— No melhor sentido possível. Na minha opinião, procurar um empresário novo foi a melhor decisão. Não só porque odeio o Max em todos os sentidos, mas também porque vocês precisam de alguém que tenha os mesmos valores. Alguém que acredite no sonho de vocês e facilite o caminho até ele. Alguém que defenda vocês. Esse empresário existe e está em algum lugar por aí. Só deem um tempo. Vocês vão encontrar essa pessoa.

— Você acha mesmo?

— Eu sei disso.

Ela apoiou a cabeça no meu ombro, e nós ficamos ali olhando para o céu que escurecia. Era época de lua estava cheia, e parte de mim queria uivar para ela. Eu me inclinei para Hazel e dei-lhe um beijo na testa.

— Sabe no que estou pensando? — perguntei.

— No quê?

— Que você devia se casar comigo um dia. Num futuro próximo.

Ela levantou a cabeça do meu ombro e se virou para mim.

— O quê?

Eu ri.

— Não se preocupa, não estou te pedindo em casamento agora, mas pretendo fazer isso um dia, e, quando eu fizer, espero que você aceite. Porque a ideia de você ser minha pra sempre significa mais pra mim do que você pode imaginar.

Ela se aproximou de mim sorrindo e beijou minha boca.

— Eu aceitaria, você sabe disso. Sempre que você perguntar, vou aceitar.

Meu peito se apertava conforme a ficha caía. Eu estava apaixonado por uma garota que também me amava. Havia coisa melhor do que isso? Não havia fama nem fortuna melhor do que isso, nada. Nós tínhamos sorte de termos nos encontrado, sorte de não termos desistido do nosso amor nos momentos difíceis.

Hazel Stone me transformou. Ela me mostrou o que era ter força de verdade. Ela me mostrou o que era o amor incondicional, e eu queria passar o resto de nossa vida retribuindo isso.

Deitados ali, no barracão, olhando para o céu, eu me senti completo.

Hazel Stone era minha melhor amiga, meu amor, minha melodia, minha canção.

E, nossa...

Ela era o melhor som de todos.

Epílogo

Hazel

Um ano depois

Havia várias pessoas dançando no celeiro. Na pista de dança, Rosie dançava com Marcus, os dois pulando loucamente enquanto uma música de Bruno Mars explodia nas caixas de som. As mesas tinham sido arrumadas com arranjos de flores lindíssimos, e os convidados degustavam o bolo mais gostoso da face da Terra.

Eu estava afastada de todo aquele agito, observando de longe a alegria que contagiava Eres.

Senti a mão de alguém envolvendo minha cintura, então Ian me puxou para perto dele. Sua boca roçou o lóbulo da minha orelha, e ele sussurrou:

— Tudo bem, Sra. Parker? — Ele me deu beijos delicados pelo pescoço.

Eu ri.

— Já falei que você só vai poder me chamar assim depois que a gente se casar.

Aquela comemoração não era nossa, apesar de Ian ter me pedido em casamento há mais de um ano, no barracão, enquanto contemplávamos a lua.

Nós estávamos na fase do planejamento, e ainda levaria alguns anos até que subíssemos ao altar. A Desastre havia acabado de lançar o segundo álbum, que tinha chegado ao topo das paradas, alcançando o primeiro lugar. Depois que romperam com Max, eles acabaram encontrando um empresário chamado Andrew Still, que entendia os sonhos deles e estava disposto a fazer de tudo para ajudá-los a conquistar tudo o que queriam. Eles começariam a primeira parte da nova turnê dali a uma semana. Eu ia morrer de saudade dele, mas eu e Rosie pretendíamos nos encontrar com a banda para alguns shows na Europa, durante o verão, depois que minhas aulas acabassem.

Eu tinha chegado ao segundo ano do meu curso de administração, e estava muito orgulhosa de mim. Eu sabia que não teria conseguido isso sem a ajuda da família de Ian.

— Tem certeza de que você não quer fugir pra Las Vegas e se casar logo? Fiquei sabendo que Elvis está vivo, morando por lá e disposto a nos unir em matrimônio — sugeriu Ian pela milésima vez.

Eu ri da ideia e me virei para encará-lo.

— Não precisamos ter pressa. Temos a vida toda pra ficarmos juntos.

— Eu sei, mas quero aquilo — disse ele, apontando com a cabeça para a pista de dança. O evento da noite era o aniversário de 65 anos de casamento do Mãozão e da Holly. Os dois estavam lá, balançando-se de um lado para o outro, dando risadinhas como se fossem adolescentes que haviam acabado de descobrir o amor.

— Nós vamos ter isso — prometi. — Nós vamos dançar em todos os casamentos e seremos o último casal a sair da pista.

— Falando em dançar — disse Ian, estendendo a mão para mim.

Eu aceitei, e ele me guiou para a pista de dança. Começamos a nos mover de um lado para o outro, com a mão dele na minha lombar, minha cabeça apoiada em seu ombro.

Era incrível quanto progresso nós tínhamos feito. Como nosso amor tinha crescido. Eu tinha 19 anos quando soube que meu coração batia por Ian Parker, e viveria até os 90 com o coração ainda batendo por aquele homem.

Apesar de sermos jovens, eu sabia que nosso futuro seria brilhante. Nós teríamos filhos; usaríamos nossos dons para o bem; ajudaríamos quem quer que estivesse em necessidade. Nós nos amaríamos, e nosso amor se tornaria mais forte a cada ano que passasse.

E, independentemente de qualquer coisa, passaríamos o resto da vida dançando sob a luz do luar.

~

Três anos depois

— Tem certeza de que você não quer trabalhar no restaurante? — perguntei, sentada à minha mesa.

Do outro lado, estava mamãe, usando suas melhores roupas. Sua aparência estava bem melhor do que nos anos anteriores, e eu me sentia a filha mais feliz do mundo ao vê-la sorrindo.

Eu tinha passado muito tempo achando que a perdera pra sempre. Passei uma parte da vida achando que mamãe tinha sido dominada pelos próprios demônios.

Ao sair da prisão, ela ficou com medo de cair nos velhos hábitos, então, quando Ian lhe ofereceu uma chance de se tratar em um centro de reabilitação incrível, ela aceitou. Mamãe estava fazendo de tudo para mudar de vida, e, nesse meio-tempo, eu e Ian mantínhamos a luz da varanda acesa, para o caso de ela querer voltar para nós.

Quando ela se sentiu pronta, voltou, e, agora, estava tentando arrumar um emprego no rancho.

— Ah, não, não. Você sabe que o meu lugar não é na cozinha. Acho que posso ajudar aqui, mesmo que seja só limpando as coisas. Quer dizer, se você achar que tem vaga... — Ela retorceu os dedos e abriu um meio-sorriso. — Só quero me manter ocupada. Além do mais, a Rosie queria que eu cuidasse dos cavalos junto com ela.

— Faz sentido. — Minha irmãzinha adorava Dottie tanto quanto eu. Quando ela sumia, a gente sempre a encontrava nos estábulos. — Você pode começar na segunda. Mas não vai achando que vou pegar leve com você só por ser minha mãe — acrescentei, séria.

Ela assentiu.

— Não espero nada disso. Vou trabalhar duro, Hazel. Prometo que não vou decepcionar você.

— Tem mais uma condição, mamãe.

— O quê?

— Você vai fazer faculdade.

Ela ficou pálida e balançou a cabeça de um lado para o outro.

— Ah, não. Não. Não posso, Hazel. Não terminei nem o ensino médio. Faculdade não é pra mim.

— O Mãozão me contou que você, muito tempo atrás, sonhava em fazer faculdade. Não é verdade?

Ela retorceu as mãos, e seu rosto foi tomado pela vergonha.

— É, mas isso já faz muito tempo. Não sou inteligente o suficiente pra essas coisas, estou velha, acabada...

— Você é inteligente, mãe. Você sempre foi inteligente, e não vou ceder nesse ponto. Você vai tirar seu diploma do ensino médio e depois vai entrar na faculdade. Ninguém é velho demais pra realizar seus sonhos. Você consegue.

Quando ela olhou para mim, seus olhos estavam cheios de lágrimas.

— Você acha mesmo?

— Eu sei que sim. A gente vai resolvendo os problemas conforme eles aparecerem, mas vamos deixar isso pra depois — falei, sorrindo enquanto me levantava. — Precisamos ir pro jantar do Dia de Ação de Graças antes que o Mãozão venha nos dar uma bronca. Você começa na segunda-feira.

Os olhos dela se encheram de lágrimas enquanto eu a puxava para um abraço apertado.

— Obrigada, Hazel.

— Eu te amo, mamãe, e estou muito orgulhosa de tudo o que você fez pra dar a volta por cima.

— Você vai ser uma ótima mãe — comentou ela, levando as mãos à minha barriga avantajada. Meu primeiro filho nasceria dali a poucas semanas, e eu nem precisava dizer que estava apavorada.

Eu nem devia estar mais trabalhando, já que os médicos me recomendaram repouso, mas não podia deixar outra pessoa entrevistar minha mãe. Apesar de eu ter dito que ela não receberia tratamento especial, sabia que ela receberia tratamento especial, sim.

Vantagens de ser da família e tal.

Rosie morava comigo e com Ian desde que tinha nascido, e minha mãe, logo que acertou sua vida, foi morar com a gente também. Eu sabia que era importante que ela e Rosie desenvolvessem uma conexão assim que possível. Ela não estava presente no começo da vida de Rosie, mas, agora, mamãe pretendia estar lá até o último minuto de sua vida. Até mesmo Garrett vinha visitar Rosie de vez em quando. Ele nunca tinha se imaginado como uma figura paterna e achava melhor que Rosie não o colocasse nesse papel, mas a garotinha adorava se enroscar em Garrett, e adorava dizer que ele era seu amigo.

Nós fomos andando até o celeiro — bem, minha mãe foi andando; eu fui me balançando feito uma pata —, onde seria o jantar do Dia de Ação de Graças, e sorri quando vi o espaço cheio de gente. Aquele era meu segundo ano encarregada do jantar, e eu estava grata pelo pessoal da cidade ter me ajudado a organizar um evento mágico. Espero que Holly esteja vendo lá de cima, do céu, sorrindo de orelha a orelha, contemplando o resultado final.

Ela tinha falecido havia pouco mais de um ano, mas os últimos dias de sua vida tinham sido maravilhosos. Ela e o Mãozão finalmente haviam parado de trabalhar e passaram a se dedicar apenas ao seu amor.

O Mãozão ficou mal por um bom tempo, mas ele tinha sua estrelinha, Rosie, para animá-lo. Ele sorria tanto por causa da minha irmã, e vivia dizendo que só continuava ali por causa dela. "Ela não pode ficar aprontando por aí sozinha. Ela precisa de companhia pra arrumar confusão", me dizia ele.

Apesar de Holly ter falecido, o Mãozão ainda deixava a luz da varanda acesa, para que o espírito dela sempre encontrasse o caminho de casa a cada manhã e a cada noite.

— Mamãe! Mamãe! — gritou Rosie, correndo até nós duas. Ela puxou o braço da minha mãe. — Mamãe, a gente está sentada ali. Vem! Antes que o Mãozão coma a torta toda!

— Eu não vou comer a torta toda, sua fofoqueira! — reclamou o Mãozão, olhando para Rosie de cara feia.

Rosie mostrou a língua para ele, que mostrou a dele para ela também. Então ela foi correndo na direção dele e lhe deu um abraço, e o Mãozão lhe deu um beijo na testa. Aquilo resumia perfeitamente a relação dos dois.

Mamãe foi se sentar com Rosie e o Mãozão. Ver minha mãe com Rosie era um presente para todos nós. Ela finalmente estava sóbria, com a cabeça no lugar, e apta para ser a mãe que Rosie merecia, e eu fiquei mais do que satisfeita em assumir meu papel de irmã.

Além do mais, meu próprio bebê estava a caminho.

— Preparada pra azia?

Dois braços me envolveram por trás, e me aconcheguei ao sentir o corpo de Ian contra o meu.

— Ah, sim. Pode trazer as frituras e o antiácido — brinquei.

Ele me virou para encará-lo, deu um beijo na minha testa e depois na minha barriga. Se havia alguém mais empolgado do que eu com minha gravidez, era Ian. Só de ver como ele cuidava de mim e da nossa filha, já dava para saber que seria o melhor pai do mundo.

Todas as noites, mesmo quando estava viajando, ele me pedia que colocasse o telefone na minha barriga para poder cantar cantigas de ninar para a bebê.

Eu não sabia que era possível amá-lo ainda mais.

— Tudo vai mudar quando ela chegar, né? — perguntei, me aconchegando nele.

— Um pouco, mas a gente ainda vai ter tudo isso — disse ele, indicando o que estava ao redor. — Teremos nossas estradas de terra, nosso rancho e nossa felicidade. Pra sempre. E vamos ter um ao outro pra sempre. Só estamos acrescentando mais amor à nossa música, e eu não podia querer mais nada da vida.

Eu mal podia esperar para o nosso pacotinho de felicidade chegar. Holly Renee Parker — ela receberia o nome do nosso anjo favorito.

Ian roçou os lábios nos meus e me deu um beijo delicado.

— Eu amo você, querida.

— Eu também amo você, melhor amigo. Pra sempre.

Pra sempre.

Agradecimentos

Em primeiríssimo lugar, obrigada a todos os leitores que dedicaram seu tempo à leitura da história de Ian e Hazel. Espero que eles tenham feito vocês sorrirem tanto quanto alegraram meu coração. Sem vocês, leitores, eu sou apenas uma garota que coloca palavras no papel. Vocês são o motivo para que essas palavras decolem.

Em segundo lugar está minha equipe maravilhosa na Montlake Publishing. Sem o apoio incrível das minhas editoras, Alison e Holly, este livro não seria tão mágico quanto é agora. Obrigada a todos pelo trabalho duro e pelo esforço que dedicaram a este projeto. À equipe fantástica que ajudou a moldar esta história — dos designers de capa aos revisores —, OBRIGADA! Às equipes de marketing e redes sociais, OBRIGADA! A Montlake faz de tudo para realizar os sonhos de seus autores, e é impossível expressar o tamanho da minha gratidão.

Para minha agente fenomenal, Flavia, da Bookcase Agency: Obrigada por sempre estar ao meu lado para tornar meus sonhos realidade. Você é meu anjo. É uma honra trabalhar com você e sua mente brilhante.

Para minha mãe: Obrigada por sempre incentivar seus filhos a irem atrás dos próprios sonhos e por nunca perder a confiança em mim quando saí do caminho. Você é minha melhor amiga, e eu morreria sem o seu amor.

Para meu pai: Obrigada por ensinar a todos os seus filhos a importância do trabalho duro e de nos dedicar às nossas carreiras. Você é a definição de um homem trabalhador.

Aos meus irmãos: Vocês todos são a minha inspiração. Tenho tanto orgulho de tudo que vocês acrescentam ao mundo, e sempre serei sua maior incentivadora.

Ao meu amor: Obrigada por segurar minha mão em todos os percalços dessa aventura louca. Seu apoio, seu amor e seu incentivo me ajudam todos os dias.

Mais uma vez, obrigada a cada leitor que continua acompanhando a mim e às minhas palavras todos os dias. Eu me sinto honrada pela oportunidade de compartilhar minhas histórias com vocês de um jeito tão especial.

Pra sempre,

BCherry

Este livro foi composto na tipografia ITC Berkeley
Oldstyle Std, em corpo 11,5/16, e impresso em
papel off-white no Sistema Cameron da Divisão
Gráfica da Distribuidora Record.